红痣

烈夫◎著

中国文史出版社

图书在版编目（CIP）数据

红痣 / 烈夫著． — 北京：中国文史出版社，2015.10（2023.6 重印）

ISBN 978-7-5034-6745-5

I. ① 红… II. ① 烈… III. ① 长篇小说－中国－当代 Ⅳ. ① I247.5

中国国家版本馆 CIP 数据核字 (2023) 第 026965 号

责任编辑：全秋生

出版发行：**中国文史出版社**
地　　址：北京市海淀区西八里庄路 69 号　邮编：100142
电　　话：010 － 81136602　81136603　81136606（发行部）
传　　真：010 － 81136655
印　　装：北京温林源印刷有限公司
经　　销：全国新华书店
开　　本：787 毫米 ×1092 毫米　1/16
印　　张：16.25
字　　数：260 千字
版　　次：2015 年 10 月第 1 版
印　　次：2023 年 6 月第 2 次印刷
定　　价：58.00 元

一个男人灵与肉的心路史诗

为周烈夫长篇小说《红痣》序

江小鱼

因为列夫，所以托尔斯泰。

这是男人的一部自我救赎之书，一部自我生长之书。

如此坦率、勇敢，毫不遮蔽自己内心世界全部的真实心理活动，全部的欢欣、痛苦、孤独、荣耀和悲悯，它让我想起卢梭的《忏悔录》。

女性在一个男人心中所具有的所有让人上升的意义，那些普通的女性，成全了一个普遍意义上的男人，也因之如罗曼·罗兰在《约翰·克利斯朵夫》里所赞美的那“女性之中宛如神性的光芒”。

这部小说的第一句话就给我留下了和马尔克斯《百年孤独》一样刻骨铭心的印象：“那年春天，父亲要带我去乡下。外婆一大早就把我从床上喊醒了，我还没有睁开眼，就听见清真寺穹顶上蒸发出来的羊皮鼓声、唢呐声和穆斯林的祈祷声。”

一切从这个少年的尿床开始，周烈夫——这位在三湘大地和天山以南的旷野、沙漠、河川，以人性的视角关注品味着历史和时代斗转星移的作家，写出了主人公灵与肉交织的心路历程，开启了主人公这么一个纯洁而爽朗的汉子天高地阔的人生。

从他坐在父亲自行车前面的大梁上第一次童年记忆中的远行开始，书中的主人公和作者之间一如贾宝玉与曹雪芹，全世界都只是他的大观园，他的所有悲欢离合都和此时此刻的一个女人以及彼时彼刻的所有女人有关。

这个敏感而多情的男人，从童年时代就饱受爱欲的煎熬，且痛并欢乐地承受着命运之中的那一个又一个女人与他的全部相逢和离别。

那个站在树下把一块糖递给他的像天仙一样光彩夺目的齐菲，自己洗漱后躺下来把他搂进怀里的语文老师张淑玲，卷曲的睫毛就像被朝露打湿且两腿的运动释放出娇娆媚惑力量的文体委员丽莎，宣传队新来的丰姿绰约袅娜柔情之感性少女苗雨欣，约他中学毕业后一起同行的团支部书记高瑛，骨头架子很小而胸脯却勒得扁平但内在蓬勃依然生动的知青文艺范刘雪梅，五朵金花的老大倩茹，师范学校的才女梅子和周焰，身体像水蛇一样扭动着和他疯狂做爱的县委书记女儿红日，清秀圆润的脸上眼睛格外炫目迷人的宣传部干事朱琳，娇柔高挑说话嗲声嗲气还没有脱去童稚气的报社总编女儿邹琼，小腹光洁而绵软的美容小姐，散发蓬勃朝气的北明师傅的女儿，风情万种的身上魔幻般交织着男人疯狂而复杂梦想的播音员玉霁……

上述这众多的女性有福了，她们依次永恒地活在主人公从童年到中年的生命深处，通过文字的雕刻时光获得了美丽的永生。

主人公感受着这些不同的女人身上散发出来的令人痴迷的馥郁香气，他在不同的岁月里总是根据其中一个美丽的影像去编造一个美丽的幻影，把自己搞得如火如荼、壮怀激烈，她们或是《钢铁是怎样炼成的》里的冬妮娅或是《青春之歌》中的林道静，他仿佛是为了她们才来到这个世界的，这种情感总是跨越时空在心灵深处强力攀升，她们永远都不可能知道主人公最初的心旌摇动。

主人公发觉自己什么也没有搞懂就离开了她们，他却时刻准备着“如果有一种灾难和痛苦需要我们当中的一个人去承受，那么我会毫不犹豫地去承担一切灾难性的后果，包括为她去死。我会莫名其妙地设计出一套套为她去死的方法，把自己的全部生活经验都调动起来，去编织一个为她死去的悲壮故事”。

但主人公本质上最爱的却是生活在别处的安娜·卡列尼娜。《安娜·卡列尼娜》是他看的第一部让其独自静悄悄看下去而且不断流泪的书，当他用心去感受时已泪流满面，他用自己的心灵抚摸着安娜的忧伤，他觉得自己深深爱上了她，他对她的看法才是他一生的真正隐私。

主人公总是对美的毁灭产生真正的痛苦，微弱的灯光总是陪伴和映照着他去应对这绵绵无期的困境和追问：“大浪淘沙，淘去的是人性纯真和善美……为什么这么残暴的杀戮要从这样一个美丽的影像开始呢？”

从小学生到中学生，十三岁那年他挑着一担硕大的簸箕走在大街小巷，世界给了他一种全新的体验，帮他度过了那个人生早到的艰涩时刻，这也是让他在异乎寻常的条件下把困顿坚持下去的理由。他幼小的心灵便意识到：“如果不能从我的生命深处挖取新的力量，我已经被击溃。”

他也毫不留情地审视自己的肉身渴望，狠斗心中“欲”字一闪念：“我为自己的无耻下流而羞愧不已，像我这样一颗肮脏龌龊的灵魂是不配活在这个人世的，在她毫无瑕疵的纯洁善良面前简直就无地自容，我窥探过她的隐私，想象过她的肉体，我为我的堕落而伤透了脑筋，有一段时间我恐怖我的神经会错乱，我会带着我的梦魇离开这个世界。”

主人公坦言“很久以前我就在爱了”，绵长岁月酿成的浓情欲火折磨得他身心憔悴，让他心乱神迷、无所适从，长夜里激越的疯狂被一个个白昼击打得无地自容，他的内心根本就无法面对这个世界，他不知道情感的归宿在哪里？这是他心灵的硬伤和痛楚，他宁愿忍受着流血的创伤，也要到一块希望的梦境里去飞翔。

就这样，他把生命体验最激动人心的时刻封存在一个真正的隐秘世界里，一切都在默然无语中进行，灵魂出窍后的快感成了他生活至深的重心，以至于连他自己也不禁为之迷惘：“为了爱把自己搞得这么沧桑，是幸福还是悲哀呢？”

尤其是他和第一个暗恋女孩齐菲的关系，他自幼就对齐菲有一种醉魂酥骨的感受。他既向往和齐菲有那种纯洁、亲密无间的天然关系，幻想种种嬉戏撒娇和彼此依恋、关怀的场面，又什么也不敢做，一些想法还让他非常害怕，也因之痛恨自己的怯懦：“我觉得我伤害了她……如果我抚摸或者捏住这根手指呢？”

仿佛歌德《少年维特之烦恼》，他像疯了一样奔跑在秋天的原野里，大地在摇晃：“无论他的身体多么铅重但他的灵魂已经出窍，他疯狂舔舐她的每一寸雪肤，谛听她的怦怦心跳，感受她血液的奔流，天昏地暗，苍穹电闪雷鸣，一股滚烫浓稠温热的黏液忽然卡住他的喉管，鼻翼紧张地翕张着，喘着粗气，惨然颓坐在一地落英的泥土上，眼看着她的倩影从一道闪电中消失。”

珍贵的情感在面对生活的时候太微不足道了，一个再坚强的人也不可能坚强到不需要情感的抚慰和眷顾，当他听说了那个“红痣”事件，他才明白多年来苦苦暗恋的心上人早已被别人悄悄夺走了，那一天就成为他生命里最黑暗的一天。齐菲胸脯上的那颗红痣总是在他脑海里浮现，他面临着精神崩溃的幻灭感，在那样一个青涩岁月里，这件事像梦魇一样缠绕着他。

相思是一种多么温馨甜蜜的痛苦。夜深人静的时候，他放肆地让心情和欲望放飞，让所爱的人芬芳洁雅、淡泊恬然的影像与自己的灵魂相守、厮磨，却又常常拷问自己，自己的隐私是不是已经陷入灵魂的黑穴而不能自拔。

不断地超越自己，是主人公与生俱来或者说是磨难给予他的生命原动力。他清楚自己的血管里原本就没有流淌着高贵的血，但在面对轻蔑和歧见的时候又绝不会低下头颅，对爱情的精神期望和现实的幻灭造成他心灵的苦难。他时常陷入前所未有的孤寂之中，在灵魂下坠和升腾的相互咬噬中他开始了自己生命的突围，他内心的忧伤和对未来的恐慌已经超越了心理承受极限，他在安抚心灵的创伤之中寻找灵魂的救赎之路，群山的环抱已阻拦不了他冲向外面世界的脚步。他在沉思中找到一片足以让他翱翔的天空，从而真正释放了心中无限的沉郁与忧伤。

主人公最与众不同的就是内心深处总是有一个令他神往的地方，他的归巢亦不在此处。经过漫长的等待与煎熬，他终于背叛了出生之所，带着一种原罪走出了困扰着他一生的迷津之地。从主人公这种人生蜕变的过程当中，我们可以看出来，在新疆这片辽阔的土地上，在边疆农场这样一个独特的群体当中，对命运的不屈服、渴望崇高、青春无悔却又在反思中突围的顽强精神令我们感慨不已：一样的青葱岁月，不一样的风雨人生；一样的边疆农场，不一样的顽强走向。

当我第一次阅读《红痣》时，作为一个电影导演的职业习惯，就让我敏锐地意识到这是一部多么适合改编为电影和电视剧的小说，我期盼着可以由自己尽早地把这部男人的心灵史诗，从文字转换成影像，重返我为之迷恋的新疆，和男主人公一同出发，走进书中那些不同岁月的女人内心深处，唤醒她们的全部欢乐、青春和美丽。

是为序。

（江小鱼，著名电影导演、编剧、作家、文化评论家，华人电影文化促进会执行主席，北京鱼乐影业总裁）

目录

CONTENTS

HONG ZHI

第一章 知　羞

那年春天，父亲要带我去乡下。外婆一大早就把我从床上喊醒了，我还没有睁开眼，就听见清真寺穹顶上蒸发出来的羊皮鼓声、唢呐声和穆斯林的祈祷声。我的脑袋有一种莫名的兴奋感，把别的感觉都压住了。清真寺是县城最雄伟最肃穆最富丽的建筑，据说全都是由穆斯林个人捐款修起来的。虽然是他们的精神家园，但和我们好像也有某种说不清道不明的关系，感觉就像听了祈祷声以后一样。

母亲一边叠被子一边问准备下床的父亲："今天为啥又敲羊皮鼓？又是什么节？"

"努肉孜节，大概是欢度春天、开始春耕的意思吧！"

"我说呢！难怪你今天非要去公社。老大也想去，你非要带老二吗？"

"这你还不知道吗？他们早就嚷着要看儿子了，我再不带老二去，他们还以为我是在撒谎呢！"

外婆走到我床前，习惯性地用手把我的额头摸了下，说："没尿床吧？"我一下从床上弹了起来，觉得外婆不应当说这种话："你怎么老说，你看！"我一下傻了，床单上依然有一个尿渍浸湿的印痕。外婆看着我诡谲地笑了，我感觉到了她会替我掩饰。她帮我穿衣服的时候我羞怯地低下了头，我纳闷，自己怎么会没有意识到呢！尿是上半夜就尿了，到这会既没有滚烫也没有冰冷的感觉，一醒来鼓乐声就把我占据了，腾不出感觉去感受自己了。慢慢地我还是想明白了。

我知道今天要和父亲一起去公社，外婆给我穿衣服的时候我坚持不穿开裆裤。外婆说："这孩子就是死犟，这么小一点晚上还尿床呢！穿个开裆裤多方便。"母亲在一边笑着说："那就把姐姐的连裆裤给他穿上吧！早点知羞也好！"穿上连裆裤以后我感到一下长大了许多，也就把昨晚尿床的事忘了。

姐姐问父亲："他们嘴里念的啥？"父亲在公社工作许多年了，维语说得和维吾尔族人一样，但也听不懂这样的祈祷文。"大约是求安拉赐给他们一个丰收的年景吧！"听不懂归听不懂，我觉得那种神秘的诱惑谁也不可能无动于衷。清真寺并不是随便什么人都可以去的地方，但我还是乘人不备的时候两次溜了进去，你真要进去了也就进去了，虽然匍匐着的教徒们看到我时脸上露出了一丝惊愕，但他们并没有人干涉我，我从中感觉到了一种慰藉。

父亲从洞庭湖畔、母亲从资水河边走出来，走进了学校，又牵手走进了大西北边境县一条狭长的山谷。父亲生长在沅江县一个小村，兄弟姐妹七个，他是最小的。新中国成立后，几个哥哥供他读书，从乡里读到了县里，最后读到了西安，还当了学生会主席。母亲的出生地在益阳市区，从小被一个小业主收养，后来求学的轨迹产生了一种西移倾向，从故乡移到了西安，后来和父亲一道一直移到了西北角的这个小镇。外婆是母亲怀上我姐姐以后从湖南过来的。

外婆带着姐姐到院子里烧饭去了，父亲忙碌着做去乡下的准备，母亲抱起弟弟给他喂奶。我始终纳闷为什么生下弟弟以后母亲就有奶，而生下我的时候母亲就一滴奶也没有呢？听外婆说，我奄奄一息地来到了这个世界，默默坠地以后很长时间都没有发出声音，体重只有两斤半，全家人都觉得我活不了。母亲凄楚的泪水洒在了我的脸上，她无限怜惜地发出了这样一句感慨："这孩子太可怜了，还没有睁开眼看一下这个世界，莫非又要回去呢？"外婆说："说的是么子话呢！给我。"几天以后，我饿了，突然发出了一声尖厉的叫唤，一家人又惊又喜。尽管母亲没有奶水我还是把母亲的奶头吮烂了，母子俩常抱在一起痛哭。我凄绝的哭嚎还把自己的肚脐眼哭出来了。我不能喝牛奶，一喝牛奶就不是一般地拉肚子，我只好喝外婆给我搅的面糊糊。一个月以后别人看到我就像变了一个人，脸相红润，又白又胖。我作为一个家庭成员的身份得以确认，全家人才从戚忧的阴影里走出来。

我看着窗外，一枝红杏闹春把屋子也晃明亮了。我听到已经有孩子在大院里熙攘追逐，而且那最为曼妙的声音就是齐菲，我揉了一把眼眵，悄悄地走到桌子前把母亲的雪花膏瓶子打开，用两个指头伸进去，一下剜到底，把掏出的雪花膏全都抹到了脸上，然后就朝外跑去。齐菲一看我出来了，就站在树下等我，我跑到她跟前以后，她看着我的大花脸咯咯笑了起来。我用手不停地在脸上擦着，她把一块糖递给了我。齐菲的父亲是汉族，母亲是维吾尔族，父母长得都很漂亮，而她又把父母的优点都凑在一块了。

大院子里有几棵几个小孩也围抱不拢的古杨，我们成天就在古杨与古杨之间撺掇，在躲藏和追逐中嬉戏。我总是喜欢让别人来追寻我，只有齐菲让我找寻她的时候我才乐意去找她。我常常是知道她躲在哪里而故意不去捉她，我觉得不被人捉住总是一件高兴的事，只要她高兴我就跟着她高兴。

人委大院里有一座清末钟鼓楼，据说以前钟一响全城人都可以听到，就像现在清真寺里发出的声音。清末到民国，这个院子都是衙门，现在是这个县的人委大院，自然是一个可以让钟声响起的地方，但不知为什么钟声从来也没有响过。母亲在人委工作，而父亲在县委工作一段时间以后到一个最偏僻的公社当书记去了，那里有柯族人、哈萨克人、维吾尔族人和汉族人。今天我就是要去那个地方。

这片钻在云天里的白杨是我们的世界，看不出来和大人们有什么关系。当我向上张望的时候，树梢总是在云端摇曳，让人觉得自己这么渺小。人在小的时候有这种心理，总想让自己长快一点，一旦长大了，也不至于在面对这个世界的时候总是无可奈何。有时候我会从树林里莫名其妙地跑出去，找到一个相对高度的地方，把一些本来需要仰望的地方俯瞰一番，心里有说不出的快感。我想这种时候别人也得用仰望的目光看自己。

这时候外婆扯着大嗓门喊我回去吃饭，我一下有种紧张的慌乱，到公社去这件事还没有告诉齐菲。我告诉她以后，觉得她眼睛格外地晶亮。

照例是苞谷糊糊、咸菜、白面饼，一家人我总是吃得最快的。有时也想，吃饭多麻烦，如果人要是只吸空气不吃饭多好，可以省去好多事。

父亲一开始把我抱上了自行车的后座，可我嚷着不愿意，非要坐在前面自行车的大梁上；他以为坐在后面舒服稳当一点，而我却觉得坐在后面既不能沐春风也不便看风景。就这样我们上路了，后来我想呀想，觉得那是我童年记忆的第一次远行。

我们这个地方是一片峡谷，总之是一片峡谷，而不是一个峡谷，是一个峡谷连着一个峡谷。就算是你绕过了一座山峰，接着还是山峰，峰回路转的那种感觉在这里四处可见。在我的童年记忆中，从来都没有看到过遥远的地平线，以为世界就是这个样子，四周被重重叠叠的山峰环绕，有的地方就像被挤压在群峰的皱褶里。透迤的一面非常辽远，终年不化的雪冠总是被一朵朵白云纠缠得难分难解，就像挂在天际上似的，叫天山主峰，天山的最高峰托木尔峰就在我眼前，但是你想靠近它又是一个遥远的过程。

父亲驮着我不停地朝山脚下走，一路上的小石子不断飞溅。走出县城以后就走进了维吾尔族人的农田，农田里的麦苗青了，粉艳的杏花开了，桃花也吐蕊了。不断有毛驴此起彼伏、声嘶力竭的叫春声在田野里呐喊，不知是渴望什么还是在宣泄什么，总之听起来挺让人惊心动魄的，而间或的吆喝声则显得那么孱弱。不远的地方有一条河，叫托什干河，听说是从大山里头的国境线以外流过来的。在这条河上看不到小船，也看不到港湾。有水的时候川流不息、奔腾咆哮；一到冬季便干涸苍凉、目不忍睹。这条河流出去以后，流到了很远的荒漠，然后就在没有人烟的沙漠里无声无息地消失了。

越往深里走，父亲的熟人也多了起来，我意识到这些都是父亲的“臣民”，他也算是这个地方的“土皇帝”了。有时候他也下下车，多半是高贵一些的人或是漂亮的女人，找女人说话的时间往往要长一些。最后我父亲把我带进了一个杏花林簇拥的农家院落，在这里迎候我们的人有的戴花帽，有的戴毡帽，有的穿黑袍，有的留大胡子，也有的留八字胡。见面以后先行捧腹鞠躬礼，然后再握手，样子挺肃穆虔诚的。女的则不在迎候的人群中，年龄小些的不近不远地朝这边瞅着，年龄大一些的盖着厚厚的头巾，别人看不见她的脸，而她从里面则可以看到别人。

进门以后的整个一间屋子几乎被一个大炕占去，炕上铺的是那种很吓人的黑毡子，墙上挂着深红和绛紫色织成的壁毯。我和父亲脱了鞋以后被他们让到正面居中的位置坐下来，坐在狐狸皮小毯上是很舒服的。两边靠墙坐了一圈刚才迎候我们的人。门关上以后，就靠一个不大的窗口，透露进来一束白光，光柱虽白而映照出来的光晕全被黑洞洞的世界吃了，整个屋子显得压抑而浑浊。炕中央搁着一张很矮的桌子，上面已经摆了一些形状各异的油炸面食或烤食，还有一些自产的干果，像杏干、沙枣一类的东西。那位老者把一个自行车铃铛盖子和一瓶酒递给了父亲，父亲把酒斟上以后用维语说了一番话，然后自己把酒喝了，喝完以后他就逐一轮着给别人倒。有的人并不是一次就喝完，喝上一些以后再找个人说上一些话，别人就把酒接过去喝了，然后再把铃铛盖子还给这个从父亲手上接酒的人，这个人再把铃铛盖子递给父亲。

女人们端上大块羊肉，还有抓饭。她们显得很腼腆和拘谨，不能像我一样参与到其中来，就像仆人把饭菜端上桌子以后就默默退下去了。这中间显然含有歧视、不公平的味道。我突然明白父亲为什么要带我来而不带姐姐来。

酒过几巡以后，我看出他们谈笑的内容仿佛很幽默，而且与我的关系越来越大。后来我本能地意识到他们说的话就是围绕我，我父亲显得很兴奋。我也听不懂他们的话，不过我看出来他们对父亲挺恭谦的，所以我也就没什么可惧怕了，只管玩我的。那个留八字胡的家伙好像是说："是男是女要看看才知道呢？"几个人递了一下眼色。于是，那个八字胡猝不及防地把我捉住了，我一点也没有想到自己会受侵犯，所以就拼命地反抗、拼命地挣脱。不但没有奏效，居然还有一个人伸手来脱我的裤子，我一下明白了他们是要羞辱我。我嘴里喊着"爸爸、爸爸"！而我父亲也跟着他们一起笑，他们便挠我痒痒，我觉得我遭到了空前的羞辱和暴力，几乎要休克了。我用尽全力地反抗也无济于事。他们终于把我的裤子扒了下来，而且放肆地嘲弄我，还说要把小鸡鸡割掉。这一下把我真正地激怒了。我把胸前的一只手抱住了，然后使出浑身的劲咬了下去，只听一声尖厉的嚎叫，他们在震惊之中把我松开了。

大人被一个小孩咬了也是不至于发出这么凄厉的叫声的，虽然鲜血直往下流，但接着又是一阵哈哈大笑，我听出来这回是在嘲笑那个被咬的人了。我气急败坏地哭着跑出了屋子，我父亲叫我，我也没有理他，我觉得他们在羞辱我的时候，他并没有保护我，根本不懂我内心受到的伤害。

父亲出来跟我说他们都很喜欢我，刚才是和我开玩笑的，不会再吓唬我了，他们只是借这种方式来欢迎我。我觉得脑子一阵胀痛，我那么小的一个脑袋怎么能装得下这么多的东西呢！父亲说我做了错事，让我进去给他们道歉，我没有说话。后来那位最年长的长胡子老人也出来了，我不知他说了些什么，但我感受到了他的祥和里面所包含的诚恳。父亲给我说："他可是这方圆几十里最受尊重的老人，你不认错也行，现在就跟我进去！"我看出父亲已经憋了好大的火，如果我再不进去，父亲就要动手揍我了。本来我也觉得自己可能是错了，准备进去。迈脚的时候不知为什么心里一下子感到了一种从未有过的刺痛和委屈，便放声大哭起来。父亲只好把我抱起来回到了屋里的炕上。我看出来了，他们都在窥视我，都希望我做一个表示不再生气的表情。我也知道我该那样做，可是我还是想不能太快。我也觉得不能再扫父亲的兴，于是一面自言自语，一面拿东西吃。

酒足饭饱以后就骑马进山了。父亲和我骑了一匹最高大、最壮实的枣红马走在前面。他身上还挎了一杆猎枪，那个长胡子老人骑了一匹白马，手上站着一只被蒙上眼睛的老鹰。后面还跟了一群人，时不时在马背上就开枪，捡回来过两只野鸡，不过他们要吃一些扬起的尘土。父亲和我也下来了两次，经过一番周折以后，打死了一只黄羊。父亲早年当过兵，枪法神得很。我在马背上昏昏欲睡了，睡醒一看才知道我被抱进了一个毡房。这是一对新人的毡房，原来到这里是参加这对新人的婚礼。

毡房中央的柴炉上放着一口大锅，蒸汽和肉香把毡房塞得满满的，来人坐定以后，主人先端上了棕色的奶茶和白色的马奶，接着大块羊肉和一种叫拿仁的手抓面条就端上来了，主人切下羊头上的一小块肉递给父亲，父亲说了几句话以后仪式就开始了。这时候，新娘在几个女人的环绕下很羞涩地吹响了口弦，声音好像是从丝竹里发出来的。我趁人不备的时候喝了一口马奶，过了一会就睡着了。

第二章 迁 徙

人委大院后面有一扇小门，出去以后不远有一条维吾尔族人的老街，准确地说是一条匠铺街。我常常一个人不自主地走到这条街上去了。

一个匠铺就是一个门洞，一个挨着一个，逶迤连成一片。比较居多的是铁匠铺，间或有一些杂货铺或馕坑一类的小作坊。街面上人群熙攘，马蹄悠悠，尘烟缭绕，薄雾蒙蒙，还可以听到马嚼麦草的声音。分不清灰土的成分多一些还是烟雾的成分多一些。就在这些铺子门前走走停停，一边感悟一边欣赏，一种无法言释的灵性启蒙和乐趣全在其中了。

铁匠铺居中的位置是一堂炉火，风箱抽起来火苗劲蹿、烈焰熊熊，匠人一般都是两个，一老一少，长胡子长者左手执钳右手拿一个小铁锤，而年少的徒弟则双手挥舞着大铁锤往小铁锤敲打的地方打。匠人黝黑的面庞在炉火的映照下呈现出紫红的暖色，眼睛闪着幽亮的光。从这里敲打出来的主要有马蹄掌、镰刀、小刀、砍土曼。

匠铺街上有很多像足球大门一样的拴马桩，是用来固定马匹给马上掌的，马的主人大都是从田园或者山里来的，我一下想起了跟父亲去乡下的情景。他们为此进一趟城是值得的，除了进城本身以外，换了掌的马回去以后就可以更好地为主人效力了。这条小街也许就是这座小城最发达的工业街市了。

这条小街的背后有星罗棋布的泉水，每一个泉源产生一条溪流，纵横交织编成了一幅银波涟涟、光怪陆离的水网。依傍着这一泓泓泉水才把旺盛的人气聚集起来。到了城里，公社里来的一家人总是傍着一泓泉水，在泉水边小憩，在泉水边餐饮，把自带的苞谷馕放进泉水里浸泡一番，吃起来甜润清脆，余香满口。山里来的柯尔克孜人带来的多是用羊皮袋子盛的马奶，实际上是一种酒。而农村的维吾尔族人大都是带一种用卡巴克酿制的酸牛奶。杏子熟的季节里，他们还会在泉水边摆上一堆杏子，一方面他们自己吃，别人也可以吃。如果你要尝尝是不要钱的，你吃到最后把杏核数一下就行了，一般一毛钱吃五十个。这只不过是一种约定，反正是自家产的东西，你若想多吃几个他们也会不屑一顾，也就是一毛钱管吃饱。不管我有钱没钱，只要在这里走一圈肚子肯定是饱了。

突然，外婆喊我的声音从人委后门的方向传过来，一声比一声高，一声比一声急切，我一边答应一边往回跑。外婆哭丧着脸说："爸爸回来了！快回去！"我想回来了就回来了，为什么要这么急着喊我，这让我感到了疑惑。

闯进家中，意外的情况一下让我震惊了。父亲在母亲面前哀绝地流着泪，声音铅块一样沉重，背后站着两个表情漠然的陌生人。我听见母亲在喊我，跑过去扑进她怀里，我感到她从来都没有像这一次一样把我抱得这么紧，接着泪水也下来了，全身在发抖，我感到母亲温存的同时感受到了忧伤，感到母亲的全身在发抖。抽泣的哭声很快就把我圈进了很深的悲伤里面去了，但我毕竟不知道究竟发生了什么。父亲背后的两个陌生人说："时间差不多了，走吧！"我一下就感觉到父亲这么一走便很难回来了，一下挣脱母亲的怀抱跃向父亲的怀抱。全家人一下都哭了起来，这时父亲抱起我站了起来，然后又把我放下了。外婆一下夺过我的手，把我拽了过去。全家人在泪水的呜咽中，看着父亲就这样走了。

我们的小城有一千多汉人，大都是从内地迁徙来的。当然迁徙的方式各不相同：如果体现了某种时尚气息就叫支边，如果是自己来的被称作"盲流"，从字面的意义上说是盲目流动，大约包含了逃难不免被人歧视的意味。

父亲出事以后再也没有回来过，母亲的脸上明显地失去了往昔的愉悦和快慰。有一天母亲对外婆说："我和小的留下，你们都走吧！"外婆说："我也是这么想的，也只有这个样了！"

有一天，外婆一面给我换衣服一面说："今天是星期天，全家人一起出去玩玩，以后要聚在一起可就难了。"我感到一阵恍惚和迷茫，不知道要到哪里去，不知道哪里是我命运的天涯。外婆把衣服给我穿好以后，我箭一样地从里屋蹿了出来，我想去找齐菲。只是见了她之后并不知道要给她说什么，或者说知道说什么但不知道该怎样去表达，我心里有一种说不出的难受。

一家人都出门了，看见我和齐菲说话，母亲说："齐菲，回去给爸爸妈妈说一声，今天跟我们一起出去玩！"我拉着齐菲就往她家跑，她爸爸是人委的翻译，母亲是教师，她给她父母一说就欣然同意了！

舅舅也从内地来了，他抱着我弟弟。因为自己所处的地方是边塞，所以习惯地把边塞向着东南方向的所有地域都叫内地，他来是准备接我们回去的，不过后来不知什么原因他并没有跟我们走。

我们全家人穿过那座钟楼以后，就走出了人委，然后朝城西头的一座山走去。母亲说："今天爬山都走在一起，不许乱跑。"齐菲把我的手捏了一下，然后相视而笑，眼睛上的长睫毛还抖动了几下。我不知为什么，我觉得有一种感伤的美丽浸入在我心头。

上山以前一家人走进了一座茂密的丛林，丛林中央有一个泉水汇成的湖，湖的中央有一艘永远都不能动的船。这是一个古怪而又让人产生梦想的地方，几百年的古柳搭起了天棚，各种形态的泉水编织着一个晶莹剔透的世界。淙淙泉流声和齐菲叽叽喳喳的声音和谐地融合在一起了，就像一曲美妙的音乐，我拉着齐菲在一泓泓泉水边驻足停留，到处都是水淋淋的，多姿多彩的倒影晃得我心旌摇动，蒲公英在空中飘舞开了，就像眼睛上弯曲的睫毛。

舅舅喊我爬山去，我说我不去了，就在这里玩泉水。泉水里明净的蓝天映照成了我和齐菲的背景，后来我才知道只有在这天高地阔的地方才能产生这么纯洁的爽朗。我知道我要走了，也许就是因为父亲走了我们也要走，但我不知道我要到哪里去，我有一种失落的伤感，但我还是找不到一种方式来表达。你要想什么你就去想，但你管不了别人怎么去想，和这个世界一点关系也没有。

相聚在某种意义上就是为了分离。外婆将要带着我们去很远的地方。一家人要在这方水土上走一走。和齐菲登上山顶后，可以看到奔腾咆哮的托什干河和阡陌纵横的田园，西边有一座小石山，山顶上有七座坟墓，里面安葬的是过早仙逝的七个美女，坟地四周插着干枯的树枝，上面还绑着祭悼亡灵的布条。有人说不会生孩子的女人都要来这里祈愿哀诉，她们会赐予凡人们的生育能力！

小城的东边突兀地耸立着一座危崖，叫东山头。这是我们这个山城和外部世界的一个分水岭，我就要走了，走到东山头以外的地方去了。母亲抱起我说："你要去很远很远的地方了，以后要听外婆的话，不要欺负姐姐。妈妈每月给你们寄钱去。"我们在举行一个仪式，我看母亲哭了，我点了点头也哭了，姐姐哭了，齐菲也跟着哭了。要说懂了也懂一点，要说不懂也不懂。母亲一直在流泪，说："生下来只有两斤半，从来没有吃过我的一口奶。"舅舅把我从母亲怀里抱过去，说："你看现在胖乎乎的，你放心，妈妈会有办法呢！"然后他就抱着我往远处走，我眼看着把齐菲撇下了，就喊着要下去。他说："看你妈哭成那样子，还不走远点！"我往他脸上抠了一把说："齐菲！"他这才把我放下去。

第二天，外婆、姐姐和我离开了这座小城。那是一个清凉的早晨，母亲把我从床上叫醒以后，匆匆给我穿上了衣服，嘴里还念叨着醒醒、醒醒。我们好像是悄悄走的，没有人给我们送行，月光的清辉若隐若现地照着山弯，路上行人稀少，我们每个人的脸像涂了一层白蜡般惨白，不过天上、地上好像都是这个颜色。外婆在街上站住了，说："你就不要去了，免得又要流一场泪。"舅舅也说："姐姐，你不要去了，还有小的要看呢！"不去就不去了呗，为什么就这么难呢？我想。我们走出去以后，母亲孤零零地站在那里，一绺头发在她额上飘来飘去，我觉得她又会跟过来，我生怕她又要跟过来，又想让她跟过来。结果我们还是慢慢走远了，母亲美丽而瘦弱的影像从我视线里渐渐消失了，但永远刻在了我的记忆中。

我们面对戈壁的单调和沙漠的死寂，只要我们下车，周围似乎都是乞讨的流浪汉，我这才知道，我们这个世界上很多人都在挨饿，而我没有这样的感觉。我每天都昏昏欲睡，一睁开眼依然是单调和枯寂。我们的车上有一对男女最引人注目，外婆说："他们是上海知青，他们在塔里木开荒，辛苦得很！"

翻越天山是最艰苦的一段路程，山崖就悬在头顶上，稀稀拉拉的植被，让我体会到自然的残酷和生命的萧瑟。山势怪异，有的陡峭，有的险峻，有的横卧，有的斜躺，我们的车总是小心翼翼、可怜兮兮地在危崖峭壁间攀爬着。山的色泽丰富，有的透着深红，有的绛紫，浓褐色的山峰连绵不绝。阳光照耀下，山体的褶皱明暗交变，呈现出一种神秘而凝重的瑰丽。随着汽车盘旋，山峦时而贴近，时而远遁，角度的变换使我清醒警觉，恍然其中。我想我的家，我不知道我的家在哪里，我想齐菲，也不知道齐菲在哪里。

上了火车以后，人挤人，人恨人，世界一下变得那么缓慢，我常常感觉不出我们是在行走，时光更难熬了。

火车到郑州火车站停靠以后，是一个夜晚，站台上有一点昏暗的红光。外婆说要在这里转车。车一停下，就有许多人围拢到窗口，伸出手要饭吃，而且女的多。下车以后外婆背着行囊，一只手紧紧牵着姐姐，一只手紧紧牵着我。一路上重复着一句话："千万不能丢手呀！哪怕是走慢点！如果一下丢开了手就站着不要动，大声喊外婆，谁叫你们都不要去。"我觉得好陌生、好害怕，大人们都饿成这个样子，饥饿的眼睛就像要把对方吞食掉。我用双手抓着外婆，只要把外婆抓住了，我就抓住了我的一切，就抓住了这个世界。我和姐姐都不知道这样的行程还要持续多长时间，眼看着外婆一天比一天疲惫憔悴，只是隐隐感到我们不断地行走，就是为了到一个地方去歇息下来。姐姐身体不好，从小就不爱说话，只要是和我发生了争执，她每次总是让我，我们从来都不吵架，因为她对我的宽容，我觉得我的自在空间就大了许多。

我都搞不清这次昏昏欲睡的漫长行程是什么时候结束的。恍如隔世，后来我们来到了一条江边，在一间简陋的瓦屋里定居下来。在那一块光线映照得最醒目的墙壁上，外婆拿出了外公的镶了镜框的黑白照片挂了上去，外公看上去很英俊，也很清瘦。我知道这个人实际上已经死了，但我从来没有问过，外婆也没有说过。有几次我偷偷看见外婆捧着外公的照片在流泪，也不敢惊动她老人家，悄悄地躲到一边去，但又不愿走得太远，就在一个不远不近的地方偷偷听外婆哭。听到外婆不哭了，我才敢出来。外婆一看见我，生怕我看出她流过泪，迅捷地用袖口把眼泪擦去，有时还补上一句："这几天害眼。"

我和姐姐穿着大红大绿的绸子衣服在左邻右舍、大街小巷开始乱窜了。上街以后有很多人惊讶地围着我们看。陌生让人产生新奇，我听不懂他们说话，觉得他们挺滑稽的。开始有一些拘束，后来才体会到我和姐姐在被别人欣赏，这时反而有一种满足感。

有一天，一个白胡子老汉拄着一树根雕成的古拙怪异的拐杖站到了我家门前。老汉看着我很慈祥地笑笑，我转过脸来看着外婆，外婆只顾干手里的活，也不看他，也不说话。我知道外婆已经知道这个人站在门前，她是故意不理他。白胡子老汉很自如地走进屋了，然后弓下身子逗我和姐姐玩，外婆不理他，他好像预感到了似的。吃饭的时候，我看外婆多舀了一碗，又在上面夹了些菜，然后给我噘了噘嘴，让我把饭端给他。从那以后，每到吃饭的时候他就来了。我和外婆、姐姐一起吃，而他总是端着碗一个人在一处吃。后来才知道，这个孑然一身、衣着褴褛的白胡子老人就是我风烛残年的太外公。

日子是苦涩的，不过当时我意识不到，因为大家都是这个样子，缺乏一种参照的比较。妈妈每月寄四十块钱，收到钱的这一天，全家人就像过年。总是我和外婆到邮电局去取钱，这一天，我们家便有肉吃了。取上钱以后径直去肉市场，在各色肉摊边转个不停。依我的眼光肉都是一样的，全都是七角六分钱一斤。不过外婆就想得多了，一是害怕买上母猪肉，还担心买上了病猪或者老猪，以上几种情况排除以后还要考虑肉的部位、色泽和肥瘦。我家这一月一次的吃肉大都是吃回锅肉，还要留出一点肥的来炼成油，以补食油供给的不足。外婆总是想多要点肥的，而我呢则想着多要点瘦的。一般一次买一斤，个别的时候也能多一点。肉买好以后再去菜市场买做回锅肉用的蒜苗。

回来以后把肉往锅里一煮，我和姐姐就围在锅台边剥蒜苗，一直等着开锅肉香满屋飘逸，外婆用勺小心翼翼地把浮在上面的沫子打掉。煮熟以后肥的留下，瘦的呢，也就可以回锅作为我们的美餐了。我小的时候有两个毛病，一是拉肚子，二是吃肥肉头晕，所以只能吃瘦的，实际上这顿肉外婆很少吃，而姐姐呢也不愿和弟弟比着吃，这样一月一餐的肉基本上是我吃了，吃上这餐肉可是要管一个月呀！

第三章 上　学

永泉街小学在这座城市末端的城乡接合部，原来是一座古庙，庙里的和尚早已不见了，但荡漾在廊檐屋宇间的禅影依然，佛光犹在。一颗童稚心沐浴在里面，静穆而又萧瑟的氛围让人感到不寒而栗。因为年龄太小，我本来是入不了学的，但外婆带着我一趟趟找学校，最后找到校长才把我收下了。当我第一次坐进教室的时候，自然就有一种来之不易的感觉，还有那么点莫名其妙的好奇和紧张。

有一天，教室里突然飞进来了几只燕子，这样的情形让老师和同学们都非常惊讶！燕子在教室里飞翔了几圈后，叽叽喳喳地钻进了屋顶横梁的缝隙里去了。我在关注燕子的同时更关注正在给我们上课的班主任老师张淑玲。张老师愣了一下，看看燕子，又看看孩子们好奇的眼睛，结果她又开始上课了。这样就把燕子容纳下来了，大家好像松了一口气。后来燕子还一点点衔泥筑了巢，孵了一窝一窝的小燕子。燕子抵消了庙堂教室给我们带来的压抑，给我的童年增加了许多轻捷快活的灵动。

张淑玲是我们的语文老师，同时也是我们的班主任。一头浓密的黑发梳成两条粗大的辫子，眼睛很大，面色菜黄，脾气暴烈却有一颗慈悲心。我觉得童年的记忆肯定是纯真的，但又是很靠不住的。那时候在我的眼里张老师就是大人了，不过她总是一个人，没有家，也没有孩子。用童稚的眼光看世界往往把外部的一切夸大了。长大以后再也没有见过张淑玲老师，随着我自己的长大，张淑玲老师在我脑海里的影像反而变小了，我是从年龄意义上讲的。也许那时候她的真实年龄只有二十岁。

那时候我们的作业老师看了以后都要评为优、上、中、下。一次我的语文作业没有做好，结果张老师给我评了一个“下”。本来我的语文是学得非常好的，得了很多优，一个“下”把我的感觉全破坏了。我觉得我没有办法面对我的同学和外婆、姐姐，面对这一次作业，我感到一种羞耻感挥之不去。几天以后，我想老师再也不会发现，就悄悄把这一页给撕了。让我始料不及的是张老师居然发现了，全班发作业本的时候没有我的，我心里很紧张，但张淑玲老师并没有当众批评我，而是放学以后把我留了下来。她毫不留情地给我发脾气，还用最刻薄最严厉的语言训斥我，说这种掩盖自己缺点的行为是一种小资产阶级的虚荣心，是一种不道德的行为，还拿这种抹去自己可耻记录的行为与偷窃等最龌龊的行为相比。这样的斥责让我受不了，我放声号哭，觉得自己的五脏六腑都被撕裂。她把我羞辱够了又把我抱起和我一起痛哭，哭得天昏地暗。后来哭够了，天也黑了。于是她又送我回家，我不让她送，她偏要送。把我送回去以后，她并没有给我外婆说我撕作业的事，而是说要给我补课，结果又把我带回了学校。

进了她的宿舍以后，她再也没有一点脾气了，把我的脏衣服脱下来，然后温情脉脉地给我洗脸洗脚，我看到她眼里的泪光还在闪烁。洗毕后她把我抱起塞进了被子里。她自己洗漱了以后躺下来把我搂进了她的怀里，一种女性的温存让我想起了久违的母亲。

后来古庙的肃穆和宁静彻底被打破。同学们的破坏欲往往是从比较柔弱和直接的地方开始的。在一次辩论中，我的同学龚明旭觉得理屈而显得非常急躁，突然跳上桌子对着燕子窝开始发泄了，毛茸茸的乳燕在窝边张着大嘴绝叫，随着龚明旭的捣毁，几只乳燕摔在地上抽搐了几下很快就死了。

我参加了学校的虎口拔牙战斗队。这样一个响亮的名字，总是要有相应的事迹和这个名字对应。班里上课，同学们再也无心听讲，老师讲得越认真同学们越讨厌，这种厌倦情绪导致同学们别出心裁地扰乱课堂。一次，算术课老师童姣给我们上课，我给她画了一张丑化她的漫画，然后举起来让全班同学看。遭遇羞辱的童姣老师含着激愤的目光从讲台前向我逼来，那一刻我真的有些发毛了，不曾想到这张温柔的脸变得如此悲伤。我断定她如果捉住我会狠狠打我的，我从座位上弹起来开始逃跑。她便发狠地追我，追了几圈以后把我逮住了，我掰她的手指怎么也掰不开，情急之下抓起一个女同学桌子上的圆规往她的手背上扎了下去，我听到了肉皮破碎的清脆声音，然后看到了鲜血往下流。这时候我最希望的就是她用雨点般的拳头狠狠地揍我，可是她没有这样做，她把手松开了，用蔑视的眼光绝望地看着我，这可是比打我还令我毛骨悚然。我把头低了下来，内心感到万箭穿心般地疼痛。

生活是荒诞的，同学们的恶作剧还是愈演愈烈。这叫大浪淘沙，淘去的是人性纯真和善美，做人的人格重心被无情的潮水淘空了，只剩下一具可耻的躯壳。随着一浪高过一浪的狂潮，学校的课再也上不下去了，学校召开批斗大会，这样的会经常召开。这一次把全校长得最引人注目的吴娜英老师揪上了主席台。为什么这么残暴的杀戮要从这样一个美丽的影像开始呢？她的身材窈窕，仪态漂亮，正是由于与众不同的气质反而攫住了人们的心。她那双长着长睫毛的眼睛常常释放出妩媚的激情！

她纷披着头发，满脸沮丧，被两个人押着。说她是资产阶级娇小姐，追求资产阶级生活方式，拿出她并没有穿过的旗袍进行展示，还有胭脂口红。后来又拿出了一张照片，是吴娜英老师和一个男人的合影，说是和她爱人的裸体照。是不是裸体照谁也没有看清楚，只能远远地看到吴娜英老师白皙的手臂和腿。也许她有过流血的悲剧或者是凄美的爱情，难道她温雅的容貌所流露的那种高贵气质真的就把人惹怒了吗？是不是美丽就是资产阶级的专利呢？

第二天我一到学校，就听说吴娜英老师畏罪自杀了。我目瞪口呆，对这样的后果感到震惊和疑惑不解。

时代的洪流依然席卷着学校的每一个角落，我们用石头袭击老师的窗口，把班里的桌子从楼上扔下来，给女同学起不堪入耳的绰号，往老师的门锁上抹大便。有一次我的好朋友龚明旭提出来要批斗张淑玲老师，我坚决反对，做出一个决定是不需要理由的，因为论打架我非常凶悍和狂野。虽然没有揪斗张淑玲老师，但明旭他们几个人还是乘夜黑给张淑玲老师的门锁上抹上了大便，我听了以后想哭出来，悄悄一路到张淑玲老师的门前把大便揩干净，然后我又找到一个破瓦罐，到学校的荷塘里舀上水把张老师的门和门锁洗净。

课虽然不上了，但学校的各种活动却异常活跃。学校教唱京剧的老师把我拦住了。问我会不会唱京剧，我说会。他问我想不想唱京剧，我说想。结果他带着我到学校宣传队去试唱，我跟着他的京胡拨音，我看他露出了非常满意的表情，我的背后还围了一群人，显出一副惊羡的样子。老师又问我会不会唱京剧，我唱了一段《智取威虎山》中的选段《共产党员》，结果我被录取了。

给我们教唱样板戏的是学校教英语的毛老师，能姓毛又能唱京剧当然是一件非常幸运的事。他不但唱得荡气回肠，还能拉得一手好京胡，可以一边拉一边唱。

我代表学校参加了全市的京剧清唱比赛，上台以后我觉得我站的位置没有居中，于是我又向中间挪动了几步，观众席上爆发出一阵哄堂大笑，我知道是笑我的，但我实在想不清楚做错了什么。我唱了《红灯记》里李玉和痛斥日本鬼子的一个唱段，最后我获得了第三名。宣布这个结果以后毛老师一下抱起了我。

第四章 外 婆

年年春天，大地苏醒以后，我家瓦屋背后的那几棵香椿树便会散发出浓郁的芬芳，嫩芽还没有吐出的时候，气味就从椿树的体内散发出来了。这种味道有些很刺鼻的怪异，撩得周围的人躁动不安。这种味道好不好闻我从来就没有认真去想过，也许世界上有很多的事情本来就很难用好与坏去界定的，反正一种味道就是那么一种挥之不去的存在，它的存在形式也许比别的物化的东西还更难让人躲避。反正从来也没有一种气味如同香椿一样熏得人喘不过气来，如同香椿炒鸡蛋一样令人难忘。

椿树发芽了，香椿芽子炒鸡蛋可是周围邻里春天里的一道美食。如果这个院里没有这一圈椿树，香椿炒鸡蛋每家还是要吃的。只不过有了这么一丛树，如果没有吃上用自家院里椿树上的椿树芽子炒的鸡蛋，便会产生一种强烈的挫折感和失落感。

大家都非常清楚，既然要吃到香椿，就必须建立一种大家都要遵守的能吃得到香椿的秩序，也就是说要给每一家人提供均等的机会。有这么一种需要，就是一档事。当然有事做的人还是要去做事，也就不会来管这样的事，不管这个事，不见得不把这件事当回事。依我的眼光管这件事外婆绝不是最适合的人选，住在椿树周边的大户人家闲人有的是，而他们肯定是要吃到香椿的，这样的人家并不情愿出面管这样的事，但是别人如果管不好，他们是最能兴风作浪的。

就家势而言，我家的穷困程度肯定从整体上呈现出一种家境的弱势，但是外婆的性格撼动力绝对不是一般的人可以小视的，一些淘气的小孩见了她总是闻风而逃。外婆要骂人就骂了，谁也不能把她怎么样，就这样一个大嗓门的老太婆子，从胸腔里吼出来的声音往往都是人间正道，也许有的时候缺少了些许宽容，但从来都不会掺杂某种私欲或私心，正是这样，这事便由外婆管了起来。

没事的时候外婆就在院里转，一直要把春天香椿能吃的这个季节转过去，转到让每一家人都吃到香椿，有的时候风水到了这家人门口，可是这家人没有爬树的人，这时候外婆便吩咐我去给别人家摘香椿。在这些事情上她是从来都不徇私情的，我家里从来也没有因此而多吃上一口香椿。

每天早晨天蒙蒙亮，外婆就提着篮子到菜市场去了。这是十月初的一个平凡的早晨，雾雨弥漫了整个天际，日月星辰完全被隔绝，疲惫的天幕只有太阳在背后映照的那么一小块比别处亮一些。街市模糊着人们的视觉，满街的泥泞涂抹着大街小巷，外婆挎着一只菜篮子在每一个菜摊子前徘徊，她总是要等到收市的时候，菜价跌到最低的时候才成交。不断地选择，不断地寻找，清苦的日子就是这样，乐趣也在其中。

这一天，她回到椿树院以后就发现该摘人家的香椿已被别人摘去了，于是就站在院子中央破口大骂起来："这哪里像人做的事情，把别人的香椿吃到肚子里是要烂肠胃的。缺德呀！不得好死，非断子绝孙不可！"周围又出来了两家人附和，外婆的嗓音越来越高，很有些响遏行云的意味。骂人骂得这么酣畅淋漓，荡气回肠，偷吃了香椿的人此刻绝对不可能无动于衷的。

我在屋子里听着外婆的吼声，内心的不安并不比被骂的人轻松，外婆的这种做法我是不太赞同的，你这么大的声音骂别人，真正偷摘了香椿的人是不会出来和你对骂的，可是人家心里恨你呀！真正受伤害的还是你自己，你又不想多吃一口香椿，管这些闲事干啥呢！你看你自己把自己气成那个样子，别人还不是在背地里看你的笑话吗？我的脸都被憋红了，我感到羞臊，我想出去把外婆劝回来，但我觉得自己那么小，说话一点分量都没有，而外婆的个性又那么强，火气那么大，她怎么可能听我的劝告呢！

外婆骂累了以后回来了，气喘吁吁，满脸都是汗，我觉得外婆挺让人怜悯的，而她自己总是觉得挺自信。我看她累得快要支撑不住了，于是说："外婆，别人会恨你的。以后再不要管香椿的事了行不行？"外婆把菜篮子往地上一摔说："你这个剁脑壳的，还管起我的事来了！就是因为别人不管我才要管一管，得罪人有什么了不起，我骂的人都不是什么好人，难道把别人的香椿偷吃了，还不能骂他几句？我是积德呀！以后到了阴曹地府，阎王爷也会网开一面呢！你这小脑袋里成日都装了些什么东西？嗯！这是要不得的，懂不懂呢？”如果我再要和外婆理论下去，她一急了会动手打我。当然，我也清楚外婆的做法是对的，可是为什么做得对还会招来人的忌恨呢？为这些事，外婆经常和别人吵架，外婆的嗓音大，看起来吵架的时候外婆是赢了，可是别人在心目中非常厌倦你、鄙视你、看不起你，这谁对谁错，谁赢谁输根本就没有办法权衡出一个结果。我觉得像外婆这样的好人是不应当遭遇这样的不公的。这使我感到很怅惘。

外婆从五岁就来到了王家当童养媳，从小就寄人篱下，但她从来都没有屈服过。老家在遥远的湘西，我觉得她是被卖给王家了，她给我说自从进了王家的门以后再也没有回去过。像她那一辈的女人，都是要裹小脚的，而外婆则长着一双令人惊讶的大脚，这是不可思议的。她说小的时候她也裹过，裹得血淋淋的，成天也走不了路，裹了一半她实在受不了，就不顾一切自己给自己把绑带松了，结果反而长成了一双大脚，要穿三十九码的鞋。这件事她拿到现在给我讲的时候每次都挺自豪的，在当时可是一件了不起的事，付出的代价肯定挺大的。这么大的事情她说干了也就干了，而且后来证明她并没有什么错，这些事情都支撑了她现有的自信。她没有什么文化，什么私塾和学堂从来就没有进过，如果因此认为她是个文盲，这个说法也是很靠不住的。就像后来我所知道的帕瓦罗蒂不会识谱，谁也不能因此而否认他不是一个音乐家。我外婆在文化方面的智慧一点都不比别人差。

我说了一声去上厕所，而实际上去了大街。我一下就注意到一个七十来岁的瘦骨嶙峋的老人，担着一担菜，在霏霏秋雨里沿着永泉街走着，小心翼翼地打探着，怀着一腔无法言喻的酸悲找寻着。他的面孔布满了皱纹，雨水顺着沟壑急速地往下流着。他穿着蓑衣，戴着斗笠，背脊已经明显地弯曲了，显出了生命的衰疲与脆弱。

我听出来了，是找我们家的，于是我又跑回了家给外婆说了，外婆的神色一下变得煞白。不一会儿，这位老人已经站到了我家门口。这位被雨水淋透了的战栗不安的老人，惊悸地打量着这户人家。“春娥嫂子，你还认识我吧？”这位老人问外婆道。

外婆看到这位老人的一瞬间，像被电打了一样地抽搐了一下，然后显出一阵慌乱，说："你到这里来干啥呢？这是前世造的什么孽呀！"外婆根本没有让他进屋的意思。我和姐姐瞪着眼，让眼前突然发生的这一幕给惊呆了。

"我只是想看看他们，他们是我的亲骨肉呀！什么也不说，什么也不做，这总是可以的吧？"老人说话的时候一担菜依然挑在肩上，只是颤抖得更厉害了。

外婆转过身来，看到我和姐姐愣在那里听着，脸一下扭曲了，突然吼了起来："进去，有什么好看的？"然后又朝老人吼道，"我们的日子并不好过，你不要再雪上加霜了。除非你让我死了，我是不会让你认他们的。"然后从口袋里掏出了一把钱递了过去说："求求你了，走吧！现在就走！"老人硬是不接。两个人推来搡去，老人挑着的一担菜一下就从肩上滑落到了地上，掉进了黏稠的泥泞里。外婆说："你就把钱拿着吧！算我把这担菜买下了！你再不要来了！有事我去找你！"

老人心中肯定有一个撕心裂肺的迷梦和一份悔断肝肠的愧疚，他矗立在原地一动不动，泪水糊湿了他的面颊。我不知道是惶惑还是激动，我感受到了一种血脉相通的生命共振和生命与生命之间的眷顾。我想走近这位老人，我想一下扑进他的怀里，但是我已经觉出如果我这样做了，对外婆的伤害该有多重。我家门口的这一点点距离，一下变成了无法逾越的千山万壑。

外婆就是再大声吼，也把这个凄寂而衰朽的老人没有办法，这一点外婆感觉到了，我和姐姐也感觉到了。于是，外婆做出了妥协，凑到老人的耳边用细声嘀咕了几句，又转过身来对我和姐姐吼了一声："有什么好看的，到里面去，不要出来！"然后连拉带搡拽着老人离开了。我和姐姐站在这个再也没有了退路的暗角，窥视着这一幕。

姐姐说："外婆害怕失去我们，失去了我们她就等于失去了她自己。"

"你说这事，外婆会用什么办法呢？"

"只要他不再来，外婆什么办法都会用的。如果外婆觉得她所有的办法都用光了，老头还要来，我们就会换地方。我敢肯定。"

从此以后，我再也没有见过这位老人，可是我知道从这天起，外婆不间断地给他钱，条件就是老人不再来认我和姐姐。这件事情很神秘，让人觉得明白了，但又感到看不出深浅。外婆是个性格外露的人，可是对于这件事，她哪怕是有意无意都没有透露过一点点，可我相信自己的判断是正确的，这就是我的亲外公。这位老人给我留下的生命冲动和感悟永远都会在我的生命深处环流。

我家瓦屋出门往右一拐不足三米就是永泉街粮店的后门，从后门穿过粮店再从大门出去就是益阳的大街了。这是上街最便捷的一条路，但外婆从来都不从这条路走，而我则常常从后门蹿上大街。

我和姐姐都处在身体发育的年龄段，粮食凭证供应的量肯定是不够吃的。就这样还保证不了粮食大米的供应，在定量里折去一块粮食供应红薯和红薯干。对我来说吃红薯干是一场异乎寻常的艰苦战斗，每一次几乎都把我耗尽。在红薯和红薯干之间，红薯似乎要好接受一些，红薯有三种颜色，白色、橙色、黄色。如果是黄色的红薯烤着吃，我还是可以接受的，但白色的就不行了。让我最无法忍受的是红薯干，特别是红薯干焖在米饭里面吃。红薯干里蒸出的馊水浸在米饭里，是非常破坏感觉的，有时候还要遇到苦涩发霉，更就无法下咽。我能使出来的最大的能力就是不吃这顿饭了。我的脾气也犟，外婆和姐姐都因为我不吃饭而哭泣过。

红薯干的事我想了好久，我觉得这个障碍我没有办法逾越，把我的智慧都用上了也无济于事，还是吃不下去。我只得对外婆说："外婆，人要是不吃饭该有多好呀！这样也可以少受些罪呢！"外婆惊讶地看着我说："你这个剁脑壳的，又要啥心眼？"我说："耍啥心眼，我说的是实话，你看为了这张嘴终日里操劳奔波，吃的时候还要受那份罪，多划不来呀！如果人要不吃饭你看把多少事省下了！你看这树啊草啊就不吃饭，这样多好！"外婆这才幡然醒悟道："我知道了，你就是不想吃红薯干，这也是没办法的事，谁都想吃香喷喷的白米饭，可是你投错胎了，我们哪有钱买黑市米吃，只得认命呢！"我说"我怎么觉得吃这红薯干比饿着肚子还难受，外婆，你也就不要难为我了。"外婆一脸愠色道："这又不是我们一家的事，这就是国家供应的口粮，家家都在吃。你怎么就和别人不一样呢？你现在还不习惯，你就硬着头皮吃上一阵子，吃着吃着就把甜味儿吃出来了。"我说："外婆，这样行不行，我一天吃两顿饭就行了，红薯干你就再别让我吃了。"外婆说："这怎么行，你正是抽条子的时候，吃不饱饭你以后就是个矮子。看你太外公都八十岁了，满口没牙，不是也照吃吗？”我流着泪说：“其实我也挺恨自己的，为什么就有这么个毛病呢！我一闻到红薯干蒸米饭的味道，就想吐，就恶心。我又不多吃你们的一粒米，你就依了我这一回吧！”我看外婆也不说话，眼里噙着泪花把头转了过去。

开饭了，照例是外婆分饭，我心里总有些紧张，不知道我所做的努力会是一个什么样的结果。往碗里盛饭的时候姐姐说话了：“外婆，就把他的红薯干拨给我吧！把我的米饭留给他吃。”外婆也不说话，只顾往碗里分饭。红薯干搁在米饭的上面，也就是先从红薯干分起，我一看把红薯干拨了三个碗，有一碗拨得特别多一些，有一个碗空着。然后是分米饭，米饭的上面一层有红薯干浸下来的颜色，外婆把它分到了三个碗里。等到全是白米饭的时候，外婆往空碗里狠狠盛了一碗。我一下扑了上去抓住外婆的手说：“我不要这么多！”外婆说：“我知道你好久都没有吃上饱饭了，有几次你把红薯干都倒掉了。吃上几顿饱饭吧！我老了，吃惯了，没事的。”把饭盛满以后端给了我，然后她自己端起了红薯干最多的那一碗。终于吃上了香喷喷的白米饭，可是我的心在颤抖，在流血，我觉得自己做了一件十分可耻的事。

第五章 米驮子

不论外面闹得多么疯狂，多么荒诞，我们的小日子还是由一些点点滴滴的琐屑构成。我们也闹了，可能还是觉得并没有从中得到乐趣，闹到最后也觉得挺没劲的。要说为什么，也说不清楚，但就是觉得挺厌倦的。

一到下午，外婆照例开始擦灯罩。其实煤油灯罩子上的烟垢或尘埃只要用布稍微一拭，灯罩也就亮晶晶了，可是外婆总是要把玩着灯罩磨蹭好一阵子，一会儿用手掌堵住一端，用嘴对着另一端往里哈气，然后再擦上几遍。别人家用一个灯罩，也不见得每天都擦，而我家用两个，点到中间总要换一次，而且每天都擦。

我家点灯并不只是为了照明，昏黄的油灯下外婆和姐姐还要用针线缝织出比现在好一些的安适一点的生活。我和姐姐都在成长，吃穿的开销也越来越大。母亲还是照例寄四十块钱，关键是亲外公那个黑洞，我们从来都不知道要用多少钱去填。

姐姐回校了，作业总是要在白天做完，入夜油灯一亮，外婆和姐姐就坐到了灯下开始缝袜子。袜子是从袜厂拉来的，缝一双袜子几厘钱，袜口上还能拆下来几圈线，虽说这些线要交回袜厂，但还是能剩下一些的，攒得多了送去织成布，我和姐姐穿衣的问题就解决了。昏黄的夜里，姐姐低着头一声不吭缝袜子，姐姐老实，从来都不会去想生活为什么这么辛苦。外婆戴着老花镜，不知不觉眼里就噙满了泪水，如果她发现我注意到了，她会霎时举起袖口把泪揩去，嘴里喃喃道："这两天害眼，眼睛胀痛。"这样我只好装作没看见。

我的心颤抖着，夜晚总是变得难以忍受，这时候我常常起身到外面去。我家的窗棂没有玻璃，寒冬来了就在上面糊一层绵纸，晚上从里面看不见外面，但从外面可以朦朦胧胧看见里面。我跑出来并不是想逃避，而是觉得隔着这么一个距离窥视，感伤的传导会小一些，内心的疼痛可以扎扎实实地由一个人来承受。隔着一层纸是很影响视觉的，只听到外婆的声音使我很着急，有时候我就用舌头往绵纸上轻轻一舔，绵纸即刻就溶化了，我就悄悄从这个小洞往里窥视，感受到的、埋进心里的多半都是痛楚，我意识到这个家的很多事情都要靠我了。

外婆兴致高的时候也会嘤嘤嗡嗡地说一些往年的故事，可是眼前的事情我们想听她说她却从来都不说。譬如她为什么要那么恨我的外祖父，为什么既要尽一份责任而又要憎恶他、不理他。这些事情我们从来就没有搞懂过。外婆总是能从往昔的生活里嚼出一些生活的诗意，但她从来都不说那些令人心碎的伤心事，她是不想让这些事再苦着自己进而又苦着我们。声音从灯火里流出来，勾勒出外婆的轮廓，外婆坠入了柔和的朦胧的清冷的夜。

我慢慢明白了，为什么外婆总是要把灯罩擦了又擦，省油是一方面，亮堂也是一方面，外婆多半还是顾及姐姐的眼睛。这是一个仪式呀！微弱的灯光要陪伴和映照着我们去应对绵绵无期的困境和艰辛。

袜子是由一个喝烧酒的单身汉从资江对岸的袜厂用板车拉回来的，然后他再分发给我们这样一些缝织户。他总爱喝酒，所以我不想理他。忽然有一天我的想法变了，我有意识溜到他家里看他在灶火上有滋有味地温酒、抿酒，我看出他乐意接纳我，时不时给我夹块腊肉吃，还把酒壶递过来让我来上一口，我辣得蹦起来声声叫唤的时候，他也仰着脖子跟着乐。

我去他那里总是表现得很随便，在那种有意无意之间去接触他。我想从他身上发现一个机会，看看能不能多少减轻一点外婆和姐姐的负担。喝完酒以后他总是爱嚎歌，而我的样板戏比他唱得好，一开始我跟着他唱，他听到我唱以后，那种歌者的倾情挥洒状态就大打折扣了，于是他就跟着我唱，跟着我学了许多新段子。有一天，他提出来让我跟着他去拉袜子，他说："一路上很好玩的，管你午饭，还可以乘轮渡，去一次给两毛钱，袜子也可以给你们家多几打。"我心里很激动，但我没有表现出来。出了他家的门以后，我撒开腿飞跑到家给外婆说了这件事。外婆说你太小了吧！就是走一趟也有七八里地呢！我说没事，又不让我拉板车，只是陪他说说话，在上坡的时候搭把手就行了。外婆犹豫再三后还是答应让我去了。

袜厂在湘江北岸的工业区，我们要穿过无数的大街小巷才能到达袜厂。走了几趟以后我才觉出，其实就拉袜子而言有我没我都一样，他只不过是想找个人陪他说话。一个人总是有话要说的，而他必须走着说着，所以就需要有一个像我这样的人来跟随。他那酒壶总是随身带的，中午的时候总是要抿几口，而我呢？要不就是一碗米粉，不超过一毛钱。就我而言，也就十分满足了，这可是三双草鞋的钱呢！

粮店驮米的这一天，我跟喝烧酒的拉袜工说："今天就不去了，我的同学要来。"他说："让你同学一起去不就对了！"我说："不行的，他父亲要来粮店驮米，他来送饭。"

大米是粮店雇米驮子用船运来的，运到河岸以后，米驮子往粮店的二楼粮仓里驮，那种背负重荷的感觉既令人敬重也令人心酸，既令人感奋也令人压抑，既有一种渴望也有一种抵触。一麻袋米大约在二百斤左右，相差也就是几斤的样子。我常常想，为什么不能把麻袋做得小一点呢？为什么这样一群人的劳动非要在极限中挣扎呢？

这群米驮子是一个特别的群体，意志的力量以一种缓慢的形式表现出来，身体释放出的生命力之强大令人咂舌，在沉默的躬行中显示出另类。看他们驮米其实也挺好玩的，并不亚于一路走走看看拉袜子。别的先不说，这些米驮子的肌腱是无与伦比的。罗新民的父亲罗鼎是米驮子，矮墩墩的，肌肤上发出一种古铜的光泽，成日阴沉着一张脸，但一旦笑出来样子是很好看的。

我上街了，一边瞅着罗新民，一边看着米驮子。就人的力量而言，这是最让我惊讶的一件事，米驮子驮米时的情形是非常令人感动的。驮子们只穿一条短裤，有的穿双草鞋，有的光脚板连草鞋也不穿。米袋子上肩以后，人的身体就像一只鸵鸟，从河里到粮店的二楼一路都是上坡，腿肚子上的青筋和肌肉有节奏地往外暴凸，随时都有炸裂的可能。驮子们的汗水直接从毛孔里往外渗，浑身上下豆大的汗珠子往下落，在黝黑背脊上的凹沟里形成一股川流，闪烁着奇异的金属光泽。

米驮子的社会地位怎样来评价，实在很难做出一个权威的确定，但是只要他们在这座城市出现，肯定就是最亮丽的一道风景。他们默然无语，从不张扬，威风凛凛，气血旺盛，谁也不敢惹他们。因为这样一份过于艰辛的付出，所以他们很骄傲，如果这个群体被触怒，源自他们身体内部的力量会把任何东西都吞噬掉的。这种感受太直接了。

我看到罗新民掂着一个饭盒过来了。罗新民个子要比我矮一些，像他父亲罗鼎，太阳穴上有一块泛着光亮的疤，是小的时候长疥子留下来的。人长得很秀气，眼睛大而灵动，只是一口牙微微有点往外翘，为了不让别人看见，所以平常嘴唇总是抿着的。人很实诚，也很严谨，能聚人气，言语不多。我的手劲虽然比他大，可是要论短跑就不是他的对手了。在班里，我的顽劣总比较靠前，属于那种在潮头兴风作浪的人，而他则滞后一些，但他做事的狠劲绝不在我之下。我俩的关系属于紧密型，也就没有人敢惹了。

见面以后罗新民掏出一把糖来塞给我，我接过糖以后伸出右手的两根指头，他点了点头。我们把饭盒放回家以后，躲到一个隐蔽的吊楼底下一人吸了一支烟，是八分钱一包的经济牌香烟。我说："你父亲特捧，个子虽然矮一点，一袋米扛在肩上走起来比那些膀大腰圆的大个子还轻松。"他说："强撑的，有一次我见他吐过血，可是他不让我给任何人说。当驮子不好，哪像你，父亲当干部，我还是羡慕你呀！"我心里很难过，我已经懂得了这样的痛是不能给任何人说的。有一次学校让填表，有一栏是亲属是否有政治历史问题。外婆说："你爸没有政治问题，该怎么填就怎么填。"她是想缓释一些我的压力。我们就是为了避开这种影响才千里迢迢到这资水河畔来的。虽然我的内心有一种隐隐的痛楚，但还是暗自庆幸，没有任何人以任何方式问起过我！

抽完烟以后我们去了粮店。我和粮店特熟，外婆又在给粮店的会计曾妙玲带孩子，虽然我从来都没有从粮店得到过非分的半粒粮食，但粮店还是像我的家一样，知道哪些事可以干，哪些事不能干。我们在米仓里捉迷藏，时常把身子冒险藏在大米斗里，粮店的穆主任最害怕我们玩这个游戏，可是运动着的米瀑对我们有着极大的诱惑力。这个米仓的米总是要倒在这个米斗里，然后通过一个受控制的小孔漏到底下的秤盘上，最后装进买米者的米袋子里一点点卖出去。我们可以把身体藏在大米斗里，用米把自己的全身覆盖掉，下米的时候身体顺着往下滑，这种感觉是很好的。

玩腻了，我和新民把别的人一甩，船上船下、楼上楼下到处撺掇，当然，总是顺着驮米的路线去看那惊心动魄的场景：两个人在船上把米抬起来，然后放到驮子们的背上，扛上二百斤的麻袋一闪一闪地走在木板上，看到这样的情形真的让人肃然起敬，同时也可以从中看到自己的命运，只不过自己现在还没有长大。

当然，我们也会浏览一番资江上的风景，资江上渔舟点点，舢板上落满的鸬鹚，它们在静静地观水觅鱼，一旦发现目标会突然扎进水里，不一会儿就把鱼叼上来了。江面上最壮观的景象就是放木排或者是放竹排，放排的号子在天空和两岸回旋、颤荡、翻卷，江水一泻千里的感觉只有通过放排才能体现出来。我们沿着米驮子的路线亦步亦趋地向上攀缘，爬完石阶以后还要穿过马路，然后跨越一座长长的临时搭起的木板桥才能登上粮店二楼的米仓，再一袋袋码起来。

罗新民的父亲罗鼎素来对儿子很严厉，也不苟言笑。而我们两个在一起的时候他总是朝我笑一笑。我呢就拉着新民往他跟前凑。父亲这个概念对我来说太空洞了，通过这样一种方式，对自己的心灵似乎也是一种慰藉。

有一天，罗鼎正在一个陡峭的河床上攀爬的时候脸色一下变得惨白，我急忙用手捅了一下新民，只见他平稳地站住以后，脸上迅速闪过一道绝望的悲凉，觉出自己已经不能再往前走了，然后把肩上的麻袋掀到了地上，一下坐到了麻袋上。我和新民在他身边一边站了一个。他一面调匀着自己的呼吸一面把腰直了起来，两眼俯视着江面，接着一口一口的鲜血往外喷。我和罗新民吓坏了，对着江面和江岸吼了起来。米驮子们全都扔下了米袋往河床这里云集，一张张汗渍渍的惊恐痛惜的脸。罗鼎坐在米袋子上，腰板一点也没有弯曲，两眼还是直视着前方的江面，用手轻轻推了一下他的同伴。我俩一下变得束手无策，紧张得不知该怎么办。几口血喷出去了好远，我看他唇边都是血，便脱下自己的衣服递给了新民，新民便用衣服揩净了父亲嘴角的血。

罗鼎看着新民，用手把他的头抚摸着，眼角露出了迷人的微笑。然后就悄无声息地倒下了，驮子们把他抬到了医院，可是他再也没有站起来。

通过拉板车和米驮子的场景，我仿佛看到了今后的生活影像，我的命运已经显出端倪了。那时候我很瘦弱，但我一想到长大以后就要像他们一样去驮米或者去拉板车，我就觉得非常害怕。苦力就像魔影一样咬噬着我的心。我已经开始思考了，但我并不知道将来该怎么办。

外婆生病住地区人民医院，就在我拉袜子的江对岸，我对这一带已经非常熟悉了。家里只好让姐姐来坚守，而我则要到医院去服侍外婆，这对我们这样一个风雨飘摇的家庭来说无疑是雪上加霜了。外婆的肚子里生了肿瘤，一开刀开出了三个小碗大的瘤子，我在医院服侍四十二天，病房内外上蹿下跳，到处都是我的熟人，别人都叫我小院长。外婆好了以后可以下床了，可是刀口又感染了，又住了十八天，这大约是我感受社会比较深广的一次。最让我感到惊奇的就是花圃里的含羞草，只要稍有一点外力触动，叶子就迅速蜷缩，然后又悄悄展开，没事的时候我总是到医院的花圃重复着这个简单的游戏，其中的滋味总是品也品不够。

第六章 瓦　屋

梅雨季节里，太阳和月亮在云雾里隐遁了，也不知道逃到什么地方去了，反正是久违了，常常一个人望着天空发呆，一种祈盼和思念。近处的群山黯淡继而被雨雾溶蚀，天空不见了，笼罩在人身上的雾霭一直压到了地面。到处都是湿淋淋的，包括身体的每一个暗角。

外婆、姐姐和我在瓦屋里坐也不是，站也不是，躺也不是，瑟瑟缩缩地感受着阴惨惨的烦闷。地上好几处撂着接雨水的盆子，嘀嘀嗒嗒，每一声都抽在心尖上似的，禁不住让人不安地痉挛。我说："外婆，我还是上去把瓦捡一下吧！总会好一点的，不然到了晚上会漏得更厉害。"外婆怅然地说："真怕有个闪失呢！你把这些漏雨的地方都记着，等天晴了再上去吧！这样的雨下不大，再对付几天吧！"

我们的生活正被这个漏雨的瓦顶撕扯着，我的脑海里也都是各式各样的瓦顶，有钱人家的瓦屋厚实，瓦片是一块接一块密密排列垒上去的，上面还长着藓苔。不论漏还是不漏，每年总是要添新瓦，添新瓦的时候就把破了的旧瓦拣出来扔掉。人家的瓦屋上面可以走人，不过人家从来都不上去，一年拣一次瓦屋也是拣瓦匠上去。我家的屋顶到处漏，经常要上去拣瓦，翻来翻去越翻越稀。我们住进这间瓦屋已经有好多年了，我已经不记得什么时候添过新瓦了。我家的瓦太薄，不要说大人，就是我站上去也会把瓦踩碎的，别人家的瓦是越垒越厚，而我家的瓦是越拣越稀，到了现在就连这梅雨也遮不住了。

一家人都不说话，我说："姐姐，你上床去吧！被子里要好一些。"姐姐说："好什么？都是湿的，都一样！"我也不知道好什么，她一下把我问住了。

雨越下越大了，我不耐烦地走到门口一看，地面都浸泡在水里了，雨柱在水面上敲起了气泡，挺好看的。我转过身来望着屋顶，屋顶一片漆黑，不一会儿，一个个晶亮的小孔显出来了，就像黑幕上的星星。我说："屋顶像星空呢！"外婆说："你做白日梦。"姐姐说："有梦总是好的呀！总比没有梦强多了！"外婆说："还是那边好，一年也下不了几场雨，滴上几滴，一下就被吸干了，就是风沙大了点，也不好！"我说："管它下雨不下雨，风沙不风沙，能回去还是回去好！"姐姐看了我一眼没有说话，其实我知道她俩和我想的是一样的。

大孔里滴下来的水珠串成了线，一开始还时断时续，后来就不断了。往下一看，盆子里的水发出了警告。我也不知道自己是在沉思还是在忧伤，我心里也清楚，这种时候如果我不想办法也就没有办法了，像这样的雨就这样不停地下，要不了多久，我们这间瓦屋可能就要被雨水的世界吞噬掉了。我知道姐姐这几天是不能沾冷水的，我让她上床去她又不乐意，沾了冷水以后骨头疼。这是一天夜里外婆调教姐姐的时候我听到的，她们以为我睡着了，实际上我并没有睡着，听得我心里怦怦直跳。

我端起盆里的水倒出去以后，就没有把盆子往回拿，接着就转到瓦屋后面的椿树上迅捷地爬上了屋顶。没有别的办法，只有把本来就很稀疏的旧瓦扯开匀一下，把那些正在漏雨的洞穴遮盖住。我尽量小心翼翼，本来是要揭了瓦踩到房梁上才能上去，可是这一次正是雨下得大的时候，揭瓦显然是不可能的，我只得撇了一根椿树棍子在瓦上戳，戳来戳去也不听使唤，有的地方反而给戳大了。外婆便在下面吼了起来，我一听外婆的吼声就心慌，这一次是在劫难逃，外婆的担心印证了，我一脚踩空，一大片瓦破碎了，大腿夹在木缝里，裆也被撕开了。外婆发出了一声绝望的呼号："我的天呀！我叫你不要上去你非要上，这怎么得了呢？"人也怪，已经这个样子了，反而没有觉出有什么可怕的，心里平静极了。姐姐上到了香案上，让我把脚踩到她的肩上，我稍一用劲很轻松就上来了，可是我脚下的天窗我拿它再也没有办法了。

下来以后我才感觉裆下那一块疼得挺厉害的，不过我没有给外婆说，说了我还是疼，还得羞于让外婆为我操心，我还得想办法不让她看出来才对。外婆拉着我的手，为事情没有更糟糕而显得挺轻松的，她仰望着屋顶的洞口说："让它下去吧！其实也没啥，把东西挪一挪，再在下面挖条小沟让它流去吧！"

窗下靠中央一点的位置盘了个土灶，烧的是无烟煤，拌煤的时候里面还要放入一些红色的酸性土。后来改烧藕煤，孔里的火苗时黄时红时蓝变幻无穷，我对颜色的感受最早可能就是从火苗开始的。围绕着它构成了我们一家人的生活重心。

现在雨水从窗棂里斜射进来了，正好洒在灶火上。外婆说：“拿把伞来挡一挡，不然饭也做不成了呢！”姐姐说：“外婆，我们再多接点袜子，今年不添新瓦是不行了，再把窗子上的玻璃也装上吧！”外婆的脸上露出难言之隐，说：“算了吧！你们不是都很想父母吗？也不在这儿住一辈子。”我一下就觉出外婆这样说与那担菜的亲外公有关，她从来都没有放心过，她有隐忧呀！害怕失去我们，可是回去呢？又担心我们受辱！这种两难的情况与我们的生活要相伴一个很长的过程，在这个过程中做出一个抉择肯定不是容易的事。我预感到这场雨一旦过去外婆就会添新瓦的，尽管继续留下来这个结果外婆的内心很痛楚，但她还是会这样做的。生活当中做很多事都是一种无奈。

父母都在遥远的天边，外婆说那儿的山叫天山，无论回去的想法有多强烈，真要回到那里也是不容易的。日子非常具体，我们必须修好我家的瓦屋才能延续当下的这些日子。这些话我都没有说出来，等过了这几天天晴了，外婆就会带着我去买瓦，我上房去铺瓦就行了。

这间瓦屋不足十五平方米。屋子里主要有一张供我们三人睡觉的木板床，床板很厚，足在七八厘米。多年来一家三口就盖一床被子，蚊帐一年四季都挂着，意味着这是一个躺下、睡觉、做梦的地方，如果把蚊帐取了让这张床袒露在外面，那是不可想象的。睡着和起来是人的两种最重要的状态，就像白天和黑夜，虽然我们一家三口，但老少男女都有了，两种状态下的情形是完全不一样的。人与人之间不论亲到哪一种程度，总是有一些东西是需要遮掩的，如果一个人在一个漫长的过程中总是不间断地被人盯着，没有一点私人空间，那么这个人可能就不是真正的自己了，可能会变成另外的一类人。我们不可能有自己独立的空间，只能靠这一层薄薄的轻纱隔着，隔一下的感觉就完全不一样了。一种含蓄，一种自在，一种朦胧，一种柔曼，一种婉约，一切尽在不言中。

为什么会住进这间小屋我始终不甚明白，如果非要做一种猜测，这间屋子可能是邻近一房远亲杨跃华施舍给我们住的。我从外婆与他们的交往中感觉到，外公在世的时候是有恩于他们的，虽然我们家没落了，但从外婆和他们家的交往中可以感觉到我们家曾经比他们富多了。杨跃华四十多岁，很有些风流才俊的儒雅气质，在这座城市最繁华的一条街上的一家药店当经理，上有老母，下有三个孩子，是椿树周围这些人家中的显贵，他当然明白我们两家祖上的亲密关系，也许就是因为他，我们才从那么远的地方回到这间屋子落脚的，但他在对待我们的时候总是那么不屑一顾，我是不是遭到了他的鄙视，这我不清楚，但一种失落的心酸总是挥之不去！

有一天晚上，我和罗新民路过杨跃华当经理的这家药店，不经意往里一看，一下把我惊呆了，杨跃华九十度鞠躬正在台子上挨批斗，痛斥他的人们把他推来搡去的，我的心一阵狂跳，内心产生了无限的怜悯。回到家以后再去他家的时候，我特别小心地观察他，居然看不出有任何受过大耻辱、大悲伤、大委屈的痕迹。我不知道外婆对我家瓦屋的隐忧会不会与这位远房杨叔的人生际遇有关。

人这一辈子，在成长得最快的这个阶段留下的疑惑也是最多的，几多时候只是和生活想随，而很少去拷问生活。当你日后想搞清楚一些事的时候，已经晚了，失去了搞清楚的条件，再说疑惑给人留下了很多想象的空间，弥漫着一种遗憾的美丽。

我家瓦屋的墙壁是由楠竹破成片编成的，我们这个地方是竹乡，竹子做成的什物总是要比木头的便宜得多。城里人住的大都是木板屋，拿我们这间屋子和周围的木板屋一比当然要逊色多了，倘若要把这间竹瓦屋放在乡下，也能算得上一间上佳的住处了。我父亲的老家在洞庭湖畔的一个小村，还小一些的时候，我大伯用竹筐和扁担挑着我和姐姐去过。那时候从城里到乡下没有车，我大伯从天不亮就挑着我和姐姐上路了，挑过了一个白天，又挑过了一个黑夜以后才到了一个茅屋连着茅屋的小村。所谓茅屋子，从上到下都是用稻草编成的，此刻我在想，这种茅屋是不是要比城里人住的竹瓦屋好一些呢？

父亲有七姊妹，加上生发下来的独立门户的下一代和远房亲戚，也有几十户人家。我根本就记不清住了多少人家，反正是每天都在换地方。我们是夏天去的，等我们回来的时候已经是秋天了。我浑身都是蚊子叮的疙瘩，还长了几个疥子，我记得吃得最多的是鸡爪，一上桌子他们就把鸡爪子夹给我。其实我并不爱吃鸡爪子，不知为什么一到这里就把这种说法传扬开了，就算我说我不爱吃了，别人也是不会相信的，所以只有硬着头皮一直吃下去，实在吃不下去胡乱啃几口再悄悄扔了也就没事了。讲究一些的人家，吃饭之前桌子上摆着很多小碟子，里面放了一些干果，既然摆上来，肯定不会去想哪些东西能吃，哪些东西不能吃，虽然我并没有想过都要去吃一吃，有些事情就是这样，一个不经意，就把不能吃的东西给吃上了，桌子上的人都笑话我，这时我才发觉是不合时宜地把干扁豆嚼在嘴里而引起来的。他们的一种说法就是心照不宣地摆着让客人看的，而我对这样的习俗很有些不以为然，因为我感觉到遭遇了羞辱，所以对他们的这种做法非常抵触。那些发生在茅屋里的事，都是后来才体会出它的意味来的，看起来是一种摆设，实际上也是一种仪式，表明了对客人的一种尊重。

一个雨后天晴的早晨，一家一家的人都从茅屋子里出来，按照约定到公社去照相。年老的年少的有好几十个，不论男女全都光脚丫子的，有的穿着草鞋，也有几个穿布鞋的，只有我穿了一双球鞋。姑妈的女儿芝媛白皙精致细嫩的赤足踩着泥泞，一路上我都在关注这双美丽的赤足，颜色就像荷塘里的藕一样，我想把我的鞋脱给她穿，但我没有那么大的勇气，我不能够理解美丽怎么会被污泥肮脏呢，我一边窥视一边为这双美丽的赤足而难过。

我家的竹瓦屋一进门就对着一口水缸，水缸很陈旧了，表面粗粝，偶尔显出一点釉色也已经失去了亮泽的原色，缝隙里布满了漫长岁月留下来的污垢和灰尘，就是想把它洗涮干净也是不容易的了。给我家挑水的那个老汉驼背而又瘦小，一脸的皱褶从来都没有见过拉展过，全身的每一个地方都写下了疲惫和沧桑，每天都颤巍巍地跨过门槛把水倒进缸里，小腿上暴起的青筋疙瘩和皴裂的脚背上流出来的鲜血每天带给我的都是心灵的刺痛。

后来我过早地就开始挑水了，一个是为了摆脱我家日益严重的经济困境，同时也是为了让这个老人从那样一种困境中解脱出来，也许从道理上是说不通的，我挑水了等于他失去了一次机会，面对生活，他的困难是不是更多一些了呢？这都是一些让我费解的问题，我这小小的脑袋又怎么能想清楚呢？

水缸的右侧摆着一张很长很高、古色古香的原来是搁在佛龛前面的香案，当然，我们不是用来供高僧佛祖的，这个香案是我们家唯一一件能搁东西的家具，上面放着一些瓷瓶瓦罐，一个小米缸也是放在上面的。每天用一个容器量米，挖米的时候我和姐姐总爱在一旁看着，外婆在这方面的分寸是把握得很好的，一个月的定量不多不少正好吃一个月。

香案是成套家具中的一件，杨家用过的东西，就因为时代变了，还有谁家敢燃起香火呢？那颗怀揣的虔诚心早就魂飞魄散了，杨家老太太说是要扔了，外婆说你们怕我不怕，扔了也是有闲话的，我拿去用吧！对杨家来说香案的实用价值不仅已经丧失，而且还会给他们带来灾祸，而对我们家来说，有它没它就不一样了，香案上泛出来的光泽透出了香案的珍贵，我知道它已经是年深日久了，但是没有任何迹象说明它已经陈旧，什么时候看上去都锃亮如初，一尘不染，给我们家平添了荣光，没有事的时候我很愿意找上一块干净布去擦它。

我家屋里的地面和这张香案的颜色一样，都是那种锃亮的黝黑，相映生辉，这种金属般的光泽晃得人产生某种错觉，以为是某一种华贵的殿堂。不过香案和地面还是不一样，香案平滑如水而地面则凹凸不平，像鹅卵石一般结满了疙瘩。我不知道它为什么会这样隆起，外婆说是因为潮湿。人家的地面是磨得越光越好，而我家的地面则磨出了凹凸不平的疙瘩，有的时候我也用劈柴的小斧子一一砍去，可是过不了多久又堆了起来，这样一来砍平了反而不习惯，每天踩惯了这些凹凸的疙瘩，反而能体会到一种温存。

我家瓦屋庇荫在一棵枇杷树下，枇杷树下有一个防空洞，大约是受深挖洞、广积粮的大势所趋而挖下的，洞子开挖以后我特别兴奋，只要有空我也帮着挖。土方挖成以后距砌砖垒石隔了一段日子，我便趁人不备的时候在壕沟下面挖了一个猫耳洞，蜷缩着身子正好能藏在里面。夏天的中午，里面非常湿润凉爽，我常常一个人溜进去，还可以看到枇杷树的叶子，那种仰视的感觉让心里挺满足的。防空洞修好以后里面还有渗水，这样过上两天就要排水，水虽然不多但总是为粮店多了一桩事，他们为了省事，我为了在里面好玩，这样我就把排水的任务给他们承担了下来，放学回来以后约上几个同学一方面把水给排了，然后就可以在里面尽兴地打闹一番，能量也释放了，有时候还能琢磨出点味道的。防空洞的顶部堆出了平地，这个高度正好为我摘枇杷提供了方便。枇杷很小，而且也有点涩，比起街上卖的枇杷味道就要差多了，但我还是喜欢吃。

出了我家门的左侧住着一个少言寡语、个矮背驼的孤寡老人，一年很难听到他说句话，总是那么一副萧瑟的表情，脾气好像很倔强，又好像很可怜。还有一个姓罗的人家，家里的老太太一个膝盖髌骨缺失，走起路来腿不能打弯，特别爱干净，几样老式家具擦得一尘不染，亮洁如新，我和外婆每次去，那位姓罗的老太太都在洗擦那几样杯盘碗碟。

第七章 斗 殴

早晨，东方天际惨淡地透出一抹亮色，不过是似亮非亮、沉闷灰暗的那一种，比起旁边迷蒙的阴雾来好像是要亮一些。

大地依然是灰蒙蒙、阴惨惨的，街市上满是泥污，龌龊不堪，门脸的墙基、行人的裤管都失去了原有的颜色，整个被泥污所覆盖。一个没有装着痛苦的心灵，对大自然的狰狞是视而不见的，我就是这样，不管脚下的泥泞有多少，我把裤子往大腿上一卷还是乐意在其中徜徉的。这一阵子复课了，能去学校的日子总是令人兴奋的一件事。假若前方什么也没有，我也会觉得前方有一枚鲜红的太阳在等着我，总是不停地朝前追赶。

我的十个脚趾和两个膝盖没有一个地方是好的，鲜血流过以后就结疤，疤还没有好，就又摔出了鲜血，疤也就越结越厚。其实我每一次出门外婆都要以那种痛心疾首的口气骂我，让我慢一点，看着路走，否则有一天会摔死的。

这一天我出门以后，外婆又把我喊回来，让我把斗笠戴上。外婆叮嘱道："踩着别人的脚印走，别让玻璃片子把脚扎了，上回的伤还没好呢！"人为什么有那么多的担心，还不是因为并不知道生活当中会有什么不幸的事情发生。就像我，不可能不跑，但又控制不了什么时候会摔倒。只要从家门口走出去，躲开了外婆的视线，我就有一种春阳跳跃的轻松感。上学路上打伞的居多，我戴的这个由油黄纸糊成的斗笠，多少是有点煞风景的，于是我就把它拎在手里，这样就不影响我向前飞奔了。

泥泞沾满了我宽厚的赤脚，我觉得柔软而又暖和。我总是爱往泥巴团里趟，时不时用脚背驮着泥巴走几步，感受着泥巴滑落时脚背痒痒的感觉。一旦飞奔起来，光脚片子黏着的泥巴四处飞溅，路人们破口大骂：“你这野种，不得好死。”等他们怒吼着追逐时，我已经跑得不见踪影了。那时候我还理解不了什么叫野种，但我知道这是一句特别刻毒的话。我还小，我正急待着快快地生长，他们却总咒我死，死是一件多么遥远的事情哟。至于死得好与不好，我是从来都没有去想过的。

一路上我免不了还是要想一想，这个野种总是和一个人的出身有关，我的内心深处就像针扎一样地痛。我自己清楚，我有父母，他们知道什么呢？骂人嘛！总是由着自己的性子来的，目的就是要杀伤对方，至于我是不是野种他们是不会去管的，我这样顾影自怜只能说明自己的脆弱。最近母亲还给我们寄来了照片，背景是一片秀美的山川，我觉得比我看过的所有地方都要漂亮。

过去对故乡、对亲人的一切想象都是抽象，我的父母也有很多故事，不过都是听外婆说的，我对于父母的感受，只有靠外婆所讲的故事，然后加上自己的想象来驰骋了。想象是美好的，就是让人感到不太确定，不确定产生失落，正是这种缺失使我常常陷入一种莫名的惆怅与迷茫之中。有了这张照片，我就可以把一切的想象都载负在这张照片上面了，于是这张照片就成了我想象遥远家园的出发点，我对家园的想象和渴望，都是依托或者说围绕这张照片展开的。至于野种，与我又有什么关系呢！

正在我想得入迷的时候，我握在手里的斗笠被穿了一个洞，我抬眼一看，一帮高年级的同学都在哈哈大笑，他们是在取笑我，我怒火中烧，但我不知道是谁打的，正在行进中的我转过身来恶狠狠地骂了起来：“怎么不往你妈的脸上打？打你爷爷的头干啥？”这下惹怒了那一群高年级同学，几个人嚷嚷：“揍他！这个野种！”我认出来了，里面有两个是第五中学的小混混，还有一个在这种场合下最不愿意见到的人，她是我们班里最漂亮的女生丽莎。虽然我很孤单瘦小，但我不是野种，我理直气壮地站在原地一点没有往后退缩。

五中的小混混头头李挺挖苦那个扔石头的男生说：“你也算个男人，遭一小伢子这般羞辱还愣在这里，我看你根本不配和我们走在一起。”那个扔石头的男生冲过来朝我就是一记耳光，疼痛和受侮辱的酸悲一下袭上我的心头，浑身的血液沸腾了，膨胀野蛮着我的体魄，我的喉结好像在冒火似的。不一会儿，一股滚烫黏糊的东西流了出来，我迅速拭去，结果糊满了我的脸颊。

如果我有一把枪，我肯定会开枪把他打死。

我旁边有一荷塘，就是它了。我一下朝高年级的同学扑过去，死死地抱住他的腰猛虎下山般往荷塘里推，推下路基以后就是一个下坡，这位高年级的同学根本就阻挡不了他掉进河里的趋势。结果我俩一同扭打着下到了塘水里。虽然我也在荷塘里，但受到羞辱的是他，是我把他推进了荷塘。岸上围满了人，大都是永泉街小学和市五中的学生，他们在乱吼乱叫，图的是好玩。这位高年级同学拳头雨点般地击打在我的背上，我觉得我完全可以承受这样一种力量的击打。他看无济于事，便一记勾拳从底下往上打在了我的鼻子上，血又开始流了。我把手伸进了他的裤裆里，一开始他像发狂了一样打我，我咬住牙紧紧捏住不放，这样他便住手不打了，然后把头趴在我的耳边说："松开！"我知道一旦松开，我会遭到比前面更狠的毒打。岸上的人愣了一阵以后，仿佛看出来了，又引发了一阵疯狂的嗥叫。我听到了他绝望的悲鸣，我觉得他遭遇的羞辱绝对不比我轻。我始终埋着的头这时抬了起来，我知道脸上的血也已经在塘水里洗净了，我松开手上岸了。

我觉得我是让他了，没有想到他上岸以后，从后面扑过来给我脸上又猛击了一拳，我一摸，满脸血红，这是我没有想到的，于是我便开始四处找砖头瓦块。他也犯了一个错误，他凭着这一拳挽回了一点面子，以为就这样可以走脱。

我跌跌撞撞地闯进了一块菜园，透过盈眶的泪水发现了半块砖头，我俯身把砖块捡起来以后，一看断裂的一边两端有两个角，我一下就决定了把我遭受的委屈和侮辱通过这两个角喷射出去，我把两角的背面紧紧握在手里，两角伸向外端，带着一路雄风向已经走出十余米的高年级学生跑去。当我距他大约一米的地方，我腾空而起，举起砖头朝他的后脑勺狠狠砸了下去，听到了一声清脆的响声，我可以断定砸了两个窟窿，然后转过身向家中飞奔。一路往回跑的时候我感到有点害怕了，我不知道该怎样面对外婆，更让我难过的是我不知道该怎样面对学校，那些高年级的小混混是不会放过我的，我觉得我可能会因此而辍学。

回到家以后外婆恰巧不在，我就取下墙上的镜子照了起来，整个脸都扭曲变形五颜六色，显得有点幽默，我觉得这种时候再流泪已经没有什么意思，再疼也得忍着，免得一会外婆回来看见了惹出更大的事情。这样我就动手洗净脸上的血，洗完以后面貌一下就得以改观，主要的伤是在额头上留下了一个疙瘩。我把这个疙瘩和那两个窟窿比较了一下，感觉到了一种赢家的快感。

在这个世界上，外婆打我骂我都非常具体，但真正疼爱我的也只有外婆，我突然想让外婆尽快知道这件事，我隐隐地感到，因为这件事而产生的后果我一个人是没有办法来承担的。这时我听到外婆高亢的责怨声从很远的地方传了过来，我想是我血糊满面往回跑的时候让别人看到了，是别人把我的惨象告诉了外婆。声音越来越大，左邻右舍都在震动，加上前面的忧虑，我有一种天塌地陷的感觉。

外婆进门以后就捧着我的脸看："你要是被别人打死了我怎么给你爸妈交代哟！我的小祖宗呀！说，谁打的？走，去学校！"我一下急了："就一个疙瘩，也没啥！我把别人的头上砸了两个洞，他们还是中学的小混混。"我这样说实际上是想把外婆吓住，让她不要这样吼喊，本来这个左邻右舍还不知道，她这么一吼全都知道了，本来我是打赢了，她这么一吼好像我受了多大的冤似的，把人都丢尽了。外婆才不会听我这一套呢！她说："你都被别人打回家了，这又是怎么回事。"我闷闷地说："这个学我不想上了！"这一下把外婆给激怒了，她敞开嗓子把心中的愤恨倾泻起来："你被别人打成这个鬼样子，怎么了？害怕了？学校都不敢去了吗？"她一把拽起我说："什么小混混，就是因为你比他们小，他们就可以欺负你吗？就是阎王老子我也要问他个为什么。"我的意志失去了任何效力，就是使出所有的性子都是徒劳的。我只得跟着她走，到学校找到了这群小混混。

如果这样闹下去外婆是要吃大亏的，我自己怎么样已经没有什么关系了，我得想办法不让外婆受到过重的伤害，急中生智，我过去扯了一下李挺的衣角，小声跟他说："我外婆有心脏病，你们打我吧！不要让她生气！"他转过身来把我的头摸了一下说："你去卫生所把伤包一下。你很勇敢的，虽说我在中学你在小学，没事了，去吧！你外婆我来说！"

等我从卫生所回来的时候，李挺非常和善地对我说："你外婆真不容易，你要为你外婆争光才行。"我看了一眼外婆，不知为什么泪水一下涌了出来。我心里非常清楚，让他们产生同情心绝不是一件容易的事。外婆又说："那个挨了打的再不会找我外孙了吧？"李挺说："他不敢，他本来就是资产阶级学术权威的儿子，他先动手打坏了您外孙的斗笠，是他自己不对。您外孙很勇敢，一次一次地反抗，一次一次地以弱胜强，把我都感动了，我看出来了，他很有个性，我们很需要这样的人。”李挺对我居然有这样一番评价，这让我感到非常意外，我对李挺的态度一下子有了很大变化。我说：“我当时就感觉到了你并没有偏袒他，否则我当时就会被你们剁成肉泥的！外婆，你现在可以放心走了吧！”外婆抬起手用袖口揩了一下眼泪说：“那我走了！”

我从来都没有像这样得意过，我赢了，我还被小混混接纳了。李挺说：“你今后就是中学部和小学部造反组织的联络员，我们一道携手并进，该怎么干就怎么干。”前面的话我不太懂，后面一句该怎么干就怎么干我完全明白了，就是想干什么就干什么，想怎么干就怎么干。

虽然我头上的伤还没有好，但是通过这次斗殴给我的生命注入了新的活力，根据李挺的意见，我和几个骨干分子已经搬到了学校住，每天晚上我们在学校巡逻，严防坏人搞破坏活动。

一个清风朗月的深夜，我和女同学邹丽莎去巡逻，到了学校操场旁边的一个荷塘，水面都被荷叶覆盖，蛙鸣悦耳、荷花飘香，如乳的月光轻柔地铺洒在荷塘上，当我们沉浸在这姣美的荷塘月色中的时候，忽然听到荷叶深处发出声响，我和丽莎本能地意识到有敌情。我俩迅速趴在了地上，静静地听着敌情的动向，由搅起的水声又裹着荷叶声不断地向我和丽莎逼近，我浑身哆嗦，冷汗直冒，胸前怦怦跳，就像心脏要从喉管里蹦出来。我是以一名骁勇的悍将在学校定位的，尤其是丽莎，非常崇拜我。这可不是在大庭广众面对与高年级同学斗殴，我们面对的是最凶恶的阶级敌人，我们已经面临着不是你死就是我活的严峻时刻。

其实当敌情刚刚发现的时候，我就想避开危险抽身脱走。我问丽莎：“你害不害怕？”她说：“和你在一起我不害怕！”我一下蔫了，在我的身上寄托着另外一个人的勇敢，我无可奈何，只得趴在地上不动弹，嘴里悄声说：“密切监视，逮住敌人！”她说：“我们喊吧？”我想，一旦喊出声我们的目标就会被发现，有可能就会被这个敌人干掉。我说：“不要打草惊蛇，严防敌人跑了。”丽莎频频点头。

当这个目标穿过荷叶进入我们视野的时候，丽莎一下把我的手紧紧抓住了，我觉得我的灵魂披着美丽的衣裳出窍了，在另外一个世界飘逸神游。

原来是一头黑色的水牛，瞪着一双明晃晃的眼睛喘着粗气看着我们。我不知道此刻是哭还是笑好。丽莎说：“我们的校园怎么会有水牛呢？”

“对呀！这简直就是不可思议的事件。水牛出现在我们校园的荷塘里也是不正常的，我们把它牵走再说！”丽莎说：“我想是附近种菜大队的农民丢的，他们一定很着急，这样，我们把它送回去吧！”我也明白过来了，如果牵回去，我们的组织肯定是要难为这些农民的。于是，我和丽莎踏着月色把这头水牛悄悄牵出了学校，越过一条大堤以后，在一片青葱的田野上寻寻觅觅，最终把它交给了大队领导。

第八章 炖 鼠

一到吃下午饭的时间，太外公拄着拐杖就来了。远远地，他看见了正在门前打陀螺的我，就把拐杖提在半空中晃一晃，然后咧着嘴笑笑，我也不动声色地笑一笑。笑的声音大了也没有意思，因为外婆在他面前从来都没有笑过。

他那种落魄和邋遢实在是太外露、太直观了。一方面没有人服侍他，同时他也无须别人服侍。在这个世界上他没有一个朋友，他的生活孤寂而悲凉，但我从他的脸上从来都没有看到过垂暮之年的忧虑和伤感。像他这样的生活，说他矜持、孤高和乖僻也没有错。生活就是这样，很多元素奇妙地组合到了一个人身上，像他这个样子要想改变自己的生活也不是容易的事。依我这几年的观察，在这个世界上我可能是他最亲近的人了。我给予他的温暖和关心就是他幸福的全部。

他知道我总是习惯于玩他的拐杖，但他并不是任何时候都让我痛痛快快地玩的。他高兴的时候乘我不注意，总爱摸一摸我的头，他一旦摸了也就摸了，但只要我注意到的时候，我总是要想办法巧妙躲闪过去的，他感觉到我那种不情愿反而会更高兴。

几年中我没有见他添过新衣，是他自己没有这个能力添新衣还是压根儿就不愿添新衣，这就不得而知了。此刻是盛夏，就还穿那套油光发亮的黑色长褂子，可以把我的影子映照出来。冬日里总就是那件脱了毛的棕色毛领大衣，从毛领子可以推断出，想当年这件衣服挺富贵的，就是电影里面地主资本家穿的那一种，绝不是一般的穷人能穿得起的。他的牙快掉光了，但还有两颗青黑而又硕大的门牙没有掉，嘴巴的闭合能力也显得差了，常常关不住往外流口水，流出来了也意识不到，一旦意识到了就用袖口一擦了事。我从来都没有见他洗过一次澡，不过没有见过不一定没有洗过，对太外公的生活而言，这件事也没有啥！

我给他端饭的时候冒了一句："你身上有味！"我是突然闻到这股刺鼻的异味以后脱口而出的，他吃了一惊以后，看了一眼里屋的外婆和姐姐，觉出我这话她俩也听到了。在他看来有味没有味并不重要，而我却在一家人面前蔑视羞辱了他，他一下怒目圆睁，白色的眉毛竖起来了，举起拐杖说："你乳臭没干就嫌弃我，我打断你的腿！"外婆这时候一下子冲上前去把拐杖从他手里夺了下来，他像一头激怒的雄狮扑向了外婆。

一个瞬间发生的意外，让我和姐姐目瞪口呆，不知所措。经过一番抢夺之后，外婆还是把他的拐杖放开了。他举起拐杖就要朝外婆劈过去，姐姐在后面把我轻轻推了一下，我本能地扑了上去把拐杖给抓住了，他也就歇了下来没有往外拽，实际上这是一种退却或者说忍让。外婆说："让他打，你要是再打了我，我就给你死在这里！都什么年代了，还是这个德性！"我一下就意识到外婆是童养媳，挨他的打实在是太多了；同时我也感觉到外婆说这话绝不是吓唬人的。太外公把一头捏在我手里的拐杖一松，转身颤巍巍地走了，我拿着那根拐杖看到他那副沮丧的样子吓坏了，如果他要跌倒再要爬起来也就非常困难了，于是赶忙上去把拐杖递给他。

外婆一边抹泪一边唠叨："一辈子游手好闲，好逸恶劳，从来都没有干过一件正事。旧社会打架斗蛐蛐，是永泉街这一带有名的恶霸。你外公留下来的一点家业都在他手里败光了，我命苦呀！我都老了他还这样对我，就是因为我没有给他们王家生孩子，可现在还不是你妈养活他吗？"这句话终于由外婆说出来了，我和姐姐尴尬地对视了一下，不敢说话，主要是不知道该用什么话来安慰她，好像说什么话都是不合时宜的。

我盯着太外公的那碗饭看，这时候外婆还在被忧伤笼罩，我又看了一眼姐姐。姐姐说："去吧！"我停了片刻，主要是感受一下外婆的态度。她佯装擦桌子，头也没有抬。我故意问了一句："外婆你看呢？"外婆说："一辈子都这个样子，都快八十了，还能咋样呢？"于是，我把碗放进了一个水桶里，追过去给太外公送饭去。

太外公虽然打过我，但他最喜欢的也是我。我也看出来别人都嫌恶他了，诅咒他为什么还不死去！这么老的一个人对于别人来说还有什么意义呢！而对我而言，他是我的亲人。

我忽然抬头一看，他被一群少妇围着吵架。这样的事原来也发生过，那些和我同辈的小孩就是看他跑不动了用石子扔他，用侮言秽语骂他。如果我的太外公不去和这些小孩计较，小孩们扔上一两次也就不再理会了。太外公不是这样，他总是要举着拐杖追逐，追得孩子们满街满院子乱跑乱叫，撵又撵不上，只好用毒狠的语言骂他们，一骂还不是就骂到了孩子们的娘了，那样的话是非常难听的，结果这些少妇就跑出来了。此刻，我看太外公气得脸都扭曲变形了，拐杖在天上劲舞，在地上跺得咚咚响，他从来都没有示过弱、缄默过，只要他还有一口气，他的唾沫星子照样可以飞出去好几米远。就是全世界都来对付他，他也会是这个样子的，只有今天和外婆是一个例外。

其实我的这些同伴们知道什么呢？还不是图好玩，一时兴起，闹过一阵以后什么都忘了，真正为这些而受伤害的是太外公他自己。我看他是不在乎这些，他就是这样，从来都没有想过要凝聚什么人缘。虽然几近濒死的境地，但他依然是那样地豪迈，从来都没有妥协过。这个世界厌倦他，他也厌倦这个世界。

到了跟前，我的血一下往上涌动起来，这群像我母亲一样年龄的人是没有理由这样对待我太外公的，我扯着嗓子吼了起来："不要闹了，你们看一看他这么老了！"那几个刚上学的小家伙知道我在学校里的威风，连忙扯着大人们说："他是学校有名的大队长！"这个话果然灵验，她们敢放肆地围攻一位风烛残年的老人，但谁也不敢触怒大队长。我一边吼着一边拉着太外公离去。

到了他那间龌龊不堪的屋子以后，他好像还在生闷气。我说："算了，他们还小！"他说："要是几个小的没啥，你看看那几个小婊子也出来和我吵，放在从前我不打断她们的腿才怪呢！"

"你那么狠的话骂她们，她们要不和你吵才怪呢！"他一下开心地笑了："她们是婆娘，我不和她们计较，反正都掉不了一块肉，她们咒我死我也不一定会死，我骂她们是婊子她们也不一定就是婊子！"我说："你现在就吃吧！还热着呢！"他说："你不是放下碗就要走的吗？你不走了？"我说："我看你今天累了，今天陪陪你，等你吃完了我把碗带回去算了。"我看见了他胡子里的脏东西。

他笑得很爽朗，就像前面的事情没有发生一样。我问他：“今天我若不来给你送饭你咋办？”他给我指了指墙上，我一看挂着一些草药和几张兽皮。“这能当饭吃吗？”他说：“你还小，你不懂，等你大一点的时候就知道了。”这间屋子是非常令人窒息的，落在这些家什上的灰土从来都没有用抹布揩过，有几个老鼠夹子，有一个上面还夹着一只肥大的老鼠。墙上的那些兽皮里面也有老鼠皮，我心里震惊了一下，一看他在吃饭再也不敢往下想。等他吃完以后，我拎着桶走了。

他和我们这个家总是一种若即若离的关系，说是一家人天天见面，但从来都没有在一起吃过一顿饭。早晨，他是不来吃饭的，而中午晚上，只要一到吃饭的时间他就到了，站在门口也不进屋，具体地说是由我把饭端给他，他从来都不说饭好不好吃，吃饱没吃饱。只要吃了就行了，只要吃了也就走了。

门前是一片绿茵茵的菜地，但没有一寸地是属于他的，他和这些邻人们从来都不来往。平时他闲着也闲了，如果能下地种种菜，别人还能不给他点菜吃吗？可是他从来都不这样想，他喜欢一个人去郊外的那些山岭和野壑之间，他到那里去挖草药，我见过他一个人炖草药吃。

有一个星期天，我跟太外公说：“今天你带我去采草药算了！”他眼睛一亮说：“那行呀！”等他吃完饭我跟着他到了他的那间屋子，他从床头一角翻出了几把刀叉一类的铁器，然后又把一只篮子腾出来。出门以后走起路来格外神气，我要搀扶着他，他也不让搀。

他一路给我说了很多草药方面的事，说他采的药多么灵验，治好了多少绝症。我说：“你没有病也经常熬药干啥？”他说：“这里面的秘密你就不知道了，强身健骨，你看我就行了。”我恍然，原来他对待生命有自己的秘诀。他给我讲植物的根茎花叶，什么形状呀！色泽呀！味道呀！我这才发现他拥有自己的一个世界，只不过他的这个世界并不向外人敞开。他说他已经老了，他决定把它传授给我。

在一条清溪边他蹲下了，把手伸进水里拽出几株青嫩的小草让我看。根须白嫩细长，叶子是很小的椭圆形，在很长的茎上工整对称排列着。他说这味药是治跌打损伤的。一边说一边把这种修长的青草在水里涮干净，露出了白皙的根须后放进嘴里嚼了起来，然后又捧起溪水来喝。他说：“这种药我吃了一辈子，打架的事哪有不挨打的，能打的人不是说他能打，而是不怕挨打、敢挨打，挨了打以后有办法治它。”他把几根草药递过来说：“来试试！”我只是爱打，没想到更重要的是要能挨打，于是就把外祖父的秘方吃了进去，再难以下咽总比挨打要好，我也学着用水来嚼。他捋了捋胡须，灿烂地笑了，脑海里浮现出往昔的岁月。

在烈日的毒烤下，我们不停地寻寻觅觅，整个世界都被蒸发了，没有什么东西不是蔫蔫的，走进一片浓密的竹林以后我们歇了下来。他说：“旧社会，我们这个地方出土匪、恶霸、强盗，做男人如果不把别人打下去，那是很窝囊的，最气的事情就是有人要让你戴绿帽子。你太祖母是这个地方最漂亮的呢！我就是遇上了这样的事才打上架了的，没想到这一打再也停不下来了。我身上挨的扁担、棍棒和刀伤有几十处，骨头断了十几次，那些和我结下恩恩怨怨的人大多都已经死了，你看我还活着。”他一口气给我讲了那么多的陈年旧事，有些听懂了有些没有听懂，有些心里懂了但如果要说是表达不出来的。他说完以后笑得那么甜美，满头的白发散发着芬芳。

每个人都有自己值得炫耀的地方，他是靠打架维护了一辈子的尊严，至于这其中的是是非非，谁又能说得清楚呢？我对他的敬重油然而生，我也曾嫌弃过他，可是我并不了解他，不论别人说他怎样怪僻凶悍，不就是活在了自己过去延伸下来的阴影里吗？难道你还能让他到了八十岁再改变一种活法吗？我有幸成了他垂暮之年最亲近的人，能够陪护他的晚年。我说：“你那些伤能不能让我看看？”他说：“这可不行，太难看了，看了你受不了的。”

太外公八十多岁以后双腿瘫痪了，再也走不动了，再也打不成架了，也采不成草药了。他原来的满头白发和长须外婆让我找人剃了，一开始他不让剃，我说是外婆让我叫人来剃的，他也就不再说什么，好像把一切都想开了，人也显出另一种慈祥。他每天能见到的人就是我，见到我时，他掩饰不住他的兴奋。

每天我都用一个水桶给他送饭，一般都是蒸米饭，水桶底下放着一点热水，供他洗漱饮用，然后把米饭坐在热水里，同时也给米饭保温，上面放一小碗菜，上面我还精心做了一个纸盖盖着。我一路上要尽量地快，而且又不能让水溢进米饭里。所以我要尽量地保持平衡，迈着平稳的碎步飞快地往前滑行。

我感到他见到我的时候才是他一天里最惬意的时候，他笑容可掬、絮絮叨叨、没完没了，有些话也不知道重复了多少遍。他说什么都不重要了，重要的是他需要一个听众才能实现这样一种表达，我在他面前的存在就不是一个爱听不爱听的问题了。过去我总是躲着他，讨厌听他说话，讨厌他拉我摸我，自打竹林回来以后，我的感觉变了。这时候我感到了一种爱怜的情怀，他抚摸我的感觉让我觉得挺温馨，我也就尽量多陪陪他。

他从来都没有在饭菜上苛责过谁，我觉得他对吃什么也不太在乎，而见到我才是最重要的。他的房间里本来有一张床，原来他是睡床的，可是从他双腿瘫了以后他就不睡床了，而是把行李搬到了地上，这一点让我费解，我问他为什么他也不明说，就说睡床上害怕掉下来，睡地上踏实。“地上不是潮吗？”我说。他说：“没事，踩踩地气还好！”

有一次我推门进去，发现他正在兴致盎然地夹老鼠，后来我慢慢观察才领会到，他睡在地上是便于捉老鼠，我觉得这是一件很有趣的事情，不论是什么样的日子，总是要找到一种方式去度过的。我说：“这东西很脏，我帮你扔了吧！”他说：“唉，用不着呢！”我从他的表情上看出来了，他对老鼠的确情有独钟。

有一天我给他送饭进去，发现他在剥老鼠皮，藕煤火上的砂锅正在冒热气。我尖叫了一声：“你吃老鼠！”他抬头对着我笑了，笑容是那样神秘而灿烂。我一阵茫然之后，突然悟到我的这位瘫在地上的太外公是在炖老鼠，一开始我有一种嫌恶的抵触情绪，但闻过一阵之后觉得这种味道有一种沁人心脾的芳香，令人迷醉。我把饭给他递过去的时候，他轻轻地拉着我的手说：“这是在熬药，没事的，不要害怕。”我说：“我本来就不害怕，你吃就吃吧！也没有啥！”他有一种如释重负的轻松，一只手拉着我的手，一只手揭开了盖子。我粗略地看过去，只看到砂锅里有很多的草药。他用一种慈祥而探询的目光看着我，我明白他是问我吃不吃，我摇了摇头。他说：“你去给我采上几味草药行不行？”我说：“这怎么不行呢！你把这些给我教会就是为了让我给你采药的吧？”他笑而不答。

回家以后我给外婆讲了这件事，外婆说：“你才知道吗？那是他的宝，不过也怪，你说他这身体怎么就那么好呢！让他去吧！咋办呢？看来老鼠这东西原是可以吃的呢！”

我的一些童年记忆总是残留着我太外公王雅南的暮年岁月，这种记忆虽然很有限，但又是那样地隽永而又强烈。

第九章 像　章

星期天丽莎约我学骑自行车，我就像过盛大节日一样地高兴，穿好衣服给外婆搪塞了一声就跑出去了。

昨天晚上下过阵雨，地上浸润着潮湿，薄雾还没有散尽，像青纱一样在树梢和屋顶间缭绕。太阳的万道金光已经斜射进来了，鸟儿不住地唱着，欢悦的啁啾就像我的心情一样甜蜜而爽朗。

学校操场空无一人，好像一切都是为我们准备的一样。我独自一人在跑道上徜徉着，不知不觉走到操场旁边那口发生了水牛事件的池塘边，墨绿的湖面荷叶轻摇，露滴在上面闪着奇妙的光，荷花曼妙羞涩地绽放着，到处都散发着一股浸入骨髓的馨香。我一下愣住了，在那个晚上，同样是这片温煦的荷塘何以发生那样惊心动魄的一幕呢？我感到非常惭愧，荷塘月色瞅见了我内心的怯懦和悸颤，那一刻我才震惊地感到自己是那样地贪生怕死，那样地不堪一击。我庆幸地笑了，上苍保佑我并没有把我当时的怯懦和恐惧表现出来，是丽莎的沉静抑制了我的恐慌爆发。

丽莎推着自行车、穿着一套绿军装出现在学校大门口，我招了招手迎着她跑了过去。她把军帽脱下来了，翘起的睫毛上挂着朝露，在阳光的映照下格外晶莹，平滑的额头上沁出了细细的汗珠，胸前佩戴了一枚鲜红的像章，我从她手里把自行车接了过来道：“修好了？”她说：“爸爸拿去修的。”

“没有训你吧？”她摇了摇头说，“妈妈总是唠叨，爸爸说刚学哪有不摔的。”那个年月有自行车的人家实在是太少了，她爸爸是工程师，母亲是教师，所以就和一般的家庭不一样了，有的家里就是有车也是不让学的，怕把车摔坏，也怕把人摔坏，明明知道要摔而又不怕的人有福了，就像我们和丽莎的爸爸。我们走上了操场的跑道。她突然停下道："让我看看你的腿伤！"我说："没啥，都好了！"她说："你骗人，那你为什么不让我看？"

"不好看！"我说。于是她从绿色书包里掏出了一支药："你涂上吧！"我愕然，怎么我正在想的事她也在想，我觉得让她看到伤口是一件很残酷的事情，而药我接了过来。

不知不觉我们就是中学生了，环境变了，老师变了，同学的组合也变了，不过新民、莫卜星、赵建平、丽莎和我有幸还在一个班里。虽然我们是学生，但学习并不是我们生活的主流，标榜自己不学习的人比埋头学习的人要趾高气扬一些，我是标榜自己不学习但暗地里还是学的，丽莎呢？属于那种漫不经心的，但学习很好。

眼下这条跑道是我们做好人好事到工厂挑炉渣垫起来的，不管怎样总是要比土跑道好些，只是不慎摔在上面，受到的伤害就要比土跑道重多了。我的腿就是在上面摔的，摔了就摔了，不学自行车不也在摔吗？况且我已经可以把自行车骑走了，不过不能骑上座垫，而是把右腿从三角大梁的中间伸过去，车体稍稍倾斜，两条腿交错呈X形来回蹬，就这样可以沿着跑道走几圈了。丽莎拒绝用这种方式学车，实际上我清楚，她是觉得这个动作有伤大雅，这样她学的时候我扶着车身让她骑到自行车的横梁上，她还不能单独行车，我也不敢让她单独行车。

我把车子递给她，她说："你先骑上几圈！"我说："我会了，现在你学会才是关键。"她不接车子，我就抓住车子的后座不动，逼着她上去。她说："把你的骑法改改，你骑上去吧！骑会了你就可以上街了。"我说："我家没有自行车，今天还是教你吧！"

"正是因为我家有，学起来才方便。"说完这话她一噘嘴甩手走了！如果再不学就辜负了她，我连忙喊道："你过来，你不扶我还上不去呢！"就这样丽莎扶我骑自行车。

中午在荷塘柳荫下休息，我和丽莎一边吃着她带来的午餐，一边谈起了佩戴和收藏像章，层出不穷的像章成了那个时代最绚丽的一道风景。对像章的拥有成了我们荣光和自豪的重要因素。每天，同学们总是要习惯性地看一看各位戴在胸前的像章，每天同学们都要从书包里掏出自己别满像章的手绢比试比试，炫耀炫耀，同时也交换。

最珍贵的像章要数王文革那一套了，上面是一个镀金的五角星，中间是老人家的头像，下面是一块“为人民服务”的红色横牌。谈到这一套像章时，丽莎露出了一丝淡淡的忧郁和感伤。在我们班里王文革的父亲是一个驻军团长，拥有这套像章以后他所获得的优越感让同学们羡慕和嫉妒。丽莎说：“如果我知道后果，是不会去和他换的。我愿意拿出我的大部分像章去换那一套，可是他拒绝了我，还说那套徽章是真金的，就是用我这个人也换不来。听了这些话你知道我是怎样的感受吗？”我看到她那湛碧的大眼睛噙着泪水，我的心在慌乱中感到一阵从没有过的刺疼，一个瞬间我突然领悟到我应该为丽莎做什么。

“丽莎，你不要难过，不是说父亲当团长才能拥有这一套像章，我相信在我们班里，在我们学校里，你是最值得佩戴这套像章的，我一定会让你戴上。”丽莎说：“这套像章有真假之分，军人身上佩戴的才是真的。我并不是非要戴，我只是告诉你我因此而受到了无端的伤害。”从她的眼神中可以看出，她并不知道我要干什么。我说：“是不是教训教训他呢？”

“不是这个意思，你绝对不要干这种事，只是说说而已，跟你说了以后就让这件事过去吧！”

丽莎是看到我那次打架以后开始接近我的，我是她心目中的英雄，从那以后她对我产生了盲从，实际上她把我在她心目中的形象夸大了。看到这片荷塘，一阵羞耻感涌上了我的心头，不久前在荷塘月色下发生的水牛事件，让我看到了一个真实至深的自己，那一天我是真的害怕了，而她却认为我是不会害怕的所以她也不怕，虽然令人难堪的情况并没有发生，但我这颗负疚的心终归要找到一个平衡点，一方面慰藉我自己，同时也眷顾丽莎。我为自己能够毫不犹豫地抱定这个主意而得意，嘴里说的却是：“这几次学车，你的伤并不比我轻，我能治好你的伤痛，信不信？”丽莎用诧异的眼神看着我。我说：“我会采草药！”她抿着嘴摇了摇头，好像并不是信不信我采草药的问题，而是品尝到了草药的苦味似的。我说：“不用煎服，也不苦，采出来生吃就行了。怎么样？我们采药去？”她听我这么一说，就点点头站了起来。

郊野风光，其乐陶陶，在密密的竹林里我和她追逐嬉戏、心仪相随。但我也发现，一个人的内心世界和他能够表达出来的那一部分相比，后者简直是太微不足道了。这样的痛苦是一种无法言喻的痛苦，是真正的痛苦。草药她只是尝了一点点，我觉得她是悄悄吐了，而她则说咽下去了。她是那样地高贵，我不可以强行让她吃下去，因为把一种野草就这样让她生吃，也是令她非常难堪的，这样为她全心治好伤痛的愿望也就化作泡影了。我只有一条路了，就是把像章尽快弄到手。

把丽莎送回去以后，我就去找新民、卜星、建平，约好在卜星家见面，开始密谋一次抢夺像章的行动。他们并不知道我要干什么，我把计划说出来以后，有几分严峻的肃穆，我不喜欢这种气氛。就用眼睛逼视着莫卜星，意思是让他说话。他在我们四个人里面就是一个智多星的角色，他常常扮演着一个完善和证明我的想法的角色。莫卜星看着我说："这次行动还是由你来指挥，我来负责传递信号，新民速度快、灵活，你来第一棒，建平在五十米以外的地方等候接应，拿到东西以后你就跑回家去，事成以后我请你们吃米粉。地点呢！要选择在全市最繁华的地段大码头，只要一抢人群就乱了，不容易被捉住。"我又看了看新民，他说："既然要干也只有这样了，如果我被军人抓去了，家里只有我奶奶和我妈了！"想到他死去的父亲，我心里一阵酸楚。我说："不行，还是我上吧！"新民一下急了："我不是这个意思！什么也别说了，走吧！"

我们四个若即若离地在人群中穿行，一路上总是在盯着别人的胸脯看。因为心里总是揣着这么一个想法，而且总是处在一种伺机行动的状态中，一种鬼鬼祟祟的感觉挥之不去，一种难以控制的惶恐使人不安。这时我突然看到一名解放军佩戴的就是这样一套像章，我转过脸给莫卜星使了个眼色，让他们做好准备。我还没有顾上下达行动命令，只见新民一个箭步冲上去就把像章拽了下来，一转身消失在茫茫人海中了。我看那名解放军目瞪口呆地愣在那里，等我混入人群以后才听到他的喊声。我们的行动要比我们想象的顺利得多，我们很快就坐在一起吃米粉了。最大的遗憾就是没有抢上全套，只把上面的五角星头像抢上了，下面的语录牌没有抢上。新民说："再来一次吧！一慌张把下面的那枚落下了。"我没有说话，而是看了一看卜星。他说："建平来一次怎么样？"不等建平开口，新民又说："还是我来吧！这是一件事，我只干了一半。"我说："就这样吧！"吃过米粉以后我们就按计划再干了一次，结果又一次得手了，而且把全套都抢了回来。这一次以后我们聚在一起狠狠地抽了一次烟，抽的是工字牌雪茄，抽完以后头晕目眩，只得找一个没有人看见的地方靠在墙上等待昏眩散尽，这样我们都很晚了才回家。

第二天到学校，我的手不时地放进裤兜里捏着这套像章，再看看丽莎，心怦怦地跳个不停。我真想在第一时间把它交到丽莎手里，可是那时候男女同学在班里是不说话的，除非是有组织的活动。第一堂课下课以后，同学们都三三两两到走廊上去了，我乘人不注意写了一张字条，连同像章一起搁进了丽莎的抽屉里。我觉得这是我一生当中所做的最大、最神圣、最有意义的一件事情。谁知转过身来，却看到新民用一种惊诧和疑虑的目光看着我，我显得有些尴尬，他诡谲地笑了笑也就过去了。我突然感到心里有不安，新民可是我最好的朋友，虽然我没有欺骗他，但我把这次抢像章是为了丽莎这样一个至深的动机掩盖了，如果他们知道了会怎样看我呢？虽然我心里没有底，但我想他们是不会怪罪我的。我没有想到问题真就出在这个地方。

罗新民发现我是为丽莎抢这套像章以后便和我发生了从没有过的争吵，他觉得自己受到了戏谑和欺骗，更让我没有想到的是我居然没有能力说服他，他为此而流泪了，我这才意识到给他带来的伤害，他说他心疼得受不了。他说我不应该骗他，而我却认为并没有骗他，而是不便告诉他，或者说并不急于告诉他，他还是不依不饶。他说我为了一个漂亮女生做出卖朋友的事，真是下流。

他说我下流我是无论如何也受不了的，他玷污了我的神圣情感，侮辱了我的自尊。他说如果要修好我们的友谊只有一点，就是把像章要回来。我说："我就是再为你去抢十套也不会把这一套像章要回来的。"

我怅然若失地回到了家，姐姐说我总是把伤心写在脸上，我说和同学吵架了。外婆又唠叨起来，为我们的将来忧虑了，外婆是怕我们变成乡下人。我心里想如果和丽莎一道去，不要说下乡，就是上刀山下火海又算得了什么呢！

我和新民不说话了，隔阂的日子里让我感受到了心灵的痛楚，对于这种心灵的创伤我越来越感到难以忍受，我父亲不在身边而他的父亲已经死了，每当想到这一点我的心在滴血。

莫卜星从中斡旋了几次，就这样慢慢地把隔阂消除了，又言归于好。只是真诚的情感受了挫折以后，双方对情谊更加珍惜，但是彼此之间增加了几分客气和谨慎，这使我的内心非常悲伤，但我也想不出来用更好的办法来改变。从此有了某种无法言喻的淡淡的感伤。

第十章 春　游

提前坐到座位上看丽莎进教室，不仅成了我的习惯，也是我内心最惬意的时刻。今天虽然没有下雨，丽莎手里还是拿着一把雨伞，穿一双少有的墨绿色的高筒雨鞋，两腿走动释放出一种娇娆媚惑的力量，长有青春痘的脸羞怯地微微俯瞰着，卷曲的睫毛就像被朝露打湿了一样，闪着金属般的光，眸子里两泓秋水波光粼粼，上面弥漫着一抹氤氲之气，就像淡淡的晨雾。

第一节照例是政治课，已经打响了预备铃，班主任进来了，走廊上的同学才慢悠悠跟着进来。毛老师的脸像一朵祥云，大家一看就知道有好事："同学们，下个星期天，全班同学到宝塔山去春游，活动的内容当然还是要突出政治，还要有一些娱乐性的、体现同学们热爱大自然、勇敢无畏的节目，中午下课以后班委开个会，研究一下春游活动。"全班同学一下鼓起掌来，而我则有一种心惊肉跳的感觉，一开始我没有鼓掌，我本能地意识到丽莎在看我，觉得挺尴尬的，也就不情愿地拍了巴掌。

到郊外去撒野当然比坐在教室里开心得多，可是我的烦恼更与何人说？去还是不去？带不带红薯？要不要向外婆要钱？难道非要把自己的贫寒与酸楚撕开给人看吗？让别人从心里耻笑我吗？春游当然不是一件可以轻易放弃的事，我又有什么办法来躲避我心灵的陷阱呢？这些问题在我脑海里盘旋，我脑子乱极了，根本不知道老师在讲什么。

问题就出在一顿午餐，我被这顿午餐深深地困扰。春游午餐是一道风景，同学们都想在其中扮演最靓丽的角色，本来我很优秀，但是在午餐这样一个残酷的实力竞技中我只能扮演一个最蹩角的角色。其实就是饿上三天我也是不在乎的，为什么非要以这样一种方式让我难堪呢？

回到家里我闷闷不乐，外婆围着我绕了几圈看出了我的反常，问道："又有什么事？不是和罗新民好了吗？"因为难以启齿，我只是唉声叹气。外婆见我这副模样就生气："你不要一天拉着个脸给我看，我这日子也不舒坦，又欠你啥了！你行行好吧！"我几乎是绝望的，因为我一旦把问题提出来，肯定会引来更多的不快，问题最终也是无法解决的。可是我又不能不提，明明知道是不可能的事还要硬着头皮提出来，我只有说："外婆，我们又要春游了。"外婆恍然道："这下我就明白了，又是不想带红薯，对了吧？"我说："我已经上到初中了，人家都是鱼肉鸡，我总不能还带红薯吧！放暑假我就可以去赚钱了，外婆你就信我一次吧！"外婆说："你跟别人比啥呢！我不相信一个班几十号子人就没有再带红薯的，再说了，别人再带好吃的你不去吃就行了，谁还能说你带红薯就不对？"我说："外婆呀！这吃什么是小事，这带什么事就大了。我带红薯别人会看不起我的，同学们都知道了我父母在新疆赚大钱，一年就这么一次春游，你让我带红薯可把我的面子都丢尽了，我受不了呀！"外婆说："这些事你跟别人比啥呢？你又不是不知道，你父亲不赚钱，这你是知道呢！一家四代人都靠你妈一个人，我们这个家不容易呀！你不带红薯带别的，带鱼带肉带饼干，少说也要一块钱，几角钱的东西还不是寒碜？你想过没有，这一块钱可是全家几天的生活费呀！全家人都几个月没有吃肉了，我近些日子病得不轻，想去拿点药都不敢，你看这咋办呢？"这种挫折感是非常令人心碎的，我说："一个班里几十个人，分成了好几帮，我是班里的中队长，城里这帮人我是个主心骨，平日里在学校都听我使唤。近郊农村的是一帮，他们大都带红薯，我偏偏又是个城里人，你让我咋办呢？"外婆一下生气了："家里就这个条件，你为啥非要打肿脸充胖子呢？你是自己找罪受。穷要穷得有志气，我不信你就吃你的红薯能少一块肉。你不能再这样说了，你想想，家里人的死活重要呢还是你这小兔崽子的面子重要？你掂掂这个分量吧？我要能拿出钱来，我就给你买了，可我实在拿不出钱来。"外婆语无伦次地说个不停，我一下觉得做错了什么事，愧疚的泪水顺着眼沟往下流。外婆一看我这模样，接着说："如果能等到你妈把钱汇来，我一定给你买，如果汇不来，那你还只好带红薯。"

既然红薯非带不可，我只得寻找一种对付这顿午餐的办法。想来想去只有一个办法，就是不和同学们一道吃午餐。怎样从同学们这个群体里把自己剥离出来？还不能让同学们知道我带的是红薯，还不能让同学们看出我内心的伤悲。

几天的时间里，仿佛和同学们有了一种疏离感，我变得执拗而偏狂，处处表明自己与众不同和卓尔独立，以一种逆反的方式在同学当中出现。回家路上丽莎追过来问：“这几天你怎么怪怪的，是不是发生了什么事？”我说：“你在想什么？我能有什么事呢！你还不了解我吗？我就这个样！”

上到了初中以后，挣脱孩提时代的渴望得到了些许满足，心性也变得特别敏感，与此同时，成长过程中的烦恼也愈加多了起来。带什么吃的，这个话题在同学们中间总是很热闹，家庭背景好的人身上那种自负和得意自然就流露出来了，有的人是故意炫耀，但有的人不是，丽莎当然不是。有一天她兴致勃勃地找到我说：“我带一只鸡，加点蛋糕饼干就行了吧？”她以征询的目光看了看我。我也知道她绝不是心怀叵测的那种人，但我还是觉得触动了我最脆弱最痛苦的这根神经，我感到非常难堪，我不知道该怎样回答她。一旁的建平说话了：“你要带鸡呢！那我就带鱼吧！这样我们可以互补，保证可以凑成一顿丰盛的野餐。”莫卜星说：“大伙说喜欢吃啥吧？喜欢吃啥我带啥。”几个女生窃窃私语了一番，一下吼了起来：“甜点、糖果！”我觉得自己遭到了某种羞辱，虽然他们不是故意的，但是谁也不会考虑到我的感受。我无地自容，既没有办法参与也没有勇气退却。罗新民似乎看出了我的尴尬，随便说了句：“我带几个辣菜，叫你们吃了以后把我忘不了！”说完以后一把拽着我说：“咱们打球去！”我感到自己得救了，但是问题并没有解决呀！

随着春游时间的临近，班里的气氛也整体开始升温。班主任毛老师每天都要到班里来落实各项春游活动。在毛老师的眼里看来，我是一个很有生活激情的精灵，也是搞好班级活动的关键因素。所以，他一开会总是鼓励我发表意见。按我的心性，我内心的悲凉应当成全我的坚强，如果在活动的问题上消极地往后躲避，我也是受不了的。我觉得我应该从这种自卑酸楚的泥潭里挣脱出来，心灵的魔障只有靠自己去驱除，否则我会被这件事扭曲成另外一个人。

人只要从阴影中站出来，就有一个属于自己的制高点。在这个制高点上，我可能看到一双双欣赏羡慕的眼睛。特别是那一双圣光灿烂的眼睛，给了我极大的温存与慰藉。为了这样一个心醉神迷的美好影像，我也要去展示男儿的激情和智慧。

我们又聚在一起谈论春游。莫卜星说："宝塔山的周围有很多的荷塘，我们不妨搞一次抓青蛙比赛，一个男生和一个女生为一组，取前六名，输了的罚他们剥青蛙皮，赢了的奖励他们美餐一顿。"丽莎说："我反对，这个游戏也太残酷了！荷塘边我是不去的，我害怕青蛙。"莫卜星说："你的反对也太轻率了吧！这个游戏我想了整整一天，你也太让我难过了。"丽莎不无歉意地说："我不是那个意思，人总是从自己的角度出发想问题的嘛！我的意思是我不适合参加，我为你们助阵好了吧！"我看着丽莎说："只要高兴，参不参加都不重要，我们不会勉强你呀！"丽莎会意地点了点头。接着我又说："既然是去宝塔山玩，何不把宝塔的戏做足呢？我建议搞一次登塔比赛，不仅要登上去，还要从塔顶爬下来。是有那么点冒险的意思，但我觉得就是应该有这么点刺激，要不然难得的一次春游也太平淡了，大家看怎么样？"丽莎惊愕地看着大家，紧张地等待着这个提议的结果。男生相互传递着眼色，相互拍了一下巴掌，就算通过了。

大家的情绪越来越高涨，刚好毛老师过来了。我把大家的主意给毛老师说了，毛老师提醒说："大家思想很活跃，在大自然中培养我们的情操和意志，应该是我们春游的一个目的。不过大家还要想一想，我们要考虑一下这次活动的政治思想教育意义，这一点大家务必注意。"我一下灵感来了，"攀登宝塔比赛就是为了宣传继续革命的思想，还要做几面红旗，这样不就有了政治意义了吗！"毛老师说："这个主意不错，什么时候都不要忘了突出政治思想教育，一路上急行军比赛，到达目的地以后的歌咏比赛，这些节目还是需要的，关键是要组织好！"说完，他赞许地点了点头，转身走了！

连日来对于午餐的思考让我得出了这样的结论：找一个最合理的机会躲避，不和大家一起吃午餐，也不要让大家知道我只是带了红薯。人多么需要智慧呀！我只要在全部的活动中设计一个离开大家的时段就可以了，对我来说这绝对不是什么困难的事。我为自己摆脱尴尬和困境的这个主意而感到欣然不已。

芳草吐翠、嫩绿闹春。益阳市五中初一（三）班的全体同学春游出发了，大家的脸上荡起了抑制不住的喜悦。我是红卫兵中队长，所以我扛着一面红卫兵大旗走在最前面。丽莎是文体委员，由她领唱红歌。我还带领大家喊口号。大家穿着清一色的草绿色军装，戴着军帽，看上去很像一支队伍。尤其是腰带一系，袖章一戴，还真有那么几分英俊之气。毛老师心里清楚，学校里的斗争闹得让人挠心，这些纯真的孩子需要到大自然中去感受一下上苍的恩赐。他没有选择城市的主要街道和闹市区，而是走了一条城郊接合部的大堤。同学们一路上兴高采烈，充满了欢歌笑语。

大堤左边是乡村，可以看到郁郁葱葱的田园风光和星罗棋布的鱼塘，点缀其间的是牧童们吆喝水牛在耕作和农人们连着竹林的茅草屋，间或也可以看到几间红色或青色的瓦房。班里的同学有的就来自郊外。赵茏娇就是从农村来的，每天她都要走五里路到学校来上课，每天中午都是啃红薯，而学习在班里是数一数二的。因为在一个班里总是学习不好的占上风，所以谁要是学习好了，反而会遭到大家的轻视，用这种不屑一顾来体现自己的个性，表现自己的不可一世。队伍的右边就是益阳市区，市区大都是木板瓦屋，沿街砖砌起来的楼房居多，偶有几家工厂的烟囱冒着青烟。这座城市盛产茶叶、橘子和竹制品，也就是说加工业比较发达，再就是益阳的袜厂也是很有名的。

从大堤上远眺，在遮挡少一点的地方可以看到汩汩流淌的资江，偶有几艘冒着浓烟的轮船穿过，而大部分则是摇着大橹的双桅船，逆水的时候，前面有拉着纤绳、背脊黑亮、匍匐而行的纤夫。还可以看到机帆船和载着鹭鸶的捕鱼小船。

这样的风景大家都司空见惯了，只是偶尔一瞥而已，更多的乐趣是在这次行走的过程中，一阵阵地呼喊口号，一阵阵地唱红歌。

我们这支小小年纪穿着军装的春游队伍来了，来到了春风习习的宝塔下，过去这个塔叫“镇妖塔”。相传资江这条蛟龙每年都至少要泛滥一次，摧毁屋宇、淹没民宅、破坏庄稼、冲垮桥涵。毛老师做动员讲话，他说登塔活动是大无畏精神的具体表现，对大家的毅力和勇气也是一个考验。优胜者将获得今天的最高荣誉。

乘人不备的时候，我把红薯密藏在一个绝对发现不了的地方，参加完登塔比赛以后又参加了一些其他活动。临近中午时刻的我心里隐隐地有一种压迫感，我决定选择一个登山项目来实施我的逃遁计划。事先我就计划好了我是终点裁判，这样我就可以一个人提前到达山顶了，这样正好可以躲避这样一个令人难堪的午餐。尽管这个计划可以说是天衣无缝，但我还是祈祷着同学和老师把我疏忽掉，一旦有谁想起，难免有什么不可预测的情况发生。我觉得自己很有一些壮怀激烈的意味，和同学们在一起有那么多的美食可以享用，而我则丝毫不为所动，居然有如此果决的力量，挣脱我的那个黏得很紧的同学圈子，孤身一人开始了这次捍卫自己尊严的行动。

我很随便地走到毛老师跟前，漫不经心地说了一句："我一会儿去山顶了。"毛老师不置可否地"嗯"了一声，这样我就算是给他说了。我背着破旧的行囊，奔跑在资江的江岸上。离这个人群越远就越有一种如释重负的轻松，我抛开了尴尬和窘迫，同时也抛去了我的羞辱和酸楚。我自豪，我可以自由自在地飞翔。郊野的风吹拂着我的头发，我感到蓝天是那么澄碧，大地是那样地葱翠，昔日桀骜的资江水也显得那么温润传情。

突然，一个熟悉的声音在我的耳际响起，这个时候无论有什么事情发生都是我不希望看到的。但我还是听出来了，是丽莎的声音。丽莎从一丛树林中气喘吁吁地走了出来，一对怨尤的大眼睛死死地盯着我，头上蒸腾着汗气，然后从她的军用挎包里拿出一只鸡递了过来。我费解地看着她说："你怎么？"她说："就是给你带的，我早就知道你会这么干。"我惊异地看着她，好像整个人都被她剥光了一样。我说："你是在伤害我！"她脸上的怨尤消失了，我听不清她嘴里说了什么，但我预感到说的是很重要的话，我没有往前走，但还想听她再说一遍，她把鸡扔下，转身跑了。

我看着她的背影发呆，不知不觉泪水打湿了我的眼眶，那是一种混合着甜蜜与苦涩的说不清楚的感情，永远在我的生命深处奔流不息。

第十一章 水 桶

一天下午，吃过一月一次的回锅肉以后，外婆乘兴把我搂在怀里说："用水多了，水价也长，我想去河里提水呢！这样一月可以省下一块多钱，差不多可以割两斤肉吃！"一段时间以来，我心里也是在揣摩着这件事情，外婆这么一说我的内心很快就有了回应。外婆当时患有心脏病、高血压，不久前肚子上又开了刀，从当童养媳到晚年，肩上从来就没有挨过扁担，提水要走那么长一段陡峭的河床河堤，绝不是她老人家可能胜任的。外婆的话说到这儿，自然也就明白了，从今以后我就要开始独自为我们这个家挑水了。

"我都试过了，挑水担煤的活我行呢！只是没有一担水桶，我也知道要买一担水桶也不是容易的事。"我眼巴巴地望着外婆。外婆的脸像菊花绽放一般喜气荡漾："活人怎么会被尿憋死呢！咱们两个明天下河，看看能不能把水搞回来！"我给外婆说："这有什么问题，我都给别人家挑过水了，是您以前不让我动挑子，怕把我压趴下长不起来，所以才不敢让您知道。"外婆瞪着我说："你背着我下河去挑过水？要是有个三长两短怎么办呢？"

"这样不是挺好吗？您觉得差不多能让我干的时候，我一下就接上了。其实游水我也会了，一个猛子能扎几十米呢！"外婆的脸色一下惨白，愣了一会才叹息道："你太不守规矩了，太冒失了呢！没有你不敢干的事，我说的话你都当了耳旁风，根本就没有往心里去，不知什么时候总是要惹出事来的，你信不信？"

第二天，外婆把一双很袖珍的草鞋给我准备好了，又看着我穿在脚上，然后拽着我到杨家去借水桶。我说："外婆，您进去把水桶拿出来就行了，挑水您就不用去了呢！”外婆问：“怎么？你害臊了？平日里干起歹事来不是胆大得很吗？我看你这脾气性情和别人是反过来长的，借个桶嘛，有什么不好意思的呢！”说着她自己去了，我如释重负。

她非要陪我去，而我却觉得没有必要，她还是坚持，也就只好一块儿了。到了河边我径直上了竹排去舀水，外婆又在岸上喊起来了：“你慢点，千万别闪着腰、别掉下去了，舀上半桶就行了！”周围的人都往我这儿瞅，这让我很尴尬，这个时候我外婆要是什么也不说该多好呢！我还是把两个桶都舀满了。到了岸边，外婆非要让我倒掉半桶。我说：“没事呢！您看看就晓得了！”我硬是一口气把水挑到河堤以后才休息。

第二天外婆把桶借来以后，我对她说：“您别跟着去了，费那个事干啥呢！”她一看我的态度很执拗，只好说：“也好！我就干点别的吧！下次学校春游，再也不让你带红薯了，给你买饼干！”我听了这个话心里很激动，倒不是下次春游带什么，而是这么长时间过去了，外婆还记着这件事！

每天让外婆去借桶也是一件难堪的事情，有一天我看杨家老太太干脆走了出来喊我道：“拿个桶为啥要让你外婆来呢？又不是外人，从今天开始你自己来就行了。”事情到了这一步，我也就没有办法了，不管我愿不愿意，我必须每天去杨家借桶，还桶的时候自然也就不能再把空桶还回去，每天得还上一担水。

日深月久，借桶的事成了我一桩沉重的心事，我多次给外婆提出来买上一担新桶算了。她总是说：“我们都是要走的，上万里路谁还会带一担水桶回去呢！再凑合凑合吧！”我常常为此而黯然神伤，惶惶不安。

挑水的重荷对我来说已经不是问题，虽不能说步履如飞，但也算游刃有余了。而每次去杨家借水桶成了折磨我的鸡肋，其实他们一家也没有说啥，就是有的时候要看别人的脸色，八成也是我自己的心理作用。这样的东西是不能长期借的，我必须要找到一条出路。

我家瓦屋门前有一个防空洞，是粮店为备战备荒挖的，前面有一堵神秘的篱笆墙，篱笆墙里面是一个富人家的后院，院里有一棵枇杷树，一些枝叶越过篱笆伸到了我们这边来，枇杷熟的时候我自然而然地站在防空洞的高度上去摘枇杷吃，那家人实际上也知道，也不可能到篱笆这边来收获他们的果实，树虽然是他们的，但就空间而言与我家的归属感就要强多了，所以我摘吃枇杷的时候既有些理直气壮，也有点偷偷摸摸，尽量不要让对面院子里的人看到总是最好的，所以我一边吃的时候总是一边往里面窥视。

有一次，我透过影影绰绰的树林看到院子里的厕所附近有一对木桶，当时我激动得心慌不已，几天都在心里庆幸这一发现。一有空我就隔着篱笆墙细细观察这一担桶，我发现这是一对被大院主人废置的木桶，富人家是不用了的，而对于我们这样的家庭来说肯定可以用。当时我最大的疑虑就是怀疑这对桶会不会曾经是一对粪桶呢？不过很快我就把这种可能性排除了。既然有希望，为什么非要人为地去破坏这种希望呢！其实我这样想来想去归根到底还是想拥有自己的一担水桶，我最大的希冀在我最绝望的时候一下出现了可能性。

一个夏天的中午，我又乘外婆不备的时候独自一人透过篱笆墙紧紧地盯着那对桶看，我几乎对自己的判断不存疑义。然后我在心里做出了我这一生中最重要的一个决定：越过篱笆，把桶拿过来。长时间的观察我得出了这样的结论，这是一担别人废弃不用的旧桶，既然是扔掉的东西要说是偷也是牵强的，假如要问这户人家要过来呢？我当即就否定了这种想法，一是担心别人不给，另外问别人要东西的那种屈辱也是让人很难承受的，我了解外婆的脾气，她也不会开这个口的。当然，眼下的办法也不一定是最好的办法，而我当时觉得已经没有别的办法了。

这天深夜，我像猫一样摸到篱笆墙跟前，从一个谋划已久的地方钻了过去。这时候我突然觉得自己滑入了另一个世界，对自己失去了控制，两腿发软，大汗淋漓，眼前一片漆黑，心脏像要跳出来似的。我拎着桶回到家后才慢慢恢复了知觉，我想我成功了，我已经可以主宰这一担桶了。这件事暂时还不能让外婆知道，按照预先的计划，我把这担桶藏在了防空洞里最隐秘的一个暗角。几天以后我们到“五七干校”去劳动，回来以后我先钻进了防空洞，把桶偷偷拿出来跟外婆说：“我在乡下捡了一担桶。”外婆诧异地看着我说：“哪有这样的好事，你又搞什么鬼？”当我把这担桶放到外婆眼前的时候，她眼睛一阵发亮：“这不是捡的吧？”这时我才发觉我的经验不足，外婆是不会相信的，于是说：“也可以说不是捡的，我们给那家人干了些活，这担桶人家又不用了，我一要他们就给了。”外婆半信半疑地看着我说：“哦，是这么回事！”外婆算是认可了，这下我放心了。

原来这担桶和我原先观察到的有很大出入，两只桶一大一小，这就意味着并不是一对，一只还能看出棕榈的颜色，另一只则如乌鸡一般龌龊。每天放学以后我就来修复这担桶，为了能够对它进行修复，我必须先用腻子把桶的缝隙填上，然后在里面盛上水把那些陈年污渍泡开。再用砸碎的玻璃片和铁片进行刮削，一连几天我让有的地方显出了木头的原色，而有的地方则显出了深度的朽蚀，如果继续刮下去，木板是会被掏空的，这种时候我只好罢手。接着就要把木桶晾干，晾干以后把用桐油做成的腻子刮进渗漏处，等干了以后再用砂纸磨平。接着再把桐油抹在上面，放在阴凉处阴干。

我所做的一切，并没有达到预期的目标，呈现在我面前的依然不像一担地道的水桶。涂上去的桐油都渗进木头里去了，桶还是乌里巴叽的，并没有泛出鲜亮的光泽，简直是不堪入目。如果仅仅是难以入目也许还能容忍一些，更让人无法忍受的是这担桶极有可能曾经做过粪桶。我被一种耻辱感搅得不得安宁，终日围绕着这一对桶而犯愁。我终于下了决心按照先前的步骤重新又来了一遍，即便是一对粪桶又怎么样呢，粮食蔬菜不都是用粪种出来的吗？在重新包装它的道路上我又进步了。虽然最终还是没有脱去它的本貌，但我们这个家还是把它作为一担水桶接纳了。外婆每天都唠叨，说我是在绣花，说我变了，从来干事都没有这样认真过。她当然说早就可以用了，可是她又怎么能想到我的心思呢！我没有一点成功的欣喜，我的灵魂总是被一种说不清楚又挥之不去的酸疼包围，走到了这一步我也没有能力不启用它。我把桶用水湿了一遍，一下焕发出光彩来了，就这个样子上路我看是没有问题了。这对我是一个很大的鼓舞，就在这一天我挑着它穿过大街走过小巷，用自家的桶从资江里把水挑回来了。每天挑水的时候我总是要用水把桶湿一遍，两只桶有一只颜色要鲜亮一些，我就把这只桶有意放在前面，走在人群中的时候尽管我有些紧张，生怕有人认出这担桶来，但我还是尽量装得若无其事地哼着小曲走着。不管怎样，我们已经可以用自己的桶了，再也不用去向别人家借桶挑水了。

一个人的灵魂隐疼和心理魔障仅靠自己一个人的努力是没有办法逾越的，用这担桶挑了一段时间水以后，我总是担心有一天被别人认出来，我担心被丽莎和同学们看到。虽然我一边用着这担桶，但我又开始了关于水桶的苦涩的心路旅程。

我的生活场所除家和学校以外最重要的地方就是粮店了，粮店的老穆站长虽然很讲原则，但只要是对他有利的事情，还是可以从他身上发现机会的，粮店会计曾妙玲阿姨的孩子外婆给她带，这样我带着孩子出现在粮店也就是非常自然的事了。粮店是一个人群聚集的地方，我就是喜欢混在川流不息的人流中那种感觉，人群川流不息，我的感受也川流不息，我不知道就这样感受着是不是在做一件事，反正是东瞅瞅西望望，看见有人偷钱包就吼一声，谁家的粮食扛不到肩上就上去扶一把。

在那些异乎寻常的吃红薯干的饥饿和艰涩相互侵袭的日子里，我对粮店的米面油真还没有起过盗心，应该或者说可能发生的事而没有发生，这一点让我后来很长时间都感到奇怪。而我在很长的一段时间里都在默默地关注着一担桶，桶是默默地搁在一个硕大的水缸上，水缸比我人还高，和故宫大雄宝殿门前的水缸差不多大小。水桶上面已经布满了厚厚的尘埃，但是我曾经看到过它的真实面貌，这是一担崭新的水桶，虽然和寻常人家的水桶在工艺制作上不一样，但是用这担桶去挑水一定是很洒脱的，我经常一个人沉迷在这担水桶的幻想中。

有一天，妙玲阿姨从我对面过来说："没事，你去看看吧，如果能用就用上吧！"我一下惊呆了，她怎么会知道我的心思呢？我非常尴尬地僵在那里，她走了过来拉着我的手说："闲着也是闲着，能用就用吧！还能拭去灰尘呢！"一股抑制不住的泪水夺眶而出。她拉着我一边向桶走去一边道："你外婆都给我说了，我本来是要给你们买担新桶的，可是你外婆说，你们是要走了。我早就看出你在注意这担桶了，而我则担心你还小，怕是担不动呢！那就先看看吧！"

妙玲阿姨把这担桶取下来了，然后又找了一块抹布擦灰尘，我从她手里夺过抹布以后说："您不用管了，您去吧！"

"也好，如果能用你用就行了，我去跟站长说。"这对桶比一般的家用水桶要扎实多了，桶箍是铁做的，桶把是两块伸上去的厚实木块，并不像家用桶那样是两根弯曲的圆木，上面又横了一块木块，它的自重就要超出一般的家用水桶好几斤了。我拿它怎么办呢？不就是重了一点吗？难道我畏惧了吗？不就是为了从那担桶的阴影中走出来吗？虽然这担桶不像别人家的水桶那么袖珍，但它那浑厚的气质还是很潇洒的，就这样我决定用它。

那时候，我要挑满一担水还是十分吃力的，一开始我不得不少挑一点，但我并没有放弃，咬着牙一点一点往上长，时间不长我就可以挑起满桶水了。

有一天，挑着这担桶到竹排以后，侧身弯下腰右手将一桶水舀起搁在竹排上，然后左手握着桶把进到江水里舀水。突然间腰椎啪的响了一声，一阵剧痛钻透了我的心，我再也无力将另一桶水提上来。为了不至于让沉重的消防桶将我拽进资江里，我只好将桶放弃，眼看着消防桶随水而逝。不知过了多久，我弓着腰，忍受着疼痛，把另一只消防桶拎着回到了家中，我不知道怎么跟妙玲阿姨解释。

我的腰扭伤以后只得躺卧在家里，曾妙玲阿姨过来说："桶的事你就不用管了，等你伤好了以后你就用新桶吧！是叔叔给你们买的，他会治腰病！他晚上来看你！"我问："叔叔是干什么的？"

"他是解放军，得了很多英雄勋章，懂得战地救护，刚从抗美援越的战场上回来，让他给你治一治，讲打仗的故事，好吗？"我点了点头说不出话来，尽力控制着喉结哽咽着的一股酸水。

夜晚，阿姨和叔叔带着一担新桶到我家来了，外婆照样把灯罩擦得锃亮。外婆说："我说使不得，可他不听话呀，这么大的桶他非要用。"曾阿姨说："不怪他，是我让他用的，要怪就怪我吧！正是这样才要用小点的桶呢！再用桐油腻子刮一刮，等他好了以后就用这担桶吧！"叔叔他让我趴在床上，用手指在我的腰上按着，然后问我哪些部位疼得最厉害，说："是腰肌撕裂，没有大的问题，恢复需要时间长一些。"外婆问："吃点草药行不行？"叔叔说："当然行！"外婆给姐姐说："到你太外公那里去一趟，拿点草药来。"姐姐悄声去了。我给叔叔说："我想听战场上的故事！"他说："战争是非常残酷的，在越南的国土上密密的丛林里，我们的身份是志愿军，可条件十分艰苦，许多战友都牺牲在战场上。"

突然有一只蚊子趴在了他的手臂上，他静静地看着那只蚊子。他看我也注意到了，既没有打也没有赶那只蚊子，而是把拳头一捏，手臂上的肌肉一紧，那只蚊子便跑不动了。然后他给我讲解这只蚊子："蚊子喝了血以后将死去，它的代价也挺大的是不是？战争总是以牺牲生命为代价的，上了战场，生死的问题就不是我们自己能掌握的了。你现在还小，不必知道这些。"实际上我心里明白了一些，战争把人推到了濒死的边缘，活出生命和生命的寂灭随时都有可能发生。

第十二章 挑 石

春天来了，春汛涌动，心就像被潮汐打湿了一样，水淋淋地要去资江对面的大青山踏春，而最撩拨人心的又是那红云一般的映山红。

星期天，我们相约在渡口。我到了以后就在河边溜达，捡一些扁平的石头往河里打水漂，不一会新民来了，两个人找到河边一块石头上坐下后，我有一种不知所措的拘谨感。抢像章事件以后我和新民虽然重归于好，但彼此增加了几分客气和谦让，同时也少了几分亲近和放松，这让我心里隐隐作痛。人的关系就是这样，本来是很好的朋友，如果相处在一起都在用心去适应对方也是很累人的，而适应的结果总不尽如人意，说明隔阂已经产生了。

青龙洲盘踞在滔滔资水中，青龙洲的桑林里镌刻着我的童年影像，桑葚汁的酸涩酿成的故事总是在我心头萦绕，我心中的青龙洲没有炊烟，每年的洪患期都要遭水淹，总是担心青龙洲被洪水裹挟而去。

我漫不经心地看着滔滔江水和江面上的轮船或渔舟，生活的喜怒哀乐总是和这条江水息息相关，多少悲情，多少欢悦，都是从这条江水里产生出来的。一到夏季，总是有死讯从河里传出来，洪水肆虐的时候，可以看到有泡胀的尸体从水面漂下来。有一年，洪流猛涨，整个城市都在颤抖，人们像举行葬礼一样，人背肩扛用麻袋在马路中央垒筑起了一条大堤，我们上游临水的一面都浸泡在洪水里。一条米船映入眼帘，新民父亲罗鼎惨死江岸的情形浮现在我面前，我一下就被凄绝的恐怖笼罩住了，转过身对新民说："走！我们上去等。"他用喑哑的声音道："你去吧！我在这儿独自坐坐。"这下完了，他也被哀痛击中了。我感到很无奈，是不是应该去阻止他对父亲的思念和缅怀呢？

接着是建平来了，一脸的孩子气，个子也最小，天气还有丝丝凉意，他却光着身子仅穿了一条短裤。“你干脆脱光算了，替你打寒战，也不想想别人的感受！”

“我是怎么舒服怎么干，怎么简单怎么干！”我朝新民噘了一下嘴，又朝岸上瞟了一眼，暗示他把新民拉到岸上去。我们必须立即离开这里，我必须把新民从悲伤的阴影中拯救出来。接着我又补充了一句：“你不至于这点事也干不了吧？我在上面等，快点过来！”

上岸以后我四处张望，用脑海中莫卜星的影像去对应人群中的他，可是他迟迟没有出现。等人的时候总是有诸多悬念，而这种时候悬念总是让人紧张，我不知道他是故意来晚还是有这个权力来晚。莫卜星大个子，大眼睛，皮肤白皙。父母都是干部，什么时候家里的大缸里都能捞出糍粑来，平时最不缺零花钱的就是他了。在他身上弥漫着一种优雅、豁达的气质，他不骄狂，不蛮横，能善待朋友，具有亲和力。

这时他从人群中匆匆走过来，怀着歉意说：“外婆住院了，我送饭去了。”我还能说什么呢！人能来就不错了，这样我又折过去朝江边走去。

上船的时候我本能地想到了每一次的逃票，甩了一句：“我们什么时候能够一口气游过江去就好了！”莫卜星说：“这也不是急于要去做的事情，千万不要太冒失了！”我心里想，你当然不会顾虑乘船要钱的问题。新民还是阴沉着脸，我给卜星悄声说了一句“他又想起父亲的事了，你劝劝”！他点了点头说：“他今天的票我买算了，这样的心情就别逃了。”

上了机帆船以后用不着谋划，卜星、建平和我习惯性地进入了角色，新民在卜星的安抚下坐在一角继续着他的忧伤。我们已经学会了以自己的玩世不恭来掩饰内心的忐忑不安，莫卜星个子高，他往往凑到售票员跟前挡住售票员的视线，以便我们从他身后溜过去，而他自己每次的票则是要买的，他也没有什么风险，有钱的人总是有君子风度，又帮了我们，这一点是非常令我们感动和嫉妒的。

卜星受宠是因为他是一根独苗。每一次春游所花的钱比我们过春节花的钱还要多，他那种良好的感觉对我的心理是有压力的，但是我没有办法有钱，也不可能让他没有钱，所以每次出游我必须想办法从外婆那里得到一角钱。搭乘机帆船来回四分钱，午餐吃烤红薯也要五分钱，余下一分钱就可以抽烟了，如果坐船的时候能蒙混过去，那就可以省下几分钱派别的用场了，但是绝对不能忘乎所以，必须留下两分钱乘船回来。当然回来的时候还是想办法蒙混过关，但这是不保险的，身上必须要留着这两分钱，如果混过去了，再到大码头最热闹的繁华地带走一走，身上有没有钱，感觉是完全不一样的。那个时候，两分钱也是可能买上东西的，而且很多东西总是可以以一分钱成交。一分钱既然是一个单位，总是有一个具体物品的份额和这个单位来对应。当然这是早年的故事了，今天的人们听起来似乎会感到蹊跷而可笑。

这次躲票又成功了，机船在横渡，但给人的感觉则像是在逆行。在船上就可以看到对面山上的映山红像红霞一样飘在翡翠绿的季节里，把整个山坡燃成了火海，令人目不暇接。这股热流一旦在你心里涌动，整个春天，你浑身的热血就会川流不息。红色是我童年时代眼中最为亮丽的风景，尽管后来也有很多姹紫嫣红的景象让我迷醉过，但是经我再三掂量，似乎没有哪幅影像像映山红这样影响了我的生活，没有哪一幅影像像映山红这么长久地存留在我记忆中。

我总是爱走在比较靠前的位置上，可能对我们的行动起到一种引领作用。置身在这满山遍野的鲜花丛中，一切悲辛、烦恼和酸楚全都忘到了九霄云外。莫卜星一直在为新民消解着忧伤，新民的脸上也绽出了微笑。每一枝花苞都是一个摇曳起舞的紫色精灵！映山红的花瓣晶莹透明，花心的长须神秘地从花蕊幽暗的深部伸展出来，伸得那么洒脱，那么劲挺。映山红的绿叶小心地陪护着花朵，好像是有意地隐去自己，让她去傲然晖春。

游人穿梭在花海中，有人细心抚摸映山红，感受花瓣的质感，再摘上几片放入嘴里尝一尝，满口的清香迅速就会向你的全身渗透，那种混合着酸甜味的脆爽之感很快就会让你有一种难以言说的舒适状态。莫卜星说："被映山红熏陶过的身体好久都是香的。"这是一种诗人的幻觉还是真的呢？我道："不对吧？"

"怎么不对？你们太忽略生活的感受了。"我睁着大眼望着他说："那就是你的嗅觉像狗！"说完以后我就后悔了，也许这种经验对我来说是至关重要的，被破坏的是一种美好的意境。虽然我们在映山红的世界纵情地玩耍，或漫步，或伫立，或躺卧，或追逐，但是，在映山红晃出来的红艳艳的光辉映照下，我的心里发生了某些变化，一种美丽的情感在我心中升起，一种苏醒的灵性在我心中洞开。

我心里一直在想着大青山挑石块赚钱的事，我吼了一声道："我们四个分头行动，一个小时以后到山顶集合怎么样？"赵建平说："这是何必呢！就这么一路上去不是很好么？"莫卜星的眼神告诉我，他分明感到蹊跷，却若无其事地说："每个人走一条路，总是各有各的不同，分头行动吧！"

我像一匹脱缰的野马向采石场奔去，不一会儿就汗流浃背了。看到采石场以后，我感到一阵惊喜，很长时间以来隔着江水的一个梦想终于变成了现实，看着裸着脊梁挑石块的人们我并不轻松。我小心翼翼地走到坐在倒石方处发签的老人身边道："我能来挑么？"他抬起头看了我一眼："你可要看清了，你行吗？"

"看起来是小了一点，可是我行。我还要长一截子呢！我暑假才能来！"

"挑子压坏了是长不起来的，你可想好！"

"这么说是没有问题喽？"老人点了点头。

终于如愿以偿了，我朝回龙山顶望去的时候，有一种荡气回肠的感觉，然后以最快的速度往山顶跑去。

我琢磨着他们都到了，上到山顶以后，结果只有新民一个人在。新民看着我一下愣住了："怎么成了这个样子？"我说："怎么了？很可怕吗？"他说："看你的衣服都湿透了，脸色发白。"边说边从包里掏出了两个蛋糕递给我。我说："没啥！就是多蹿了几座山！"

映山红，每个人走的时候总是要采上几枝，不过谁都不多采，采多了就有一种贪欲之嫌，那是大煞风景的。

我们并不急于回家，采到上好的映山红以后，照例是由莫卜星管午饭，吃完饭以后，我们四个就脱开川流不息的人流，朝山的腹地走去，里面有一些工厂，我们到里面去翻捡垃圾，拾破铜烂铁，然后变卖成钱，成全我们的许多好梦。

我们在一堆废墟里寻寻觅觅，建平吼了一声，翻捡出一个意外的惊喜，是的，四个人都看出来了是一个铜锅。污垢虽然覆盖了它的原色，但我们还是可以判断出来，这口锅是铜的。几个人突然扑上去抢了起来，就像几条狗争一块突然出现的肉。难道真的要将它占为己有吗？大家不约而同地感到一阵尴尬，停下来不抢了。卜星说："走吧！今天够本了，不用再去翻了，卖了以后下馆子好好吃一顿，怎么样？”我说：“建平，你提着吧！”因为前面突然之间发生的拼抢，他好像还有些心有余悸，看着我们已经走了才弯下腰去提了起来。当然大家都很明白，这个东西属于我们四个人的。

这一天回家很晚，一进门外婆就说：“饭菜都热好几遍了，你饿坏了吧？”姐姐从我手里接过了映山红，一看有点发蔫了，连忙把盛好水的陶罐捧了过来。我说：“吃过了！美餐了一顿。”

“又吃人家莫卜星的，我可是说过你了，以后还是回来吃自己的才对呢！”我只好把情况如实说了。外婆和姐姐围着映山红，摘下几片花瓣尝尝，等它的酸甜在嘴里浸润开了之后，外婆说：“这滋味好呀！你妈妈什么时候能回来尝尝就好了！”一种思念往往伴着映山红展开，给我的成长记忆以莫大的震撼，它永远在我的生命深处迎风摇曳，竞相怒放。我看她眼里噙满了泪花，赶紧说：“他们的日子比我们好吧？别哭了！”外婆说：“怎么会呢？啥时候都是坑着自己，好不了的。”我告诉外婆已经把挑石头的地方看好了。外婆说：“这件事你还是容我再想想！可不是闹着玩的。”

放暑假了，我开始实施大青山挑石头的计划，最让我难以割舍的就是丽莎和关系亲密的几个同学。是不是应该把这件事告诉他们，我权衡了很长时间，除了能说明自己的贫困和辛酸以外还能说明什么呢？告诉他们干什么呢？难道是为了获得他们的同情和怜悯吗？是的，我是不可能告诉他们的，可是我又怎样向他们交代呢？最终我还是发现，根本就权衡不出一个最佳的方案，除了隐瞒就是欺骗，我已经意识到了，就我的能力而言还不足以把这件事情做得天衣无缝，最终受到伤害的还是我们的友情。

走的前一天我才给外婆说：“他们会来找我的，你就说我去新疆了，开学的时候回来，你一定要让他们相信。”外婆说：“你骗鬼去吧！这也不是什么丢人的事，你怕啥呢？”我的眼泪差一点就下来了，论理外婆是我最亲近的人，可是她为什么就不了解我的心呢！我哪个地方疼她就往哪儿戳。我也知道这件事从道理上是说不过外婆的，只得给她说：“外婆，算我求你了，你不要让他们知道我去挑石头了，行不？”外婆好像受到了某种触动，眼睛潮湿了，点了点头。

那一年我十三岁，当我挑着一担硕大的簸箕走在大街小巷的时候，呈现在我面前的世界给了我一种全新的体验。当然不是世界变了而是我变了，我的心境变了。

大青山被炸开了，映山红也被炸毁了的，滋长着我的快乐的映山红连同大青山一起被毁灭、被埋藏。这是一个挑战身体极限的人群，是一群最强悍的人，我默默地注视着这川流不息的人群，用他们的身体来映照自己，像我这样一个身体孱弱的嫩豆芽仔混在这样一个人群里，是不是让人觉得有点幽默呢！这是一个问题吗？如果是一个问题我又能怎么样呢？一种成长太慢的烦恼突然间充塞我的心头。

我缓缓地汇入了人流，只要能拿到第一根签我就赢了，就可以兑换到现钱了，我就可以让外婆高兴多一点，忧愁少一点。担的石头根据多少分为甲、乙、丙、丁四等签，挑一担石片只有几厘钱，像我这样一个身体，就是把浑身的劲都使上也只能拿上丁等签，能拿上丁等签当然就可以了，也许这个丁等就是为我而设的呢！如果没有这样一个丁等，我又怎么能汇入这个行列呢！我一边走一边不动声色地笑了。

为了拿到第一根签，我必须挑满，当我颤抖着身体达到终点以后，发签的老汉给了我丙签，我的眼泪差一点流出来。他说："少挑点，这可是个慢活，要能熬得住才是。"我瞪着眼睛疑惑地看着他。他又说："像你这个年纪的，来过不少，可是能坚持下来的就少了。你少挑点，回去的时候走慢点，挑过来的时候快点，熬过前几天就好了，拿什么签有什么关系呢？你不就是为了赚几个钱吗？"我点了点头，心里一下踏实了许多。

接近中午的时候，我的肩膀上磨出了血泡，全身的筋骨仿佛都在声声叫唤，我感到再也没有办法继续下去了。过来的时候我咬着牙坚持到终点，回去的时候我想起了外婆得病开刀欠下的债务，昏黄的油灯下姐姐缝袜子，外婆和姐姐帮我吃了红薯干，而我则吃了她们分内的白米饭，这种愧疚的心理一直是困扰我的鸡肋。还有这位发签的老人，一开始他就知道我可能要退却，我的退路已经让他给堵上了。这一幅幅影像砥砺着我瘦弱的肩膀，帮我度过了那个人生早到的艰涩时刻，也是让我在异乎寻常的条件下把我的困顿坚持下去的理由，生活的残忍和辛酸只有靠更加残忍和辛酸的付出才能驱除。

正午的太阳毒烤着我浑身的伤痛，我强忍着泪水蹒跚着朝没有人看见的林子深处走去。我总觉得我的意志和体能已经被耗尽了，躺下以后再也起不来了。如果不能从我的生命深处挖取新的力量，我已经被击溃。良久的思绪纷飞以后，我掏出了外婆给我准备的烤红薯，认定了这就是我的命。我算了一笔账，照这样下去一天大约能挑到四角钱。明天开始中午我就可以吃一碗我最爱吃的八分钱的米粉了，回家搭乘渡船两分钱，这样我回去就能给外婆交上三角钱。

挑足四角钱以后我把竹签兑成了现钱，一个人去回龙山摘了几枝上好的映山红，然后搭乘机帆船回家去了，我为这个艰难的开始而欣喜不已。

第十三章 归 程

我躺在床上想着，脑子里面开始完成一次从大青山到学校的迁徙。暑假很快就会过去，再有几天我就要去学校了，我从枕头底下摸出一面小镜子，在里面不断地切换着面颊的景别。我也知道还在我脑子里纷飞的大青山生活已经过去了，我这张焦黑的脸用不了几天就会焕发出新的容颜。石块把我的筋骨磨砺成了另外一个样子，我暗自抚摸着我的疼楚，我用浓血和涩泪、甘苦与疲累铸成了我黑亮粗糙的肌肤，我不知道这段异乎寻常的经历是我的悲哀还是我的欢悦，不知不觉，泪水盈湿了我的眼睛，我非常想我的父亲母亲。

这些伤悲凄楚的日子不就是为了酿成全家一个好心情吗？往前一想，我再也不至于为带一顿午餐而黯然神伤了，我看到了外婆脸上绽出的笑容，我的内心一下又豁然多了，这个假期我给外婆一共交了大约十块钱。这可不是一件小事，一家人喜上眉梢，很多的地方都滋生出了希望，我们的生活也丰裕多了。虽然不能天天吃肉，但外婆还是想办法让我见荤，有时候炒一点荷塘里的小虾，有时候蒸上一碗鸡蛋，大米饭管饱吃。

太阳从瓦顶的缝隙处斜射进来，透过蚊帐正好照在我的脸上，虽然不早了外婆也是不会叫我的，外婆不叫我不一定就不希望我起来，我在床上吼了一声，一个鹞子翻身就下床了。

外婆坐在窗子底下一面纳鞋底一面对我说："饭都弄好了，你去吃吧！"姐姐下来一下就把碗按住了，说："先洗脸刷牙，我把水都给你打好了，也不在乎这几分钟呀！"姐姐用一种惊恐的眼神看着我，我一下想起了脸上的泪光。姐姐看了一眼外婆，把我拽到一边悄悄问："你哭了？"我说："没有，睡成这个样子的。”我用毛巾赶紧把水抹在了脸上，把头抬起来唱了一声京剧。

姐姐初中快毕业了，外婆的忧虑愈发多了起来，她总是想办法让我吃好，而她自己常常不思茶饭，我看她想给我们说什么，话到嘴边欲言又止了，我心里挺为她难过的，也知道她在想啥，可是又找不到词儿来安慰她。如果就这样让我和姐姐下乡接受再教育，在外婆看来是不可想象的，而下乡的洪流又有谁能阻挡得了呢？不要说阻挡，就是有一次外婆说了不让我们下乡，说了这话以后她自己都吓坏了，从那以后再也不说我和姐姐下乡的事了，她一直在惊讶自己怎么会有那么大的胆子，怎么会把这么大胆的想法随便就说了出来，如果让领导知道了，可是要蹲大牢的。虽然话是不说了，而实际上她是越来越担心我们去了乡下以后一辈子再也回不了城。

我觉得外婆的压力把我也感染了，在这样的情境中停留太久实在是一件难过的事情，于是我琢磨了一下说：“外婆，我昨天晚上做了一个梦，梦见妈妈来信了，说是要把我们都接走呢！”外婆仍旧闷在那儿纳鞋底，不过我看出她的眼睛按捺不住地亮了一下，然后说：“梦这东西没准也有真的呢！”迟疑了一下又问：“你是真做了还是假做了？”外婆一旦认真起来，我倒有点心慌了，其实我并没有做这个梦，只不过是为了逗外婆高兴罢了，事已至此，我只得说:“真的，我怎么会骗您呢！”外婆掐着指头算了一下，自言自语地说：“兴许是真的呢！也该来信了。”我问外婆：“信重要还是钱重要呢？”外婆抬起头直视着我说：“你看你又玩心眼了吧！”我觉得委屈，急着说：“不是玩心眼，是替您分忧呢！这算不算？”外婆咧着嘴笑了：“这段时间你再不要搞什么名堂了，用不着去挑石头了，也不要出去野了，看你这张脸像锅底一样，让他们看见你现在这副模样，还不寒他们的心？上万里的路呢！说走就是要走的！”

我的梦被应验了，两天以后妈妈来信说爸爸很快就起程来接我们回去。外婆舞动着鞋底说：“总算快到尽头了，这下我可以歇着了，就是死了也心安呀！”

人的感受往往是从最直观的地方开始的，这间瓦屋是我们这么多年的避难所，我们的苦难到尽头了，我站在瓦屋的一个暗角流泪，我们就要割舍下这间屋子了，就像把我自己割舍了一样，心里说不出的疼痛。我们从来都没有把这间瓦屋作为自己安身立命的家来营造，彼此都心照不宣了。能熬到今天也不容易，这个苦难的过程似乎就要结束了，我们距回到父母的身边的日子已经不远了。

我看外婆进来了，揩了眼泪说：“我们走了这屋子给谁呢？”

“你问这些干啥！和你又不相干。”

“怎么能说不相干呢？我现在长成这个样子，都是在这间房子里面长成的，就是走了，今后的一切不都是从这间房子里走出去的吗？我会想这间房子的。”

“你爱想就去想吧！我看没有啥好想的，都是些焦心寒碜的日子。”我觉得我和外婆说不到一起，也就不说什么了。想了这间屋子以后我又想起了丽莎，我有一种怜香惜玉的感觉，我觉得走这件事情挺对不起她的呢！我走了还不是就走了，真的就那么重要吗？这样想完以后又那样想，想来想去想出来的都是怅惘和迷茫。我决定晚上去找丽莎。做这个决定的时候完全是一种冲动行为，但是我觉得我绝不会改变。

晚上，在一弯冷月的映照下，渡过滔滔江水，我和丽莎徜徉在寂静的青龙洲。我想拉着她的手，可又觉得这样也太荒唐了，我有点后悔，前头船晃的时候，我是想把她扶住的，可是我没敢。现在和她牵手的理由更就不存在了。她双手抚摸着光润的面颊，侧过身来朝我嫣然一笑，我低下了头。

“暑假你真的回新疆了？”月光倾泻在她姣好、美丽的脸庞上。

我这个人看来做不了地下工作：“你怀疑了？”

丽莎凝眸痴视着我：“其实没有啥，这一次你不要生气了！”

我抠着头说：“我这个人就是虚荣心强，实际上我特后悔。暑假我没有回新疆，到对面的大青山挑石头去了。”

“为什么要这样干？”

“主要是为了惩罚自己吧！”

“……”她默默地摇了摇头。

“你说青龙洲像一艘船，还是像一座岛屿。”

“它本来就是一座岛屿，只不过人们都把它想象成一艘船而已！”

“生命的激流岛，汪洋中的一艘船。”

丽莎扑哧笑了：“你在作诗呀！”

我看着洁静、纤尘不染的江水说：“我要走了！”

丽莎并没有感到惊奇："我早就想到了，总是有这么一天的，挺好的！"

我在挑石头的时候，一直想那天春游在宝塔山她把鸡扔下以后说的话，当时我一点也没有听清楚，于是我问她道："我知道那天伤你伤得太狠了，你那天在宝塔山春游给我送鸡的时候你究竟要给我说什么？"

"那么长时间都过去了，你还想它干什么？过去的事情就让它过去，好吗？"

想不到一切都像月夜一样平淡，好长时间我们都没有说话。在我复杂的内心面前缺乏一种语境，我们的生活用于表达情感的方式太单调了，或者说根本就找不到词儿。我看着渐渐挺立的丽莎，有一种难以言释的情怀在涌动，其实我并没有想过要干什么，只是觉得有一股子力量在推着我向她的身体靠近，我被这种力量搅扰得近乎失去了控制，一种羞耻感和罪恶感折磨得我喘不过气来。

"是我父亲来接我们走，到时候我想让他见见你。"说完以后我看着她的反应。她说："我也这样想，这样要牢靠一些。"我没有搞懂这句话是什么意思："什么东西要牢靠一些？"问完以后我想，她是不是在轻薄我。她说："总之，我不会忘记你，你让我说什么我也说不出来。"

语言太悲哀了，我语无伦次地说："我经常来看这条江水，倘或有个孩子掉进水里，我一定会跳进去救这个孩子。"丽莎对我的话深信不疑："这我相信，从那次看你和高年级同学打架，我就觉得你是一个英雄，只不过你还没有长大。"这一下更完了，完全和我的内心说到两条道上去了，她永远都不可能知道我此刻的心旌摇动。

不知不觉到了一片桑林，月影在她的脸上掠过。她靠在一棵桑树上定定地看着我，好像就是让我把她摆布一下的样子，我一下心惊肉跳了，迅速埋藏了我的罪恶，这肯定是月影晃出来的错觉。"你怎么啦？"她微微仰起下颌问我。"没什么，我不知道你在想什么。"丽莎说："我们要是能在这无人的小岛上养蚕多好！"

"这么多年在一起，从来也没有分开过，这一走就要去那么远的地方。养不了蚕你以后会不会想我呢？"

"那你说呢？"

"我看有点玄，那么远的一个陌生的地方，想啥都是空洞的，就是想又能想起什么来呢？"她的眼泪一下涌了出来，伸出手来在我脸上轻轻拍了一下。

我被深深地感动了，但这个话题也是不便再说下去了，梦话说不好也是要伤人的。渔火、月光、江水、礁石都是我们的见证，恒久地培植着我的美好感情。

第二天，我要走了的这种感觉萦绕得更紧了，太多的人和事都让我割舍不下。我跟外婆说："从今天开始我去给太外公送饭。"外婆说："也是，老了，动不了了，有些事你帮忙干干，你不在这一段都是你姐姐给他送饭，怕是不方便呢！"

走到太外公的门前，我停住脚步静静地听着，只隐隐约约听到一点虚缈飘忽的声音，我担心把他吓着了，轻轻敲了几下门，然后才进去。把手里拿着的东西紧张地放了下来，一看是我，他脸上绽出了非常灿烂的笑容，接着说："听你姐姐说，你去山里挑石头了，这怎么能行呀！还嫩了点呢！"我坐在他身边看他手里拿的衣服，一下想到了他是在捉虱子。"你来得正好！"他一边说一边脱衣服。我说："您把衣服都脱下来吧，今天我帮您洗个澡，把衣服都洗了。"

"用不着那么麻烦，这些天你去帮我拔点草药来就行了。"我看他想抚摸我，原来我是不愿意的，这一次我把身子靠了过去，他把我搂得很紧。我抱着太外公松弛耷拉的脖颈失声痛哭，我已经看到了他以后悲凉的日子。"你哭啥，你看我活过八十了，挨了一身的刀疤，从来都没有哭过。是不是遇到什么伤心事了呢？"我摇了摇头，我不敢把要走的消息告诉他。"我呀！还是那些老毛病，这一停下来真还不习惯呢！"我问："你还吃老鼠吗？"

"只要能逮住就吃下去。"我把饭端给他，我看他要把饭吃到嘴里都很困难了，但也奇怪，他真的还能逮住老鼠吗？"明天开始我天天都去给你采药，采很多很多的药。"我比画了一下："给你采一房子。"他咧着没有一颗牙的嘴乐哈哈笑个不停。

我给他洗完澡、洗完衣服以后，说："我走了，明天再来！"他以一种祈求的口吻说："别忘了采药去！"然后把草药的样子给了我。

第二天清晨，我一个人背着行囊沿着太外公曾经带我采草药的路线进发，我专门找到了那片竹林，在太外公给我讲故事的地方体验过去，一任情感在这里流泻。

我把第一批草药给太外公送去以后，转过身来就往罗新民家跑。他见到我的一刹那很惊讶："你回来了？"我随便点了点头。他一看我这漫不经心的样子更加怀疑了。我觉得要给他说实话又要花很长时间，索性就把我要走的消息告诉他了，从过去式转到了将来式。新民一听显得有点慌张，接着跑到他奶奶和妈妈那里把消息告诉了她们。

新民的奶奶把我扯过去说："孙子，真要走了，回到爸爸妈妈跟前好呢！他们要来接你们吧？"我说："爸爸来，来信了，过几天就到了。"老人"哦"了一声，想起了什么事似的："你看，平日你们总是偷着抽我的水烟，今天奶奶让你抽，抽个够，抽完这一回以后可别抽了。新疆恐怕是没这东西呢！"

奶奶腿有点残疾，左手总是抱着一支黄铜水烟枪，右手拿着点着的捻子，只要用嘴一吹明火就着了，看她抽水烟的样子，就像在把玩一件高雅的艺术品。以前乘她不备的时候，我们也偷着抽几口，吸不好浓稠的烟水就吸到嘴里，那滋味可不好受了。

新民她妈说："今天破个例，我可从来都没有看到过奶奶把烟枪给别人抽的。"新民把烟枪索性抱过来搁在我手里了，我只好装模作样地抽了起来，一口烟水把我呛住了。这时奶奶哈哈大笑，一种发自内心的得意。

"听说新疆的姑娘扎很多小辫，像外国人一样很漂亮，只怕你到了那边就会忘记了我们家新民哟。"新民的母亲这样说，我听了心里挺不舒服的。新民一下就感觉到了："你尽瞎说，人家可是我的好哥们。"他母亲说"我没说不是好哥们呀！你急啥？"然后转过身来跟我说："你爸来了以后，把你们几个都叫上，阿姨给你们做顿饭吃。"

父亲终于来了，穿一身蓝色中山装，一双很厚实的黑色皮鞋，眉宇间透着英俊睿智，四处散发出来的亲密感觉让我体验到什么是幸福，一家人天天在一起唠那些陈年旧事，有说也说不完的话。我给父亲说要见见我的朋友，父亲欣然答应了。

夜里，我听外婆说："她父亲那里每月都给十块钱，不过我没有让他见他们，这你也是知道的，总是害怕弄出点什么事来，万一把他们弄走了，有个闪失咋给你们交代哟！我还留了点钱呢！我给他说了，我们走了以后让他把这间瓦屋拾掇拾掇，把他爸也接过来住，多也就是一两年的事了！他答应了，不管怎么说总是沾点亲，你看这样行不行？"

爸爸说："您比我们都想得周到呢！就按您的意思办！"

我在接受一场心灵的地震，此刻我流泪了。很多年前那个雨天里的疑惑今天算是解开了，我所牵挂的瓦屋有了一个最好的归宿，我所担心的太外公晚年也有了一个好的结局。原来外婆对亲外公、太外公有这样一种真挚的情怀。我一下从床上坐了起来，外婆显得有点紧张：“你怎么还没有睡着？”我从床上下来以后扑到了外婆的怀里，泪水簌簌地往下流。

一家人又回到了父亲的老家沅江，父亲在家里是最小的一个，我的伯父姑妈有的已经老得很厉害了，殷奇伯最年长，所以威望也最高。他们说的东西我听不懂，但我可以感受到一种神秘高贵的气氛。殷奇伯会算命看相，他说我是个人才，以后要成高人。而我自己觉得不是那么回事，殷奇伯的儿子是乡中学的民办教员，其实他的学识要比我高得多，字也比我写得要好，他大谈四大名著，我的心里忐忑不安，因为我一本也没有看过。只会背诵毛主席的一些诗，他们对我那种过高的期待让我觉出自己实在是太卑微了，让我产生了一种与他们的希冀相称的渴望，我觉得或许自己能成为一个重要人物呢！

他们给我们送了很多莲籽，我和姐姐嚷着要去莲湖，结果我的两个堂哥和芝媛姐姐陪我们去了。正是莲花盛开的时节，我们荡舟湖面，在荷叶荷花当中穿行，别提那滋味有多美妙了。堂哥一个猛子下水就能把莲藕或菱角采上来，藕是那样地白，就像芝媛姐姐光着的赤脚一样。上次来芝媛姐姐就光着脚，这次来还是光着脚，我总觉得挺不应该的。她那样嫩白柔美的一双脚怎么总是踩在乡间的泥污里呢！我还听姑姑和父亲他们谈了她出嫁的事情，我心里挺不舒服的。上岸以后我有意和芝媛姐姐走在一起，看得出来她很喜欢我。

我说：“你的脚丫子漂亮。”

她脸一下就羞红了，好奇地看着我说：“其他地方不漂亮吗？”

我说：“也漂亮，你以后不要光脚了行吗？我给你寄鞋。”

她呵呵笑了起来：“你能挣钱了吗？”

“我能！”这个话我是下了很大决心说的，比尴尬的午餐以后我下决心去挑石头的决心还要大。

她有点认真地看着自己粘了泥污的脚丫，含羞地自言自语地说：“我是该穿上鞋的。”然后又转向我：“我穿。回去以后就穿！”我的心里有一种满足感。

我们乘轮船到了长沙，然后换成火车。在广袤的土地上我昏昏欲睡，偶尔看到了稻田、鱼塘、丘陵、丛林，和漫长的原野相比，城市在我的眼里只是一闪而过。出了嘉峪关以后，我突然觉得到了一个黄沙漫漫的世界，我总是担心这漫漫黄沙会不会有尽头。到了大河沿，映入我眼帘的是阿拉伯异国风情，不过那些像外国人扎花头巾的女人并没有旋起裙子当厕所解手，我的心里似乎得到了一点慰藉。后来我们在大河沿等了好几天才好不容易乘上了一辆汽车，在黄沙戈壁、绿洲山川之间踯躅蜗行，终于熬到了我当年出生的快乐老家。

第十四章 歧　视

我一个人悄悄从家里溜出来，走到漠风掠过的戈壁旷野，遥望着天山雪冠发呆。

无论怎样想也想不出来，在那样一个漫长的季节里我们祈盼的就是现在这样一片天和地。这个错位和反差根本就是让人无法理喻的，当然不能说是生活荒诞，因为生活自古以来就是这么一个样子，至于那些美妙的遥想，那都是我自己臆想所造成的。母亲曾给我们寄过一张弟弟的照片，是在照相馆照的，背景是一幅很漂亮的城市风光，后来就不加思考地认为我的父母和弟弟就生活在这幅照片的风景里，如果当时再细细往下想一想，应当是可以辨别出来的，因为人对生活总是有一种美好的祈望，所以宁愿让自己的憧憬是一幅美丽的幻影。现在好了，当现实和你曾经拥有的幻境兑现的时候错位和落差是如此之大，那么这种荒诞又能去怪谁呢？最终的结论只能怪自己，是自己荒诞。

愿意怎么去想，想去。想得久了，另一个我提醒我了，如果再不回家，家里人就要着急地找我了，当然也不一定，因为当时一家人围绕的焦点是刚刚出生的妹妹。我们没有来的时候，好像是答应给别人了，把妹妹送人，我们来了以后，外婆坚决反对这件事，抱孩子的人家都来过好几回了，全家人现在都在紧张地应对这件事。对这个问题我也看出来了，既然我们来了，在现在这样一种情形下要把妹妹抱走已经是不可能的了。

我踽踽而行，距家近了的时候我想以一种不动声色的办法在他们面前出现，我并没有一头扎进家里，而是在大院里，尽量让家里的人很自然地看见我，父亲在大院里看见我的时候，我就判断出来了，他们并没有发现我走出这个大院很远。

一家七口人挤进了两间很小的土房里，我和弟弟睡一张小床，父亲母亲和刚出生的妹妹睡在同一间房里，他们三个当然是大床。外婆和姐姐则睡在外面的一张木板拼起的床上，我们做饭也在那间房子里。

刚回到家的那天晚上，我睡不着觉，听见外婆给父母亲发了好大的脾气，外婆怒吼道："如果你们要把丫头给出去，那我就回去。自己身上掉下来的肉，怎么能白白给人呢？你们没有良心呀！"我一下想起来了，外婆一辈子没有生育过，她对于新生命的态度显然和别人是不一样的。妈妈只是抱着妹妹坐在床上流泪。父亲很为难地说："就是答应别人了，不好给别人交代。"外婆的嗓门更大了："就说我不愿意，以前不是没有我吗？我回来了，就是为这个孩子回来的。是我的闺女、我的外孙，我不给，我就这么条老命，你就这么说去。"对这件事的结果，我当时就清楚了，别人想要抱走妹妹是绝对没戏了。

第三天，父亲领着我和姐姐去学校。走出大院以后穿街过巷，没有多远父亲就把我们领进了一块墓地，早晨清冷的阳光斜射在坟头上，受光部分和背光的阴影相互交织着，加上荒草和荒草投射下来的阴影，比整个黑夜覆盖的景象还让人毛骨悚然。姐姐死死拽住我不敢往前走了。我问父亲："这是为什么？"父亲说："不为什么，学校就是要经过这里，就这一条路，慢慢习惯就好了！"姐姐在低声啜泣着，我知道姐姐从小胆小，就听我的，我乘父亲没有太注意的时候在她耳边说："活人还怕死人吗？有我在呢，你不哭了他们就不存在了。"姐姐慢慢把哭声收起来。

一条小路绕着一座座坟堆弯弯曲曲像水蛇一样延伸出去，我牵着姐姐的手，尽量跟她说笑，分散她的注意力。跨过一条水渠，绕过一座山崖，我们终于走上了一条柳荫遮盖的小路，一边是农田，一边是维吾尔族人的房舍。走出这条小径就可以看到山坳里群山缠绕着的学校。

山坳里满目荒凉，四周裸露的荒山仿佛随时都会把黄沙吹下来，也就是说我们的学校封存在这样一个尘埃落定的山坳里，院子里有几棵稀稀拉拉的白杨树，不经意是看不到树叶的绿色，判断不出来树是活着还是死了。有几排简易的土块平房和一个土地原色的篮球场，学校的教室、礼堂、住宅都在里面了。

父亲领着我们怯生生地一间间办公室询问，说是要找一个姓刘的教导主任。而主任此刻并不在办公室里，也不在教室里，父亲把我们留在这间教室里，出去找主任去了。我和姐姐窘迫地站在办公室里不敢动、不敢说话，也没有人跟我们说话。当然，他们也不认识我们，没有理由跟我们说话。但是我有一种预感，他们已经知道我们是谁了，至少知道我们是谁的儿子和女儿。

那个姓刘的主任来了以后，趾高气扬，态度专横跋扈，父亲在他面前一副恭谦的样子。他说："首先要经过考试，能不能上这个班考过以后才能定。"就这样我和姐姐被扔在学校了，一门一门地接受考试，姐姐的学习比我好，我们和这些态度冷漠的老师们相互都听不懂对方的话。加上我对数理化几乎是一窍不通，接下来蒙受的羞辱就可想而知了。

他们一开始保持了沉默，通过考试以后摸清了我的底细，就可以毫无顾忌地奚落我了。是的，也许这些东西我从来就没有学过。我不知道曾经不学习的荣光会以这样一种残酷的方式来惩罚自己。姐姐对环境没有我那么敏感，个性也没有我那么强，所以内心的悲伤也是要小一些的。

母亲出面找了县里的书记，经过一番周折之后，我和姐姐总算是入学了。进到班里以后，我被安排在第一个座位，下课的间隙，我想找同学们说话，他们对我秉持一种群体冷漠的态度，就是要让我感觉到自己是一只丑小鸭，以此来表明他们的高贵。

我无意当中往后看的时候发现了齐菲，她像天仙一样光彩夺目，看了以后让人心慌意乱，这是不可思议的。我悲喜交集，终于有一个人可以勾兑我的童年，可是命运怎么会安排我以这样一个寒碜的样子出现在她面前呢？我本能地判断，我是不可能去和她亲近的，况且她身上本来就有一种拒人千里之外的冷傲，我一下绝望了，虽然她的冷傲不是我的专属，但我的心被深深刺疼了。

任何时候，环境总是对人的潜意识有着巨大的抑制作用，但人的心灵活动又不会因为环境而改变。美丽的女生身上难免会有一种冷傲，但人就是这样犯贱，根据一个美丽的影像去编造一个美丽的幻影。一个学期快过去了，我们没有说过一句话。有一次我看她的时候，她一下羞怯地把头低下了，虽然比转过去要好一点，但还是让我感觉到了她在回避我。我只能说一口谁也听不懂的湘音，一旦语言的信号不被任何人接纳，不仅失去了语言的意义，而且我就成了他们眼中蔑视的笑柄，成了一个怪物。

在班里，谁要和我搭讪仿佛成了一件非常丢人的事情，这种群体冷漠我很快就感觉到了，如果有人搭理我，就是看谁能用一种最刻毒的方式来嘲笑我。我只得和一些弱势的群体在一起去找寻一些遮遮掩掩的欢悦，搞一些鲜为人知的恶作剧。

我觉得自己每天都在受伤，我被一种莫名的环境不接纳的伤悲折磨着，常常一个人躲在没有人看见的地方自己舔伤口。我想流泪的时候想起了外祖父，我没有见过有谁像他一样面对生活的严酷，也没有见他掉过一滴泪，我想起了他浑身的刀伤和凄楚的晚景，我为他祈祷的时候，他爽朗的笑声驱散了我心头的忧愤。

对待这种冷漠的唯一办法就是比他们更冷漠，有一天我突然不说话了，用冷漠筑起一道墙来避免更深的伤害，以此来维护自己那一点少得可怜的尊严。

我回到家里转了一圈，外婆在一个烧锯末的灶上一边拉风箱一边煮猪食，母亲嘤嘤嗡嗡在里屋给妹妹喂奶，我又转出去一路小跑到大院的杏树底下，看猪圈里我们家养的三头猪，两头白色、一头花色，是白里夹花的那一种。一家人操持着这些事，就像我们在资水河畔的瓦屋里操持着的那些活计一样。猪是我们回来以后父亲从公社那里买回来的。毛主席说过："要大力发展养猪事业。"所以我们汉族人无论到了哪里都不能不养猪。有些人把猪像牛羊一样地放养，让它们到野外去吃青草，结果猪总是只长架子不长肉。这样的架子猪进到我家的圈里以后变得很快，不到几天就可以看见长膘了。

外婆在喊我了，我去把猪食挑过来，看着把猪喂了以后，挑着担子就去挑粉浆。挑担当然是我的强项，我每天都去一个豆制品加工厂的池子里挑粉浆。我再也不用为桶的事发愁了，这边用的不是木桶而是铁皮桶。

我家大院的背后有一条湍急的水渠，渠边有一条幽静的小路，走在这条林荫遮掩的小路上，难得找到一种闲适的轻松，我还可以哼上几段小曲，就是来两段花鼓戏也没有人会嘲弄我的。

这个豆制品厂的后门是用红柳刺编成的，后门打开以后就是一个粉条晾晒场，粉条在阳光的照耀下非常惬意，总是可以激活出一些别的情绪来，不过院子里的酸腐味挺难闻的。走过这个晾晒场就是那个我舀粉浆的池子了。这时，突然一群狗憋足了劲疯狂地朝我身上扑来，一条黑狗从后面把两只爪子搭到了我的肩上，还击的事我还来不及想，已经被撕咬到了地上，我只得抱住我的头埋在地上，嘴里使劲地喊着救命。当我听到有人呵斥狗的声音时，我就一下子什么都不知道了。

醒来的时候，我躺在了医院的病床上，全身十几处伤口，缝了将近一百针。姐姐每天来给我送饭，一家人轮番来看我。虽然我可以不去学校，远离了一份凌辱和心酸，但我也并没觉得这是一件什么好事，虽然我对学校的老师和同学都特别抵触，但我感觉到还是要沿着上学这条路子走下去的，我再能挑也不能去挑一辈子粉浆喂猪吧！

母亲还在坐月子，她到医院来看了我。她流着泪看了我的伤口以后又摩挲着我的脸，然后伤感地说："你为啥不走大路从大门进呢？"

"我觉得小门要近一些，这样可以多挑一趟。"从大路走看的人实在是太多了，我总是担心碰见我的同学或老师。我在学校里的那个样子本来就令人够酸涩的了，我怎么还能因为挑粉浆这件事让他们更加瞧不起我呢？不过这些话我都没有说。母亲说："他们遭窃了，所以把狗都放了出来，没想到让你给撞上了。"

"他们没有怀疑我偷粉条吧！"

"这倒没有，只是都为你感到难过。"母亲一边流泪一边说。

"怎么能怪你们呢！要怪也只能怪我自己，我以后注意就是了。"我低低地说。

"疼不疼？"母亲心疼地摸着我的头，眼泪汪汪地说。

"现在疼，遭咬的时候没有感觉，我当时真的害怕了，我想我可能会被这群狗咬成肉渣的。"母亲的脸上终于露出了一丝安慰说："我都听说了，你把头死死抱住埋在地上，要不然真要破相了。"我浅浅地笑了。

出院以后又在家休息了几天，我急着去了学校。我挑粉浆被狗咬的事还是在同学当中传开了，说是全县城的人都知道了。有一个叫亚军的同学关切地问了我，下课的时候他提出要看一下我的伤口，我没有让他看，而我则问了他："你们是怎么知道我挑粉浆被狗咬伤的呢？"

他诡谲地一笑说："这么大的事能不知道吗？再说你身上有股粉房的酸味，

班里早就有人猜着了。还有同学看见过你呢！”

“你们是不是特看不起我？”

“反正班里的高干多，他们的父亲母亲都是这个县里的头头，再不就是这个局的局长或那个部的部长。他们看不起你，你不也看不起他们吗？我都看出来了，这样挺好，以后咱俩玩。”

“是不是我的学习太差了？”

“不是，你还没有看出来？有几个学习的？学习好有个屁用！”我从亚军的谈论中一点点地印证我自己。

可是我那么一点内在的自尊让我并不甘于现状，我比较在乎我在别人心目中的位置，这一股子力量总是在砥砺着我成为别的一种人，从别人那里所受到的白眼总是让我受不了，那时候如果能够逃脱我会选择逃脱的，可是生活就是那般地把我粘连在那样的一种情境里，因为不甘心，所以总是从自己的心里挤出了某种力量试图与歧视我的这股力量抗争，我可以清楚地意识到这些都不是我最终的生活，眼下的这些日子总是短暂的，一切都会过去的，而未来总是以一种极大的魅力在昭示着我，我多半的时候是生活在自己生存的梦里的。当然，我也承认，一个人在成长时候的所思所想是不可能完全被后来应验的，但我还是觉得那样的一种状态，促使我慢慢地变成了另一个人。

星期天，父亲用那辆三角架上缠着彩色塑料纸的自行车一前一后驮着我和弟弟下乡。父亲在邻近县城的红旗公社一大队三小队当社员，和过去不同的是他原来是一个邻近乡的党委书记。除了参加这个小队的一切活动以外，父亲还在三分自留地里种上了莫合烟，我和弟弟帮父亲做一些间苗、定苗、打杈、打顶的事。莫合烟和烤烟不一样，烤烟抽叶子，而莫合叶则抽秆子。其实它们长得差不多，为什么发生在叶秆之间的差别会有这么大呢？这是令人费解的。更让我难以理解的是父亲现在是个农民，土地成了他主要的谋生手段。

中午就近在一个叫吐逊木沙的人家里吃饭。屋子是干打垒筑起来的，也就是说用半干不湿的泥巴摞起的，屋顶的木头横梁上搭着柳树椽子，再上面是麦草，麦草上面糊的麦草和成的泥巴。一进屋就上炕，炕上铺的是黑色的毡子，中央有一个矮木桌，上面放着一些面制烤食，主要是苞谷馕，然后主人会端上来用渠里的生水勾兑好的酸奶。这样我们就可以用午餐了，他们不兴炒菜，也就用不着筷子了，就是吃米饭也是在里面放入胡萝卜，因为抓着吃，所以叫抓饭，不过这样的饭在农民们家里是很难吃到的，除非婚丧嫁娶、重大节日。我们来乡下的时间总是少，平日里，每逢到巴扎天，吐逊木沙一家总是上城赶集，中午也就到我们家里做客，虽然他们不会抓筷子，但在我们家里总是可以吃到炒菜。

后来父亲到了这个乡的粮油加工厂，每月有点菲薄的收入，然后能落点麸皮喂猪。

回城以后我有意去看看距我家不远的亚军，亚军的父亲是马夫，平时回家以后我看他多半的时间在马厩里，我一看班里的好几个同学也在。亚军一见我就吼了起来：“正好，我们准备去饮马游泳，你也骑一匹吧！”

一旦上马出了城，不知是马疯了还是人疯了，四蹄腾空，风驰电掣，我已经驾驭不了这匹马了，一旦飞出去后果可能比狗咬的情况更糟，只得死死地夹着马鞍子抓住马鬃不放，至于缰绳，已经对我失去了作用。

上苍保佑，我总算没有掉下来，这是我第一次骑马。

看到这条叫跃进大河的一潭清水边后，我显然有点不以为然，对于我这样一个在大江边长大的人来说，这么一潭水我一个猛子就可以扎过去。我看有两个说是游得比较好的同学下水了，动作是狗刨，这样我就更有信心了。我选了一段较平缓的路助跑，通过加速以后从我选好的一个点上准确腾跃起来，我并没有头朝下扎进水里，而是昂着头胸脯向上引，整个身体呈一条优美的曲线，到了制高点以后我才把头俯下来，很快完成了一个弓身向下的动作，脚尖绷得笔直，只听到嗖的一声，我就落入了水里。然后我并没有急于上来，而是直取对岸。等我爬上岸以后，我听到了一片惊羡的呼声，他们可能从来都没有见过有这样一种游法。其实我并不轻松，在水下的时候我差一点游不过去了，我没有想到水温这么刺骨，我只得把体内的能量加速激活起来，把一种不可能变成可能。这时我才察觉出他们再也不会用过去的那种眼光看我了。他们围着我问这问那，我讲的还是那口浓重的湖南话，但我看他们好像都听懂了。

第十五章 醉 酒

班里每星期都要开两次班会，狠斗灵魂深处私字一闪念。班长高瑛正在发言，一段激昂老套的开场白以后矛头直指齐菲：“一段时间以来，我们有些同学放松了世界观的改造，思想上、生活中非无产阶级的东西慢慢滋长，已经严重地侵蚀着我们健康的肌体。齐菲同学就是一个典型，在思想和生活方面存在着小资情调，写那些风花雪月的诗，不健康，不得不引起我们的高度警惕。从平时的穿戴打扮、为人处世等方面都能表现出来。看不起贫下中农子女，只顾自己学习，不积极参加两条路线的斗争。还故作媚态，实际上是一种邀宠行为；搞中庸之道，实际上是在原则问题上怕得罪人。我希望齐菲同学要改变自己的学习态度，改变自己的生活方式，真正向工、农、兵、群众靠拢，争做无产阶级革命事业的接班人。”

意料之外的事情就这样突然间发生了，我浑身躁烈、惶惶不安，紧张地窥视着一下被顶托起来的齐菲，她的脸色变得惨白，浑身在发抖，泪珠抑制不住一串串往下滚落。我恨不能像猛虎下山一样扑上去把高瑛给掐死，而我实际上除了坐在座位上，拿不出任何办法安慰齐菲。

高瑛留着两条茂密而又葱茏的长辫，发梢笔直垂到了大腿以下的腿弯处。平素娴静恬然，温文尔雅，并不属于偏执激进一类，很能被大家接受。此刻我用愤怒的眼光直视着她，怎样也想不到她那貌若平和的心灵中积蓄了如此刻毒的杀伤力。全班同学的目光都在高瑛和齐菲之间穿梭，都为这突如其来的一幕所震惊，她在讲台上看着悲戚的齐菲道：“不要那么柔弱和娇滴，不要总是那么忧郁和感伤，这是一种不健康的小资情调，希望齐菲同学振作起来，通过大家帮助，彻底脱胎换骨，在革命的洪流中摒弃小我，以铿锵的脚步融入如火如荼的伟大时代，成为一名具有钢铁意志的革命战士。”让我疑惑不解的是，平时大家不是都挺喜欢齐菲吗？同学们私下里不是都把她誉为校花吗？难道这样就真的不好吗？美丽是不是一种错误，这个问题是令人迷惘困惑的。

接下来几个同学的发言越来越刻毒，特别是一个女生说：“人家说你长得洋气你就当真了，整天打扮得花枝招展的像一只蝴蝶一样，你还自鸣得意，好像自己的血管里真的流着高贵的血，这种态度以后也要改一改，不要故做高雅状，让别人受不了。”齐菲泣不成声地站了起来，欲要说话，可是哽咽着一句话也说不出来，于是捂着脸一下冲出了教室。同学中发出了一阵哄然大笑，被嘲笑的并不是跑了的人，好像是台上的这位女生。高瑛叫了几个女同学也冲了出去。

班主任陈岚此刻站起来说：“我们所要批判的是一种思想情调，齐菲同学一下接受不了大家应当理解，这个思想情感转化过程不是一蹴而就的，大家要有耐心，批判会继续开。”我惊愕地意识到这个批判会是陈老师在幕后一手策划的，齐菲平时最受陈老师宠爱，怎么一夜之间她就会沦落成班上的反面典型呢？

齐菲在我心中就和《钢铁是怎样炼成的》里面的冬妮娅、《青春之歌》中的林道静一样，说话的腔调表情、穿戴长相处处都像。她是我心中的一尊偶像，现在倏然被推倒了。如果认为齐菲这是一种小资情调也没有错，可是小资情调为什么能够媚惑着每一个人，为什么这种小资情调那么让我心动呢？

亚军举手上台发言了：“在我们的生活中，小资情调不可能没有，依我看每个人身上都有，我们每个人拍着自己的良心思忖一下，同样的衣服穿到齐菲身上就好看，这难道也是她的错吗？对于批判齐菲同学我是有看法的。”亚军一语惊人，这让我十分感动。

这时，高瑛她们几个把齐菲找回来了。班主任让齐菲表态，她已经泣不成声：“我只不过是想把事情做得好一点，从来都没有想去剥削别人，也没有什么个人私心，你们是搞错了，我才不是呢，我没有小资情调！”

班主任陈岚需要对这一局面进行最恰当的控制，他以一种温和的口吻说：

“我们欢迎齐菲同学又回到了同学们中间。”齐菲愤慨地说：“您难道认为我会自绝于人民吗？”陈岚显得很尴尬：“其实大家都是好意，你的心理也太脆弱了，怎么一点也听不进去批评意见呢？同学们只是认为你身上有一些小资情调，并没有说你就是小资产阶级思想，希望不要有什么思想负担，大家只是对你有更高的期望。希望齐菲同学能够虚心接受同学们的批评，有一个积极的态度，如果有什么想不通的地方可以随时随地找我，我们可以在一起讨论我们共同关心的问题。”

我注意了一下全班同学的态度，大都非常虔诚，大家并没存有任何质疑。而我则悲哀地感到，人的灵魂是多么需要这样一种小资情调的慰藉呀！

班会后，我总是想办法跟着齐菲，就想找一个单独的机会好好安慰她一下，问问她还记不记得童年的我，再就是要告诉她：“你各方面都很好，如果说这些是小资情调你就小资吧！别怕！什么都别怕！”

我把自己搞得如火如荼、壮怀激烈。我不知道是从她的身上看到了丽莎还是从丽莎身上感受到了她。有那么一种情感，总是跨越时空在心灵深处强力攀升，虽然没有办法表达，但就是在心里激越地滚动，任何力量也阻止不了我的眼光向她身体各个部位窥视。有一次班里组织劳动，她穿了一件短袖衬衫，我若即若离地跟着她，惊讶地发现她腋下长出了黑色的腋毛，我为这一神秘的发现而神惊魂悸，坐寝不安。

她走路的姿态很迷人，扭摆得十分有韵律。看上去苗条小巧，天生一种娇娆的气质，但是属于骨头架子很小的那一种，该丰满的地方都很丰满，和我们这个种族总是有些不同。典型的樱桃小嘴，什么时候看上去都像刚刚湿过水一样。

我看出她为自己茂盛生长的生命活力而惶悚不安，一股亢奋沸涌的欲望深深折磨着她，她被美丽所带来的痛苦折磨着，她总是想办法把自己的美丽锁定在重重魔障之中。

我依然没有勇气和她说一句话，只是从眼光相遇的瞬间感受到了某种异样。她就坐在我的前排，数学课我的圆规忘了带，她听到了我的自言自语，悄无声息地把圆规递了过来，那个瞬间我一下觉得这个世界对于我来说已经改变了面貌，我的内心颤抖得很厉害，坚冰已经消融，小溪开始流淌，我拿着圆规的手在发抖，这种强烈的心灵感应不停地在我全身的每一个角落扫掠。

我感受到了她身上散发出来的令人痴迷的馥郁香气，眼前总是晃动着她的幻影，有一种睹视花丛的感觉。对她的肩膀、大腿及其皮肤的润泽有如此切肤的感受？想象力有多丰富，她的神情就有多少暗示。

我觉得我是为了她才来到这个世界的，只有我才能和她相守一辈子，经历了那些漫漫长途的生活苦旅又算得了什么呢！最终生活把我和她锁定在了一起，如果有一种灾难和痛苦需要我们当中的一个人去承受，那么我会毫不犹豫地去承担一切灾难性的后果，包括为她去死。我会莫名其妙地设计出一套套为她去死的方法，把自己的全部生活经验都调动起来，去编织一个为她死去的悲壮故事。

我想拥有她的什么呢？当我审视自己内心深处那些渴望的时候，我为自己的无耻下流而羞愧不已，像我这样一颗肮脏龌龊的灵魂是不配活在这个人世的，在她毫无瑕疵的纯洁善良面前简直就无地自容，我窥探过她的隐私，想象过她的肉体，我为我的堕落而伤透了脑筋，有一段时间我真担心神经会错乱，我会带着我的梦魇离开这个世界。

我在班里依然是一只丑小鸭，我被自己的各种各样的问题所困扰，有些是别人给我制造的，有些则是我自己给自己设定的。在截然不同的两个世界挣扎、磨砺、煎熬、沉浮。

忽然有一天，我明白了一切都要靠自己的道理。因为每个人都在以自己的生活方式很努力地过下去，每一个生存环境的形成都需要他的耕耘和付出，只要他付出了，理所当然就会拥有一份值得引以为豪的收获。

在学校举行的朗诵比赛中，我特意用湘音朗诵毛泽东的《沁园春·雪》，这是我打破重围的重拳出击，没有想到语文老师给了我很高的评价，说我理解了毛泽东诗词的意境，激情饱满，大气磅礴，一举夺得了全校一等奖。接着我又参加了全校的歌唱比赛，我已经意识到了情况要比朗诵更好一些，因为唱歌的时候别人听不出来我的方言，这样我凭借着歌声很快就在学校里崭露头角。

我因此进入了学校宣传队，这样我就有更多的时间和齐菲在一起了，她是宣传队的舞蹈尖子，而我的歌声所向披靡，不久就占据了学校歌坛的头把交椅。

春节前夕，宣传队由县里的领导带队去工厂、农村、兵营慰问。我们乘坐的是一辆苏制的敞篷车，回来的路上天已经黑了，演员们横七竖八地躺卧在大箱板上，只要能盖的东西什么皮大衣一类全都盖在身上，人就在里面摇晃，我细心地体会着，喜欢上了黑幕遮掩下的人的肉体摩挲的感觉，当然那种男生碰撞的疼痛不在此列。

汽车在崎岖起伏的山峦沉浮摇摆，摇得时间长了，大家都有一种昏昏欲睡的感觉。也就是在这种时候，我松弛的右手五指间不知什么时候伸进来了一根柔嫩的手指，像触电一般让我心跳加速，热血奔流。凭着本能我敢肯定是一根女生的食指，而且我还敢进一步确定是齐菲的食指，我敢肯定我的感觉是绝对正确的。齐菲是不是睡着了呢？这根指头是怎样伸进来的呢？她知道她的指头在我的手心里吗？她是不是有意不拿走呢？我可以捏住这根手指吗？一旦捏下去，我就越过了一条界河，我的心狂跳不已，我没有勇气去温存这根细嫩纤长的手指。我感觉到她用指尖在我的掌心画了一下，我等待着画第二下，可第二下迟迟没有画过，我因此怀疑起第一下是不是真的画了，是不是我故作多情呢？难道她也知道是我的手吗？这一切都是她有意的吗？

接下来一阵猛烈的颠簸，这根手指不翼而飞了，我看到了手指的飞翔，我知道再也不会回来的。我痛恨我的怯懦，我觉得我伤害了她。一路上，我们没有说一句话，这件事就这样过去了，如果我抚摸或者捏住这只手指呢？

从此以后，她的影子总是在我的脑海里萦绕，但总是感到模糊不清，白天的时候我着力把她看清楚，而一到了夜晚回忆的时候又模糊不清了，不论我怎样看她，总觉得没有把她看仔细明白。

夜以继日地想入非非，搞得我身心憔悴、神志恍惚，睡着和醒着的界线混淆了，白天和黑夜都无精打采。这种渴望受到了生理作用的驱使，我本能地意识到了我在受着一种魔力的支配，由于无力控驭，最后我必须放纵地对待自己，而且立刻体会到任性的极大快乐。

不久以后，我们又到边防兵站为军人演出。

高山宁静，保持着超常的稳态。心跳也微弱起来，好像就该静一静似的。宁静到了极致，一切的一切都是纯净的本质存在。

汽车在蜿蜒的山路上蜗行，寒冷和昏眩的侵扰让我感到非常孱弱，除了汽车爬行的声音，车内没有人说一句话。天山以南的戈壁荒漠是异常干枯的，尤其在冬季，在天山腹地穿行，大地愁惨的景象令人毛骨悚然。偶尔只有几只牦牛、黄羊走过，生命在这里显得如此顽强，天山雪线以上斑驳的冰雪泛着白惨惨的银光。从感观上说能激起些怜悯之情。河床被撕得张开血盆大口，需要往里输血，输大量的血。雪山融水悄然心动时，就要等来年了。

山脊上一条积雪越来越光彩照人，好像天空要开放出艳丽的花朵。玫瑰色的白雪闪耀在黑暗正在来临的大地上，归根到底，永恒的无与永恒的有在雪山之巅高度统一，这才是我神往的最高境界！

演出完了以后就是会餐，喝酒被冠上崇高的意义以后，不喝便变成了一种卑下的行为。那时候我们只不过是中学生，在军人发动的强烈攻势面前根本就没有抵御能力，这些从来都没有喝过酒的女生很快就被灌醉了，而且根本就不知道酒后将会发生什么。

女生集中睡在战士宿舍的木板通铺上，每个人酒后的脸色各有各的不同，有的发白，有的发紫，有的发红，有的发青，有的沉睡了，有的在大声喊叫，有的在哭，有的在笑。齐菲呼喊着难受，把自己的衣服掀起来使劲抠胸部。

我和屋子里的战士静静地注视着这样一幅场景。忽然连长冲进来吼道："立正！你们都给我出去！"战士们一下退了出去。

我什么话也说不出来。醉成这样子，究竟和军人的那些豪言壮语有没有什么关系呢？醉得完全失去了理智，这样才是对军人戍边生活的一种敬重吗？我觉得我们特别是齐菲等女同学被嘲弄、被戏耍了，她们的身体和名誉都将会遭到损害的。

我是为数不多的没有喝醉的男生，一个人踉踉跄跄地去上厕所了。不一会儿，我听到了有两个女生扶着齐菲上厕所，我一下屏住了呼吸，静悄悄地听着隔壁女厕所发生的一切，两个女生给齐菲解下裤腰带，齐菲嘴里不停地唠叨着："他们说我是小资情调，我才不信呐，我喝，和军人喝酒不是小资情调吧？是军人气质。"突然，娇柔的声音一下停住了，接着便是呕吐声，吐完以后发出了撕心裂肺的恸哭。

我的心脏怦怦直响，我在干一件道德沦丧的事情，我在偷听。我比她们要先到厕所，怎么是我偷听呢！我想她们肯定不知道我在男厕所，这样我对自己的存在提出了严重质疑，我想悄悄溜走，但我的两条腿怎么也不听使唤。后来我听到齐菲已经倒在厕所的蹲坑里起不来了。

这一下把两个女生也吓坏了，她们扯着嗓子喊了起来："齐菲不行了，快来救人呀！”我想冲进去，但我又不敢冲进去，而我又害怕别的什么人特别是男人闻声冲进去，那将会怎样地伤害齐菲，怎样地刺痛我呀！我捶胸顿足，无可奈何。

一个军人背着齐菲走了出来，他们上路以后我才从厕所里出来，在月光下我看到了齐菲雪白的腰际，我沮丧地望着她的背影，眼睁睁看着她走了。如果当时我上前去背她出来，情形又会怎样呢？她真的会因为羞愤而憎恨我吗？我很后悔，这样的机会今后再也不会有了。

我向往和齐菲有那种纯洁、亲密无间的天然关系，我幻想种种嬉戏、撒娇和彼此依恋、关怀的场面。可是我什么也不敢做，机会都放弃了。一些想法让我非常害怕，我自己委屈了自己。

第十六章 小　妹

乳香和奶骚混合而成的味道在土块垒成的屋子里飘逸着，一闻就知道这是乳童时期特有的气味，使空气显得格外稠密而厚重，坐完月子以后母亲就上班去了，外婆接替了母亲的位置，开始几天总是能听到妹妹烦躁不安地叫唤，几天以后也就习惯了。姐姐、弟弟和我轮番着抱她，抱习惯了以后只要一搁在摇篮里她就放声大哭。小妹在全家人的期待中一点点地变了，刚生下来显得很长的头越长越圆，肤色也由紫红渐变为奶白，成了我们家环绕的中心，小妹与全家人的关系都非常亲密，要把小妹割舍出去简直是不可想象的。母亲的奶水不够她吃，每天给她煮面糊糊。喂小妹的时候，我总爱站在一边看，一方面是看着本身的这种感觉，另外就是小妹不吃了以后就会把剩下的糊糊给我吃，我也知道这并不是什么特别好的东西，但里面有糖，甜食对我来说并不是想吃就能吃上的。那个曾经来过几次试图接走小妹的人家还来过两次，一开始他们絮絮叨叨地说，有一次外婆彻底地被激怒了，放开嗓门对着他们咆哮起来，从那以后他们再也不来了。后来我隐隐感觉到父亲还是在背后安抚着他们，要走妹妹不可能了，父亲还是给予了他们一份非常挚诚的情感。

父亲体格敦实粗壮，面部则很清秀英俊，一套健身的保健操长期坚持做，虽然历尽坎坷，但并没有过深的伤痛埋在心头，我觉得这种类型的人是不会显老的。不论对什么事情都有一番见解，很有真知灼见，当自己的见解和现实错位时，又能无奈地做出一种很妥协的解释，为自己的情绪找到最好的出路，然后接连发出一声声长叹，叹息之后什么事也就抛到九霄云外去了。

他每天照例骑着自行车早出晚归，三分地的莫合烟卖了几百块钱，成了我们家一笔非常可观的收入，不久我看栏里面又新添了几头猪仔。这时候父亲已经调到那个乡的粮油加工厂当会计，这样喂猪的麸皮、稻糠也就不成问题了。父亲对小妹格外宠爱，回来以后抱着小妹哼唷呢喃仿佛是一件最幸福的事。我们只要略为有一点怠慢使小妹发出哭声，就会遭到父亲严厉的训斥。小妹一旦搂到他的怀抱里，哭声往往戛然而止，就是这么灵验，这让我和弟弟常常啼笑皆非。

父亲打我的时候远比母亲要打得狠，有一次把棍子一截截打飞了，我还是继续和他顶撞，从来都没有从心里害怕过，也没有妥协过。我心里非常清楚，他打我主要不是我做错了什么事，而是我那种执拗的个性伤害了他，让我在他面前屈服，如果我低下倔强的头颅给他认个错，以此换来他的高兴，我干吗不那样做呢？可我就是做不到，总是不顾一切地逆着他的心愿顶到底，结果受伤害的往往是双方。对抗情绪相遇的时候自己没有能力排遣那种无可名状的怨恨情绪，等事情过去以后就会感到这样对待父亲是不应该的。

有一天，舅舅风尘仆仆地闯进了我们这个家，这个突如其来的归人使全家人都很兴奋。我还是看出来了，母亲的心中是有隐忧的，不过她从来都没有明确地流露出来。舅舅的个子很大，在我们家是最高的，我常常想象自己长大以后会不会也长这么高，对于成长着的未来，自己的内心有一种莫名的恐慌和担心。舅舅的脸上布满了零落的辛酸，在他没有表情的时候就是一脸的苦涩，不过他平时特别爱笑，笑起来的时候特别爽朗，也就把他的苦涩遮掩过去了。他带回来了很多的财物，全家人其乐融融，尤其是他每天笑得嘴都合不拢。舅舅有健康的体格，见识很广，也很会做人，我觉得我们家的两个大男人舅舅比父亲会来事，他懂得怎样去迎合别人，相比之下我比较喜欢舅舅，而弟弟对他的态度并不像我那样，也许是因为他在母亲那里有一份别人无法取代的深爱吧！

他那段苦难的经历居然成了他最骄人的荣光，我从来都没有歧视过他。他教我唱励志的歌："世上有苦水有美酒，看你怎样去追求，只要你勇敢地昂起你的头，苦水也能化为美酒。"他说这是李宗仁的爱人在狱中唱的，至于李宗仁的爱人何以在狱中，何以唱这支歌也就不得而知了。后来我经常唱这支歌，我仔细地权衡过了，我们的日子过得是很卑微的，我一旦唱这首歌的时候总会有一种斗志昂扬的感觉，就这样一点点累积这样的感觉，让我在经历那些苦难的时候或多或少感受到了某种甜蜜，这些都是从苦水中自然酿制出来的。

一个人将要经历怎样的一种生活并不是自己所能控制或决定的，关键是在经历生活的时候所秉持的一种态度，爱与恨、喜与忧、悲与欣，全视个人的感受而定，如果是一个有内在魅力的人，无论生活把他置于何种境地，我相信这个人照样有人格魅力，照样可以潇洒自如，赢得别人的尊重。

弟弟的生活经历与我大不相同，他从出生以来一直就在父母身边，没有受过什么磨难，不像我经历了太多的反差和大起大落。在我们所生活的这个小镇子里，绝大部分都是维吾尔族人，弟弟和维吾尔族少年搅在一起玩是一件再自然不过的事了，而我则会磨合出很多的适与不适，甚至心里会产生一些跌宕起伏的莫名情绪。弟弟会说维吾尔族话我就不会，弟弟尕尕打得特别好我则不会。打尕尕是当地维吾尔族人的发明，几乎所有的当地人都会这种游戏。

把一根短木棍的两头削尖，两头用砖头支起来，然后用一块木板从底下挑起来，腾向空中以后再用木板用力抽出去，对方若能接住当然就算输了，如果接不住就往回扔，落点距起点砖块的距离用木板一个个丈量，哪一方累积得多哪一方就是赢家，有点像曲棍球，就大院里土制的篮球场上打，维吾尔族少年打得非常好。这一局弟弟赢了，他把木板一甩，一声吆喝就和院里的一群孩子骑单位的毛驴到河边饮水去了，他的骑术非常之高，就这样骑在驴的光背上无论驴怎么奔跑也不会掉下来，还可以背朝着前方骑，照样可以挥洒自如、从容飘逸，这样的能力当然是长期与毛驴厮磨在一起积累起来的，而我则望尘莫及。

这一年，姐姐初中毕业以后去了一个非常偏僻的地方接受“再教育”。姐姐人很老实，无论在家里还是在学校都是弱势个体，她总是那样地隐忍，从来都不愿意用心强化自己。她从我的生活中走出以后，我才感觉到对她是那样地难以割舍。走了以后我很惦记她，我不知道她独立面对人群是不是可以坚强起来，她身体也不好，我不知道她能否适应耕作的艰难。总是担心有人会欺负她，总是觉得她的安全得不到保障。

有一次，我乘坐一辆拉瓜的拖拉机去看她了，我找到她们那个知青点的时候她们正在开会，一位知青正在台上接受批斗，一位干部模样的人正在气急败坏地对他的可耻行为进行控诉。我大约听清楚了，这位被批的男知青和一个女知青关系暧昧，有一次在玉米地里被人捉到了。接着由这位领导对他们进行了审讯，虽然没有发生性关系，但据交代，男知青对女知青的性器官进行了抚摸。男知青起初交代了，他相信了坦白能够从宽，女知青为了让男知青获得宽恕只好承认了，连夜就去上吊，幸亏发现得早，被知青们从绳子上放下来才免于一死。现在这些罪过全都加在了男知青的身上。

姐姐见了我以后抱着我的头哭了一场，我觉得她的灵魂受到了伤害，她是通过我把郁结在心里的痛楚哭了出来，我不知道她是为女知青哭泣还是为男知青哭泣，或者说兼而有之。其实并不是见了我就那么伤感，哭过以后她的态度变了，比我想象中要坚强多了，多少有了一份豁达豪迈的气质，说到务农的生活时一点也没有叫苦。回城路上，我在拖拉机上的瓜堆上躺着，望着满天的星星，最终也没有办法把心里面的疑惑想清楚。

家里的一日三餐比较确定，也就是比较单调。早晨是苞谷糊糊，中午馍头，晚上则是揪面片。我把和好的面摊在案板上，用刀削成一条一条的，用手指捏扁以后，一小块一小块地揪进沸水里。我在切面时从上而下用刀拉，拉出去以后把刀甩了起来，不曾想到弟弟从背后蹿出来，手背上挨了我一刀，当时鲜血直涌，一下哭了起来，妈妈闻声冲过来一看弟弟被砍成这个样子，伸手给了我一耳光："你这个剁脑壳的，我看你是活得不耐烦了。"她还要动手打我的时候，我从屋里跑出去了，一直跑到了我挑粉浆的那条小路上。

小路很宁静，母亲的打骂让我非常伤心，我因此而认定母亲在我和弟弟之间是偏心的。

弟弟的性格很倔强，说话还有点结巴，无论我怎样表示内疚他也不能原谅我。从此以后，我们的隔膜更深了，因为我融不进他的生活，而他则在自己的天地里津津有味，对我的态度由轻蔑转而歧视，作为哥哥我拿他没有办法，只好找碴儿用重拳揍了他一顿。但不管怎样，到了晚上我和弟弟还必须睡在一张床上。

班里从重庆嘉陵江边来了一个刘晓江，通过比较我觉得他的情况不应该比我更好，可是他没有我这样的感觉，别人实际上看不起他，而他照样我行我素，按自己的方式行事，混世能力比我强，染指女生、抽烟喝酒、打架斗殴就是他的生活本身，别人对他的态度他根本不在乎，也不像我那么压抑，内心有那么多的忧伤。我俩多少有点同病相怜，很快就走到了一起。

"流不尽的长江水，止不住的辛酸泪，船儿船儿你慢慢地行，让我再把亲人望一望。啊！美丽的山城我可爱的家乡，离别的话儿我牢记心上。"

他告诉我这是知青在离别故乡时唱的歌。这种凄迷感伤的旋律在学校从来不曾听到过，我们聚集在一起，在烟酒的刺激作用下，借这首歌对内心的情绪进行宣泄。

他打架的时候下手比我狠，可是我觉得他打架的随意性太大了，有些可打可不打的架他都打了。我认为打架应该是一种迫不得已的手段，而不是目的。我也打架，但总是要权衡利弊蓄谋好了以后才打，我所打的架往往蕴含着意义，打完以后的结果总是变得对我有利。在一起玩得久了，他觉得我身上有一种智慧，我身上的这种东西对他的蛮横起到了一种抑制作用，只要我对某个问题进行一番什么陈述，他总是听我的，虽然我从来都没有威胁过他。在学校，他很快就上到了靠前的位置上充分地展现自己了，他的那种坏法把很多人们观念形态里面的东西都打破了，有的女生还喜欢上了他。

那时候我要稍微一灰心，日子这样顺延下去，极有可能就像后来人们所说的那样，我可能就堕落了。有一天，我和弟弟不知从哪里弄来了一把土造左轮手枪，里面装口径枪子弹。有一颗子弹压在里面，始终也没有打出去，大家也就觉得这发子弹哑了，卡在里面也没人管。平时拿着枪照样玩，胡乱上膛瞄准谁都可以乱打一通。

我带着小妹拿着这支土手枪在大院里乱转、乱打，瞄着她也是扣动过扳机的。有一天，我随意朝着满天的杨树开了一枪，砰的一声，子弹一下从枪膛里射了出去，杨树叶子簌籁落下来好几片。我当时被吓呆了，心下狂跳不止，背脊上直冒冷汗，好长时间都说不出话来。我也知道，子弹已经上天了，对小妹来说什么也没有发生，可是我还是含着眼泪把她从地上抱了起来，紧紧地抱在怀里不敢放松，一种愧疚和恐惧的情绪很长时间挥之不去。

这件事我没敢给任何人讲，从那以后，我对小妹多了几分怜爱之情。

那个年月的小孩有个习惯，喜欢围着汽车转。大院经常停着一辆破解放牌汽车，闲着的时候我就带着小妹在车上车下溜达。有时候就撒手让她一个人去玩，当时小孩也多，免不了在大箱下面乱窜。意外的事情突然发生了，大箱右侧一面突然翻了下来，一声巨响把地上的尘土掀起好高。我的大脑一阵昏眩，一个幻觉从我脑际中一闪而过。定睛一看，小妹距掉下来的车厢板最多有一米。扬起的尘埃扑打在她的脸上，她揉着眼睛还咯咯在笑。

我庆幸上苍并没有把所有的不幸都降临到我的头上。

第十七章 春　苗

放寒假了。空蒙的山谷愁惨而萧瑟，斑驳的积雪罩上了一层死灰的厚土，太阳惨淡疲惫地散射在树上的枯枝败叶上，偶有几只老鸹在山巅放肆地哀号。

宣传队驻校排练，星期天的景象更是寂寥。大部分的队员回家了，我和为民则约了住校，为民总是起得比我早，他出门倒完洗脸水以后听他嚷了起来："庄老师领了个女生到办公室去了，好像是新来的。"我从被窝里爬出来从窗棂朝外望去，揉了一下眼睛，漫不经心地甩了一句："看来不是个等闲之辈呀！"担纲导演的庄老师掏钥匙开门，她亭亭玉立站在那里，穿一身奶黄的大格外衣，留两条粗黑的大辫子，从外表看上去体姿修长而有魅力，推想大约是个跳舞的。庄老师把她领进了办公室，我转过身来叹息道："从外地转来的，来咱们这儿干啥呢？落架的凤凰不如鸡，用不了多久就那么回事了。"

"也不一定，没准还能把咱们熏陶熏陶呢！"不一会庄老师到我们宿舍来了："宣传队新来了一位同学，叫苗雨欣，你们俩帮她去把行李搬一下，可以把一些情况给她介绍一下，让她尽快适应新环境。"我问："是跳舞的吧？"庄老师说："声乐、舞蹈都不错。"为民诡秘地笑了，我俩跟着庄老师出了宿舍，然后跟着苗雨欣去她家搬行李。

苗雨欣的五官属于小巧玲珑型，特精致，想细看，又不便让别人感觉太专注了，我已经发现一抹羞涩的红晕从她脸上掠过。她问："乐队怎样？"我看了一眼为民道："大多是老师，应该还可以吧！"

"在这个县里肯定是最高水平了，究竟怎么样我们也判别不出来。"我觉得为民的回答比我高明。"管乐有哪些？"这一下把我问蒙了，为民说："就一把小号，笛子算不算？”苗雨欣哈哈笑了起来。

不知不觉到了大街上，上街以后我们想办法与苗雨欣保持着距离，最好是让她意识到小城就是这样，如果我们和女同学并肩走在街上，那是不可想象的事。我们让她走在前面，她领悟了我们的意思后沮丧地摇了摇头。这样她在前面走着，我们在后面保持适当的距离，所谓适当也就是让别人看到了不至于怀疑。

走大街又穿小巷，她也怕我们走丢，一路上小心翼翼地往后面看过两回，第二回看的时候，我很专情地笑了笑，她一下羞红了脸，好像还不习惯于和我们相处。我的心动了一下，为民也明显地看出了这一点，我们俩只是会意地笑了，那时候女生是个禁区，问题出在什么地方，我们是说不清楚的。如果非要表达出来，就会把自己沉陷在卑鄙、下流、无耻的泥淖。

到了她家以后才明白她是回族人，她父亲戴了一顶瓜皮小白帽，待客的动作有穆斯林的风俗，身体微微前倾，手伸得很拘谨，很客气地给我们让了座就走开了。她母亲很仁慈地用一把铜壶给我们倒了茶。我用平静的目光把她家扫了一眼，家里摆放的装饰品可以感觉出一种多元的杂糅，很显然苗雨欣接受汉文化风俗。

我和为民多少有点拘束，她妈说：“你们坐一会，我去帮她把东西收拾一下。”我站起来说：“我们去吧！”苗雨欣从旁边的屋里说：“你们是客人，坐着吧！”其实我们还是想过去给她帮忙的，只是女生的东西有些是不便让我们看的，我们也只好坐下来等待。

很快，苗雨欣就在里面叫我们，我走进苗雨欣的卧室时迅速把屋子里的陈设环视一遍，然后扛起了最大的被褥行李包。苗雨欣说：“背在背上吧！这样会把你的脖子压坏的。”我说：“哪有那么娇气，这样还舒服。”

一条很精致的花毡子把被褥裹在里面，白色的尼龙绳竖二横三绑扎得很考究，不过我并没有把她精心扎成的套圈用上，我由此推断苗雨欣是参加过军训的，只有军人才这样捆被子。为民提着她的一个网兜，网兜里最多的是书，她自己背了一个包，手里还拿着盆子，走路的姿势略有点前倾。这一回我俩走在前面，她则若即若离地跟在后面。

那时候大家都睡通铺，我们把行李给她搬进去，宿舍里齐菲和另一个女生在，别的人大约都回家去了。其实我想帮她把行李打开铺好，她只是给我们客气地让座，齐菲不说话，只是用一双机灵的大眼睛高深莫测地看着我，这让我很是心慌。我一下又想到女生那些藏着掖着的小秘密，就是我硬着头皮要留下来给她铺行李，她也不会同意的。我心里暗暗地想，如果齐菲不在或者她开口让我们留下来帮忙，这两种情况我们是不会走的。

她把我们送到了门口说了一句谢谢。我说："你有什么事就找我们吧！其实我们挺能干的。"实际上是说挺想干的，她会心地笑了，脸上掠过一抹不易察觉的感恩，我觉得她把我的话听懂了。

晚上为民负责洗衣服，我负责去井里提水，顺便绕到女生宿舍悄悄侦察了一番，发现就苗雨欣一个人在，我就给她提了一桶水，她把水舀盆子里以后又往她们桶里倒了一些，然后就给我抓了两把零食，让我坐在炉子旁边烤火，我说："为民还在洗衣服，我还要去提水。"

"如果我去给你们洗衣服，你们不介意吧？"她试探地问。

"这是不可能的，你刚来。"说完我便起身要走。

"再坐一会可以吧？"

"你还没有吃晚饭吧？"我特意提醒道。

"我要不把你叫住，你就不会问我吧？"她歪着脑袋，望着我直乐呵。

"你并没有回答我呀！"

"你也没有回答我呀！"我俩扑哧一声笑了！然后我转身就走了，我想她可能以为我不会走，我觉得她望着我背影的目光可能挺失望的。

我匆匆给为民提了一桶水，把水搁下以后不知为什么又转出来了，这才发觉心里很乱，脑海里浮现出上午齐菲看我的目光，目光连接着她的心境，实在是让我太难琢磨了。

我想起了苗雨欣没有吃饭的事，于是又趴在窗户上看为民，我看他正在清洗我的衣服，而且是第一件放进去洗的，洗的时间之长令我感动，我觉得这就是一个人的本质。从此以后，我对为民的态度乃至我对待友情的态度完全得以改变。我决定让为民去给她买馕送去，我觉得这个女生特有灵气，因为我对她有好感，所以我怂恿为民去主动追求她，而我必须靠后。

第二天一进排练室就听到她在试音，没想到这个平时非常腼腆、一说话就脸红的新成员嗓音亮爽得让人吃惊，为民把我拍了一下，因为我在宣传队里是唱歌的A角，我也觉得我们的距离一下拉近了。

三天以后导演通知我，让我和新来的苗雨欣唱二重唱。那时候除了样板戏还有几部新电影，特别是《侦察兵》《春苗》《红雨》影响特大，把一座小城搅得沸沸扬扬的，二重唱选中的是《春苗》的主题歌：“翠竹青青哟披霞光，春苗出土哟迎朝阳……”旋律非常激越。这样我俩就在一起学歌了，我会识简谱，学歌的时候比她要快一些，她就跟着我哼哼。我感到她的高音区比我更加清脆自如、潜力更大，不过我们一起合的时候她总是让我发挥得更好，而她自己则收敛起来，这一点我明显地感觉到了。

有一天和乐队合完以后，我在排练厅的一角跟苗雨欣说：“其实没有那个必要，我的优势在胸腔共鸣，你完全可以释放得更充分。”她把头低下了，沉默片刻后说：“这样挺和谐呀！关键在于效果。”我心里挺感动的。

苗雨欣能歌善舞，女生排练《洗衣舞》时，我和为民就在下面外表淡漠、内心专注地瞅着，她在做一个往后仰脖颈的动作时顺带地看了我们一眼，脸上倏然泛出一抹绯红，我把为民捅了一下，暗示这一抹红云是飞向他的，我注意到为民的表情他也认可了。

过完我俩的二重唱以后，我和苗雨欣漫无边际地闲扯，她告诉我因为家庭的变故才来到了这座小城，这座小城和她原来所生活的城市比较实在是太小了，不过她一句也没有抱怨。她告诉我：“晚上有点事你能不能陪我回去一趟。”我一下想到为民的机会来了，说：“唉呀！今晚我母亲过生日，我也要回去，这样吧！就让为民陪你回家，他人挺好的。”她点了点头。我鼓动着为民去追求苗雨欣。

晚上为民送苗雨欣回来以后，我追问着每一个细节，从那些很刻板的话语中看能不能分析出弦外有音，实际上很多张扬和渲染都是我们自作多情衍生出来的。

演出一旦开始便一场接一场，县里分系统轮番到影剧院看我们的节目，上千人的剧场每天都挤得水泄不通，我和苗雨欣的二重唱出人意料地引起了轰动，每天晚上只要节目一完总是爆发出山呼海啸般的掌声，“再来一个，再来一个！”声浪此起彼伏，我和苗雨欣只得再度出场，撼天动地的热流再一次涌动，尽管我们再一次放声歌唱，再一次在雷鸣般的欢呼声中谢幕，观众们依然呼声强烈，那种激情四溢的场面常常让我泪流满面，导演一遍遍催促着我俩，我和苗雨欣不得不再一次到台前谢幕。

就在我陶醉在这种兴奋达到顶峰的幸福时光里，齐菲给我端来了一杯水，我接过杯子的时候激动得手微微颤抖，我想说什么但又一下子找不到恰当的词语。谁知她俏脸一板，冷冷地说："你们俩一块喝吧！就这一只杯子。"我立刻觉得心灵受到了严重伤害，情绪很快就从波峰跌入低谷，然后进入流泪的最低点。

过年的那几天，晚上依然有演出，节目还是老一套，演油了，用不着排练了，白天就可以出去拜年。为民家是必去的，他把我去拜年作为一项重要的待客活动。我去的那个时间他又约了另外几个同学，同学们凑在一起说喝酒，在能不能喝的问题上大家出现了分歧，我觉得这根本就不是一个需要讨论的问题，一个人如果被各种烦恼与苦闷缠绕着，这种时候是容易做出极端决定的。为民把一满杯白酒倒好了，最后以征询的目光看着我，我把一杯酒端起来，玩世不恭地把在座的一群人看了一眼，一仰脖子把一满杯酒喝进去了，所有的人都瞠目结舌、惊讶不已，这样的瞬间是非常痛快的，可是接下来的事情就完全出于自己的意料之外了。

酒呀酒！放在瓶子里像一位宁静纯洁的少女，倒在肚子里像炸弹，像魔术师，回学校宣传队的路上，我觉得整个身体都在飘，一路上见了人就想逗一逗，然后就对骂，多次跌倒在雪地里。为民架着我回到了学校宣传队的宿舍，我在通铺上走正步，歇斯底里地乱喊乱叫，然后把玻璃打坏了，满手都是血。齐菲过来劝阻我时，我却用最尖酸的语言刻薄了她。

齐菲去把老师叫来了，庄老师到我床边的时候，我软绵绵地无法站立，我躺在床上说我的状态是坐地日行八万里。庄老师笑了，齐菲哭了。后来说的话完全丧失了记忆，也就越来越离谱了，都是别人学给我听的，我给宣传队的男女生都配了对，这些话不久就传了出去。开学以后在全校开学典礼上，校长不点名地批评了我。

我从此陷进了苦闷的泥淖，耻辱感把我演出获得的荣誉彻底地抹杀了，凡是给我配过对的男女同学都恨我，好像真的是我破坏了他们的名誉似的，我内心最大的隐痛就是把齐菲内心娇贵的纯情给破坏了，她会认为我是一个下流和低级趣味的人。我们虽然平素不太说话，但我们彼此心里都非常清楚，我们的关系是有一种默契的，现在这种默契被破坏了，对此我非常确信。其实我怎么能想得到这样的事情会在我身上发生呢？没想到一个意外使我们的关系从此蒙上阴影，我的懊丧情绪几乎把我击倒。

我总是一个人独自蹒跚，回家以后觉得一切都没有意思，想躲开所有的人群，我会情不自禁地到后院的丛林里独自徘徊。惨淡的月光、凄清的野草安抚着我的凌乱和寂寥，我的悲伤随着眼泪倾泻而出，只能自己慢慢舔干流血的伤口。

荒郊野岭的原生形态、托什干河的湍流涛声温慰着我，把我带到了杏红柳绿的五月，五月的花季激活了我记忆深处纯真的怀想，我流连在幻影般的齐菲世界。

一个阳光灿烂的日子里，我在一泓泉水边徜徉，淙淙溪流泛起的光晕幻化成一个媚惑妖娆的世界，胸间飘逸着俊俏少女的婀娜。记忆的芬芳就像柳絮一样张扬在缤纷的绚丽之中。我情思缕缕描摹修复着一位丰姿绰约、袅娜柔情的感性少女，红唇、高胸、倩笑、眼波、修腿、温存，少女是谁？从哪里来？到哪里去？我沉迷在栩栩如生、具体可感的情景里，我在感受着的同时又在解构她，下意识提醒我粉白、奶黄、嫣红，丽莎、齐菲、苗雨欣。

蓦然，齐菲在眼前的水潭边出现了，穿着紫色的碎花短袖衬衫，手里拿着一本书，沐着天赐的柔和逆光，浸泡在如醉如痴的思绪里。人就是这样，当一种至深的渴望在无法预料的情况下突然以实实在在的方式和你兑现时，最初你是不敢相信，接着就是不知所措。

我紧张地窥视着她，她在溪水边倾听水草的交谈，在倒影里接受白云的抚摸。我不敢让她看到我，我不敢接受她突然看到我以后的震惊，我不忍破坏她心中的一个迷梦，我不敢想象在这样一个天高地阔的地方我们相遇该是怎样的一番情景，我们会不会面临无法排遣的尴尬。我在慌乱中匆匆躲着她，我不敢相信她也会像我一样独自来到这孕育隐私、咬噬心灵的地方。她把手伸进了溪水里，又掬起了一捧水抹在了脸上，然后似笑非笑像伸懒腰一样地站了起来，高胸和腰际、臀部和小腿呈现出一条弓一样优美的曲线，松弓以后双手落下来交叉搁在了胸前，两眸凝视着遥远的天山雪峰，看着世上最漂亮的云孕育的雪。

无论我的身体多么铅重但我的灵魂已经出窍，我疯狂地舔食她的每一寸雪肤，谛听她的怦怦心跳，感受她血液的奔流，突然我听到了她一声撕肝裂肺的呐喊，太阳陨落了，天昏地暗，苍穹电闪雷鸣，一股滚烫浓稠温热的黏液忽然卡住了我的喉管，鼻翼紧张地翕张着，喘着粗气，惨然地颓坐在一地落英的泥土上，眼看着她的倩影从一道闪电中消失。

第十八章 拾 粪

世事难料，一切都不在自己的把握之中，我做梦也没有想到会向一个哑巴出手，更没有想到会因此而触怒一个显赫的家族，这个家族的成员煞费苦心、歇斯底里地追打我、报复我，一旦被他们捉住他们会把我搞熄火的，我真正地感觉到了内心的恐惧，一旦遭遇只得狼狈逃跑。

那个年代的夜晚，娱乐方式并没有多少选择，只要有看的东西就去看，不论是电影还是歌舞节目。有一天傍晚，在去电影院的路上休闲地走着，忽然脊背被人猛撞了一下，我本能地判断是班里的同学开玩笑，转过身来一看，和我的判断大相径庭，居然是一个素不相识、高出我一头的维吾尔族巴郎，我本能地拉开了打架的架势，怎么办？旁边看热闹的人已经围过来，我烦躁地把戴在头上的军帽往地上一扔，乘他视线紊乱的瞬间跳起来朝他的面颊就是一个组合出拳。他发现自己的鼻子出血了便抱头号啕大哭起来，这时候我才发现他是一个哑巴，也就是说我打了一个残疾人，我感到我一下失去了道义上的支持，围观的人群里一股对我不利的情绪正在形成，我如果再要迟疑周围愤怒的火焰很快就会喷向我。哑巴向我猛扑过来，我作了一个出拳的动作，他往后闪了一下，我捡起地上的军帽拨开人群撒腿就跑了。

跑出去十几米以后，一群人开始追赶我，我一下跑进了县委大院，在这座小城里，这座大院也许是最庄重而又威仪的，大院后面有一个后门可以通到我家。我没有想到进了县委大院，后面追赶的人群还敢追进来撒野，我听到了后面挨家挨户敲门找我的声音。

回到家以后我悄然换了一套衣服又溜了出来，影院附近声讨我的人群越来越多，这时候我才意识到电影是看不成了，而且更大的麻烦可能还在后面。这天晚上我获知哑巴一家在小城里有一个庞大的家族，六兄弟都是泥瓦工。

第二天我忐忑不安地去学校，就像我料想的一样，大门口围满了拦截我的人，我只得另辟蹊径迂回进学校。这样的日子是非常令人难堪的，同学们仿佛看出我那失魂落魄的样子，我只得先把这件事告诉为民，我确实需要他的帮助。

星期天是维吾尔族人赶集的日子，他们叫“巴扎天”，其他族群都跟着赶这个大集，也就跟着叫维吾尔语的谐音“巴扎天”，汉族人的语言习惯里很多用语就是这样入乡随俗形成而汇入这特定语境中传播的。

每一个巴扎天就是一个盛大的节日，从清晨开始，这座小城四面八方毛绳似的小路上，乡里乡间的人们赶着驴车或马车，骑着毛驴，驮着家眷带着自产的水果、粮食朝城里云集，只有这一天城里冷清的大街小巷才有川流不息的人群，街市的意义也只有在巴扎天才体现得特充分，街道两旁摆满了各色小摊，自产的小商品囊括了人们的需求，街道中间密密匝匝地涌流着感受集市的人群。关键在于感受，从直觉中获取的快感才是赶集本身，至于买卖，那只不过是顺带的事了。

如果有汽车要从街市上过也是可以的，只不过马路的交通意义此刻并不是那么重要了，汽车风驰电掣的威风在人们悠然恬然的状态面前太微不足道了，一路上不间断地鸣喇叭，驾驶员也伸头来吼两声，根本没有人理睬，这样的庞然大物只有在这样的人群里才会遭遇到人们如此的不屑一顾，那绝望的汽笛近乎一种无奈地哀号。

那些空旷平展的地方自然而然地形成了较为专业的牲畜、水果或者粮食市场。在人畜混同的牲畜市场里，我们班的同学正挤在牲畜的屁股后面拾粪。

全校只有我们这个班这样干，这与班主任的带班理念直接相关。班主任陈岚是上海外语学院的高才生，有人说他带班别出心裁，也有人说他哗众取宠，目的是为了炫耀自己，他父亲曾经是大上海的资本家，这个出身也许是他考虑一切问题的基本出发点。我觉得他对于知识分子与工农相结合的态度是很虔诚的，虽然他身处在一个不能再偏僻的地方，但他还是笃信底层体验是一条改造世界观的必由之路。

很难说是时代使然还是命运的阴错阳差，他学的英语专业，学校根本就没有开设英语课，就算从周边国家来考虑也只能和俄、哈、柯、塔、乌语搭界，他本人虽然很痛苦，可谁也没有认为这是一个问题，他已经在这所学校蹉跎了许多年，向四十靠拢的年龄还是独身一个，我猜想他暗恋着齐菲，但他根本就不可能进行任何方式的表达，他批判齐菲是因为爱齐菲。从来也没有人关心他是否学有所用，而对他的长相则引起了广泛关注并达成了共识，都说他长得像电影《小兵张嘎》里的胖翻译，不仅形似而且神似。背地里都叫他胖翻译，不过当面还是叫他陈老师。

在他的倡导参与下，班里同学每个巴扎天都拉着板车去大街小巷拾粪，因为他为这件事赋予一种无法辩驳的崇高意义，所以大家干起来也没有觉得太丢人，特别是女生各方面的表现都更加充分，男生大多在拉车的位置上，而女生总是乐意用扫帚去扫那些喷着热气的粪便。

我们在学校的偏僻之地挖了一个很大的粪池，除了我们每星期往里倒粪以外，平时还有做好人好事的同学零星往里倒粪，一段时间以后，班里就组织一次往附近乡下送肥料的活动。

批了小资以后，齐菲的各方面都悄悄发生了变化，也许拾肥是最能证明自己的，所以她特别投入，把裤腿卷得高高的，露出她那美丽、圆润、白皙的小腿，小腿上常常糊上了令人作呕的粪便也不在乎，还把自己搞得汗渍渍的，但我还是看出来了她的内心在哭泣。

苗雨欣则不一样，虽然她也参加，干起来并不逊色，但对每个巴扎天都出来拾肥是颇有微词的，她很有些不以为然地说："这是一种沽名钓誉的形式主义，我觉得没有这个必要，毕业以后该下乡下乡，当一辈子农民也没啥，现在这么干不伦不类真别扭。"这样的话很快就传到了班主任那里，有一天班会陈老师说："有的同学脸上擦得香，头也梳得光，就是怕脏不想劳动，这样的人是最脏最臭的。而齐菲同学则摈弃了过去矫揉造作的小资情调，用心在劳动中锤炼自己，这是非常难能可贵的，值得大家学习！"老师的话令我迷惘而苦闷，我当然不愿意用流行的、简单的是非观念对她们做出评判，我认为她俩都没有错，只不过是对拾肥的理解不一致而已。

陈老师的语文课让我们写拾粪的感想，我觉得对作文的那些概念、模式和语言根本就无法表达我对拾肥的复杂心理，于是我就把自己的观点藏了起来，把齐菲和苗雨欣在劳动中的表现进行了冷静客观的叙述，结尾处说："我们不要仅仅看一个同学说了什么，更重要的是要看她们在劳动中干了什么。”在我看来苗雨欣虽然坦诚表达了对拾肥的看法，但绝没有抵触劳动的意思，老师动辄对同学进行上纲上线的批评太过火了。出人意料的是老师拿我的作文进行讲评，给我的作文予高度评价，特别强调一个中学生尝试写小小说是非常值得肯定的：“作文的情节引人入胜，还有很多优美的对话和惟妙惟肖的心理描写，人物刻画得很生动。”这时我才知道我的作文写成了小说。

陈老师在全班读的时候，同学们都听得着了迷，也许因为我们共同经验的劳动我却体悟出了某种新的感受。通过苗雨欣看我的表情，我觉得我俩的心靠近了一大步。通过这次作文课，大家拾粪时的心态有所改变，每个人的神经都变得特敏感，在相互的注视和感知中体会着某种触动心灵的惊喜。

这个巴扎天我照例拉着板车和齐菲她们一组，齐菲伺机想和我说话，但几次都欲言又止了。我说：“齐菲，你想说什么就说吧！”她用审视的眼光看着我说：“你怎么知道？”

“你的眼神告诉我的。”

“你对人的观察太细致了，别人会有压力的。”

“难道这是一个缺点吗？”

“我并没有这样说呀！这只是我的感觉，也许别人不会这样认为。”

“别人是谁？”

“……”

“今天你想和我说话就是为了告诉我这一点吗？”

她沉默片刻后说：“你能写出那样的作文让我挺吃惊的，你挺善解人意的。”

忽然，在摩肩接踵的人流中我看到了哑巴迎面而来，而哑巴几乎在同时也看到我，他瞪大眼睛指着我嗷嗷叫了起来，我拉着板车愣住了，他举起拳头朝我飞奔过来，我把板车一扔，以迅雷不及掩耳之势越过维吾尔族人的小摊和那些蹲在地上的人群开始逃窜。我在全县的百米短跑、跳远比赛中都拿过冠军，很快我就脱离了危险。

天无绝人之路，刚好这一天县委副书记到学校审看宣传队的节目并做了动员讲话，对节目提出了很多修改意见，要求宣传队近期到农村去巡回演出。这个人据说是从空军部队转业要求到边远地区来工作的，讲话有很强的鼓动性，是我听到的最具震慑力和煽动性的讲话，他要求我们宣传队的文艺战士首先要成为无产阶级革命事业的接班人。

为了赶排节目我们又住进了学校，这样我就可以把学校当作一个避风港了，哑巴和他的兄弟还没有那个胆量冲进学校对我进行残害。

宣传队很快就到农村去了。

我们自带行李从城里下到最底层为农民演出，从县到公社一级坐汽车，在礼堂演出，条件好一点的公社还会有幕布、灯光、扩音设备、化油妆；从公社到大队乘马车，大队临时搭个台子也就没有帷幕、没有扩音设备了，略施粉脂化简妆；从大队到小队坐毛驴车，到了小队就在地上演出，演出总是最令人难忘的，舞台只要两根木杆一根电丝，到了晚上在上面挂上麻袋片柴油球就解决问题了。把麻袋片裹成一个个西瓜般大的圆球，然后在柴油里浸泡，演出开始前吊在事先准备好的铁丝上，然后用火柴点着。至于化妆也就不多此一举了。

麻袋球一点着就是演出开始的信号，在麦场上转悠的人群开始向火焰燃烧的舞台云集，照例是小队长先上台吆喝，秩序维持好以后，讲明演出的意义，最后对我们表示欢迎，小队长一下台演出就可以开始了。第一个节目群舞《江山万里多娇》，我们穿着各民族的服饰一开始是一个雕塑般的造型，然后做兴高采烈状，为每个民族都准备了一小段舞蹈，最后还是一个造型，我们把齐菲托举了起来，她做了一个憧憬未来的造型，观众的掌声很热烈。接下来就是我和苗雨欣的二重唱："我虽然不是歌手，也要敲起手鼓来欢唱……"因为这首歌的旋律是维吾尔族的，所以备受欢迎，至于唱的什么内容也就无所谓了。

我们演的那些维吾尔族歌舞节目实际水平并不高，但他们还是喜欢看，看到这么多的汉人演绎他们的文化，他们还是掩饰不住那种兴奋。为民和齐菲演了一个藏族表演唱《逛新城》："雪山升起了红太阳，拉萨城里闪金光，翻身农奴得解放，父女双双逛新城。女儿在前面走呀走得忙，老汉我赶呀赶得汗直淌，一心要看拉萨的新气象……"齐菲的舞蹈最受欢迎，是因为她本来就漂亮可爱还是因为她的舞蹈跳得好这就很难说了，我看她没有跳的时候就有好多人瞅着她，她的血统里有二分之一的维吾尔族，而她又扮演着一个藏族人，她的血统自然就有更多的耐人寻味和迷人之处了。

演出结束后和公社社员们一道跳麦西来甫，两方互动居然演绎出一曲令人荡气回肠的如歌岁月。

我们的乐队大多是老师，乐器有小提琴、二胡、扬琴、手风琴一类，乐手们觉得自己挺正规、挺专业，为这些自娱自乐的原始舞蹈演奏有失自己的身份，礼节性地奏几曲就收场回去休息了。齐菲、苗雨欣、为民和我等人则不然，一是队长不让我们回去，说不能冷场，二是我们也不想回去，回去连个电灯也没有，我们对麦西来甫晚会的感受和老师们是不一样的，再则，社员们也都希望我们留下来，县里的宣传队几个月也来不了一次，能和我们一起跳舞于他们而言是一件很惬意的事情。

然后是乡土乐队上，手鼓、羊皮鼓、冬不拉、唢呐、热瓦甫、石头片打击乐，手鼓手用中指在鼓边清脆地敲击了一声，浑厚的声音就从这个人群中爆发出来了。他们用心在演奏，每一个音符都是心弦的震颤和血脉奔流的声音。齐菲的舞蹈是那样地诚恳，没有丝毫的矫揉造作和孤芳自赏之感，我觉得这时候的她才是真正的自己，通过她的动作可以感受到她对音乐的理解又那样自然真切。

苗雨欣的维语说得很地道，她很快就能和社员们融合到一起了。这样的情景是令人感动的：乐声时而古拙悠远，仿佛从远古的大漠深处传过来；时而微波荡漾，就像生命激情的自然流淌；时而沉雄昂奋，恰似自己的命运雕塑；时而浅唱低诉，如同游吟人生的心灵悟语；时而哀恸，时而忧伤，时而豪烈，时而泣哭，时而朗笑，时而滑稽，混合而成的混响如同一曲莫测人生的生命呐喊。这样质朴的音乐让人入迷，我的心被深深地触动了。

社员们的舞蹈虽然跳得不像我们那么讲究、烦琐和规范，但他们简约的动作里包含着一种自然天成的韵味。观众群里总是有人指着我和齐菲，让我俩上场，我和齐菲一上场，黑压压的人群里就爆出了热烈的欢呼声，然后他们推选出代表和我俩比舞。比赛规则很简单，旋转的时候看谁节奏快，最后看谁在台子上坚持的时间长。我浑身蒸发着热汗，进入到癫狂状态以后我和齐菲索性把藏族舞、蒙古舞、朝鲜舞的动作也掺和在里面了，人群中“开呐、开呐”的呼喊声此起彼伏，一浪高过一浪。如果我们不退场，他们的选手是不会退场的，这样我们只有见好就收！至于输赢也就无所谓了。

晚上照例要把酒庆贺，我是必须要去的，当学生虽然不让喝酒，而我则是一个例外。如果我自己不想喝也是可以不喝的，可是我就是想喝酒。我接过小队长递给我的一碗酒以后一口喝了进去，很快我就发现浑身翻江倒海了，我已经没有办法端坐了，只得一个人悄悄溜了出去，走出门以后我再也没有办法控制自己了，只得顺着墙基倒在地上了，无论怎样也爬不起来，我可以看到过往的人群，而他们看不见我。有人的时候我悄悄静卧在地上一动不动，空寂无人的时候我就一点点朝屋子的方向蠕动。

第二天早晨，我疲惫地起来了，走出干打垒的屋子，发现我的脏衣服被人洗了以后晾在院里的背包绳上。我的神经一下紧张起来，不用揣摩我就知道是苗雨欣干的，此刻我才醒悟过来，大家都在看我，我不知道他们是在嫉妒我还是在羡慕。

苗雨欣做事总是出其不意地给你一个惊愕，在我们这个群体里也只有她敢这样我行我素，洗衣服本身也许是微不足道的，不就是这么一点事吗？但她敢于把她自己对另一个人的关怀表达出来，这就不是每一个人都能做得到的了。她这样做了也就意味着冲破了某种壁垒或设置，当然会引起一些人的心理失衡，一个人在心理失衡的情况下做出来的事也就不是用普通逻辑所能衡量的。

我看到齐菲的时候心怦怦直跳，别人我也许可以不在乎，但她的感受比事情本身也许更重要。我看到她的脸上冷得可以把霜刮下来，她看到了在院子里踌躇的我，冷冰冰地走了过来，我尴尬地看着她笑了。她看也没看我一眼，走到衣服跟前一件件从绳子上拽到了地上。我惊讶地看到这一幕，血流一下涌到了头顶上："你疯了吗？"她并没有因此而住手，反而把衣服朝远处扔，扔出去的好像不是我的衣服而是她心中的委屈和悲伤。我气急败坏地冲过去把她的肩膀扯了一把："我真为你难过，想一想你都在干什么？"

庄老师在里面问："怎么啦？"

我说："没事，我们在开玩笑。"庄老师说："开玩笑也用不着这么不共戴天呀！"齐菲一听这话，抱着头朝旷野跑了。

这时苗雨欣从屋里出来，一边捡起地上的衣服一边说："你去劝劝她吧！"

"真正受委屈的是你呀！这种时候难道你就不需要安抚吗？"我心里这样想着。

"这段时间我们接触是多了一些，也许是我伤害了她！"

我仿佛一下看到了齐菲的内心，于是对苗雨欣说：“谢谢你了！这世上真有你这样的好人！”然后我就转身去追齐菲。

我像疯了一样奔跑在秋天的原野里，大地在摇晃，我几次都一个趔趄摔倒了又爬起来踉跄地跑着，闯进农舍不见她的踪影，冲进丛林也是一片空寂，无论我怎样地大声呼喊，整个世界都没有一点回应，但确切地感受到她就在距我不远的地方，我仿佛看到了她潸然泪下的容貌。

在一座葡萄架下的阴影里，我终于找到了齐菲，只见她浑身颤抖、泣不成声，我从来都没有见过有人哭成痛不欲生的样子。我知道任何语言都失去了作用，我想紧紧地把她搂在怀里，但我又不敢，我只得站在一旁泪流满面地感受着她。

“你讨厌，你给我走开！”还是她说话了。

“我们什么都不要说了，跟我一起回去吧！我求你了！”

“你多情，你下流，你卑鄙，你无耻，你以为我离了你就活不了吗！”

一股热血霎时冲上我的脑门，我又失去了控制，“你会后悔的。”说完以后，我掉头转身走了。

第十九章 游 说

演出回来以后我腹泻不止，除了浑身乏力地往厕所跑，整天就躺在床上，不能吃油腻的东西，也就喝几口稀饭，几天下来两眼凹陷、颧骨凸出、面色菜紫，越是目不忍睹越是不停地用镜子照自己，总觉得生命意志的精髓被抽空，被一种深深的失望所击溃，再也无力面对生活下去将要面对的一切。

齐菲来了，越来越简朴了，没有刻意让我欣赏地打扮。打扮一词在那个年代是一个贬义词，不能说但可以做，同样穿一身绿军装，她也是经过精心修饰过的，就是和别人不一样。她彬彬有礼，极力掩饰着复杂的内心，好像还为乡下扔衣服的事感到内疚似的，说话小心翼翼，我不得不以沉默来应对她。我也说不清她该来还是不该来，她没话找话地说："我们很快就要毕业了，你有什么打算吗？"

我把头抬起来身子往墙上靠，就这样她也没有扶我一下，本来我是想和她讨论这个问题的，等我靠稳以后又把这个念头打消了，我心里非常清楚，我放弃这个念头以后就会以一种极端的方式把自己推向孤绝的，我说："这出戏谁也逃脱不了，唱高调扎根一辈子的肯定是主角。"

她听出了这话的讥讽含义，带着怨尤的神情把我看了一眼。因为我知道她已经走进了高瑛的圈子，她们已经在商讨组织小分队的事。她问了一句："那么你呢？你不会甘当配角吧？"

"难道你不知道吗？这个问题对我来说肯定是一个特难回答的问题，无论我抱怎样的想法都在困境中，想什么都是白徒劳的，走着看吧！"她也知道我有难言之隐，所以也就不问我了。

“对于入团的事你又是怎么考虑的呢？你还是应该争取一下。”她明明知道团支委那帮女生一直在排挤我，又来戳痛我的伤疤，而且说这话的时候明显有一种优越感，她这一次是入定了，可也没有必要在我面前炫耀呀！一股无名的怒火涌上了我的心头，病毒般的情绪交叉感染，我一下从床上坐了起来说：“我决定不入了，把申请书要回来擦屁股，你能帮我的忙吗？”

她很惊讶地看着我说：“乱来，你绝对不能这样干，这样会把你毁了的。”

“难道你不知道这些年来她们几个是怎样伤害我的吗？我说不入就不入，谁都休想改变我的决定。”

陈老师喜欢女生，我是班里的劳动生活委员，这样除了学习以外的事都是由我来统辖，而在文体方面我是学校的顶尖人物，没有人可能动摇我的位置，你越是显赫，她们就越是不让你入团，五个团支委中有四个是女生，这些支委们总是千方百计地阻挠我入团，一个原因就是我的家庭背景，一个原因是我的性格使然，在遵守纪律方面我总是没有上佳的表现，对于那些过于约束人的东西我常常表现得不屑一顾。他们觉得如果我入了团，大约是要亵渎组织的，他们对我的控制能力便会丧失，他们的那点优越感也就随着我的入团丧失殆尽了，而且极有可能在不太长的时间里我会爬到他们的头上。他们就是这样想的，可是他们都不以这种方式给我说出来。我为入团流过太多的眼泪。对于入团，我没有太大的信心，因为我的出身让我感到悲哀。

我看她眼睛里噙满了泪水，说完这些丧气的话我挺懊恼的，她不也是一片好意吗？我只是觉得在这样一个令我爱得心疼欲裂的人面前被一种莫名的烦忧缠绕，她又怎么可能明白我的心呢？沉默良久以后，她说：“我不知道你为什么这么消沉、暴躁、灰暗，我知道乡下的事你还在恨我，我希望你能原谅。人在病中都是非常脆弱的，这是妈妈说的，你好好养病吧！”说完她起身走了。我看着她离去的背影潸然泪下。

课堂上，高瑛从座位上站起来的时候辫子把她的头拽住了，凳子哐的一声倒地，随即她发出了一声惨烈的尖叫，上自习课的同学有的哄堂大笑，有的瞠目结舌，有两个女生赶紧过来帮她解辫子。她羞得满脸通红，尴尬地把凳子扶起来以后索性坐了回去。一边解辫子一边在调整自己的状态，平日以温文尔雅备受老师和同学们称道的她，此刻也许正在恼火刚才的失态。

你那优美俊秀的鹅蛋脸不是很能讨人欢心吗？你那典雅亲善的笑貌不是很有魅力吗？你那两条拖到小腿的长辫子不是袅娜多姿、风情万种吗？就是要让你在全班同学面前出出丑，让同学们也看看你的窘态。

我看她很快就镇静下来了，在两名女生的帮助下把绑在凳子上的发梢解开了。事情是我策划的，亚军实施的。瞬间的满足以后我感到负疚的心理也在增长，这样做的前提和理由是不是充分呢？她是不是就应该得到这样的羞辱呢？事情已经发生了，团我也不入了，又有什么必要后悔呢！这一辈子在学校入不了团的感伤多少会得到一点安慰吧！

班里乱哄哄的，三五成群地凑在一起议论，我若无其事地拿出口琴吹了起来，我吹的是朝鲜电影《摘苹果的时候》的主题歌，然后又吹了一曲南斯拉夫的《游击队之鹰》："同志们加入我们的小队，我们攀登高高的山岭，那里有我们的驻地和营房，我们是游击队之鹰……"高瑛站起来用目光环绕了教室，然后开口说："不要再议论了，辫子不小心夹住了，事情过去了，大家该干什么干什么。"教室一下肃静下来，齐菲回头看了我一眼。

自习课下了以后，我就离开了教室佯装去上厕所，出来时我看到高瑛在不远处候着我，我想踅回去，可是又不可能再上一次厕所，如果往后走就是女厕所，只得硬着头皮迎上去。她缓缓移过来浅浅地笑了一下，我站住了，带着挑衅的神情看着她，我觉得她是那样的高深莫测，看得我心里有些发毛，她说："我晚上到你家去，你等我好吗？"我说："你有什么事吗？"她的表情平和坚定："咱们聊聊，我相信我们有很多话题可以聊，晚上再说吧！"我想拒绝她，但我没有这个能力。

吃过晚饭以后，我就在大院门口焦躁不安地等她，不论我的心情多么复杂我还是希望尽快见到她，我不停地朝十字路口张望，一种无法言喻的紧张，我不知道将会有什么样的事发生，艺术家们叫作悬念。我准确地认出她的那一刹同时也感觉到了她和学校的那个高瑛完全是判若两人，你绝对想象不出她就是我们的团支书。

"没在家里等呀！"老远就听到了她银铃般的笑声。

"家里太嘈杂，再说你找我也不会有什么好事，免得让家里人也跟着烦心。"我没有好气地针锋相对着。我把她带到了我平日里挑粉浆的那条暗影掩映的路上，听着湍流激荡出的欢笑，真是别有一番滋味在心头。

“你肯定没有想到我会找你吧？”高瑛带着一丝戏谑的神情看着我。

“这也未必，不过以这种方式见面确实没有想到。”我不得不暗暗佩服高瑛身上的那种落落大方。

“那我为什么要找你，你想过没有？”她瞪着那双美丽的丹凤眼看着我，我侧过身看着暮霭笼罩的远山说：“你是支书嘛，你找我不就是要帮助我吗？”

“看起来我早就应该找你谈了，初中阶段的生活就要结束了，新的生活很快就要开始了，我不想让这段生活给我们留下太多的遗憾。”

“这些年来我做了我能做的，你们要求我的我也尽量做了，可是最终怎么样呢？以这样一个结局走完我的中学生时代，你让我怎么能不遗憾呢？你总不能不让我伤感吧！我除了伤感还有什么呢？”我尽量控制住自己的眼泪不要掉下来。

她沉思片刻后说：“你对这个问题的看法有些偏激，其实你所做的一切我们是充分肯定的，可是你的缺点也很明显，给你一些压力实际上是希望你更加优秀，其实我们的初衷就是这样。所以我才来找你，我希望通过沟通消除我们之间的隔阂，使我们的学生生活尽可能地圆满结束。”

“我知道，很多缺失都是我的性格造成的，我缺乏一种严格控制约束自己的能力，每一次事情过后我都挺后悔的，在伤害了别人的同时也伤害了我自己。”

“我们对你的要求更严格一些，你应当给予更多地理解，为了保证组织的纯洁性，有些因素作为组织不得不考虑。”

“你侮辱我！就是因为这一点你们让我伤透了心。我坦率地告诉你吧！我准备放弃！我甚至想过要回申请书，把它撕得粉碎，然后摔到你的脸上。”说完，我拂袖而去。

“你站住。”她的嗓音有些暗哑，好像是哭出来似的。“你又要你的性子走极端了，我知道你可能会这样做，所以专门到你家来找你，你打算以这种方式告别你的中学时代？你也对自己太不负责任了，你今天一定要让自己冷静下来。”

“难道还有意义吗？我已经受够了，如果你还想来教训我，那今天就免谈了！”

“我告诉你，你已经走到了非常危险的边缘，你这种态度，最终毁的肯定是你自己。每个人都有自己的问题，我们来共同讨论这些问题不就是为了越过这些障碍吗？”这句话让我恢复了理智：“最大的问题也就出在这里，我无法告诉你我内心隐秘的忧伤，其实我一直非常努力地在赎清前辈给我留下的屈辱与罪过，可是这种愁惨的阴雾无论我怎样用血泪去洗刷也挥之不去，这一点也许是我常常气急败坏的主要原因。”

“无论你在这个问题上经受了多少心灵的痛苦，这个问题已经不构成你入团的障碍了，你也不要因此而怨恨其他人。人生潮起潮落，小的时候我亲眼看到父亲受够了凌辱，一个人不能以自己的不幸遭遇来为眼前的困境作注脚，你说对吗？”

“也许我真的对你不够了解，我误解了你！”

“今天我来找你并不仅仅是组织行为，只不过我对你现在的状态深感不安，有一种力量驱使我迈出这一步。你把我带到这样一个地方，说明你还是很想和我沟通一番的。我今天来没有教训你的意思，如果明明知道有一个不好的结果可能出现，为什么要去激发它呢？你说对吗？对于你，我还是了解的，全班同学中没有一个人像你一样优秀，没有一个人像你一样有这么强烈的进取意识和责任意识，可是你的优点往往被你身上明显的弱点给掩盖了、消解了，你实在是太个性化了，我们一直拖着没有让你入团，其实就是想把你的性格磨一磨，因为要毕业了，我们还是准备接纳你加入团组织，但并不意味着你就可以随便放纵自己，以一种极端的方式发泄对组织的不满。”

“我为什么要对组织不满呢？如果说我的心中积满了忧伤和怨恨，那也是对你们几个人的，入团是我的政治生命，我从来都没有动摇过我的信念，可是你们非要把一个凄惨的结局撕开给人看，你以为我愿意接受这样的结果吗？”

“不管你怎样去看待过去，过去的事情就让它过去吧！最重要的是现在和你的未来。”

“我没有想到我的命运会出现这样一种转机，也没有想到奇迹会在这一刻发生，我都不知道该以一种怎样的心情来接受它。有些话你让我怎么说呢？我心里真不是滋味。”

“如果你要相信我的话，就说吧！”

“面对现在这样一种改变了的现实，我觉得挺对不起你的。我从乡下回来得了一场大病，那几天里，我觉得万念俱寂，真是太荒唐了。”

“事情都已经过去了，还提它干什么呢？”高瑛轻描淡写地回答，仿佛根本就没在意一般，我的心被深深触动了一下，莫非她知道辫子是谁绑的？

“你知道是谁干的吗？”

她把一条长辫子搭到前胸，一边捏发梢一边说：“我怎么能不知道呢！除了你别人是干不出来这样的事情，事情一发生我就知道是你干的。”

“那你？”我对事情发生以后她的表现感到不可理喻，她没有必要这样容忍我呀！

“这才是我要找你的真正原因。你不要觉得世界真的就一团漆黑，让你有一个好心情来重新评判自己的学生生活，然后扎实地迈出下一步。”

我还是感到费解，再往下追问道：“你知道是我让亚军干的？从一开始你就原谅我了？”

她点了点头。朗月清风，她娇嫩、细腻、白皙的肌肤就像牛乳洗过的一样，这善良的天使居然在这个时候浮出了水面，我感到羞愧难当，无地自容。她身上一股母性的温善浸润着我的心，我不知道以怎样的方式来表达我对她的莫名情愫和感激之情。

纵横交织的小路成全了我，沐浴了我情怀的是小路两侧的风景。后来我常想如果我当时把她搂在怀里，她是不会拒绝的，不知什么时候再能到那些缀满梦寐的小路上走一走！

我和齐菲等八名同学在全校召开的新团员宣誓大会上宣誓入团了，我代表新团员在大会上发言，我看到高瑛欣然地看着我微笑。开完大会以后我决定约高瑛，有一个问题在我脑海里萦回了很长时间，我始终不甚明白，那次绑她的辫子她是生气了还是没有生气？是把自己的气愤克制了还是从心里高兴？

同学们都走了以后，我俩留在教室里，说了一些感激的话以后我把问题绕到了关键点上：“上一次绑辫子的事你真的生气了吗？你是原谅了我还是压根就没有生气？”

“这个问题很重要吗？你非要让我说出来干什么呢？难道你看不出来吗？”她的眼睛熠熠生辉。

“我就是感到疑惑才来问你的。”她的脸一下羞红了：“真傻！不是什么事都可以问的，当然你也可以问，但不是什么问题都可以回答的。”然后把头低下来。她的体验看起来是和别人的不一样，我突然想到一个问题，女生比男生成熟：“如果我此刻把你的辫子又捆在课桌上你会生气吗？”

她踌躇了一会说：“你非要让我回答吗？那好，我就告诉你，你搞的那些恶作剧，包括打架，虽然常常受到批评，但我心里并不反感，这样回答你满意了吗？”我心里特满足，原来是这样呀！

她从座位上站了起来问我：“我也想问你一个问题，你愿不愿意加入我们的分队？”

这个问题终于由她提了出来，我激动地站了起来，这意味着我被主流接纳了，我悬着的心一下踏实了，不过我必须如实地回答她：“这个问题你没有问我的时候我就在想，你所率领的分队肯定要打着扎根农村一辈子的口号。我告诉你一件家事，本来我和姐姐在资水河畔的一个山清水秀的地方生活得很好，我就是害怕和姐姐到农村以后一辈子回不了城，才让父母把我们接到这里来的，我觉得我还是不要赶这股潮流为好，我想你也是身不由己的，你就不是干活的人，我甚至觉得你很娇嫩柔弱，就像无骨的水一样，我绝不相信你会在农村待一辈子。”当然，这只是一个表层原因，深层次的原因是我必须找一个不被女人辖制的地方去独立地开辟我的道路，我必须比她们能干一些才对。不过我不会说出来，因为说出来了也许会伤害她的。

“世界上的事情就是这样，很多事情实际的情形谁都清楚，但一旦要表达时就和实际完全剥离了，而是要找到一种符合时代要求的表达方式，明白这个道理就行了。”我非常惊讶，用目光重新审视着她，她总是把一些我感到迷惘、困惑的问题洞悉得非常深刻，还能用非常精辟的语言概括出来。

我们并肩走到了窗口，向外张望：“我觉得我特佩服你，你把什么事情都悟得那么透，而我们呢？总是为这些问题而苦恼！我不能加入你率领的分队，你不会生我的气吧？”

“挺遗憾的，人嘛！总是以自己为中心来理解和看待这个世界的，既然你做出了这样的选择，我会尊重你。”

“我也非常清楚，你做出这个决定也是不容易的，因为我要到你的分队里去很多人都是反对的，你为我力排众议，试图把我吸纳进去，这令我非常感动，我会记住你的。”

然后我们往回走了，她大约没有想到我会拒绝她，好长一段路都没有说话。

第二十章 孤 程

陈老师进教室的神态有些异样，很有些“风萧萧兮易水寒”的悲怆味道，他并没有拿备课本、课本一类的东西，也没有习惯性地去拿粉笔往黑板上写，而是捧起一本书很严肃地翻到一处说：“今天是我给大家上的最后一堂语文课，给大家读一篇短文《园亭小憩》。”

他讲一口上海普通话，几年下来我们也听习惯了，诵读肯定不是他的特长，但他尽量在抑、扬、顿、挫方面进行弥补，教室里悄然无声，午后的阳光逐渐把大家媚惑了。

短文讲述一位少年顶着下午的阳光爬上了山冈想去看山那边的夕阳，走到半山腰他累了，阳光已经向山那边滑落，就在这时他看到半山腰有一座亭子，他气喘吁吁地想坐在亭子里小憩，前方的山道弯弯，越往前爬越困难了。他努力地想着、权衡着，意识到如果要在这座亭子间小憩，那么他就爬不上山冈看不到美丽的夕阳了。一旦作小憩于看夕阳而言也就意味着失败，如果在困难的时候不能战胜自己，那么还谈什么成功呢？这位少年告别了亭子，继续艰难地登攀。他终于爬到山顶，看到了美丽绚烂的夕阳，心中升起了万丈豪情。傍晚，他沐浴着徐徐吹来的风，以一个胜利者的姿态下山，依然是这座半山腰的亭子，他却有了另外一种感受，他坐在亭子里小憩了片刻，突然觉得心中的一幅美妙的影像，他非常感恩血红的夕阳给予他的启迪。

萦绕于我心中的是一位少年孤寂地跋涉在蜿蜒崎岖的山路上，一头蒸腾的热汗在万道霞光的映照下幻化成袅娜曼妙的紫雾云烟，我的眼前叠加着全班同学一张张呆板的脸，我努力想看清每一张脸的时候却感受到了此起彼伏的心跳。

老师念完以后并没有作太多渲染，而是缓缓地踱步，教室里非常静谧，空气仿佛凝固了一般，我注意看着他镜片后面冷静的目光探视着全班同学，对于这个效果他有一种满意的感动，他为自己以这种方式来结束语文教学而感到欣慰。

如果在平时，大家就以各种各样的姿态纷纷散了，可是今天大家并没有动，等什么还是要干什么或者说感受什么？我觉得这份临别的礼物是特意为我选的，许许多多的事情很快就会忘记，但这则故事已经镌刻到了我的心上，在我的心灵世界多了一根支撑，无论今后的岁月以怎样的方式呈现，我相信我绝不会忘记这个孤独的攀爬者疲惫的背影。

陈老师走到教室中央站住了，略带感伤地说："你们很快就要告别中学时代迈向新的征途，《园亭小憩》就算是我送给大家的一份礼物吧！生活中总会遇到迷惘和彷徨的，我希望大家不要忘了我们一起相处的日子，不要忘了《园亭小憩》，今后的路还很长很长，让《园亭小憩》陪伴你，帮你们到达理想的彼岸。"

陈老师这个信号是发得早了一些，毕竟离走还有一些日子，本来大家都在为去什么地方烦着心，而他一竿子把问题插到了前方的离别，一种依恋的情愫油然升起，他让我们提前上路了。这种滋味也是不好受的。

在我的心灵深处有一个声音在告诫我：人这一辈子总是在和自己作战，所谓输赢也视你自己的抗争韧度而定。绝大部分的人都在走出不远的地方就退了下来，而要达到风光旖旎的巅峰必须靠坚忍恒常的苦修，真正能够领略无限风光的往往只是少数的一些人，因为大部分的人都退却了。

回城以后，宣传队又进驻了学校，排了一些新节目准备角逐全县的文艺会演。为民一有空总是去约苗雨欣，说服她一起去乡下，虽然我对前景不乐观，但我还是试图做出一些努力，争取齐菲、苗雨欣、为民和我走到一起。

闲暇的时间里，《安娜·卡列尼娜》一书常常让我心乱神迷，这是第一部让我能够静静地看下去且不断流泪的书。我看不出来卡列宁错在什么地方但我对他又特别厌恶，我更不理解安娜何以卧轨自杀。当我靠理解力来解读这部书时我感到迷茫，当我用心去感受时我泪流满面。我为安娜而忧心如焚可是又觉得她不够正派，安娜给了我生命全新的体验，我用我的心灵抚摸着安娜的忧伤，我觉得我深深地爱上了她。我对她的看法才是我的真正隐私，我知道我不会去告诉任何人的，我永远都不会去伤害安娜的。我觉得我掉进了一口令人心疼的玫瑰陷阱，内心的分裂使我陷入了无边无涯的痛苦之中，我知道我的心是脆弱的又没有任何人可以诉说，这种感觉酿成了我孤独的力量。

很久以前我就在爱了，绵长岁月酿成的浓情欲火折磨得我身心憔悴，我感到无所适从，长夜里激越的疯狂被一个个白昼击打得无地自容，我的内心根本就无法面对这个世界，我不知道生活为什么要这样无情地虐待我！我不知道情感的归宿在哪里？

我听到陈老师在窗外喊我，我把书合上以后出门了。他惊愕地看着我说："你遇到什么问题了吗？脸色怎么这么难看？"我装出一副很费解的样子回答："没有呀！是不是睡得太多眼睛肿了？"

"何止是眼睛肿了，就像秋霜打了一样！"

"怎么可能呢！我一感冒就是这个样子！"

他约我到他家里去坐坐，我想到了会有这么一天的，他会用一些单独的时间和我谈谈，以此来作为我们分别的一个仪式。从理性的层面上我很感激而在情感方面非常厌恶他，他扼杀了齐菲身上与生俱来的灵性和诱惑力，把齐菲推上了那个疯狂时代的祭坛，虽然我得到了不要在园亭小憩的励志榜样，但更令我心疼的是他也破坏了我内心深处一个美丽的迷梦。一想起他发动全班同学批小资情调的情景我的全身就要发抖。

每家土块屋子的前面都有一个用白杨树枝搭起的小院，陈老师是单身汉，所以住着一个单间，院子也要比住两间房的老师小一些，院子里胡乱搁着一些原煤和柴火，屋子低矮而显得压抑，光线混浊，仅有的床、凳子、书桌和一些做饭的餐具摆放非常凌乱，就是那占了近一面墙的书架显出了几分厚重。一些竖排泛黄的繁体字老书是他从上海驮来的，他还不断地从各地邮购图书，我印象中他每个星期必去县城唯一的那家书店，一摞摞的书码满了三个极不规则的书架。书上落满了尘埃和煤灰，书他也是看的，但我想这么多的书他是绝对看不完的，不过他这种嗜好极大地影响了我，我也是一个星期至少去一次书店，慢慢地也攒了一部分书。

我在他家里很随便，让座倒水这些客套全免了，可以说我们的关系很融洽，就是这样不断地找我谈话谈出来的，但我也非常清楚我绝不是他最得意、最喜欢的学生，在他看来我这个人畸形发展，两头冒尖，属于统战对象中的重要力量，他担任班主任的几年时间里在我身上下的功夫是最大的，把我统战成功了班里也就太平了，问题也就迎刃而解了。

他从书桌上把一个包好的牛皮纸包打开，里面是高尔基的三本书《童年》《我的大学》《在人间》，还有一小袋精致的木片制成的书签，顶头一个小孔上穿着一根非常鲜亮的红穗子，十分可人。我一下就明白了这是给我的礼物，这份礼物让我非常激动，说明他对我寄予了期望的。他瞅了我一眼说："这几本书你看看，如果喜欢就送给你。"我爱不释手地捧读起来，说道："您的一片拳拳之心我明白，我不会让您失望的。"

他问我："下一步有什么想法吗？"当然他指的是上山下乡的事。他经营这件事已经很长时间了，高瑛的扎根农村小分队是他的得意手笔，从他至深的想法来看，因为我总是显得另类，他并不放心我加盟进去，他担心我给这支按他的意愿组建的分队带来不和谐，这一点我早就感觉到了。我说："还没有想好，不过我不想说出我要扎根农村一辈子的话，孤雁飞翔的可能性比较大，特别是您读了《园亭小憩》之后。"我故意这样讨好他。

"有什么困难你可以说出来，如果我能帮助的话，我相信你能找到一个最适合自己的选择。"这也算是他对我的一种解释。我说："没啥，真有困难的时候我会找您商量的。"

我把这间屋子又打量了一番，记得在他结婚前夕我们来帮他打扫过一次，新婚的爱人住了几天就走了，走的时候把他的积蓄全都带走了，然后听说就和他离婚了。不过这样的问题我们从来是不问他的。这间屋子于我也许就是最后一次告别，我为他感到悲哀，我冷不丁地冒了一句："陈老师，我觉得您早就够入党条件了，您一定会如愿以偿的。"也算是我对他的一种鼓励和祝福吧！说这个话的时候我自己也觉得有些冒昧，似乎破坏了某种分寸感，我倏然站起来背对着他看着书架，我相信他的表情一定非常复杂、惨不忍睹。他父亲是资本家，他在学校的一些表现被他的同行说成是沽名钓誉、哗众取宠，知识分子相互撕咬起来也是非常残酷的。他只是不痛不痒地说了几句话，当然他不会把自己的苦境和尴尬说出来的。然后我就和他告辞了。

有一天我无意当中看到报纸上一篇署名文章，文章本身我并没有在意而上面的署名则引起了我的极大震惊："前进公社知青农场知青北明"。这个知青农场是全县四个知青点之一，知青大多来自大城市，一个知青的文章居然在报纸如此显眼的位置刊登出来，这对于正在做写作梦的我来说触动是多方面的。在我看来陈老师的写作水平已经很有高度了，据我所知他也一直在投稿，可是我从来也没有见过他的一篇文章变成铅字，而这样的奇迹居然就发生在知青当中。我很快就是一名知青了，在知青的位置上实现写作梦对我而言实在是太有诱惑力了。我看着一行行的楷体铅字，前进知青农场的诱惑力前所未有地吸引着我，我和这个北明也有了某种默契。

我的伯父很多年以前在洞庭湖畔的一个小村里不就预言了我的不凡吗！这时候我突然把这些预言联系起来了。我觉得自己这些臆想有点可笑。

为民和苗雨欣频频约会，主要还是在探讨走到一个青年点的可能性。我和为民约定去一个地方，但还没有吃准究竟要去哪里，由他去说服苗雨欣，我去争取齐菲。他各方面都非常优越，班里的女生用这样一种方式对待他是很不公平的。实际上这么大的事情我们自己所发生的作用是极其有限的，如果我决定去前进，也就注定了我是孤身一人，这一点我是比较清楚了，不过戏还要演下去，我还在等着齐菲和苗雨欣她们来找我，我相信她们都会来找我的。

全县文艺调演就要开始了，学校和九个公社组队参赛，还有三支来自知青的队伍，知青三个队都各自带了行李住进了我们学校，晚上他们把行李横七竖八地摊在教室里，天一亮就把行李卷起来。我对参赛本身已经失去了兴趣，一有闲暇就去窥探一番情况，不过我尽量做得小心翼翼，避免暴露我的真正动机，看起来是在关心他们实际上也是在关心我自己，我从他们身上寻找着明天的我。

我看了他们的排练权衡了一番，前进知青农场的节目也许排在知青中的第二，如果和我们学校比较那就有天壤之别了，发表文章和演出水平在我心中产生了极大的反差，我看到了我的优势，心里也踏实多了。我去了他们住的教室，一个个男生都充满了火药味，几句不对就大打出手。

演出正式开始了，每一场汉语演出我们都是要看的，更何况是前进的节目。他们化妆脸上也不打粉底，而是直接把红油彩涂在晒得黝黑的脸上，那幅样子让人看上去非常滑稽幽默，让人想起了猴子的屁股。

革命现代京剧样板戏《沙家浜》选段《要学那泰山顶上一青松》，一个壮实黝黑的女知青报完幕以后，走上来一位敦实的男知青，一双有神的三角眼就像黑暗里的荧光，灵动之气让人刺目，突出的颧骨使鼻子看起来总是有些往下陷落的感觉，走到舞台中央站定以后，似乎觉得并不太居中，于是又往左边挪了几步，他的稚嫩一下就暴露出来了，“要学那泰山顶上一青松……”刚唱第一句高音上不去就熄火了，然后他在台上换了个位置，招手让乐队降调，实际上乐队的调是固定的，是他自己唱高了，然后又开始唱第二遍。他们似乎没有意识到自己在丢丑，台下哄堂大笑，我没有耻笑他们，但我为他们的演出难过。

自然我们的演出他们也是要看的，在看我们的演出时更多的是为自己的演出水准而羞愧。演出结束以后，前进知青农场的学生场长刘理群找到我，他对我的表演多有溢美之词，已经打探清楚了我就是这一批下乡的知青，他对我诚恳地发出了邀请并让我帮助他们物色一些人，说：“前进知青农场特别欢迎你这样的知青，一定为你的发展提供广阔的空间。”我告诉他：“同学们对前进太陌生了，把自己推向陌生并不是一件太容易的事，并不是前进就不好，每个人都会从实际出发做出一种最有利于自己的选择，不过我会尽力的，至少我会说服我自己。”他很兴奋，往我胸脯上给了一拳。我又打探了北明的情况，他说：“是个文痞，成天之乎者也，云里雾里，这样的人我们也很需要。”

回到学校以后，我还没有卸妆齐菲就来找我，她只说了明天让我回家有事找我。我还没有来得及问个究竟她就走了。

碧空如洗，阳光灿烂。她穿了一身最漂亮的、很久没有穿过的红格连衣短裙，一双白皮鞋，两只小辫子微微往上翘，面庞像含苞待放的荷花，会说话的眼睛眨巴着，卷曲的睫毛上闪着朝露，小腿和手臂就像刚出水的莲藕一样。她手里端着一只瓦蓝和月白相间的盆子，里面有两条毛巾和一个笔记本，笔记本里夹了一支钢笔。她递到我手里说：“是我妈让我送给你的。”为什么要说是你妈让送的呢！我接过盆子以后就让她在院子里的桑树下坐了下来，母亲对她非常喜欢，问了她一些家事然后就走开了。

难道奇迹会发生吗？如果能把她带走生活就给了我一个圆满的学生时代，我这样想着。

“上次从你家里回去以后我都哭了。”齐菲幽幽地说一句。

“为什么要哭呀？”我费解地问道。

“你说要把申请书拿回来撕掉，我好害怕你真干出这样的蠢事，到学校以后我就找了高瑛，她说你们谈得挺好的，今天终于如愿以偿了，我祝贺你！”

我恍然大悟，原来是她把我从危机中拯救出来了：“我真要谢谢你，那时候我万念俱灰，整个身心都要被意志之外的力量所击溃，回想起来真像做了一场噩梦。你今天来就是为了给我说这件事吗？”

“也不是，我们很快就要下乡了，我想知道你有什么打算？”

“我正想找你呢！我们一起去前进吧！那是一个真正耕耘梦想的地方。”一边说我一边瞅着她的表情，她蹙着眉头面有难色。我接着又说：“他们的场长找我了，让我帮他们推荐几个人，那是一个有几百知青的大农场，在一个大的环境中才更有利于你的发展，我第一个就想到了你，你放心，我会很好地照顾你的。”

“你知道的，我已经加入小分队了，我父母、陈老师、高瑛都同意我去小分队，我还想让你也加盟呢！我想和你在一起！”

我的心怦怦乱跳，我沉默着，竭尽全力理清我一脑袋紊乱的思绪：“这是你个人的想法吧？你以为他们真的就那么希望我去小分队吗？这件事情让我心里挺难过的，就小分队而言，我已经形成了强烈的局外人思维，我也找到了我去前进的理由，对我自己而言我认为我找到了最佳的选择，我觉得这个时候已经没有办法来改变自己了，让我来帮你改变你自己好吗？”

“其实高瑛也希望你去小分队，我们也知道要改变你的想法绝不是件容易的事，最终还是要看你自己的决定！噢，对呐，你父母的意见呢？”

“我父母说了，尊重我个人的选择，这一点我挺欣慰的。”

“我跟你说吧！如果你非要去前进，那么很有可能全班就你一个人去。苗雨欣已经加入了另一支小分队，为民也确定去另一个乡，乡党委书记是他父亲的战友！”

这个结果我是有预感的，我面对一个无力改变的现实，一股非常悲凉的情绪袭上了我的心头，多年来建立的亲密关系一夜之间就要破碎了，究竟是谁背叛了谁呢？除了感到自身的无能以外，我无法把一些问题想清楚。我说：“其实我没有别的选择，我只能去前进了！”齐菲一下急了：“一切都在你自己的掌握之中，你怎么能说别无选择了呢？”

“我觉得那样一个人群对我更有魅力，当然，跟着主流走也是无可非议的，这都是没有办法的事。”我长叹了一口气。她说：“我希望你做出的不是一个感情用事的决定，现在还有时间，我希望最终我们能走在一起。”我不知道她的这种相约是否包括了她的爱情，我怀疑我的一厢情愿会让我跌进生命的魔窟。说完她站起来走了，我把她送到大门口，看着她渐渐远去的背影。

我不知道自己为什么总是对现实提出那么严峻的批评，我不理解我的思考为什么总是和主流倾向背道而驰，我也想过自己能做出某种妥协，争取融合在有齐非的群体里，但我的性格没有办法让我这样做，这是我心灵的硬伤和痛楚，我宁愿忍受着流血的创伤，也要到一个有希望的梦境里去飞翔。

第二十一章 下 乡

“解放牌”汽车在坎坷不平的乡间小路上颠簸得很厉害，我们坐在大箱的行李上一摇三晃，烈日毒烤，思绪沸腾。越往前走越荒凉，直视着凄清的景象，脑海里却叠加着纷纷飘逝离别的场景：群情激昂，鼓乐震天，壮怀激烈，依依惜别。小城宁静地陪坐在山谷里，这样强劲的震撼整个山谷都苏醒了，荡起声浪一波接一波，给人一种连绵不绝、此起彼伏的感觉。

县里的露天电影院人头攒动，座无虚席，全县各机关单位都来了，主席台红底白字的横幅上写着：“知识青年上山下乡欢送大会”。我们披红戴花坐在前排，县革委会主任做了长篇讲话，全面阐释了知识青年上山下乡的意义，高瑛代表全体知青发言，她的发言稿写得挺抒情的，不属于很激昂的那一种，虽然说了要扎根农村一辈子，但谁都可以听出来是形势需要这么说。

我们从彩虹和斑斓当中走了出来，一刹那间县城已经被甩得很远了，无边无涯的乡村田野在我们眼前展开，贫瘠的瘦土上泛着白花花的盐碱，一座座干打垒的农舍散淡地点缀在高天阔地之间，远山忽明忽暗、影影绰绰，在地平线上涂抹了一道黛紫，白云像凝固了一般，我动得越厉害越发觉得白云一点都没有动，暗绿和黄橙泼墨写意般地涂洒在大面积的板块上，麦子已经收割完了，整个土地显得疲惫而又慵倦，麦场上一些维吾尔族人在懒洋洋地扬麦子，驴马的嘶叫从四面八方传来，特别是公驴的叫唤让人听得惊心动魄，不知是在渴望还是在宣泄。

走向荒凉，走向陌生的路上，我心如潮涌，思绪澎湃，内宇宙疯狂地攀长，剧烈的疼痛交替咬噬着过去和未来，燃起的烽火把过去化为灰烬，又将分娩出一个怎样的现实让我来承受呢？我真想对着原野把我的千头万绪倾泻出去，但我不能哭，我害怕泪水冲毁我用意志筑起的堤坝，只要在路上，一切都在流动。一路上我默然无语，根本就无暇跟其他班的同学说一句话。我意识到我的学生时代结束了，说不清是悲哀还是欢欣，这条路上是我另外一种人生的起始点，今后无论走到哪里都得从这条路上走出去。

此刻，同学们都在路上。我们一个班的同学分成四路出发了，距离越来越远了，我有一种刻骨铭心的思念，越往下走我才发现越舍不得他们，就这样形单影孤地走下去，一种凄怆的悲凉情绪愈发把我笼罩，我不知道是他们抛弃了我还是我抛弃了他们，当一个人对自己的黯然神伤挥之不去时，最好的办法就是让这种情绪尽情地放逐你自己。我看着眼下的这条伸向远方的路，路是越来越简约、越来越凹凸了，有的地方就像毛绳，路边有一丛丛蓝色凄冷的马莲花，路上间或也有，被汽车的轮子碾着。在这样的路上走过一辆汽车也是不容易的，这条路是我自己选择的，我怆然而泪下。

齐菲给我送盆子，苗雨欣为我洗衣服，高瑛约我与她同行，她们的影像与内在的暗示轮番在我的脑海里旋转，我总觉得我们有那么多的隐私和暗示，她们幽怨的内心有那么多的疑惑和费解，我发觉我什么也没有搞懂就离开了她们，我是一个十足的傻瓜，我想和她们建立亲密关系的想法全都破灭了，为什么我们就要这样分开呢？我那些为自己找到的理由能站住脚吗？实际上我是害怕受到更深的伤害、更大的挫折呀！此刻我承认了，我是在逃避，我要逃到一个没有人看见的地方去医治自己的心灵创伤。

远方断断续续的锣声鼓声零零碎碎从几排干打垒的房舍那边传出来，不用猜就知道是我们要去的知青农场了。汽车也鸣起了喇叭，告诉他们我们来了。我们站起来向那边张望，看见人们三三两两地从屋子里走出来到麦场上集合，我有几分兴奋也有几分紧张。

汽车在知青农场的麦场上停下来以后，他们在喊口号。这一下我们车上的人不知该怎么办了，我想问一下坐在车里的带队干部，但又觉得那么多人都在盯着，为这点事问他也挺没有意思的，于是我悄声说："咱们人先下吧！行李一会儿再说。"他们的场长和我们的带队干部握手，然后我们排着队从欢迎的人群中通过，有几张面孔在县里文艺会演时见过，他们朝我点点头微笑着，算是采到人气了，我有一种说不清楚的滋味。

麦场上堆了很多刚割回来的麦子，一辆二十八匹马力拖拉机后面拽着几个石磙在摊开的麦子上碾着，走出麦场以后绕过一排干打垒房子，就是一个简易的篮球场，篮球场的两边立着大批判园地，我留意了一下，上面都是知青们写的批判文章，从标题看火药味挺足的。我们被领进了球场旁边一间看似会议室的房子里，地上摆着盆子和毛巾，毛巾的颜色比本身暗淡了许多，一看就知道是知青们凑起来的，除此以外，屋子里空空荡荡的什么也没有。我感觉不出来下面还有什么别的事在等着我们，于是给带队干部说："我们去把行李扛过来吧，驾驶员还等着回去呢！"带队干部说："去呀！这些事还用我来安排吗？你们又不是幼儿园里的小孩。"我一下急了："人家在搞夹道欢迎，我们总不能只顾扛着行李走过来吧！"说完转身就去扛行李去了。

学生场长刘理群到宿舍来看我，目光很警觉，言辞闪烁，显得有点矜持而空洞，相约我来前进农场时的激昂早已荡然无存，我突然有一种失落、受骗的感觉，但反过来一想，在这个三百人的农场里，作为知青群体中的一员他又能为我承诺什么呢？难道我真的需要他为我做什么吗？仅在几天时间里我就感受到知青之间帮派势力相当严重，甚至我感到了一股很强的火药味，大有一触即发之感。

恰在这时，北明也来了，一看就是一副锤炼过的筋骨，一对浓眉大眼炯炯有神，说起话来有点口吃，个子一米八以上，屁股微微往外翘，弯曲的样子有点女性化意味。他那种彬彬有礼的客气让我感到拘束，我把箱子打开让他看了我带来的书，他显示了几分惊讶地说："这些书你都看过？"我说："真正看过的只是一少部分，我看书特慢，别人一本书一天就看完了，我大约要看一个月。"他说："读书就是要精读，一辈子能把一本有价值的书读精通也是不容易的。"我说："读到了你在报纸上发表的文章，我很激动，也许是促成我到前进来的一个因素。"他说："你等等，我把这几个发表的作品拿来让你看。"他出门以后拿来了一个剪贴本，他在各种报纸杂志上发表的文章已有几十篇了，在这样的一个写作高度面前我感到自己太微不足道了。我不加掩饰地表达了我对他的敬佩，他顺着我的情绪，神侃了一通他在写作上的宏大想法，他说最终要写进北京的中南海。他怎么也没有想到我全信了他的话，我被他所描绘的这个写作世界吓坏了，我觉得所怀抱的这个至深的写作愿望受到了毁灭性的打击，甚至不敢再提我有写作的想法，我的梦幻破灭了。

走的时候他拿走了一本《马克思传》，一本《郭沫若戏曲选集》。

我们落脚没几天，市里的知青也来了，是我们这个排的排长把他们接过来的。有一个叫刘雪梅的说是文艺尖子，传得特火，就像他们传我一样，我恰巧和她分在一个排里，我在一班她在三班，出工劳动时候我下意识地偷窥她，表情妩媚，骨头架子很小而看上去又很丰满的那一类，虽然胸脯勒得扁平，但内在的蓬勃还是可以生动地感觉出来。

一天晚上，刘雪梅让一个女生来找我，说是要约我谈谈，我怀着一颗忐忑不安的心去了她约定的麦场。柔和似絮的浮云，簇拥一轮皓月冉冉升起，清辉给周围镀上了一层琢磨不定的光晕，我烦躁地在麦垛之间转悠着，是她约我出来，可是她居然来晚了。这时，她从干打垒房间的拐角走出来，一片淡然的月光洒在她的身上，让我觉出有种说不出来的神秘感觉。我仰望了一眼月光，周围若明若暗缀着几颗小星星。

刘雪梅脉脉含情地注视着我，我说："你找我有什么事吗？"她说："我觉得你在有意躲避着我，我想问你为什么？"

"难道你不觉得吗？关注你的人挺多的，谁也不敢擅自行动，都在寻找一个平衡点，你刚来不用这么着急，这种平衡很快就会被打破的。"

"你在说什么？我都听不懂。"

"你就当我什么也没说行了，你说吧！找我有什么事？"

"我想让你当我的入团介绍人，你不至于拒绝吧？"

"据我所知，这种事往往都是支部安排的，当然你让我给你当入团介绍人，我是不会拒绝的，只是我要问一下支部，看他们是否同意。"

"我都问过了，他们说可以。"

"如果是这样，我当然是十分乐意的。只是我和你一样，初来乍到，一点底也没有，不知到时候说话有没有分量，如果不尽如人意，你可不要怪我！"

"你不要那么世故好不好，你愿意当我的介绍人我就很满意了，至于能不能入团，真的就那么重要吗？我才不管呐！"

"这样我的压力就更大了，当了你的入团介绍人你又入不了团，这样我们不是都挺难堪的吗？"

"你累不累，咱们能不能换点别的话题说一说？"这时刘雪梅缓缓地挪动了步子，我一下觉得自己陷入了被动，只得跟着她走，如果不跟着她走是一种非常失礼的行为似的，我看她沉迷在一种迷梦般的幻境中，只顾朝麦场中央走去。麦秸秆儿差点把她滑倒，我本能地用手把她扶了一把，一下触到了她丰满的乳房，像触电一般把手抽回来了，她用一种怨尤的眼光把我瞪了一眼，然后宽容地笑了笑。

过了几天我当了班长，也就是说这间宿舍归我领导了，班是农场最小的组织单元，不论学习、劳动、吃饭，都是以班这种组织形式出来的。这时候我们这个班已在为几千亩地日夜浇水，场长要求通过地里的水渠一块接一块地灌，白天在我带的这个班里要求一块接一块地灌，而班里的老知青则说:“场长年年都这样要求，而实际上他也知道我们怎么干，没用，不信你再往下看。”他们实际上不是漫灌就是串灌，也就是说地里的水不是通过水渠灌进去的，而是通过一块地流进了另一块地，这样一来埂子失去了作用，水也固不住，高的地方也就浇不上水。事情总是有它自己的惯性，很多习惯性的做法都是经年累月形成的，不会因为我的意志而改变。

横跨农场的水渠高出地面，渠堤只是就地取土修成的，这一带盐碱很大，盐碱总是顺着水往上泛，所以堤埂在水的浸泡下总是很容易决口，于是班里专门派了一人每天夜里巡查渠堤，这也是最轻松最自由的活儿。他叫苏文艺，英俊而瘦削，不足一米六的个子，共鸣腔里能发出一种浑厚激越的声音，他还是全市小有名气的吉他手。从我到农场的那天起就紧紧向我靠拢，所以我也乐意把这样一个轻松活儿交给他干。他每天提着一盏马灯晚出早归，我和他的床是并在一起的，每天晚上只要是他的床空着，也就以为他在渠堤上巡查。

“这活看起来轻松，可责任挺大的，千万不能存丝毫的侥幸，一旦出了事，整个农场都会被淹没的，这种干打垒的房子一浸泡会塌下来的，弄不好会出人命，你可一定要负起责任来才是。”几乎一见面，我就叮嘱他。

“你给我这个机会是供我来表现的，我可不想在这个鬼地方待一辈子，真要出了事那害的可就不是我一个人，这个我明白，你就放心吧！”他的这种表达虽然极为动听，但就是因为太动听了，才引起了我的怀疑，通过侦察我已经发现他晚上在马厩里偷着睡觉。我严肃地找他谈了几次，有一次他居然哭了:“就这么点小事，我如果干不好真对不起你，我内疚极了，你就再给我一次机会吧！”实际上我还是对他不放心，我已经感觉到了自己已经站到了险象里，但我还是没有这个勇气把我们之间的友谊纽带拽断。

一天早晨，我还在熟睡之中，突然听到大院里有一个女生歇斯底里地呼喊：“发大水了，房子要倒了，快跑呀！”我从床上一个“鹞子翻身”腾空而起，边喊同宿舍的人边往外跑，淹得最狠的恰恰是我住的这栋房，墙上已裂了很宽的一道缝，这道缝正好在我的头顶上，我吓得出了一身冷汗，我们再也无法进房子搬出我们的东西，假如晚五分钟，我可能就会被埋在坍塌的废墟里。随着一声巨响，我掐了一下自己，疼痛让我感到一丝欣慰，感受到了自己的切实存在。

苏文艺每晚都痛哭流涕地做检讨，他通过写检讨书演绎着自己，把自己搞得神采飞扬的，谁也没有意识到检讨书是我帮他写的，我觉得他是个演技不错的演员。晚上我俩挤在一起照例谈女人，我虽然说得很少，但还是愿意听他煽情。淹了农场的事给他一个处分也就过去了，虽然不能指望他负什么责任，但我们还是很好的朋友。

我们屋子里的“老鼠”会修收音机，附近的维吾尔族老乡都找他，他那儿总是有吃不完的土特产，粮食也是有的。有时候我也抱上一部修好的机子捂在被窝里收听《美国之音》。有一天听到毛主席逝世的噩耗，我被这天塌地陷的消息害蔫了，很长时间躲在被子里面不敢出来，心跳不止、周身冒汗。第二天这个消息就得到了证实，我们精神世界里的一根擎天柱被抽去了，当然我们也清楚，他老人家是不可能万寿无疆的，但绝对没有想到的是此刻他老人家已驾鹤西去。

给毛主席开追悼会的那一天，我们知青全都到公社的广场集合了，烈日高悬，地面上像着了火，没有一丝风，窒塞而憋闷。从高音喇叭里听北京天安门广场传来的哀乐声，我们情不自禁地抽泣起来，眼看着一个女知青腿一软躺到了地上，脸色惨白，呼吸急促，接着不远处又有一个女知青倒下了，死亡的悲伤和恐怖越来越具体了。请示了公社领导以后我们才动手把两名女知青抬送到公社医院。

回场以后我们停止了一切娱乐活动，随时都要提醒自己不要忘记主席去世的悲伤，如果在这样一个时刻太放纵自己，从道德良心上也是说不过去的。

第二十二章 选　举

在微弱的油灯下，我躺在床上读着一本《论语》，这时北明进来了，我从床上翻身起来，他从我手里把书接了过去，说："中国文化毒素的源头就是孔子的《论语》，不过需要很强的批判精神，你可要顶住呀！"我愕然地觑了他一眼，说："你太深刻了，我都听不太懂。"他踌躇满志地说："要具备反潮流的理论勇气当然不是件容易的事，并不是谁都具备强烈的批判精神的，我希望你能在如火如荼的斗争中成长为一名坚定的斗士。"我用一种复杂的目光看着他说："我太羡慕你了，你才是真正的时代弄潮儿，我们有过共同的经历，而你怎么能达到这样的高度呢？""知青一支笔"话锋一转，原来是约我给农场的大批判专栏写稿的。不管我写还是不写，受到别人的重视心里总是很高兴的，我说："有什么要求吗？我这水平不知行不行呀！"他说："文章的好坏是个仁者见仁、智者见智的事情，你刚来不久，需要在这块园地上崭露头角，有些人就是投再多的稿子我们也是不会用的。"这下我明白了，关键不在于你会不会写稿，而在于谁的稿子才能上。

既然是一种讨巧卖乖的行为我何不找条捷径呢？干吗非要去抄那些报纸上的文章呢？我揣摩再三写了一首七言诗，比那些直白的口号要文雅一些，我想不仅要表明我的态度，更主要是显示自己的那点文化意蕴。北明没有改动一个字便誊在了板报居中的位置，照理说我应该感到欣慰才对，可不知为什么我有一种被嘲弄的感觉。我是怀着一种写作冲动才到前进知青农场来的，对于写作本身来说也许是我的一个契机，这一点本来应该促成我把写作作为自己的一个定位加以巩固，可是一股强烈的心灵之声在嗥叫，我没有办法违拗我自己，我知道此路不通，我再也不会写了。

虽然我挤进了农场知青文人圈子里，但我小心而坚定地绕过了写作这个命题，虽然我不写了但我还可以画，于是我把绘画当作我对艺术的一种倾诉主体，竭尽所能在里面徜徉着，虽然我也临摹了许多西方人体，但能够展现出来的也只能是一些大批判宣传画。

我不写文章但我喜欢去北明的房间，他床头挂了一副对联：“铁肩担道义，妙手著文章。”床头支了一块板子，上面摆放着一些书，我伸手随便翻弄着说：“最近又有什么大作问世了吧？”他拿出一本评论集说：“这本书值得一读，他所站的高度把同时代的人一下扔在了后面。”我的脑海里一片空白，因为对这个问题我一下失去了判断能力。我从他手里把书拿过来说：“那就让我读一读吧！”

北明的文章的确写得无懈可击，一些应景文章经常上报纸，让我感到疑惑的是他写的文章和报纸上的文章没有什么两样，究竟有多少东西是他自己的呢？他经常拿着贺敬之、郭小川的诗朗诵，而他自己涂抹的诗稿文字所表达的那种情愫让我感到和他本人相去甚远，他写的那些东西实在是太世故了，我甚至怀疑他写的那些东西不是从他自己的思想和体验中产生的。

我成了一个局外人，这一点让我非常苦恼，有时我按捺不住写点东西让他提意见，而他总是非常客气地和我保持一段距离，说一些无关痛痒的不着边际的话，我不知道他是在防备我还是在鄙视我，我内心感到深深的痛楚，而我又没有能力拓展我自己的疆界，建立我自己的领地。他把自己放置在一个常人无法企及的高度上然后傲视群雄，他从来都不具体地谈写作，更不谈怎样投稿，他把通往那个高度的路径死死堵着，绝对不允许有任何人走上这条路径或者通过某条路径最终跨越他所创建的高度。

我的写作失去了世界观的支持，我感到迷惘和惆怅，只得把写作这种表达方式从内心磨灭掉，继而我转向了绘画，我从那些色块和线条当中寻找灵魂的栖息之地。这是一个隐秘的决定，我没有办法和任何人商量，谁也不可能为我抚平内心的忧伤。

这天深夜，我照例在被窝里收听境外电台的时候听到江青被抓起来了，“四人帮”垮台了，我不敢说话但我无论如何也在被子里躺不下去了，我装着若无其事到外面溜达，仿佛听到血液在自己体内川流不息的声音。我像做贼一样在窗外昏暗的油灯下驻足停留，虽然我没有感觉到有什么异样，但我相信这样一个爆炸性的事件肯定会在一个瞬间摇撼我们农场宁静的夜晚，因为收听境外台的绝不是我一个人。

赵军穿着短裤从屋子里跑了出来，哽咽着说不出话来。我看他那个样子被吓坏了，我说："别紧张，什么事把你吓成这个样子？"他走过来气喘吁吁拉着我往一边的树林子里走去，一边走一边说："不得了，不得了！"我说："什么事呀？这么邪乎？还有比主席去世更大的事吗？"他把嘴巴凑到我的耳朵跟前说："你千万不要告诉别人，我听了美国之音，说是江青被抓起来了，王洪文、张春桥、姚文元也被抓起来了。"我说："就这事吗？"

"了得，你还能听到比这更大的事吗？真是的。"

我们回来以后，看到三个一群五个一堆在窃窃私语，这个消息很快在知青中传开了。我看着赵军笑了笑，他说："你是不是已经知道了？"我指着影影绰绰的人群说："这不是都知道了吗！"这个消息在我们心中所引起的骚乱并不亚于主席逝世这一重大事件，这是不可想象的，但事情确实被各种途径证实了。我们惶惶不安，常常处在一种莫名其妙的寂寥之中，我们不可能意识到这究竟意味着什么！当这些事情都没有发生的时候，我们绝对想不到一旦有这样的事情发生，生活将会呈现一个什么样子，在那些令人不安的日子里，我悉心感受着日月星辰的交替，感受着任何一丁点儿人际的变动。天并没有塌下来，日子依然一天天过去，我慢慢体悟到我们的日子依然按照它自己的方式继续绵延着。

农场一年改选一次，场长、副场长和教导员由上面委派、委任，而排长这一级则由全场知青无记名投票直选，这是农场最大的政治了。虽然不公开竞选，但自认为特智慧、特有能力的人都在下面活动拉选票，李长胜来找我，他那种笑实际上挺清高的："我是北明的朋友，他常跟我说起你，这次选举对你特有利，你应该很好地把握一下。"我茫然地看着他说："我的能力也许达不到，再说也害怕弄巧成拙。"

李长胜拍了我一下说："你是大智若愚呀！你就放心吧！你的选票我已经给你拉好了。"我后悔第二句话说坏了："你不用这样，能人多得很，挨不上我的。"他给我分析了一番形势说："你刚来不久，别人对你印象都不错，实际上也不了解你，水有多深水有多浅人家都不知道，你还没有涂上某一个群体的色彩，所以没有人把你当作异己的力量。时间长了你就会清楚的，你不可能没有自己的人际圈子，你也不可能和所有的人把关系都搞得非常好，当那个时候你如果要赢得这场选举的胜利那就难了。对你来说这个时机特别好，在别人斗得你死我活的时候，你坐在这里不动不摇等着荣誉和尊严捧送到你的手上就行了。”我想这个场长背后也许被人操纵着，他是场长那还不容易吗？他指定人担任职务一切问题不就迎刃而解了吗？

“如果我能当上，也就意味着把别人挤了，再则我们就是一伙的了，这样你的势力就扩大了，对吗？”我只不过是把他的心思准确地说出来了，而这样的话说得太直白并不是一种最好的方法，生活当中的许多事情都是只能意会不能言传的，我又犯了一个大忌。

“你是不是觉得我这个人有野心或者说做人不道德，如果是这样那你就错了。”我一下慌了神说：“我不是这个意思，其实你完全是为了我，我这个人说话常常是嘴无遮拦，主要我们很合得来，所以我说话就没有什么戒备，千万不要往心里去。我也是个可以把一些事情做得很漂亮的人，你放心吧！”

投票的那天晚上我的心怦怦直跳，虽然我表现得若无其事，但我非常清楚能否当选对我来说意味着什么，如果我在这场选举中淘汰出局，那么我的整个知青岁月也就意味着黯淡无光了。全场一共有五个排，四个生产排，一个后勤排，各排提出来的候选人一共有五十多个，然后把这五十多个人拿到全场来进行普选，获前五名的分任五个排的排长，其余再选出十人担任各排的副排长。

场长主持公开选举仪式，两个人计票，还有两个人监票。整个会议室烟雾缭绕，五个排轮番上台把票投进投票箱里。场长亲自唱票，不久我的名字就排到了前三名，有时候还上到了第一位，最低的一次跌到了第五，这是一个激动人心的时刻，我的心像潮水一样在大海中跌落。一旦我跌到前五名以下，我想我会崩溃的，当我感到绝望的时候，我的票又开始上升了，最后我的得票结果全场第二。选举结束以后，在场长召开的会议上我出任一排排长，但我的副排长在场里有自己的圈子，显然比我强势，李长胜也以仅次于我的高票出任二排排长。上任以后我才发觉，权力的角逐场上要成为赢家比当上排长更困难，我是排长，如果这个排不能按照我的意志来运行，而是被两个副排长操纵在手里，那我的悲哀也太深重了。上任以后我就发觉自己处在这种危机的边缘，每天都绞尽脑汁，为这个排的控制权而把自己耗得筋疲力竭。

我排队打饭时刘雪梅给我使了个诡秘的眼色，她是表示祝贺我的当选呢还是有什么好吃的要给我，这让我很纳闷，女孩子的一些雕虫小技有时候也挺可爱的，但这个时候我不愿去猜她究竟是什么意思，我端着一碗南瓜汤两个苞谷发糕从队里抽身出来了，走过球场走到屋子拐角时她跟了上来，实际上我知道她是要跟上来的，这样我就慢慢停下了。

“你当选我可激动了，我投了你一票。”

“如果你都不投我的票，那我就没戏了。”

“你知道我投了你的票？”

“我当然可以想到。”

“你知不知道，我只投了你一个人，这样你的竞争就会小一些。”

“你真聪明，看来我得好好干了！”

刘雪梅把我手里的南瓜汤接过去放到了地上，她这样做的感觉挺自如的，我觉得她是一番好意，虽然不舒服也只得依了她。她说了一番很上进的话而眼中的水波却荡漾着令人心动的波澜，从嘴里说出来的话和她真实的心里所想肯定是剥离的，我们都在这种焦灼中接受煎熬久久不愿离去。

刘雪梅要看我的饭卡，我就递给她了。她问：“你是不是在控制饭量？”我说：“差不多吧！如果要放开吃可能还要多吃点。”然后她把自己的饭卡给了我，我说：“你是不是有意在省，如果是这样我可不要。”她从地上把南瓜汤给我端起来说：“好了，你走吧！”

从我们到农场以后，一直在喝南瓜汤，我们拥有这么多的土地居然吃不到新鲜的蔬菜，这是令人费解的一件事，这和在资水河畔的日子里成天吃红薯哪个要好一些呢？我常常这样比较，不过在农场因为大家一概都一样吃也就不觉得有什么难堪了。

不多久，我就感觉到刘雪梅发胖了，不论穿什么都觉得小了一圈，我知道她对我很好，但我不敢确定她对我最好，我察觉出她很多情，那种娇宠的媚态也不是给我一个人的，我希望她在我身上干点傻事，以此来证明她比我对别人要好一些。结果这一刻迟迟没有到来，于是我变得非常懊恼，常常故意不理会她，时不时给她一个小小的难堪让她窘迫尴尬。

生活常常会出乎意料地和你开个玩笑，这个县的四个知青点有两个要合并到我们知青农场来，这样高瑛率小分队组建的知青点也要迁到我们农场来，齐非、为民又会出现在我的生活中了，我以现在这么一个样子见他们多少也能找到些许成功的感觉，至少可以说我当初选择的这条路是对的，我觉得这次迁徙对我的灵魂是一次莫大的安慰，我热切期待着这次重逢。

进入秋天以后，场里抽出两个排为合并过来的知青盖房子，我主动请缨，亲自驮土块，浑身有使不完的劲，因为是在为齐非筑巢。我在全排发动了一场劳动竞赛，我多次创下了历史新高，最多的一天驮了一千五百块，他们也觉得我身上焕发出了一股不可思议的力量。

傍晚码土块的时候齐非一个人溜了过来，她说我黑了瘦了，我不以为然地说："怎么能和你比呢！你看你。"我差点说她肥得像头猪。

"有什么了不起，你像一条瘦黑狗，还在取笑我！"然后她生气地走了，我相信若要喊她肯定会回来的，可是我没有喊。她走出几十米以后还看了我一眼，属于暗送秋波的那一种。

第二十三章 米 缸

我一感冒鼻涕眼泪就流个不停，别人看了的感受可能比自己还要难受。这天农场难得放假休息，我便赖在床上想入非非。苏文艺带着齐菲手里拿着药和吊液进来了，我一下猜到是苏文艺搞的鬼，我一边欠着身子坐起来一边说:“没有这么严重吧！不就是个感冒吗？”苏文艺说:“你这感冒看起来特伤感，挺让人同情的，再说我也得替自己想想，感冒可是传染的。”齐菲说:“你这是病毒性的感冒，打点抗生素好得快。”我说:“其实病了也挺好的，躺在床上可以瞎想。”齐菲翻了我一眼，眼白特透明:“要不是这样今天休息你能躺得住？我还不知道你，你能安分得了？拼命三郎！”她把针头从我的右臂青筋里扎进去以后，又把被子扯过来把露在外面的手臂盖上了。

这时候已是深秋时节，有这样一股暖流来到我的生活中我感到特别惬意。苏文艺不知什么时候溜走了，房间里就剩我们两个人。

她们合并到我们农场没几天，齐菲还是当她的卫生员，我们也从干打垒的房子里搬了出来，住进了我们自己盖的土块房子里。我们聊了一会家事和往事。

“你以后搞医算了，当医生挺好的。”

“我才不呢，我并不喜欢搞医，成天和病人打交道心里不好受。”

“这样不也可以轻松一点吗？你看我，咱们有几个月不见了吧？人都变了个样，你看你，和我简直是判若两人。”

“你以为我想图轻松呀？是他们非要派我去学的。”

“要是我也会这么考虑的，你妈妈是医生，你长得就像个白衣天使。”

我看她眼睛里闪着泪光，也不说话，一下产生了一种怜香惜玉的感觉。

“你是不是刚来对环境不习惯呀？劳动你就不要参加了，我去跟场长说说，就是去了你也用不着干，我找两个人给你干掉就行了。”她的泪水一下夺眶而出，接着哭出声来，这个突如其来的情景让我束手无策，我惊愕地望着她，遇到了什么事让她如此伤感呢？

齐非哽咽着说：“我才不靠别人呢，不要以为谁离了谁就活不成。”这句话显然是针对我的，这就更让我丈二和尚摸不着头脑了，我看她泣不成声的样子，也不知是谁做了什么孽。我看了一眼吊液，还有大半瓶，又看了一眼窗外，生怕有人听到她和我在一起时哭了。

“你都把我急死了，究竟是什么事呀？”

她揩了把泪水说：“什么事你问我吗？你做的事你难道不知道吗？”

这句话把我触怒了，我再也无法遏制心中的冲动：“你说不说，你不说我就把针管拔掉，从此以后你再也不要来见我！”

她一下慌了：“你又要走极端了，别干傻事，我给你说。”我静静地注视着她，我感到她有一种难以启齿的痛楚。

“现在的问题是我伤害了你，为了减轻这种伤害你也必须告诉我呀！说吧，没有什么了不起的。”

“才不是呢，你总是自以为是，我是为你难过。”

我狠狠揩了一把鼻涕和眼泪：“你看我还病着，为了让我好受一些你就说吧！”

她终于开口了：“刘雪梅跟别人说你在追她。她是别人的女朋友，你不应该这样做。”热血一下涌上了我的头顶。

“这话你是听谁说的？”她正色道：“问题并不在于谁说的，关键在于是不是，我觉得我们还小，你不应该考虑这个问题，再说影响也不好。”

我捶胸顿足，感到无限委屈地说：“根本就没有这样的事，追她的人有的是，轮也轮不到我。你别听风就是雨好不好？”我看她又流泪了：“我再也不跟你说了，难道是我错了吗？”是呵！她听说了，她又有什么错呢！我们沉默了许久。

农场宣传队又成立起来了，知青副场长刘理群当队长，我任了导演。节目的内容主要是怀念颂扬那个时代的领袖：歌舞《天山儿女怀念毛主席》、诗歌联唱《周总理，你在哪里》，还有一些盛赞知识青年上山下乡、打倒“四人帮”的节目。北明煞费苦心地编了一些相声、小品和快板一类的曲艺节目，内容一概突出政治，当时我觉得最大的问题还是出在乐队方面，如果仅仅是技艺差还没有关系，就连起码的调的概念都不具备，更不要说调试了，声音只能跟着乐队走，你要求他们变调结果全傻了。

乐队队长是我的副排长，平日就几个人抱成一团和我分庭抗礼，我是拿他没有办法，这一下到了宣传队我不得不把他的毛病治一治。他为不会变调找到了非常充分的理由。最后我只得说：“如果你们不学会变调，我们就清唱，乐队解散。”刘雪梅在一旁替我着急，轻轻拽了一下我的袖口，我一甩手说：“你少管闲事，大不了我下地干活去。”乐队队长铁青着脸说：“你也不要太过分了，不就是个调吗？”

“最起码的一点常识，如果这一点都做不到也太滑稽了！还搞什么宣传队。”他看我的态度如此强硬也就妥协了，但我知道他的城府比我深，他是不会善罢甘休的。

刘雪梅对我的冷漠态度很敏感，她当然不可能知道是什么原因。她不是跟别人说我在追求她吗？我要让她为自己说出的话付出代价。我俩搭档唱二重唱时，我有的是机会破坏她那良好的自我感觉，我要让别人得出结论是她在追我。我还不能让她真的对我失去信心，一旦她受到了太重的创伤我相信她会放弃的，因为我看出来她这个人比较水性，并没有把情感固定在我的身上，这样的人往往比较虚荣。相比刘雪梅，齐非身上散发出的风情万种和袅娜风流就不是做作出来的。

我碰撞刘雪梅的事很快就应验了，过了几天她的追求者徐达来找我，他把我叫到了一间地震预测室，这是县地震台在农场设的一个点，一直由他负责。他拿出事先准备好的一瓶酒，我们就那样喝了起来。我大约知道他要给我谈什么，因为比较难以启齿，所以都心照不宣往多里喝，喝完了都是有些话要说的。

徐达有一天和“老鼠”去找附近的维吾尔族老乡借自行车，那个老乡因为“老鼠”给他修过收音机，就把车子借给他们，他俩把自行车推出几米后，老乡又不放心了，追上来硬是要把自行车要回去，本来他是想第二天娱乐活动解禁以后进县城办事的，一看自行车被要了回去，他失望极了，一怒之下就动手打了这个老乡，酿成了震惊全县的政治事件，当天抓走以后被公安局拘留了十五天，放回农场以后被撤职处分。而我却在他落难的时候接任了他的一排长，又传言我在追他的女朋友，我觉得他挺委屈的，对于他打的那一架我从内心是不以为然，但和那么大的一个政治连在一起又能说什么呢？他来找我，我觉得他所遭遇的不幸与我有直接的关系，我挺内疚的，我觉得自己应该安抚他，给他解释一番。

酒过三巡以后，我开口了："我一直想找你，就是你不找我我也会在这几天找你的。"

"好多事情都是误解，我今天叫你来就是想告诉你，如今误解消除了，如果我能为你做什么我会去做的。"很快我就听明白了，徐达对我所谓的误解就是认为我在追刘雪梅，近期他可能听说了我对刘雪梅的态度，误解所以消除了。我本想说你要爱她就去爱好了，我不会挡你的路，可嘴里说出的话却变成了："我心里已经有人了。"他说："我知道了，她是我们知青中一朵最娇艳的花，我祝你成功！"

"你们怎么样？"

"是我把她争取过来的，我还去了她家，她的父母把她托付给我了，这样我得尽一份责任。"我想说尽一份责任和她的情感状态是两回事，但我没有这样说，而是端起酒杯和他干了，也就等于认可刘雪梅归属他了，别人不能染指，我感到内心挺失落的，从此以后，我和徐达成了很好的朋友。

刘理群进来了，我把杯子递了过去，他说："开个会，你快点到。"我说："我现在这个样子怎么能去开会呢！"他说："县委一个副书记来了，要求我们把这台节目排好，安排由他率队慰问演出的事，你不能不去吧！"我说："现在是绝对不行，要去也得晚点，你就替我遮掩着点儿！"他只好先走了。

从地震室出来以后，我独自一人踉踉跄跄去了水渠边，而我想去的地方实际上还是会场，可是又有什么办法让我醉态退却呢？到了渠边以后我伸手往脸上撩水，还没有找到醒酒的感觉胃里已开始翻江倒海了，我索性把指头伸入喉管里让胃里的东西顺利地吐出来。

我听到刘理群又在院子里喊我了，我沮丧地扬起头来，可还是没有办法对他的吼叫做出回应。我意识到了这一次叫已经是那位视察工作的领导的意图了，我喝多的情形刘理群是知道的，他不可能把我叫去丢我们的人。

徐达带着刘理群来到水渠边，刘理群说："书记非要听具体的节目介绍，场长下令一定要把你找到，你看怎么办？"

"不就是几个破节目吗？你是队长，你介绍一下就行了嘛！你们把他留下来明天看排练就行了，我这个样子出现在会场会很煞风景的，你权衡一下是不是这个理。"刘理群说："我看你没醉，你就这样表达没问题。"徐达在一旁把我搀了一把说："还是去吧！别把大麻烦惹出来。"我只得负荆请罪了。

场长多半是看出来我喝酒了，我尽量控制着自己的身体不要出现明显的摇晃，然后由着性子讲了起来，讲着讲着声调有点高，然后又缓缓地滑了下来，思路和语言并没有太大的障碍。讲完以后书记带头鼓掌了，场长给我挤了一个满意的眼色，我这下算是松了一口气。

这一天清早，场长带了几个排长到附近的一个大队去开全公社组织的现场会，上马车的时候我还想向场长请假："排节目正忙着呢！我就不一定去了吧？"场长说："你这个人就是个性，我都给你说了现场会要宰羊的，带你去散散心，两个副场长想去我还没带呢！"女生排长杨晓丽说："你是不是舍不得那些花呀草呀的？不就几个小时吗？哪里就那么难请呢！"

"你要这样说我是不得不去了，你真厉害，怪不得男生都怕你。"这样我只得爬上了马车。长胜打趣道："你看，场长都劝不动，杨排长一句话像电打的一样就上车了，还是女的灵验。"车上的人哄然大笑，我说："要尊重女士懂不懂，杨排长有约我再不上路也太不识抬举了，你们说是不是。"杨排长是场里有名的铁娘子，年龄要比我们大一些，属于那种心理素质非常好，特成熟、特宽厚、特懂事、特原则的那类人。

三匹马都是棕红色，辕马敦实一些，前面的两匹梢子马筋骨毕露，拉得挺卖力，不一会儿背脊和腿部就出汗了，一出了农场场长的脸色也轻松爽朗起来，话题自然多了起来，转了几圈以后，大家围绕知青能不能谈恋爱的问题展开了争论。场长的观点是："这样的事是阻挡不住的，实际上有些知青也在谈，不过我们不能提倡，难道你们真想在乡下待一辈子呀？"李长胜说："我认为指导员的一些做法欠妥当，他晚上经常带着几个人拿着手电筒到树林子、地里去抓人，逮住了还大肆渲染，这也太糟蹋人了吧！"

"接受完教育你们都是要回城的，搞上恋爱以后也是个麻烦事。"

"场长，你这可是在宣传镀金论，扎根农村才是我们的最高理想。"

“哪有不吃腥的猫，哪有放着那么好的事情不去做的，这档事嘛！也不是缸里面的米，舀掉一碗少一碗，只要不把肚子搞大就行了，真要把肚子搞大了我们也要跟着犯错误，丢饭碗，搞得不好还要坐牢，那问题就大了。”晓丽羞得一脸通红说：“场长，你是不是要赶我下车呀！”这么神圣而又令人幻想、神秘而又令人惊心动魄的问题，场长居然以这样一种随便的方式说出来，我觉得对我们的知青实在是一种亵渎，不过反过来一想也对呀！干吗每个人心中最至深的渴望总是被锁定在云山雾罩之中呢？我觉得在解构女人方面这句话太本质了，能让每一个女生听听该有多好。这个“米”谁都想舀但谁都不敢。

马蹄扬起的尘埃向我们身上扑过来，我用大衣把头包住埋进了人堆里，人在躺卧的时候可以和现实保持更大的一段距离，我不知道别人有没有这样的经验，这时候我找到了夜晚的感觉，各色“米缸”在我的脑海里汹涌澎湃、挥之不去。不是缸里的“米”又是什么呢？是不是要去“舀米”实际上一直是困扰我们的最大问题，场长说了没有事对我们是一个极大的鼓励，这个前提究竟对不对呢？

马车在我昏昏欲睡的时候停了下来，其他队参加会议的人大都穿着黑大棉袍，腰上勒一根很宽的白布腰带，有熟人相遇时往往行捧腹鞠躬礼，也有握手的，那种表情让人感到挺虔诚的。会场上挤满了黑压压的人群，来了一个公社副主任，是个汉族人，一开始他照例谈了一大通政治形势，最后才说到农业问题：“我们公社在农业上的问题一是人懒地不平，二是土地盐碱性大，入冬以后要开始搞农田基本建设，一是平地，二是挖排碱渠。”我明白了，今天来开会就是为了听这一句话。

午餐拖到了下午散会以后，每人拿到了巴掌大的一块清炖羊肉，还能分到一个馕，我们找了一片林子坐了下来。我去取陶土碗倒茶的时候发现砖茶的产地是我资水河畔的故乡，在我们的故乡我们是不喝这种茶的，但是在这个偏乡僻壤见着家乡的名字，这让我感到自豪和喜出望外，我想起了丽莎，把她往“米缸”里混的时候我感到挺下流的，如果是米缸就不能乱掏，那她绝对是米缸，为什么不是呢？是缸里的米。我觉得场长这人太粗鲁、太鄙俗了，可说出来的话哲理性太强大了，我真想大哭一场。

第二十四章 暴　雪

宣传队出发的时候徐达把我叫到一边耳语了几句，然后塞了一封信让我交给刘雪梅，他以一种吃力的诚恳表达着对我的谢意！我说：“我知道这事对你意味着什么，还不是举手之劳，你用不着这样，你放心吧！”他沉着脸，一股意犹未尽的样子，他想说让我帮他撺掇雪梅成全这桩事，我说：“好事多磨，过程本身才是最精彩、最重要的。”他把我的手捏疼了，然后闷着头走了。我看着他的背影：为了爱把自己搞得这么壮怀激烈，是幸福还是悲哀呢？

上了拖拉机以后，我们朝托木尔峰下国境边界的方向走去，未燃尽的柴油浓烟滚滚，加上二十八的大轮子卷起的尘埃，我们拖斗里的人就像笼罩在浓云密雾之中。女生们一个个都用大衣或围巾把自己裹得严严地缩成一团，我有意往刘雪梅跟前凑过去，她乘人不注意的时候悄悄把一件军大衣递给了我，我顺势靠着她坐了下去，这种时候能享受到一件军大衣是很奢侈的了，我心里发笑，她是不是以为我又在追他，她又搞错了，她要知道我是为了方便传信给她还会这么殷勤吗？正在这一刻，我一抬头和齐菲怨尤的目光相遇，我裹着大衣尴尬地愣在那里仿佛像一个做错了什么事的孩子，她的脸上冷得能把霜刮下来，目光霎时甩到一旁，我的心被锋利的尖刀刺了一下。

不一会我就把信塞给了刘雪梅，她愕然地看了我一眼迅速把信掖进裤袋里，我想她会不会以为是我写给她的，于是朝农场的方向努了一下嘴，她好像一下就明白过来了。我把大衣还给她以后挪到拖斗前面站着去了，一任寒风裹挟着滚滚烟尘在我的脸颊上扫掠。齐菲故意和乐队队长聊得特开心，始终没有往我这个方向看一眼，她以这种方式安抚着自己的同时也伤害着我，我留意刘雪梅也没有看信，一副忧心忡忡的样子。这哪里像是去演出，就像是去参加葬礼似的。

有句俗语叫作旁观者清。按我的理解徐达没戏，可他不会罢手而且要把别人都拦在外面让自己尽情地发挥，他一直以一种坚韧而机械的方式对刘雪梅进行着表达，据我所知并没有太大的进展。徐达总是一副冷漠的表情，就是受了冷落也不大容易看出来。我觉得他是把爱当作一件很冷静的事情在做，他的情感不会因为对方的冷暖变化而有所改变，雪梅总是彬彬有礼地和他保持着距离。

拖拉机开进了一座大院，四周都是矮小的土块屋，院子中间站着一群人，一看我们到了流露出一种惊喜的样子，县委副书记坐了一辆北京吉普已经先我们到了。下了拖拉机以后，我稍事安顿就找了条河坝去洗漱，不一会儿雪梅就尾随过来。怎么又是她呢？我本能地担心被齐菲看到，该来的望眼欲穿也不见踪影，不该来的有意无意都把你缠绕。

"他让你转信是什么意思？"她问这话的意思是说他有什么居心，她领悟到了他让我带信也就意味着把我微妙地排除在外了，她当然不知道我已经答应徐达现在是个局外人。

"这个问题你最好去问他！我能说什么？"

"他这个人做事总是出乎人的意料，哪有这么咄咄逼人的。"我想徐达可能写了一些比较极端的誓言。

"你看了？我咋不知道你看了？"说完以后我后悔了，我一路上都在注意她，这下可露馅了。

"你交给我不就是让我看的吗？原来你希望我不看或者把它扔掉是不是？"看来她又产生了歧义。

"不是这个意思，我觉得这些都不重要，重要的是他那种状态，我觉得没有什么比意志更重要，我相信你们是可以走到底的，你应该珍惜才对呢！我好羡慕你呀！有那么多的人追。"我眉飞色舞地说着。

"他的意志重要我的意志就不重要吗？那又怎么样，哎！我发现你是不是在嘲讽我？"

"你怎么能这样想，说句实话，徐达是一个非常优秀的男人，这是我的心里话，你不应该这样对待他。"

"你今天怎么怪怪的，你说话也应该考虑一下别人的感受。"说完刘雪梅捂着脸转身跑了。

我们挤在后台一间简陋的屋子里化妆，准备为农垦团场演出，这时候垦区职工已经开始入场了，这个团的老农垦是曾经开发南泥湾的三五九旅老战士。每一次大型集会上总是要渲染这支英雄团队，南泥湾的粮食帮助红军度过了那个困难的年代，在革命时期宣传这种精神是最靠得住的。

台下坐得整整齐齐，一张张紫铜色雕塑一般的冷峻的脸上刻满了岁月的沧桑，从南泥湾来到了天山脚下，他们还是在开荒种粮食。我们不也在种吗？看起来种粮食是一个人活下去的基本归宿。

齐菲每一次都要我给她看妆，她把下颌往起抬了抬，眼睛睁大的同时眉毛往上蹙了一下，一个定格以后很快含羞地低下了头。我说："脸太白加重点红。"她"哼"了一声！我知道她想显出自己的白皙。我说："今晚冷光源太强，听我的不会有错。"刘雪梅也拿着一面小镜子在看妆，她把我的袖子拽了一下，我觑了一眼说："鬓角画得太夸张了，你的脸本来就小。"她说："给我点棉花。"对面齐菲的目光一直在盯着我，我带着揶揄的神情只撕了几根头发丝那么一点点给她，刘雪梅居然接过去就往脸上擦，几下就捻成了一根油绳，这时她才觉出了尴尬但依然羞怯地笑了。

而我的心深深刺疼了，我戏谑了她难道是为了齐菲吗？或是对她说出我在追求她的报复？还是为了徐达有意冷落她？她还在用那点油绳在脸上滚着，我实在不忍再看下去，转过身走了。

县里和团场领导讲完话以后，又上来一个参谋长站在舞台中央领着全团职工喊口号，欢迎党派来的宣传队带来了健康的精神食粮，一种庄严的神圣感瞬间把我镇住了，我脑袋里仅有的这点思想立时有一种被激发的感觉。

开场节目的歌词中唱道："把震天的锣鼓敲起来，把动地的唢呐吹起来，把欢乐的秧歌扭起来，把革命的豪情献出来。"我总觉得我们的锣鼓声是那么苍白，我们吼出来的声音是那样地无力。我们的演出被一种从未经历过的红色波涛和疯狂激情所荡漾，我感到他们的胸膛里蒸发出来了一种从洪荒的远古飘逸而来的声音，而我们的声音是那样苍白，与其说他们被我们感染还不如说是我们被他们感染了。

演出结束以后，他们那个参谋长又带着几个老军垦来招待所看我们来了，我觉得自己在接受灵魂的折磨，如果再让我上台演出我宁愿去开发南泥湾。

回到农场以后，齐菲收到家里的来信，说是母亲病了让她火速赶回去，这样我和徐达赶着马车把她送到公社，然后又到粮站找了一辆拉粮的汽车把她送回家。我把年终分红的三十八块钱也交给了齐菲，还给母亲写了一封信，让她转交给母亲。

农场接二连三下了几场大雪，白茫茫寂寥而空旷，齐菲走了以后的这个冬天让我感到自己一下子被抽空了，有一种孤独无助的心酸和痛楚。我和徐达相约沿着一条干涸的古河道踟蹰而行，残留下来的积水结成了冰，凹凸不平的乱石上遮盖着破碎凌乱的雪花。不远处可以看到维吾尔族人的干打垒房舍，听到一群群麻雀在叽叽喳喳叫唤。

徐达的表情准确地告诉我他想知道什么，我说："现在还远不到谈得失的时候，至于结果谁也没有办法预料，反正也没有什么事做，爱着一个女人又有什么不好呢？"说完以后，我瞅了他一眼，一脸肃穆。

这一回徐达很认真地问了我和齐菲的关系，我把自幼对齐菲那种醉魂酥骨的感受告诉了徐达。"你们沟通过吗？"我说："从来都没有，没有一条合理的渠道怎么沟通呢？在涉及人的至深情感的问题上根本就没有一条健康的大道，纯真的情感缺乏世界观的支持，缺乏道德力量的普遍认同，情感失去了安抚的功能和安全感，因为爱着而变得惶惶不安甚至有一种原罪感，迷茫的沼泽地里最轰轰烈烈的情感随时都有可能天塌地陷。"

"你的意思是说珍贵的情感在面对生活的时候太微不足道了，我们的文明缺乏对人心灵的关爱和尊重，对此我太有同感了。不过你还是应该从这种状态中突围出去，如果能够确定下来就应该以此来作为魂灵的栖息之地，一个再坚强的人也不可能坚强到不需要情感的抚慰和眷顾，你说对吗？"

"对，太对了！"

"我想找机会和她谈一谈！但我心里没有底，也许这种方式并不适合她，再说一旦遭遇挫折我不知道自己用什么方式来对待，所以还是算了吧！"他陷在一种沉思的状态中没有说话。

第二天，场长把一份抽调我到县宣传队报到的通知交给了我，上面还有齐菲，通知在路上已经延误了几天，齐菲应该已经参加了排练，我为什么非要在农场煎熬呢？我一刻也不能再在农场待下去了，我心急火燎地打点行李匆匆上路。

朔风在原野上鬼哭狼嚎地呼啸着，整个大地雪花霜花混合漫卷，弥漫着萧瑟愁惨凄凉的景象。我一个人从前进公社的知青农场出发，挑着一担行李往县城赶。如果我想套上农场的马车找个人送我，我想也是可以的，但是天还蒙蒙亮大伙还在酣睡，我一个人就悄然上路了，就像飞翔本身都是孤独的，我被一种奇异的激动所鼓舞，一种温柔的缱绻所眷顾。

我穿了双球鞋没有戴帽子也没有带干粮就在路上了，不一会儿身上就蒸发出了热汗，体力开始透支了。我才知道并非穿着球鞋就走得快，当运动本身不能给你带来更多的热量时，寒冷的滋味也就可想而知了。一开始钻心一般疼痛，不久就失去了知觉，我后悔没有穿大头鞋的同时后悔没有戴帽子，最后我不得不找一件衣服裹在我的头上。扁担特别地硬，虽然我曾在大青山里挑过石头，而此刻久违了的扁担委实让我受不了。走到中途，饥饿、劳累和寒冷已经把我折磨得很难支撑了。我没有办法，我只得往前走，走着走着，眼泪自然而然就流了下来，雪也越下越大，一路上我不断地揉眼睛，睫毛上的霜雪总是遮挡着我的视线，担子是越挑越沉重。当我想歇脚的时候我想到了《园亭小憩》一文的情景。

路上巧遇几个维吾尔族老乡赶着一辆马车从我的背后穿过去，他们看我挑着行李一副狼狈的样子好笑，我一下觉得有救了，加快步子伸出手喊起来，祈求他们把我捎上一段路。他们把马车停下了，上车稍微缓过一点劲，我就觉出肚子饿得前胸贴到了后背，我背过脸去揩了一把脸，不知是泪水还是雪水。我身上只有两角钱全给了他们，我知道自己给得太少了，我当时身上没有钱了，如果有的话我会全部给他们的。可是我没法给他们解释，我不懂维吾尔族话。没走多远马车就停下了，他们要从岔路拐进去，我一边感谢他们一边沮丧地下车。

我已经明显感到无力再往前赶路了，饥饿好像很快就要把我击倒了，就像《园亭小憩》里的主人公，一旦歇下了就休想再往前走了。就这样在一种求生欲望的驱使下，我挑着我的担子颤悠悠地走向了村庄，然后小心翼翼地探寻着一些小户人家，我怕狗咬我怕人丁兴旺的人家嘲笑我。我终于发现一个低矮的干打垒农舍，我站在一个十米开外的地方揣度思忖探寻着，虽然我没有听到一丝动静，但我判断出里面有人，而且是一个维吾尔族少妇。当我走近轻轻叩门的时候，为我开门的女人恰恰印证了我的想法，我感到有一股神示的力量在拯救我，我慢慢地给她比画着，她好像明白了我的意思，她没有让我进屋子，而是从一个布袋子里掏出了一个苞谷馕。我把衣服口袋掏出让她看，我的意思是我真的没有钱了，并不是成心不给她钱也不是要饭的乞丐，她温煦地看着我摆了摆手，那一刻我感到自己又有救了，信心回到了我的体内。虽然我的苞谷馕还没有吃到嘴里，但我已经拥有了这块苞谷馕。同样挑着这副担子此刻我感到力量倍增，我回过头一次又一次地看着那间小屋，她的影像久久在我的脑海里萦回，当我再也看不到那间小屋的时候，我想这一辈子再也不可能找到这间小屋，但我同时意识到这幅影像永远都不会从我的记忆中磨灭。

我必须补充一些水分，我身上缺水太多，一路上流汗都快把体内的水分流干了。连我的唾液都是稠黏的，舌头都快要在口腔里转不动了。终于找到了一条水渠，上面覆盖着冰，我就把担子放在一旁，在附近找到了石块把冰砸开，水喝到嘴里有一股浓重的泥浆味，土地的记忆一旦用这样一种方式品尝过从根本上说也就不一样了。一个苞谷馕很有滋味地咽了下去。

快要接近黄昏了，我加快了赶路的速度。

我实在是累得不行了，但我还是尽量地加快速度。我的眼睫毛上结了许多的霜花，就这样控制不住的眼泪还在往下流，我一边抹泪一边喘着粗气。我是因为心里有想法、有目标而前行的，不管我要经受多少苦难，总是有一个能够证明自己的目标在等待着我，只要我从这条路上走过去，至少我和我的那些同伴们就多少有了一些不一样。

回到家已经是深夜。这是我的知青岁月里最为艰难的一次长途跋涉，苦难过去了，憧憬实现了。母亲给我做了我最喜欢的回锅肉和蒸鸡蛋。

路上的酸楚我一个字也没有提，接下来就看我在舞台上一次次闪耀登场吧！

第二十五章 红 痣

第二天，我还没有去报到齐菲就来了，她在看到我的一瞬间眼里露出了惊喜，这让我的心理得到了极大满足。

“你怎么知道我回来了？”

“问问你妈就知道了，我已经来过三次，我琢磨着你肯定该到了，看来我的感觉是对的。”齐菲显得很兴奋，脸上有一抹绯红飘过。

“就这么几天你又变漂亮了，现在这个样子谁也看不出来在农村待过。”她话锋一转说：“角色都给你留好了，你还得加紧赶上才行。”我没有接她宣传排练的话茬，而是感慨万千地说：“齐菲，你清纯得真像一个中学生，身上一点农村的痕迹都看不到。”她瞪着眼睛瞅着我：“你不会是在讽刺我吧？”

其实我看得出她是挺高兴的，我调皮地说：“你怎么尽把人往坏里想，我实际上是在赞美你的美丽。”她脸上的两个酒窝温润而诱人，盈满迷人的笑靥。“很快就要恢复高考招生了，你有什么打算吗？”

“也算多了一条路，既然有路总是要去走走看的，我想考艺术类，不过心里一点没底。你呢？大概是医学院吧？”

“才不呢，我给你说过的，我不喜欢搞医，我考文科吧！”我说：“宣传队一晃就开春了，接着就要准备高考了，看你这个样子是不想回农场了吧？”

“上大学的事谁能说得清楚，不过我是特想上学。在农村和大学之间你让我选择我肯定选择上大学。”

这次排练不同以往，县宣传队住进了风景秀丽的燕山脚下，参天的古杨掩映着一排雅致的小平房，中间有一间几十平方米的排练厅，我和为民又重逢了并住在一间宿舍，同宿舍的还有一名市艺术学校分来的小提琴手王君。城里来的人是令人刮目相看的，他戴一副很厚实的黑边眼镜，留着顺溜光滑的大背头，腰板挺得笔直，穿一双擦得锃亮的尖头皮鞋，温文尔雅故作骄矜状，满嘴的之乎者也。加之从市里来到这偏安一隅，很有些盛气凌人的架势，像我这样一个从乡下来的知青导演在他的眼里是无足轻重的。白天排练他作为第一小提琴手和乐队队长一副道貌岸然的样子，可到了夜晚他把眼镜摘了脱得赤条条躺在床上聊天的时候，生活的表象渐渐就离我们远去了。

开篇的话题总是从艺术开始的，到了后半夜话题就转到了女人身上。他淋漓尽致地畅谈一个个女人是怎样被他征服的，这才是一个真正敢到缸里面"舀米"的男人，我被他所描绘的令人心旌摇撼充满媚诱的女人故事搞得头晕目眩。

"女人半就半推实际上是为了增加自己的分量，如果你要从这一刻退却了就等于伤害了她。"他眉飞色舞地教训着我说。

"难道她们就没有羞辱感吗？作为男人，你的人格和尊严真的就不重要吗？"

"和女人交往不能仅仅听她说什么，主要通过她的表情和体态来判断，她不喜欢你是不会和你单独在一起的，女人对性要比男人敏感多了，不过女性往往比较被动，男人要敢于越过人性的藩篱，很多时候只要感觉找到了就要像一只下山的猛虎，性这个东西是凭感觉的，根本就没有必要用理智去权衡利弊，交欢一旦发生，感觉都是双方的，你说谁又欠了谁的呢？"

"你所信奉的仿佛是动物世界的规则，如果都像你这样，这个世界上的男人岂不都成了嫖客，女人岂不都成了娼妇吗？"

"我们的文明和道德并不能教会我们怎样从生活里获得幸福，而所谓的文明只能是对与生俱来的人性的残酷扼杀。"

"如果这个女人真的不愿意，你是可以感觉到的，这种时候找到一种方式收手就行了。在我的生活经验里这样的情况几乎没有发生过。最重要的一点是女人早熟，她们在对待男性的问题上备受煎熬的时候要比我们时间更长，所以只要你敢于进攻，肯定可以触动女人最渴望的那根隐秘的弦，体验到人性的新境界。"

为什么居然会有一个王君为自己构建了一个这样的女性世界呢？难道每个女人从本质上都是喜欢被男人挑逗的吗？真是太不可思议了。

有一天晚上喝多酒了，他的兴致特高。原先在谈到个人的私生活时他总是闪烁其词，而这一天话题距我们共同的生活圈越来越近了，越是向眼下的生活靠近我越感到紧张，我不敢想象宣传队具体到某一个女人和他有染。听他说话的那种口吻这些女人几乎都是他的床上尤物，我没有办法确定他说话的真伪，但我还是想让他说出他和齐菲的情形。

“齐菲特爱面子，虚荣心特强，她的心灵和身体内部有一股抑制不住的令人心旌摇撼的诱惑，这一点你感觉到了吗？”

“我们从小在一起长大，也许彼此都适应了，好像没有你这样的感觉。”

“你真笨，这种感受和冲动是和女性进一步发展关系的前提和基础，在此基础上才能衍生嬗变出一个个令人心荡神摇的故事。”

“你和齐菲也有故事？”

“那当然！”

“这我不信，你是不是拿她们过嘴瘾呢？”

“我还精神性交呢？你也太不把我当回事了，我到这个县城以后很快就注意到她了，那时候她在医院学习，她眼睛当中那种迷梦般的神情实在令人心醉。我掌握了她的行动规律以后有意在她要路过的一个商店门口等着她，实际上在此之前她已经感觉到了我在注意他，当然我也感觉到了她也在注意我。这样我们迎面走到跟前的时候我停住脚步，她在一个瞬间迟疑了一下，于是我说话了。我说：‘今天你下班以后到我宿舍来一趟，我有事找你！’说完这话以后我转身就走了，她疑惑地看着我想问我为什么，我没有给她这个机会，实际上我也找不到更合适的理由。”

“她是不会去的，你再不要往下编了。”

“你以为她要拒绝就那么轻松吗？是的，我没有充分的理由叫她到我的宿舍来，可是我并没有告诉她呀！她并不知道我要叫她干什么，这本身就是一个诱惑，再说凭我的气质和身份她绝对想不到我的潜意识当中会有这样的想法。结果她来了，不过晚了一个多小时。我也可以理解为她担心有更多的人看到，只要她一个人来了，问题的一大半也就解决了。”

“我给她冲了一杯咖啡以后问她：‘你到这儿来的事给家里人说了吗？’她摇了摇头轻轻说了声：‘没有！’这就意味着她是把这件事当作个人隐私看待的，她也没有急于问我有什么事，这还用说吗？我们的事就是相逢本身，别的什么都不重要。于是我就非常轻松地和她开玩笑，我们在一起相处得非常融洽，下面的事也就比较顺利了。”

我的全身在发抖，一股野兽般的愤怒在我心中疯狂地击打着我，我想如果一旦出手我会把他掐死的。可我还是把自己控制住了，我说：“你以为你这套东西是通用粮票是不是，不论你怎么说我都不会相信你和她有那种事。”

“其实你相信不相信都无所谓，事情已经发生了。”

“你认为她是一个荡妇吗？”

“我可没有这样说，我倒是认为她和我是第一次。”

“你们真的有那种事？”我的心狂跳不止。“你怎么不信呢？就是在这张床上，我把她的衣服轻轻扒开了，她和别的女孩一样开始半就半推，最后还是全脱光了。她的胸乳当中有一颗红痣，我还舔舐抚摸了一番，如果你不信你可以去看呀！”

我再也无法控制自己了，我拿起桌子上的一个石膏像朝他头上猛砸过去，石膏像粉碎了，我看他的头上流出了殷红的血。对于突如其来的这一幕他没有思想准备，他捂着头愕然地看着我。我说：“如果真有这件事，我就把你杀掉，你信不信？”他吓得一句话没有说就跑出去了。

这是我生命里最黑暗的一天，当我重新面对这个世界的时候一切都变了。齐菲胸脯上的一颗红痣总是在我脑海里浮现，我精神上面临着一种崩溃般的毁灭打击：难道齐菲真的对他动心了吗？或者只是王君单方面施展这种卑鄙无耻的手段吗？抑或是她为了好玩而控制不住自己吗……但无论我怎样去猜想我都不认为她的圣洁无瑕受到了玷污，我依然深深地爱着她。

排练的时候，我常常幻想能用一种穿透的眼光看看她的胸前是否真有一颗红痣，可惜一切的努力都是徒劳的。我约她聊过一次考大学的事，实际上我是想询问她和王君之间的关系，但我还是一个字都不敢触及。连问一句“王君这个人怎么样”的话我也不敢说出口，我太怕她受到伤害了。我试图从她身上找到一点点受过凌辱的痕迹，可是一点也没有找到，我相信让她装是装不出来的，她和过去又有什么两样呢？

有一天晚上我很晚才回宿舍，走到窗前听到王君用哀求的口吻在诉说，我悄悄走近窗户一看，坐在他床上的是宣传队里的舞蹈演员何斯提。何斯提只是低头不语，他一看所有的话都不灵验于是就把头往墙上碰，这一幕让我震惊了，我想他和何斯提之间难脱干系。

果然何斯提怀孕了，她不愿意到医院去堕胎，而是要让王君娶她。这可是一件了不得的大事件。我当然不可能和别的人说。

“我的灭顶之灾很有可能就要降临了，我真的不知道你和齐菲的一世情缘，我只是觉得你是我最信任的朋友，我只是想教会你怎样和女人相处，我是真心的，没有想到给你造成了这么重的伤害，希望你原谅！”

“总之，我也没有想到生活当中会有这样的事发生，也许我从来都生活在陌生之中，就像眼前的一幕，我怎么可以料到呢！”

“何斯提是我的同学，在学校我们就很好了。现在的问题并不在于我娶不娶她，她的父亲本来就不准备让她到宣传队来的，是我硬着头皮想办法说服了她父亲。我是我们家的独生儿子，我到这个小县城来只不过是来看一看，我们家很快就要把我带回内地，我怎么可能和她结婚呢！”

“那么何斯提究竟是什么意思呢？”

“她让我娶她，要把孩子生下来。”他一脸呆滞绝望的神情，眼泪簌簌往下流。

我们正在紧张排练的时候，徐达从农场来找我，哭丧着脸跟我说：“事情不妙，我找齐菲谈了，她说她还小，暂时不考虑这个问题。”

“你干这样的事怎么也不给我说一声，有你这么莽撞的吗？你把事情搞成一锅粥了。”我觉得我受了太重的创伤。我气急败坏地摇了摇头，有什么办法呢？他是好意，他想在雪梅的问题上还我一个人情。

“我知道你深爱着她，再三问你你都说没有给她捅破，这是为什么呢？”我哀叹了一声说：“难道这样的事情非要捅破吗？”他茫然地看着我说：“哎哟，难道我做错了什么事吗？”我说：“算了，算了，你也没做错什么！”

我们又谈到了雪梅。他说：“我不会放弃的。”我一听这话没有好气地说：“你不放弃有什么用，人家并不爱你，你不认为自己在受伤害当然是你自己的事，但是你想过没有，你现在这么坚持对她也是有压力的，如果你真的爱她，你应该给她留下更多的空间才对，你说是不是。不过话也得说回来，很快就要高考了，这也许才是对命运有决定意义的事情，我看我们这批知青也是在吃最后一顿晚餐了，你信不信？”

从此以后，我不知道以什么样的方式和齐菲相处，我们中间出现了一条我们自己没有能力填平的鸿沟。她拒绝了我么？是的，她拒绝了我，我觉得我的心受了伤。在那样一种情形上你让她怎么说呢？难道她能说嫁给我吗？那个年代里一个十几岁的女孩子“爱”这个字是不可能从嘴里说出来的，又怎么可能让她做出那样的承诺呢？

面对高考我有太多的疑惑，于是我去找陈岚老师，当我说出要考艺术系的美术专业时他非常支持，并郑重地给我介绍了一位老师，一位在市文化宫任专业画家的同学。我拎着一筐鸡蛋去了一趟，他没有说学画考试的事，他只是说了画画的艰苦，意思是说能有别的路走干吗非要画画呢？他把我带到画室，在他的指导下画了两天石膏像就回来了。

宣传队的演出开始了，王君的精神面临崩溃，他在这个小县城没有一个亲人，我实在不忍心看他的惨状。有一天我把他叫到家里吃饭，吃完饭以后看我们家的老照片，一下看到了齐菲一家人和我们一家人的合影。他问：“你们家和齐菲家的交情这么深呀？”我说：“她父亲原来是人委的翻译，原来就住一个大院，后来她们搬到医院去了，不过两家常有来往。”他说：“你和齐菲的关系现在怎么样？”我说：“这你还想不到吗？能怎么样呢！”他低下了头，一脸愧疚。

当然我没有把齐菲拒绝我的事告诉他，这样他在心理上受到的谴责会更重一些。

“有件事我想托你帮个忙，不知你答不答应？”王君扭扭捏捏地望着我，十分尴尬。

“你说吧！”

“齐菲的母亲是妇科主任，我想让齐菲的母亲和何斯提谈一谈，让她动手术做掉，这件事我已经想了很久了。齐菲的母亲威望特高，她也是这方面的专家，只有她才能把我从这场危机中解救出来。”

“这件事你让我怎么去开口呢？要不这样，让我母亲出面去找齐菲的母亲，这样事情解决起来可能要方便一些。”

他的脸上蓦然浮现出一线希望，说：“我去找你妈说，你也帮我说说。”

何斯提的问题最终得到了解决。齐菲的母亲还答应做何斯提父亲的工作，王君终于从困苦尴尬中解脱出来了。

第二十六章 高　考

我们知青农场市里的知青居多，而高考却规定在县里进行。这么多的知青一下要涌进这座小城参加高考，是这座小城从来没有过的新鲜事。

这座躺在山坳臂弯的小城总共就一个招待所，就是把全部的床位腾出来也不够近千名知青用，知青办更是无力解决这么多高考知青的吃住问题。世界上的事都是这样，当问题没有办法解决时就让问题自己来解决自己吧，知青们只好八仙过海各显神通了。

我的家就在县城，看起来我可以让谁住或者不让谁住，但是各种原因使我已经陷在一片沼泽里，由不得我愿意还是不愿意，我的这些同伴们是必须住进我们家的。我在这个问题上的调控能力是极其有限的，当然我想让更多的人住进来也不可能，所以因为这些要得罪一些人也不是我能掌控的。

我只得把这事答应下来，其实我心里并不怎么踏实，提前两天回了家，我必须把这个决定转化为母亲的具体行动。一直以来我都搞不清楚，母亲为什么总认为她欠我和姐姐的，我把事情提出来以后母亲说："你放心，妈妈在这些问题上会替你考虑好的，我已经跟单位领导说了，你的同学来了以后家里人全都搬到单位去住，房子全都留给你们知青，每天我去给你们做饭，你觉得这样安排怎么样？"我心里一热想扑进母亲的怀抱，但我还是控制住了，这可能就是从小没有在母亲身边长大的缘故吧！再说我这两年也长得太大了。

我家住了两间平顶土坯房子，房门前面有一个树枝围拢的院子，院子中央靠窗的位置上有一棵硕大的桑树，投在地上的一片林翳缓释了这个酷热的夏天，我觉得我们的大部分时间都是在这片绿荫下度过的。院子除了正门以外在侧面又开了一扇小门，里面是一个鸡圈，可以听到鸡的叫声但不至于影响观瞻。院子里还栽了些花草，主要是月季花和菊花，这阵子月季花已经开了，争奇斗艳、芬芳四溢，常常使人泛起某种按捺不住的激动。院子里用砖块铺了一条弧形小路，路旁用砖立起来镶了齿型边，整个院子给我感觉还是蛮绚烂的。

两间房子的外间用木棍和报纸隔成了两间，外间放了一张大床，原先是外婆和姐姐睡的，里间是伙房，夏天挪到外面做饭也可以睡人，里间卧室有一张大床是父母睡的，还放了一张小床原来是我和弟弟睡的，现在是妹妹睡。外婆过世姐姐下乡以后，这张床是我们谁回来谁就睡，没人的时候就闲着。床是横着睡人的，为了能睡得多一些只好竖过来睡，原来只能睡两三个人的床现在可以睡四五个人。

长胜、徐达和北明是最先到的，然后是刘理群带了一批人来，这样男的正好是十个人。李长胜从不表现出一种过分的殷勤，而他总是充分地表现着自己的智慧，他和刘理群彼此彬彬有礼的背后总感到在较着劲。北明是最勤快的，个性也最外露，他把做饭的事揽了下来，人们要吃他做的饭有时不免要看看他的脸色，他也很懂得恰到好处地发挥这一点。刘理群随心所欲，做什么事情总是带有一种个性的冲击力，所以母亲还最喜欢他。何军诚恳的背后总是隐含着某种世故，给人一种琢磨不透的感觉。刘雪梅在一个男人圈里难免有点作秀，有时候做点收买人心的事也是难免的，她跟着母亲睡到办公室去了。

开始进入考试前的临阵磨枪阶段，我头一回感到这些书本就是我的命运的时候，我感到一个时代结束了，一个时代开始了。本来这些东西在我们的整个学生时代并不重要，这些书本从来都没有真正占据我们学习生活的主导地位。此刻，我感到几本薄薄的书是那样陌生而沉重，我连续不断地失眠、呕吐，头脑一片昏眩。

雪梅有一天约我去散步，我自然选择了那条柳荫遮盖的小路。不过几天时间，她的肤色变得白皙鲜嫩了，她折了一根柳枝边走边甩说：“你何必压力那么大呢？保持一颗平常心是最重要的。”她试图缓释我过于紧张的心理。

“你真的就那么平静吗？我们这帮人我挺优秀吧？如果成绩一下来我排在末位，那个时候我能坦然吗？”

雪梅说：“你太在意别人对你的看法了，你总是想赢，所以压力才这么大，你现在这个样子，真让人为你焦心。考上考不上我才不在乎呢！”我说：“实际上你还是想考上，只不过你觉得自己考不上，所以才用这种方式来安慰自己。”她一下急了：“噢哟，总是说这些刻薄话，这样你是不是就好受一些呢？我看你在齐非面前可不是这个样子，我不是也不在乎吗？”我的心里震颤了一下，好长时间都说不出话来，心想我是不是对她太过分了。接着我话锋一转说：“徐达怎么样？”

雪梅回答：“什么怎么样？”

“我怎么知道什么怎么样，我要知道还问你吗？”

“你是想让我说出来，那我就告诉你，他不再像过去那个样子了，他说不想再给我给压力，我觉得他像变了一个人似的。你说怪不怪？”我心里清楚是我的那番话促使他发生了某些变化。

和女生单独在一起我的脑子总是处在一种紊乱的状态之中。雪梅突然问：“你怎么心不在焉？说话也语无伦次的。”

“我心不在焉了吗？我就这个样，你才知道呀！走，咱们回去吧！”

我对自己的文化课是不抱什么信心的，我们读书的年代出了一个张铁生造了考试的反，又出了一个黄帅反潮流，虽然我非常清楚一个没有文化的人肯定不会成为一个卓越的人，但我对张铁生从心理上还是有几分亲近，不管他是怎样解构了我们心理上的枷锁，我们可以任由自己驰骋自己的心灵，如果谁要学习好我也可以藐视你，因为我绝不是一个把每门课程都学得很好的人，譬如说我的数学也许只能拿零蛋。我好像已经预感到了这个考试的结果，我必须想办法摆脱将要出现的尴尬局面。最终这种对文化课的心理畏惧促使我报考了艺术类院校，这样在这群知青里似乎显得另类时髦一些。

母亲每天给我们做三顿饭，北明是个诗人，我看他对考试大概也预测到了，他结结巴巴对母亲说：“不管考上考不上，饭也得由我来做。”其实这也是安慰自己的一种方式。雪梅也凑了上来说：“民以食为天，再考试饭还是要吃的，已经够麻烦了，做饭的事再不能把阿姨拖累进来了，算我一个吧！我给北明打下手。”实际上母亲每日三餐照来，只不过轻松一些而已。

晚上什么时候关灯睡觉成了个焦点问题，如果任由这样复习下去，有的人可能会连续几天不睡觉。于是大家决定一点钟以后关灯，如果还要复习就到院子里的桑树底下去，这样就在院子里拉了一盏灯，刘理群、徐达和李长胜他们几个总是挑灯夜战，我给他们计算了一下，每天不足五小时的睡眠。

母亲有一天跟我说：“家里的白面和大米全都吃光了，剩下苞谷面，我给你们做苞谷面烤饼行不行，其实你们吃吃就知道了，又香又甜，比白面还好吃呢！”母亲尽量说得轻松，她是不想让这种压力影响我。我说：“这怎么能不行呢？我们在农场吃的是苞谷面发糕，有时候苞谷都是发霉的，还不是照样吃。”如果能有一点办法，母亲是不会让我们吃苞谷面的，我意识到了情况并不像母亲脸上的微笑那么乐观。母亲说：“只吃几天就行了，过月粮月底就可以供应了，我知道你爱面子，你就说调剂一下口味，没有白面大米的事你就不要给他们说了，本来也没有啥事，不要因为这个事影响他们的情绪才是，越往后越关键了。”

文化课考完以后的第二天，他们好像商量好了似的，一致坚持要回农场去。我说总得找个车才行，他们已经决定了走路回，我知道如果再让他们住下去他们会觉得比走了更难过的。刘理群说：“我欠下你们家的太多了，我都不知道该怎么办，你就让我们走吧！”

考艺术类的还要去首府考专业，这样我只得留了下来。天不亮他们就上路了，我坚持要去送他们，几个人都出来挡驾不让我送。雪梅住下来了，后来找到了车才把她送走。

我到市里以后通过北明和刘理群的家人找了一辆老式的解放卡车，就这样我进首府赶考去了，我剃了个光头，穿着一双军用球鞋，一路上除了给司机买饭大部分的时间我都昏昏欲睡，驾驶员提醒过我两回，我说考大学把我给拖垮了，你就好好让我睡上一觉吧！一路上走了五天才到了乌鲁木齐。

到了学校一打听，一个专业、一个学校只招几名学生，而报名的人逾千人，我看到来参加考试的学生以及他们的家长和亲朋好友人山人海似的，感到滑稽可笑，不知是生活拿我开了一个小小的玩笑还是我给自己开了个小小的玩笑。无论我怎样钳制自己进入考试状态，我都觉得考试和我没有关系，但这个沸腾的场面挺好玩的。

面对黑压压的人群，我的那点艺术定位再也找不到了，我连一个像样的画夹都没有，我根本就不敢说我是来报考的，反正家长、帮忙的人和混迹于其中的人多得很，我便混在人群里瞎凑热闹，有艺术世家的子女，有专业团体的，有受到名师指点的高徒。有一个很靓的女孩问我是不是来报考的，我说：“不是。”我的脚在鞋里滑了一下，我想到了脚气的味道和指缝里的泥污。

三天以后，我悄然离开了首府城市，回到了农场。都在等待录取的消息，感到气氛非常紧张，谁都不知道哪里才是命运的天涯。这个焦灼的等待过程我已经成了局外人，作为一名败将我提前就退场了。我不知道是自己把自己打败的还是命中注定就是这样的结局，那个熙攘的场面总是在我的脑海里萦回，有时候也挺后悔的，不管怎样应当走进考场去试一试才对，其实不如我的人还多得很。

不知为什么我和齐菲就不说话了，她总是羞怯地躲着我，通过她的体态和表情，我觉得这中间肯定有猫腻，我感到焦虑不安，总觉得我得想点办法，但我也不想理她，心里的重荷愈加难以承受了。

期待这种紧张心理到一定的时候总会让人疲累的，就在这个时候，刘理群被山东大学录取的通知书来了，李长胜被上海交通大学录取，农场二百人参加考试，考上大学的就他们两个，剩下就是一些中专和技校。刘理群并不在农场，几天以后他回来了，这次回来就是为了离开。

他约我到库房后面的一间空房子里，两个人坐在一张破旧的草席子上，他摆出一副要找我长谈的架势，先是从包里拿出一尊维纳斯石膏像和几本绘画的书，我一看到石膏像就想起了我用石膏像砸王君的情景。他说："你有艺术天赋，明年一定能考上。"我显出一种玩世不恭的样子说："我不觉得，说不定我不考了。"他怔怔地看着我："这你不是认真的吧？"我说："完全有这种可能。"

"那你是怎么想的呢？"

"为啥都要挤在那一条路上呢？再说我就是想考也不一定能考上。就这样。"

我们谈了一些往事，我想恭维他几句又觉得没有办法开口，谈话进入到情感比较浓稠的时候，他从口袋里拿出了一封齐菲写给他的信。我展开一看："亲爱的理群大哥："我只看了开头，身体摇晃了一下，脑子里倾覆的倒塌声纷至沓来，我顺手就把信还给了他。他并没有即刻就接，说："你看完嘛！"

"你是想说她在追你是不是？"他接过信沉默不语。我看着他送给我的维纳斯血直往头顶上涌。

他沉静地看着我，但我看出来他的内心非常紧张："我想听听你的看法？"我一下想到了红痣，把我自己吓了一跳。我说："我内心的那种爱的情愫全都是伴着她而滋生的。我没有未来你有未来，那就让她跟你吧！"

“如果你能轻松一些，你干什么都行。”他把头低下了。“你让我干啥事来求得你的心理平衡？”我直视着他。

他把头抬起来说：“我们还不够了解，我想听听你的意见？”

“我不知道我能告诉你一些什么，也许我什么都没有必要告诉你。”

“我们是真正的朋友，你是一个非常忠诚的人，现在是一个关键的时刻，就看你对我们这份情感怎么理解了。”

我不知道该不该把红痣的事告诉他。难道是希望他们成不了吗？是为了嘲弄一番刘理群吗？难道是为了证明生活的真相吗？是为了针砭王君吗？实际上我并没有因为这件事认为齐菲道德上出了什么问题。

“我觉得你是一个有责任感的人，这么大的事你能袖手旁观吗？你对这件事的态度对我来说太重要了。”

“也许世界上有些事情是不能说的，一旦说了，因此而引发的后果我们根本就收拾不了。”我越这样说他越步步紧逼：“这太不符合你的性格了，我并没有要求你什么，作为朋友只是请求你把事情的真相告诉我。”他双手捏着我的肩膀，歇斯底里地摇晃着。

我只得把我所知道的关于红痣的一切都和盘托出了。他像一头疯狂的野兽在屋子里乱转，绊在一根木头上一个趔趄差点摔倒，我看他眼泪流了下来。

作为刘理群，他没有理由不去证实这件事，他追问了齐菲也去找了王君。听说齐菲哭成了泪人，王君矢口否认说过这件事，我对红痣的事产生了严重质疑。也就是说对于红痣一事是否存在真正的局外人就是我，最终他们把仇恨全都加在了我一个人身上，我心爱的人被别人夺走了，我把肝肠悔断、泪水悔干又有什么用呢？

有一次回城里见到了齐菲的母亲，她对我冷嘲热讽，还影射何斯提肚子里的孩子是我的，她根本就不容我说话，她使用了最刻毒的方式。看来王君把何斯提的事也推到了我头上，我想把王君砸成肉泥，但我没有去找他，我所受到的凌辱让我感到万箭穿心般地疼，我有嘴说不清楚，我被王君彻底地毁了，我一下觉得自己根本就没有办法面对今后的生活。

这件事像梦魇一样缠绕着我，在那样一个青涩岁月里，我把自己搞得一团糟，真正受伤害的应该是我，可是我根本就无法理出一个头绪，只能长时间地浸泡在伤痛里不能自拔。这件事我后来想了许多年，就当时我的思想和经验而言，我没有办法不告诉刘理群，因此铸成了一生剪不断理还乱的心结。

第二十七章 眷　恋

参加考学的人后来还被中专和技校录走了几个，加上两个大学生一共不超过十人。一场旷日持久的比赛结束了，如果再一次比赛就要等到来年。对此，我的态度总是比较恍惚，我甚至开始怨恨我们的读书时代。我不敢下决心背水一战，那种失败的惨象真是惨不忍睹了。

虽然我们还得在农场待着，但我们都非常清楚迟早都是要离开的，只不过都在寻找着一种适合自己的最佳方式，我发现有的人已经开始了复习，有的人干脆告假回城去了，一说是为了走后门招工进城，一说是为了复习功课。这一年城里的中学毕业生再也不用下乡接受“再教育”了，我们成了最后一曲壮歌。

这种时候内心才有一种深刻的凄凉，本来我们就是城里人，我们被一股无法抗拒的时代潮流冲刷到了乡下，此刻我们如果再要进城一下变成了一件非常困难的事情，人们的耐心一下被击碎了。我不知道为什么就是不着急，不着急去当一名工人。在这样一个命运跌宕起伏、燃烧着希望和失望的时刻，我究竟要干什么？我的感受又能证明什么呢？我在见证历史？我觉得自己挺可笑的。

招工的名额一次几个地来，来一次几百人较量一次，争得鱼死网破的。这种残酷的竞争比考大学更加直接，就像残兵败将要搭乘最后一趟班车离开战场。

外面有人喊我，我听出来了是北明。他把我叫到一片葵花地里，我顺手摘了一瓣残留在秆上的葵花盘，捡里面的瓜子嗑了起来。他在我的耳边说：“有重要的事情和你商量。”我猜出来又是回城的事：“你用不着和他们一样，我想也会有一个差不多的事和你对应的。”他显得有点紧张地告诉我说：“公社要留我当文书，你说去还是不去？”其实我知道他拿定了主意是要去的，我说去不去一点用也没有，我说：“文书是干部，你当然要去。”他说：“我想明年再考。”

“你再考也可以去呀！干文书不会有多少事，时间有的是，你抓紧复习就行了！”

“看来我的事只能这样定下来了。”我说：“去吧！这是你的优势，比进城当工人强多了！也没人和你争！争也争不过你！”我说这话的时候心里多少还是有些醋意的。

突然有一天，来了一辆北京吉普把场长接走了，我们眼巴巴地看着觉得蹊跷，这可是很大的领导才能坐得上的车，为什么场长会享受到这么高的待遇呢？几天以后才知道他是被抓走了，再也回不来了。

一个女生把他告了。这个女生的老家在内地农村，当地人把新疆以东的地方都叫作内地，她到新疆来当知青就是为了能最终成为城里人，场长答应招工时让她走，可是没有走成。结果她把场长给告了，说场长摸了她的下身，手还放进去了那个地方。虽然不是缸里的米，舀不得就是动一下也是不行的。再后来听说场长被判刑了，我挺怀念他的，就算是他做了那样的事我也不觉得他有多坏。

人们的生存方式一夜之间发生了根本改变，知青之间突然变得陌生，我发现全都是自己的竞争对手，只要是为了早一点离开农场，他们什么办法都能使出来。每天出工虽然还在懒懒散散地进行着，但大家的心思早已离开了这块土地。有办法的人干脆请假在城里待着找机会，我们谈论的话题大多是围绕进城而展开，晚上男女知青到外面去野合再没有人拿手电筒去照了。

人一旦松弛下来反而觉得无所事事，我并没有别人那么紧张，也不急于捞个名额回城，来的时候我并没有表明我要扎根农村一辈子，而到了走的时候我的确有一种深深的感伤，有时候我就一个人背着画夹沿着农场的地界转，其实也不是为了画画，只不过需要找到这样一种形式才能使自己的行动比较合理，如果不是为了画画而一个人就这么转，那别人碰着会以为你有毛病了。

我们在几千亩地里挖了排碱渠，又盖起了新房子，我们耕耘，我们收获，我对这块并不算太肥沃的土地充满了眷恋，我生命的激情在这片蛮荒的土地上疯狂地燃烧，我青春的汗水在这片贫瘠的土地上浪漫地抛洒。我觉得这种生活挺惬意的，如果让我永远地留下来我会的，不过不能只是我一个人，我得有一个伴，她是我的爱人，可是我没有。这让我感到伤感。

李长胜来信了，写得挺感人的，好像他的情思还牵挂着农场，说学校的生活反而单调，教室、食堂、宿舍就这么三个点，这么一说我们的点是不是多一点呢？后来一想不也是食堂、宿舍、地块么？不同的就是你吸吮知识我们付出汗水，我也知道大学生活远不是他信中说得那么简单，只不过他不愿过多地渲染，不至于让我生出嫉妒之心，在那样的情形下能把信写过来也算是对我的一种安慰了，说明他还是眷恋着我们在一起的那些日子。末尾他写了好几个人的名字，让我代问他们好。这个问候分量挺重当然我也是乐意做的。只是有些人我不和他们说话，让我转告这个问候挺吃力的。本来就是转告的问候不可以再去让别人转吧！

我和北明不说话已经有一段时间了，好像是为分配干活的事他对我不服，我狠狠地侮辱了他并不再理他。北明是老知青了，每次招工都和他失之交臂，他那对三角眼陷得更深了，而颧骨凸得让人心酸，说话时结巴也更厉害了。其实他什么活都没有少干，就是不会做人，不必得罪的人他得罪了，不该得罪的人他也得罪了。我不恨他但讨厌他，好像他这种人就是不应该理他，他需要在不理睬中接受惩罚，倘或给他留一点情面对自己的个性都是一种损害。

他被一家机械厂招走了，他走的那一天坐在一辆解放汽车的大箱上，我从车边路过去伙房打饭，我用余光往车上扫了一眼，他那种看我的神情使我战栗。如果我稍作停留他就会从车上跳下来把我抱住。回来的时候我再也没有勇气朝上面看一眼。回到宿舍以后我无心吃饭，悄无声息地溜到一个隐蔽的墙角朝这辆车张望，一会儿汽车发动了，很吃力地离开了农场，我一直看着这辆车从我的视界中消失。

我正在发愣，雪梅笑眯眯地走了过来，我本能地意识到她早就在一个暗处注意我了，人一旦遭到别人的暗中窥视本能会有一种无可名状的恼怒。她从口袋里掏出了一张招工表递了过来说：“你先看看，如果你想先走你先走。”这么大的事，她以这样一种轻松的口气说出来，根本就没法让人相信。那个年月里能上大学的只是凤毛麟角，到城里去当工人就是我们最上佳的选择，据我所知她已经为此努力了许久。“你这样做太轻率了吧？还是拿我开玩笑？”雪梅一本正经地说：“真的，不知为什么，我还真希望你走在我前面呢！”我问：“你是怎么把这张表搞到手的。”雪梅说：“我回城父亲就搞了这张表给我，我觉得他还有办法，如果你能先走你就先走吧！”

“你不要折磨我了，你让我顶替你先回城，我是干不出来这种事情的，还是你先回去吧！”说完以后我把表塞给她，转身走了。

几天以后，北明托人带了一包炭精条、几本纸和一封几十页长的信，我没有想到他的情感世界比我还丰富，结在我心中的冰山很快就被融化了，我觉得自己总是在不断地做错事，然后在一个错误的轨迹上领悟，而最终总是裂变出一个自己也意想不到的感人至深的后果。我即刻给他写了回信，虽然我从来都没有给他认过错，但我一直觉得对他挺内疚的。

我借了一辆自行车把雪梅往城里驮，为她进城当工人而奔波。带着她穿过秋天的原野，在一片广袤的青纱帐里歇脚的时候，她递过手绢让我擦臭汗，那一刻我觉得对她的态度有了彻底的改变。进城以后我也没有问她就把她直接带回了家。

她的身体里洋溢着蓬勃的生机，加上她妖娆的神情，很快我就被她媚惑了。我语无伦次、心不在焉地和她说着一些毫无质量的话，语言彻底地背叛了自己的内心，这种内心的痛楚让我惶惶不安，我不得不躺在床上看着她喘粗气。

“你不热吗？”我挑逗地问她。

“当然热！”她满脸绯红地看着我，然后一伸手脱了外衣，我无意中看到了她深深的乳沟和两个呼之欲出的乳房，一种发自灵魂深处的渴望迅速向我袭来，我浑身颤抖着，魔鬼的厉爪把我死死地扼住，我无法挣脱地走向了深渊。

三天以后，县里的手续办完了，这样她就可以回到市里和一个个部门单位去周旋，主要是盖一些图章，她去的是一家纺织厂当挡车工。我看天已经大亮她还没有起床的意思，就摇了摇她说：“车票都给你买好了，起吧！去晚了没座位，再说我也要赶回去给别人还自行车！”她慵懒地把脸侧过来，双手托着我的下腮说：“你要答应我一件事。”我说：“我都知道了，我也是这样想的。”她说：“你听都没有听怎么知道我要说啥？”本来我想把她的心事说出来，反过来一想，一旦说错了岂不是把自己置于一种自作多情的境地，这样我还是狡猾地等着她说出来。

“你要尽快到市里来娶我，要不然我还会回来的。”

“这事由不得我呀！我总不能不要工作吧？”

“我不管，年底以前如果你没有来我就回到你身边，我不管你在哪里。”

“不至于那么严重吧？到时候再说吧！”她把被子往脖颈上拉了一下，表明自己躺着不起来了。我说：“你别把大事耽搁了，回去以后就给我写信，我会想着你的！”她说：“你这些话也太没有质量了，你到底答不答应我？”

“这不是我说了能算的，我说回到你身边就能回到你身边了吗？”她拿出招工表说：“要不然我就不去了，要不然你先去工作，我留下来。”

“你不能一意孤行，这都是不可能的。”

“有什么不可能，你要不答应我们还一起回农场！”

“你为什么要这样做，你想过没有你父亲母亲都在等着你吗？”

“我又不和他们过一辈子，我离不开你，我不能失去你。”这么一种情况下，想得再多也是多余，为了避免她干傻事我只得答应她，我说：“好吧！年底之前我会到你身边！”她灿然笑了，掀开被子准备起床，我抱着她疯狂地吻了起来。她推开我说：“我可是认真的！”

我骑自行车把她送到了汽车站，每天往市里发的那趟车已经坐满了人，挤进去以后只得站着，我真想把她领回家去，我想她会毫不犹豫地跟着我，为了不影响她的前程，只得忍痛让她回市里去。

送走雪梅以后我去了陈岚老师那里借书。他一边走近书架一边说：“华盛顿不仅是美利坚的缔造者，更是一个改变了世界的人物，他给人类带来的福祉将流芳百世，这一点随着时间的推移将会令越来越多的人刮目相看。”我把他递给我的《华盛顿传》接过来说：“我想给自己的生命灌注一种英雄本色，看了伏尼契的《牛虻》，对我的触动很大。这本书的作者还是外国人？”他说：“是我的一个同学译的，最近才给我寄来。在学校的时候我的成绩绝不在他之下，几年过去了我们之间的距离也越来越大了。”他伤感地叹息着，然后告诉我为调回内地的事他正在做不懈的努力。我说：“为什么牺牲的总是这些对社会有一颗虔诚心的人，当时我们那么认真，现在居然受到无情的嘲弄，想想生活挺荒诞的，真没意思。”

“高瑛现在怎么样了？”我突然脱口而出，转移了自己的话题。

“你大约都知道吧！她在乡下没待几天就转走了，转走以后不久就嫁人了，嫁给了一个军官。”

我感到十分惊讶，但一瞬间的惊讶过后我觉得也是可以预料到的，那时候我就觉得她比自己成熟多了，当时她想在我身上释放一种母性的温柔，可惜我对这些东西是迷惑不解的。这一刻我才真正地理解绑了她的辫子让她出丑不但没有生气反而让我入了团的真正原因。

陈岚轻轻拍了我一下说：“想什么呢？”

“往事如烟，我们这些同学要相逢可就不是一件容易的事了。”我淡淡地笑了笑说。

“怎么？你想见高瑛？看来你现在还有这个心，再有些日子这份心情可能也淡了吧！”

“有些人和事可能会忘记，但有一些忘不掉，那些真正触动了心弦的往事永远都不会忘掉。”他显出一副郑重的样子说：“如果我近期走了，也就不去农场和你告别了，到时候我会到你家里去一趟的。”

“我和母亲说到了你要调走的事，我母亲还说你走的时候要给你送几公斤骆驼绒，也算留个纪念吧！”我一下想起来说。

我看他眼睛有些潮红，就把《华盛顿传》递过去说：“陈老师，您题上几个字吧！我会保存好的！”说完以后我就后悔了，我觉得这个要求会让他感到挺难堪的，因为他写的字实在是不堪入目，平时上课他也是尽量地少写多说，能不写尽量不写。不过他还是操起笔写了：“耕耘着总会有收获。”

回乡路上，我细心地把《华盛顿传》装进了一个黄色军用书包里，然后夹在后座上，沐着金色的秋阳，我的心情格外爽朗，很快就把小城甩在了后面，一路上我骑得飞快，好像有一股内在的力量在驱赶我，我觉得这本书已经解决了我的精神饥渴。骑出去十几公里以后要过一条河坝，我一下想起我的书包和里面的《华盛顿传》，回头一看居然不见了。这个打击对我来说也太直接了，我的心里像燃着火一样，骑着自行车在我走过的路上一趟一趟狂奔，一直到天要黑下来的时候，我不得不接受书已经弄丢了的事实。

我沮丧地回到了农场，又一轮招工角逐开始了。

第二十八章 《燕泉》

党的十一届三中全会召开的那一年，我阴错阳差地去了县粮食局。

第一天上班整个感觉都有些异样，说不清是兴奋还是紧张，母亲特意陪我走到大门口，一边走一边给我整衣服，然后亲手把一块“西铁城”手表戴到了我的手上：“太奢侈了，我怎么从来都没有看见你戴表呢？”母亲说：“不一样，我上学的时候就戴过好表，有一次我参加学校篮球比赛，把你外公留给我的表丢了，从那以后我发誓再不戴表了，一直到现在。”

“可能还有别的原因吧？”我看着手腕上的表说：“我总觉得我戴这表出格了。”母亲说：“现在只是一个新的开始，你路还长着呢！去吧！我相信你能干好！”我点点头上班去了。

我们这些知青一概都是劳动部门招上来的，所以名分依然是工人，我们一同招进来的几个大多被分到了乡下的粮站，而我却有幸地坐进了办公室。我找到了人秘股，一个大个子中年女人是股长，她笑容可掬地把我带到另一间办公室，介绍了其他两位同事，一位是翻译还有一位是管理员，她说我今后的工作就是秘书了。粮食局在县里是一个叫得响的单位，你说乡下几十万农民不都在种粮食交给国家吗？我们的工作就是代表国家管理这些粮食。

几天以后，我就跟随局长率领的一个检查组到乡下粮站视察粮食去了，每天除了开会就在粮仓里转悠，粮食的品种很多，以小麦为主，其他还有玉米、黄豆、大豆、菜籽等几十个品种，这些统称为粮食产品的收购、贮存、调拨有这么复杂的事情要做，这是我这个种过粮食的人所没有想到的，我在感慨这一仓仓粮食的同时就是在开会的时候做记录，局长把记录本拿过去看过两次，我觉得他看得特认真，还问我是不是练过字，我说："没有，只是平时写字的时候比较注意！"他说："字写好不容易，工作中非常需要。"我好像感觉到有那么点弦外之音的意思。

回局里以后，局长说我的一笔字写得很好，于是让我到人秘股报到，去整理尘封了许多年的人事档案。

档案室是一个套间，里外的门窗都装了铁皮和钢筋，人秘股长用一把硕大的铜钥匙把门打开，外面一间只是放着两张桌子，然后她又把里面的一间打开，屋子里胡乱堆放着各种纸箱、报纸、文件、档案、材料，上面积满了尘埃。我看出股长对这些东西和我同样陌生，档案里究竟有些什么东西她和我一样没有底。

"组织上让你暂时干这项工作是对你的最大信任，我们看了你的档案，你在农场表现还是不错的，一直在积极要求入党。你刚到新的工作单位，组织就把一项重要的工作交给了你，这是对你的考验，我希望你能经受得住组织对你的考验。你对这项工作有什么意见吗？"她严肃地盯着我，我本能地摇了摇头："我什么都不懂，边干边学吧！"

"不会没有关系，你有文化很快就能进入角色，关键是要有觉悟，这才是至关重要的。"我频频点头，接着她提高了调门："我现在向你宣布几条纪律：一是严守机密，不得与任何人谈及档案的内容。二是不得让任何人进入档案室或以任何方式接触档案。三是你只负责抄录整理，不得擅自对档案的内容做任何更改。这几条你听明白了吧？"我又点了点头。

她从钥匙串上取下一把铜钥匙给我，然后走了。

这绝对不是一间人们愿意轻易去触碰的房子，厚厚的尘埃和污垢累积着一个漫长的岁月，好像让人走进了另一个世界。我仿佛在穿越时间隧道，在这种具体可感的时间面前谁也不可能无动于衷的，我甚至都不忍轻易地碰触它们，哪怕是灰尘。我在屋子中央轻轻地走了几小步，地板的尘埃上清晰地印着我的脚痕，不一会空气里弥漫着粉尘的气味，从窗外射进来的几束纯粹的光很快就变得混浊了。

一连几天我都把自己封闭在这间屋子里，一点点揭开这个神秘世界的面纱，我要触碰的是一个神秘、好奇、莫测、疑惑、心惊的流逝的岁月，这些东西果真非常重要为什么会被封存隔绝许多年呢？这些材料大多是粮食局干部的个人档案，曾经和这些档案的主人一道经历了许多惊心动魄的历史事件，最近县委下通知全县要统一编纂地方志，各单位要编纂分志，于是就有了我对这间档案室进行整理的机会。

在时间隧道里穿行，我的耳边总是响起股长的声音，我怎么也想象不出来怎么会让我来干这样一件事，问题并不在于我会不会整理这些档案，首先我必须成为一个哑巴，我突然感觉到当我长时间地面对这一切而什么也不能说并不是一件轻松的事，我感到了一种压力，我被面前这些死去的岁月压得喘不过气来。

人秘股长对这间档案室是有隐忧的，就是因为她并不知道这里面究竟存有一些什么东西，每天她总是要来一两次。这天，她走进来以一种审视的目光把整屋子环绕了一遍，然后说："你就这样搞吧！大胆地搞，你在里面工作的时候把门顶上，不要让任何人进去动这些材料，一旦出了纰漏后果不堪设想，这一点你清楚吧？"我说："我按您的要求做就行了，您放心吧！"

"如果遇着什么拿不稳的事你就找我。"

"这个我懂，我不会找别人的，您放心吧！"说完这句话我后悔了，她会认为我把她的心思看清了。

每天八小时，我对这些材料进行分类、排列、誊抄，然后把材料装进档案袋，再在袋子上写上端秀的宋体大字。有一天突然发现股长本人的历史档案，我很好奇，当看到一份记载了她家庭出身的陈旧档案时我感到非常惊讶！上面记载了她的地主出身而且父亲是解放初期被镇压的，可她的正规档案里出身却是贫农，我一下就意识到了我碰到了一件非常棘手的麻烦事，我本能地判断地主才是她的真实成分，这时候我才领悟到她为什么对档案室总是忧心忡忡的。

这件事让我感到十分不安，回家以后我把这事给母亲说了，母亲的脸一下变得煞白，说："你把麻烦惹下了。"我说："那怎么办？要不然我仍把材料放回原处就当没看到？"母亲说："这怎么能行，你有意掩盖这件事也是有危险的，这样，你现在什么也不要多想，该干啥干啥，对档案的内容熟视无睹，不要让别人看出你已经懂得这件事的严重性，你懂了么？"

"妈妈，你的意思就是让我不动声色，对吗？"母亲点了点头摸着我的头说："三缄其口，大智若愚，慢慢你就会懂的。"

院子里突然响起来喊母亲名字的声音：“院子里的花开得不错呀！早就想来看看，果然名不虚传呢！”母亲说：“是你李阿姨来了，走，咱们出去看看。”母亲说：“你是无事不登三宝殿，今天是什么风把你刮来了？”李阿姨笑逐颜开说：“老二都工作了，该请客了吧？”母亲说：“要得的，今天你留下想吃点什么我给你做。”

“当然是客随主便嘛！”我说：“你们聊吧！我去做饭！”母亲说：“就是，给你阿姨露一手，表现表现！”我把茶给阿姨泡好以后走开了。我听李阿姨说：“这老二是个人才，我呀真喜欢这儿子。”母亲说：“交给你吧！你多管管，你看你是五朵金花，他一个大小伙子，有什么事喊他去做就得了！”李阿姨说：“我还真是为这事来的呢！可怜天下父母心呀！”

吃完饭以后，李阿姨要走。母亲跟我说：“你们是同事了，又是你的长辈，送到大门口吧！”到了大门口李阿姨大声说：“回去吧！以后常到家包饺子吃，噢！”我说：“还请阿姨多关照，我啥都不懂呢！”

每天上班我总是要提前五分钟。粮食局在这个县城市中心的东面大街上，大门两侧右边是粮店，左边是局长办公室，办公室建在一座高出地面约一米的台基上，每天上这座台基的时候总是有一种肃杀之感，上了台阶以后就是办公室的过道，过道往左第五间就是我要进去的镶着铁皮门的档案室，整体沉默的压力和我所面对的环境让我越来越不能说话了。

有一天，我刚进门不久，还没有来得及把门从里面顶住股长就推门进来了。她漫不经心地翻阅着我已经整理出来的档案：“怎么样？”我感到茫然地说：“哪一方面？”股长不快地说：“唉！你刚参加工作，感觉怎么样？我听说你挺能说的呀！”我感到挺尴尬地说：“对不起，股长，因为这阵子环境变了，可以说基本没有语言环境，一说话不知为什么总是感到紧张！”我看股长翻到了她自己的档案，我的心狠狠抽搐了一下。

我看她的脸一下僵住了，眼皮抬起来把我匆匆扫了一眼，我装得一点表情也没有，心想：你违反纪律第一次看了自己的档案，把你吓坏了吧！她把那几页材料迅捷地放回袋子里然后搁回原处。我牢牢记着母亲的话三缄其口。她沉默了一会说：“字写得不错，把字写好不容易呀！”我说：“也不怎么样，还需要好好练呢！”她不动声色地走了，我看着门外总觉得应该有什么发生但什么也没有发生。

第三天，股长通知我调到财务股。我并没有立即就去财务股报到，而是先回家把这事告诉了母亲，母亲说："你挺幸运的，档案的事最好的办法就是忘却，没事了。"我说："可是我不喜欢搞财务。"母亲说："这怕什么呢？你是躲过了一灾你懂了吗？至于以后干什么都不是太困难的事，这也不是一件非常急着要解决的事。"

我有一种失落感，我觉得我莫名其妙地被淘汰出局了似的，要我去粮食局的时候说我是个人才，一上班就跟局长下乡，然后被特别信任地开始整理人事档案，现在一下把我抛向了陌生的财务股，对于财务我什么也不懂，也不想学。上班照例提前五分钟去，把火生着以后我就坐到办公桌前看我自己的书。

唯一让我快慰的是李阿姨也在财务股，她对我是关怀备至，每个星期总要叫我到她家去吃两顿饭，这样我就和五朵金花的老大倩茹开始接触。我们的话题大多是文学艺术。

一天，县委宣传部的干事广善来电话，说北京来了个知名画家到县里写生，问我愿不愿意陪一下，一方面见识一下另一方面帮他到乡下找找模特。我说："我这儿没有问题，你得给单位领导讲才行。"半个小时以后他给局长说妥了，说是让我到县委去帮工。

广善，中国政法大学毕业，支边来新疆，个子一米六多一点，一只眼睛说是换的狗眼，我对这种说法是存疑的，也没有办法去证实这件事。人很耿直也很有个性，问题也就出在太有个性了，在县委工作了十几年也没入党，总是在干事的位置上牢骚满腹，英雄无用武之地，空怀一腔热血与激情。

我们到了一个果园，画家已经选好模特开始画。我给广善说："我们筹办一份文学刊物怎么样。"于是他很认真地听取了我的想法。他说："只要能搞起来，部里没有问题。"我又约了贺屹一起来干这件事，于是这个县的第一本油印文学月刊《燕泉》不久就诞生了，办这本杂志的至深动机我不知道是为了给倩茹证明什么还是为了改变我自己。

当天回到城里，我就去了倩茹家把这个消息在第一时间里告诉了她，非常煽情地让她给我们正要创办的杂志投稿，她总是不置可否地笑笑，不过我看出来她已经在思考，我相信她会加盟的。

在县委的一间会议室里，《燕泉》创刊会议很快就要开始了，可是仍不见倩茹到会，我一方面应酬着会议但我的心思始终紧张地盯着那扇门，就在会议将要开始的时候她出现了。她亭亭玉立、风姿绰约，洁白的面颊上有一双大而含情的眼睛，一抹绯红涌上了她娇羞的脸颊，与在她家见到时完全判若两人，她寻觅的目光一下在我身上定格了，然后轻松敏捷地走了过来，在我身边挤着坐了下来，浑圆的丰臀触到了我的股部，我仿佛受到了电击，每一个细胞都着了火似的。

不知什么时候我突然听到广善点名让我发言，全场的人都看着我，此时此刻，我满脑子里全都是少女倩茹的芬芳，各种驰骋和想象纷至沓来，迷梦一般地陶醉其中。那种感觉太复杂了，我必须表达的东西无论怎样也召唤不回来，我只得站起来说："还是您先讲吧！我最后补充。"全场的人都笑了，倩茹细声在我耳边说："他已经讲完了，你说吧！就说你曾给我说的那些。"我的脑子里一下就把要讲的内容灌进来了，口若悬河地讲了起来，那种符合理想主义的煽情还是很能打动人的。

接下来的日子里，我写了一个神话传说和几首小诗。倩茹一开始不露声色，后来也写了一篇赞美红柳的散文，精心修饰以后刊登在《燕泉》创刊号上。

几天以后的市委机关报用一个整版对我们这份油印杂志《燕泉》做了全面介绍，我悄悄揣着这张报纸去找倩茹，她正好在家，我把报纸登有她文章的地方指给她看，她眼中射出惊喜的光泽。

"我就觉得你可以，怎么样？成了吧！"我得意地夸奖着她。

"我说不高兴显然不真实，不过我也有压力，对我来说来得太容易了，而我的实际水平并没有达到能发表文章的高度，这一下上去了以后怎么办，我不认为我有写作才能。"倩茹忧心忡忡地说。

"写作的事偶尔得之的情况多得很，有意栽花花不开，无心插柳柳成荫，现在对什么事下结论还早。"她一边看报一边指着我的文章说："我也要祝贺你！这才是生活应当给予你的回报。"

"我曾经做过一个非常绚丽的写作梦，没想到许多年以后会以这种方式兑现，真是没有想到啊。"我兴奋地说，因为我的一首诗和一篇散文都刊登了，我的文章第一次变成了铅字。

第二十九章 陷　阱

早春的峡谷土地刚刚开始解冻，涛声悠悠，山峦依旧，永远都是这样一副枯寂愁惨的景象，就像一个被人遗弃的老妪的脸，不过路旁边的柳枝已吐出了第一抹新绿，在寒气侵骨的天地间摇曳。

我和贺屹各拎着一摞《燕泉》匆匆挤上了去市里的班车，能乘上这趟班车是幸运的，虽然是一次艰难的开始，但总比长久地耗在一种感觉中要好得多。上车以后他把《燕泉》扔到了行李架上，我却觉得这样似有不妥。他看我盯着行李架看，说："你也扔上去吧！等会挤起来会把它碾成纸屑的。"我说："我就搂在怀里，总在我的控制之中有数一些，你扔到那破架子上，下车的时候还不知会变成个什么样呢！"他说："也好！不要把鸡蛋都装在一个筐子里，总会有一捆好的。"车艰难地启动了，人也整体跟着车身摇晃起来。

临走之前我故意没有去和倩茹告别，她那不冷不热、若即若离的状态让我受不了，我想正好借此机会试一试她的态度，如果还是无动于衷连一点怨尤也不表露那我就可以借此告吹了。我正想着车身很厉害地摇晃起来，车内人体挤压出的各种异味充分地混合蒸发着，呛得人喘不过气来。人与人已紧紧贴在一起摩挲着、仇视着，人们见惯不怪对此已习以为常了，就这样一路上走走停停，还在继续往车上塞人。每停一次车就要引起车内一阵抱怨和骚乱，上车容易下车更难，年轻的便顺着车窗翻出去，而老人和小孩只得哀号着一点点朝门口挪动，停车久了对于乘客来说简直是折磨。这辆乘坐四十个人的客车此时已逾百人，我想，人体的收缩性太大了，太空可以遨游狗洞也能爬。

借重《燕泉》这只丑小鸭去问鼎文坛也许是一种非常幼稚的行为，我对这种做法的可行性是存有疑虑的，不过问题也得反过来想，他们也知道是一本简陋的油印杂志，现在登出来了无论怎样也不应当遭到嘲讽才对呀！人就是这样，为什么一件事已经开始干了还这么踌躇，我也说不清楚。总之这次行动是我策划的，把自己推向陌生的那种不可预测的不安总是挥之不去，从本质上说我这个人喜欢劳动人民而不喜欢那些酸臭文人。

贺屹被挤得气喘吁吁地问："北明知道我们去吗？"我说："不知道，不过没事，他总是在车间的，找他就是了！"在农场春风得意的北明，随着"四人帮"倒台和"文革"落幕，自然被冷落遗弃，黯然神伤到一家机械厂里当工人了。

进城以后，汽车在市中心不远的红星饭店院子里停下了，我们拎着《燕泉》在街上遛达到机械厂去找北明。空旷的厂房有几处冒着蓝色的焊花，我不用看他的脸就能认出他了，贺屹说："你要不说我还真认不出来，这么一说还真是他了。"贺屹走到他背后吼了一声，他脱开了面罩抬起了头，两只三角眼发出了与弧光一样刺目的光。我们从车间走出来以后，我觉得他像一个煤炭工人的儿子。他把宿舍的钥匙交给我以后说自己先去洗个澡，很快就过来，我们只得先到他的宿舍。

宿舍里有两张木板床，一股脚气味，盆里脏衣服堆得老高，凌乱的书籍把屋子搞得很狼狈。这么冷的天他穿条短裤就捧着脏衣服回宿舍了，贺屹拿出他新近写的一首诗说："你是个婉约派感伤诗人，诗风和你这个人整个一个错位，看你平时不拘小节，满嘴的脏话不堪入耳，而诗风的细腻抒情让人柔肠寸断，这和你平时的状态行为和谈吐实在是太不相称了。"要靠文章写进中南海的北明进了工厂以后，开始写诗排解内心苦闷，人也变得更加结巴了："这是上、上、上上帝所赐，就是让、让、让我少、少、少说多写，我、我、我也认了，没、没、没没有什么不、不、不、不好的！"

"你发现没有，他这个结巴在不同场合状态是完全不一样的，在你看来是重要的场合障碍会更多，这大约和你的心理状态有很大关系。"贺屹故意给北明难堪地说："你别说，因为他说起话来总是感到非常困难，有时涨得面红耳赤的，所以人们都以为他特诚实。"

"他可不是这样的人，他是只做不说，好久不见了，又有多少良家女子在他的屠刀下改变了性质？”我一本正经地笑起来，北明赶紧穿好衣服，抱着几个碗说：“你们就瞎扯吧，我去打饭，咱们吃了再说！”

我给贺屹说：“他从到机械厂以后至今已经写了三百多首诗，可是还没有一首变成铅字，要知道当年他写的批判文章可是经常上报刊头条的啊！我这次来就是想对这个问题进行一番探讨，看看究竟是为什么。”

“我倒有个主意，如果这市里真没有出头之日干脆让他到县上去算了。”

“他是有实力的，到县里迂回一下也好。这种残酷的凄凉让人怜悯，我想写一篇稿子投给市里的青春征文栏目，他也该从底层浮出来了。”

吃过饭以后，我们每人骑了一辆自行车往报社去。第一次进报社真还有点发怵，整个建筑非常陈旧，想象不出一张报纸怎么会从这样一个地方出来。还是北明领着我们去见副刊的编辑泽文，泽文一副盛气凌人的样子，话题总是在现代西方哲学、现代抽象艺术、现代派绘画、现代朦胧诗这个圈子里来回转，好像故意不让我们听得太懂。

中午，我们请他到“食为天”吃饺子，然后他约我们去看了一个画展。

这是一个四人画展，我曾经拜访过的老师也在其中，我想这大概就是市里重量级人物的一次重拳出击了。前言中写着在绘画的形式方面做了独具一格的探索和创新，泽文把我和贺屹领到了挂着他的画的那个展区，原来他就是让我们去欣赏他的作品，给我的感觉他的画是水粉和国画的杂糅。

一个美丽的裸女躺在一只猎豹身上，我在这幅画面前站住了，我感到非常茫然但我又不敢问，只要我一开口就会受到轻视，我已经知道了他们会以一种怎样的心态回答我，说一些很费解的话证明我的幼稚而表现他们的聪明，然后他们附和着显示自己的另类和高雅，实际上究竟表达了一种什么东西都是云里雾里的，虽然我很沮丧但我也并不认为他们比我高明多少，如果我要装出那么一副很现代的嘴脸也不比他们差多少，只不过我觉得心里不踏实。

我问了一下“青春征文”的事，然后我说想写一下北明，泽文说：“写谁都没有关系，关键是文章本身写得好，我看你的文笔还是不错的，试试吧！”

从画展出来以后，我们穿过大街小巷钻进了一幢裸着红砖的楼房里，上了楼以后过道更加黑了，泽文说：“你们的想法是对的，和编辑认识一下对你们以后发稿有好处。”我看了一眼贺屹，因为我并没有提出过要见刊物编辑。

一个编辑说："你俩的名字都挺熟的。"然后转向我说："你是不是写过一篇游记？"我说："对！"他说："你的稿件里用了一个'堵多'是什么意思？"我说："我的字可能写得不规范，是'诸多'当然不可能是'堵多'。"这一下他有点不好意思了，他不言语了，也不看我，只是哈哈大笑，当然不是属于讽刺的那一种，他仿佛是用来说明稿件的整个文化水平太低，但这些话都没有说出来，他再也没有提稿子质量和能用不能用的事。我觉得就是错个把字也没有什么可大惊小怪的，对于我们这样一次历史性的相逢居然说了这么一个字就再没说话了，这让我十分失望，况且他说的那个字纯属笔误，我的自尊被深深刺痛了。他们几个聊着，我随手翻了一下桌上的来稿，凌乱的来稿中我看到了顾城亲笔写的诗稿，诗本身的内容让我感到晦涩深奥，而他写的字与他的名气比却让我十分失望。

一连几个晚上我都挑灯夜战，撰写关于北明的长篇通讯。

我和贺屹、北明骑自行车去师范学校拜访两位大名鼎鼎的才女，一个叫梅子，一个叫周焰，她俩的小说都在大杂志上发表过。她们在这所学校毕业以后就留校当老师。

梅子戴一副白色的银边眼镜，留两条辫子，柔弱而文静，几句话以后我就感觉到她是一个很有个性的人，如果她要做一件事谁也休想把她拦住，她的心思让人测不到底。周焰则很狂傲，自觉不自觉地就把我们当成了她的学生。梅子给我们做饭去的时候，她从箱子里拿出了一本影集，我一边看一边想，这本影集她是不随便给别人看的，里面有她穿着泳装在水库拍的裸得很厉害的照片，我们看到那几页的时候特意看了一下她的神情，她也知道我们的目光已经停留在她的身体上了，她显出那么一副若无其事的样子，我猜想她是在有意引诱，可是她表现得太强悍了，是她自己在我们的心理上设置了沟壑。

回来的路上我问贺屹："那些照片她是专门拿给你看的，你想玩高雅对不对？"他很费解地说："没有呀！她这样的女人太难琢磨了，如果我要认真她没准会捉弄我的，再说这种类型的女人适合调情不适合上床。"北明说："女人有了才气和思想，就把她的原色遮盖掉了。"

走之前我去报社把稿子给了泽文，他看了以后说"可以用，但是要改"。我嘴上说"请您斧正。反正不改是用不成的，这我懂"！心里却在嘀咕着：你是编辑，如果不改要你干什么呢？如果不改怎么才能把你的作用显示出来呢？

这是我参加工作以后第一次去市里，是不是要去看看刘雪梅的念头一直困扰着我，然而到走的时候我也没有下这个决心，在回程的公交车上，我突然有一种揪心的痛楚，我不知道她是不是同样也很想见到我，我到了市里是应该去看看她的。

但一想到自己所处的恶劣环境，真的不忍心去打扰她，她好不容易到市里去了，就让她早点成家立业吧！我猜想她肯定变了，但是再变也不至于忘记我们在一起的感受。

贺屹说："想什么呢？"我说："说不清楚，一个过程结束了，总是要整理一下。"他愕然道："怎么叫结束了呢？应当是刚刚开始呀？"

"不是，你弄混了，我是说农场的那段日子。"

"你这个人挺怀旧的，这么长时间过去了，你还在里面缠绵，是不是也太累了？"

"人这一辈子活到最后能留下什么呢？归根到底还不就是那么一些体验加感受吗？你让我忘记是不可能的，也许这些东西就是生命本身。"

"你自尊心太强了，说虚荣心也行。实际你已经感觉到她的态度变了，或者说生活也有了很大的改变，你是害怕受到更深的伤害所以才不敢去见她。"他看我有几分凝重也就不说什么了。

我们这趟巡游算是围绕文化而展开的，有几分触动也有几分陌生，有几分迷茫也有几分得意，有几分失落也有几分压力。回来以后发生了两件事，一是贺屹调到了宣传部，而我却因为在粮食局财务股代理出纳时错了一笔钱，不但没有给我发工资还把我从财务股调到议价公司。议价公司是一家刚成立的单位，因为业务还没有开展根本就没有事做，这样我又被支使到县里的工作队，和他们一起到镇上去搞普选。

我以一种丧家之犬的心情到了镇上报到，我一点维吾尔族语也不懂，他们下乡也不带我，工作组一个月集中开一次会，平时我没有任何事情可做，镇里根本就不需要我来对他们的工作指手画脚，我感到寂寞而烦躁，便从书店买了一套《约翰·克利斯朵夫》看了起来，我想安静下来而门口的白光总是在我眼中晃动，当院子里有人走动时禁不住总要抬头看一眼。有一次，一道酥红一下把我晃迷惑了，我抬眼一看一个美丽的倩影映入了我的眼帘，我站起来顺着这个少女的背影走过去，在顶头的一间办公室里消失了。

我发现她是同班同学的妹妹、县委书记的女儿红日，也是刚就业在这个镇当计划生育干事。在乡下的时候我听人说过，这位非常迷人的女生桀骜不驯、我行我素，把成群的男人斩获在自己的石榴裙下。

我知道我们肯定会开始交往的，但我一直在找一种最好的办法，结果还是她先来了。有一天红日拿出一张报纸到我的办公室，她说："新报纸，你的文章。"我伸手把报纸接过来一看，是写北明的那篇文章，我觉得这事挺有意思的，写一篇文章还成全了我和一位风情万种的美女见面。

"你还挺爱看报的，谢谢你了！"我两眼紧紧地盯住她那俊俏的脸庞。

"几年前我就听我姐姐说过你是班里最有才的，没有想到我们以现在这种方式认识了？"红日咯咯地笑起来。

"几天前我就发现了你，这可能是上帝的安排，好像一切都是为了让我们认识。"她笑着把嘴捂住了，我看出来她有些轻佻，这样挺轻松的，一下就找到了感觉。从此以后，她每天给我带一顿可口的午餐，这样我们有充足的时间在一起。

这天已经下班了，大院里空空荡荡，她还没有来叫我，于是就到她的办公室去，她正捧着一本杂志在读："嗨！都下班了还不走吗？"她把自己坐的靠背凳子给我挪了一半说："还剩一点看完吧！"我盯着她手里的杂志看，想逗逗她说："什么东西看得这么津津有味？"她顺手推了过来，我一看是谈女人性生活的，当我触到她的身体时一下想到那个地方，同时，县委书记的影像在我脑海里浮现出来，让我不寒而栗。

"走吧！天都快黑下来了，别让你们家人操心。"我站起来说。她也不回答我的话而是指着杂志上的一个字说："这个字我不认识，念啥？"

"你不认识的字大约我也不认识吧！"她一下哈哈大笑起来，里面有点淫的意味，不过不是故意的。

"是不是嫌麻烦，你这又何必呢！"

"字这个东西很难说，谁也不敢说能把中国的字认全的，说不定你认识的字我不一定都认识。"

像是心灵感应一样，我们站着就搂在了一起，她的身体像水蛇一样扭动着，她含着我的舌头使劲往里吮，我感觉到了她下面的渴望，我把裆往她身上稍微一碰，她呻吟着受不了了。我们就这么站着要了，她流水很多，当时也顾不得那么多，事完以后她非常从容，若无其事地跟着我走上了大街。

生活突然让我掉进了一口玫瑰陷阱，我明明知道是一口陷阱却掉进去不能自拔，她和我疯狂做爱的时候告诉我她身边还有两个男人，一个是银行职员，一个是县中学的体育老师，是否参与这场角逐她让我自己考虑，不过她说：“在这三个人中我最喜欢你，真的！”

第三十章 调 动

广善一直在为我调动的事情而奔波，对于粮食局把我派到县里组织的工作队到镇上去督导什么普选他是极为不快的，他找粮食局协商了几次，粮食局的意见要不然调走，借调不行。

第二期《燕泉》又要开始筹备了，他的不安一日胜似一日，就像这一年酷烈的夏天。镇上也没有别的事，事实上我已经开始组稿，看起来比第一次要容易一些，只不过这些日子我不太想往县委跑，和县委书记的女儿在一起的日子是非常令人心旷神怡的。

这天下午，广善蹬着一辆破自行车到镇上来了，红日穿了件大红无袖连衣裙正好在我的办公室里聊得咯咯大笑，他出现在我的办公室门口怔怔地看着我们，眼神里流露出一束惊愕的目光，我赶紧和他打招呼，一瞬间他就变得笑容可掬了。

红日一边给他让座一边说："李干事难得到基层来走一走，今天是无事不登三宝殿吧？"广善说："也没什么要紧事，当干事就是跑腿嘛，和他商量点《燕泉》的事。"他坐在一张长条凳子上，我给他递了支烟。红日说："《燕泉》我看了，挺有意思的。"

"哎！你爸爸看了没有？"广善急急地问。红日说："你怎么不关心一下我的感受，说他干什么？都说他是麦子书记，成天跑农村，他哪懂这些。"

"你这是怎么说话的，你爸是县委书记。"红日抢上去说："县委书记怎么啦，他一回家总是背着手在家里踱方步，看着都累人！"广善铆足了劲说："这么说吧！《燕泉》要办下去需要人和钱，这些问题如果能得到你爸爸的关心就要顺利多了。”我听出了广善的意思，给他使眼色，让他不要再往下说，我不想把这件事和红日扯在一起。

“如果是这样看看我能做什么？”红日认真起来了。他悄悄向我摆了一下手对红日说：“把他放在粮食局又不用他还不是在蹉跎岁月，这样，你先想办法让你爸爸看看《燕泉》，然后我们提出意见把他调宣传部，让你爸表个态就行了。”红日显出惊异地说：“我们天天在一起他居然没有给我说起过，真不够意思！”

“这事你就别掺和了，庙小妖风大，水浅王八多，影响不好！”我赶紧开口打消她的念头。

“我都不怕你倒害怕了，什么叫影响不好？如果事情本身是对的，我应当受到你们称赞才对，李干事你说对不对？”广善说：“敢于进言是个优点，事情就这样说定了，我把《燕泉》先给你，一步步来，有什么情况你到办公室找我怎么样？”

“好！咱们一言为定。”红日满脸兴奋起来，事情如果这样下去我隐隐有一种担心，这就意味着我和红日的关系把她父亲也卷进来了。红日说：“你们谈事吧！我不打扰了！”说完她先走了。

“我的事不能通过她来办，这一点我希望你尊重我的意见。”我一本正经地看着他的双眼，广善看我的脸色显得有些严肃，说：“为了《燕泉》我们应当共同争取一个好的局面，在这件事情上你怎么会心事重重、犹豫不决呢？”

“我不愿意欠她的，我担心会把事情搞复杂。”我这句话一出口，老李好像悟到了什么似的：“今天我就是来征求一下你的意见，你和贺屹一个进宣传部一个到广播站，这是我个人的意见，要办成这件事仅仅靠我的能量是办不到的，在这种情况下如果书记能说句话那就水到渠成了，我看红日对你不错，你又何必辜负别人的一番好意呢？”

“那我去广播站，我觉得记者这个职业挺适合我的。”

“如果按我的想法，我倒认为你来宣传部比较合适，你的业务比较全面，对基层也熟悉，这样工作起来也要切合实际一些。”

“我的这个态度是经过深思熟虑的，你一定按我的意见来操作！”

“那先这样吧！”他略显为难地看着我。

“我知道职业对我来说意味着什么。”我们又扯了会其他闲话他才走。

我回粮食局领工资时在走廊里碰见了人秘股长，她放慢了脚步，我也就停下了步子。她问："怎么样？"我说："还行吧！"她说："我最近和局长商量了，准备把你抽回来正式让你接任秘书。"她紧张地看着我的表情，看起来上面要调我的事她也知道了。我说："不合适吧！这一点我自己非常清楚。不过你们重用我，我还是挺感谢的！"她看我拒绝了她，立刻愠怒地说："虽然你现在有了名气，你还是我们粮食局培养出来的，可不要摆架子呀！组织的决定还是要尊重的嘛！"

"我怎么会不尊重组织呢！我现在不还在乡下吗？"她觉得我顶撞了她，说："是不是对派你到工作队有意见？你年纪轻轻地到基层锻炼一下有什么不好？"我不想说话了，她是横竖要找我点事，心里很气但我还是用一种比较平和的眼神看着她，让她看不出来我心里是怎么想的。她说："过几天我要找你好好谈谈。"我说："那我先走了！"

我完全清楚，留在局里我也就是一根鸡肋，弃之可惜，食之无味。而一旦我另谋高就她就心里不平衡，她想阻挠这件事，但她听说县委书记干预了，她知道自己没有办法。如果我要说同意留下来当秘书，她就会以此为理由把我卡住不放，前面的路我也看得非常清楚，倘若一辈子在粮食局我是不会有出头之日的。

领完工资以后我还是照例去镇里上班，红日匆匆过来问我："你为什么不去宣传部？"我故作轻松地说："去了宣传部就拘泥于办公室了，去广播站全县上万平方公里我都可以跑了。"我没有说自己害怕生活在她父亲的阴影下，我也看出来了，她对我进不进县委无所谓，她从来不曾要求我什么或期待什么，男人有没有出息她从来都没有当回事。

不多一会，李阿姨把电话打了过来。她说："听说你来局里了，也不看看阿姨就走了！"我说："本来是要去看你的，实在是遇到了点急事。就这两天我就去看你。"她说："倩茹在家等你，让你去一趟！"我的脑袋胀痛了一下，我觉得她变得如此遥远，依我现在的这样一种心情我是很难面对她的。我沉默片刻后说："阿姨，有啥事吗？"她说："我看她心情不太好，具体什么事她并没有跟我说。你比她大些，女孩子嘛！让让她，懂我的意思了吧？"我说："好吧！我去一趟。"

倩茹家院子和房子的门都开着，我进去以后看她在自己的小房间翻腾着什么，我刚要进到她的小房间里，她却迎着我出来了，我只得跟着她到了外间的客厅。她穿了一件很粗糙的手工织的紫色毛衣，显出一副不耐烦的样子，然后扯开嗓门吼了起来："你不要以为你那点名气就可以得意忘形，像你这样的人我根本就不会在乎！"她的话语里暗含机锋，似乎对我的人格提出了某种质疑，我听到这样的语气血就像潮涌一样。

"你可以不理我，但你没有权力对我的人格进行侮辱，如果你以现在这样一种方式和我打交道，我坦率地告诉你，我是绝不会容忍和接受的。"她不停地在屋子里走着，脸上的表情喜怒无常，我缓和了一下口气说："我不知道发生了什么事，就是再大的事我们也应当沟通对吗？"她冷冷地笑了，使我如堕五里雾中："你怎么变得让人如此不可理喻，我简直不敢相信站在我眼前的这个人就是倩茹。"她迅速收敛了一脸冷笑说："我为你做的那些事而感到难过，没想到你是那样一种人，我恨你，我再也不想理你。"然后眼泪就流了下来。

莫非她跟踪了我和红日？是不是这件事让她受了伤？我感到一阵愧疚和昏眩，不过我已经顾不得那么多了，我那不能受辱的个性已经陡然猛涨、泛滥成灾了，一切都不在我的控制之中："你叫我来就是为了发泄你对我的仇恨是吗？我告诉你，用不着你来教训我，你以为你有什么了不起。如果你没有什么要说的我就走了！"说完，门一甩就走了！

我拂袖而去，到李阿姨的办公室以后沮丧地对她说："我和她性格合不来，如果再这样下去情况会更加糟糕。"她说："你也太缺乏耐心了，你叔叔追我的时候信都写了一面袋子，遇了这么一点小挫折你就心灰意冷了，这怎么行？"

"没有办法，也许这是天注定的吧！我真的非常感谢您，但我又没有办法再和倩茹相处下去。"我只能这样来宽慰她，我看她感到非常怅惘和失落，只得又默默地陪她坐了一会。

红日对金钱、名誉、地位毫不在乎，只要能爱就行，只在乎彼此拥有时的那份感受。十里杏园、无垠的青纱帐、黄昏的原野、山林的洞穴，到处都留下了我们亲密的倩影。一个斜阳劲照的午后，我们在一块葵花地里行云雨之欢，忽然听到她的呻吟夹杂着一缕异样的轻微的唏嘘声，我伏在她的身体上一动不动，用听觉警惕地辨别之后断定附近有人，透过光阴斑驳的葵花秆我看到一个男人匍匐在地上，正瞪大眼睛看着我们。我说了声："有人！"一跃而起往身上穿衣服，然后抱起红日给她穿衣服。那个男人一溜烟跑了，她没有显出一点儿惊慌失措，这让我反而不舒服起来，这样的从容让人变得不可理喻，以至于往特坏的方面想去。我说："这个男人如果大吼一声扑过来怎么办？"她说："有你在我什么也不害怕！"

"问题是我们如果被周围的老乡捉住了呢？你可是县委书记的女儿呀！"她突然显出几分惊喜说："我才不怕呢，哎，让我们走吧！让我们离开这个地方。哪怕我们赤着脚走遍全世界，也不要在这里逗留下去了。到了远方一切就会好起来的。"我想找一个地缝钻进去，面对她的这份坦然和超脱，我觉得我自己太卑微渺小了。

她爱得风风火火，既没有任何算计也没有什么图谋，也不懂得怎样让自己显得自尊和高贵，她我行我素，约了她姐姐到我家里来做客，又约了我到她们家里去和她父亲同桌吃饭，我满头虚汗还没有吃饱，她不断地安慰我，说多几次就习惯了。我们忘却了整个世界，只有彼此和对方在心中滚滚燃烧，她什么都不顾了，而当她感觉到我的顾忌时反而使她痛苦不安。

我陷入了一种莫名的惆怅之中，一方面红日魔鬼般的身体让我沉迷，另一方面我愈发觉得我们的爱情不能走向婚姻。我陷入一种痛苦的沼泽中不能自拔。

有一天她神秘好奇地抚摸着自己的肚子对我说："我有了，如果你不想要我不会逼你。"我惊诧地问她："你真的想要？"她默默地点了点头，我没有说话感到眼前雾霭笼罩。她仿佛看出了我的心事："一直以来我都觉得你挺有压力的，世界上的事就是这么奇怪，有压力的本来应该是我，你想想，我父亲是县委书记，你父亲是一介平民，我不在乎这些。你有你的胆怯，你害怕我父亲会整人对吗？其实我们相处的日子非常好，而你却并不愿意娶我，因为我向你坦陈过我曾同时爱过两个男人，而且在这个小县城里关于我的绯闻从来都没有断过，所以你的压力也越来越大。事情已经这样了，我不会让你承担任何责任的，你放心吧！"

一连几天她没有去上班，我又找不到她，只得怀着一颗忐忑不安的心硬着头皮去她家里，她一下变得憔悴而凄美，我看出来了她的精神和身体经历了一场双重大劫。当她面对我的时候还是若无其事地淡淡笑了。我说:“找不到你的日子我都快要疯了!”她说:“令你难堪的事情已经过去了，我自己打了一针催产素，流了很多的血。再有两天就可以上班了。”我没有看出她有一点痛苦的表情。我把她搂在怀里，浑身颤抖得很厉害。

一个夏夜的黄昏，我看见她和一位我所熟悉的体育老师在街道的林荫下散步,我预感到我已经失去了她,无论我怎样求她,她也不会再回到我的身边。

几天以后，我约了她到一片镀满金色余晖的柳树林子徜徉，我觉得自己是那种痛不欲生的样子，她拉着我的手说:“你没有必要这样，还是我来解脱你吧!我们从此分手!”我一下把她的手捏住了:“你不要说这种话，我再也经不住伤害了。”她莞尔一笑道:“但愿我们以后想起对方的时候，会常常想起对方的好处。”我搂着她的腰际，摩挲着肌肤的韵味，看着天边最后一抹残阳。她缓缓来到一棵柔柳边靠在上面说:“最后再给你一次。”我不忍心要她，仿佛看到了她的疲惫和憔悴。

分手的时候，她曾认真地规劝我:“你不应该再在粮食局工作，他们那些人把状都告到我爸那里了。既然你非要去广播站那就去吧，我会竭尽全力帮你的。”

后来广善谈起调动一事，感慨万千地告诉我:“真没有想到你的调动会有这么大的阻力，有人非把你往你父亲的问题上扯，若不是红日从中求助她父亲，也许这件事情会无疾而终的，现在你可以去办手续了。”

千言万语更与何人说，一种隐痛在我的心灵深处久久挥之不去!

第三十一章 采 风

天山南麓的隆冬枯寂而苦寒，我和贺屹乘坐边防团的草绿色三菱在逶迤的国境线上缓缓攀缘。悬崖峭壁，上天入地，我们就像行驶在汪洋大海里的一条船，时而跃上波峰时而跌入浪谷。在天山腹地穿行，大地沧桑的景象令人毛骨悚然，生命在这里显得如此顽强，偶尔只有几条牦牛走过。看看世上最漂亮的云层下面的积雪，听听苍鹰振翅翱翔的声音，有一种灵魂飞出体外的感觉。

记得我在中学的时候来边防慰问演出过一次，那一次全喝醉了，齐菲在厕所里出不来，眼看着她居然被别人背走了；这一次我是以记者的身份来采访，人生就是这样变幻莫测，我自嘲地笑了。从来都没有想过自己会一不小心找到一份靠写字来谋生的职业，成了这个县唯一的记者，县城的高音喇叭里经常有我的稿子传出来，投出的稿件也屡屡见诸报端，我感受到了声名鹊起、事业有成的喜悦与兴奋。市报的记者到县里来采访总是要来找我，我告诉他们哪里可以采到新闻，陪他们一道采访、一同写稿，联名发稿。方方面面的人有什么事总愿意向我诉说，我发现生活向我洞开了一扇扇大门，高山原野、军营矿山、机关学校都向我敞开了。

随行的政治部主任刘平就是从边防连队升上来的，他把边防上的故事给我们絮叨了一路。按照事先的计划，我们在途经阿合奇县时要做短暂停留，把车开进阿合奇县委时刘主任叫车停下了，他指了一下早已等候在路旁的一位漂亮姑娘说：“这就是她们宣传部的干事朱琳，让她上车吧！”一种巨大的视觉反差把我狠狠地刺激了一下，在这样偏僻的小镇上何以会出现这样仪态万方的少女，我感到很惊讶！

朱琳穿了一件大红的羽绒服，围一条白色围巾，留着一头精心梳理的短发，清秀圆润的脸上眼睛格外炫目迷人，鼻子翘楚而玲珑，当她走到我面前时发现上面渗出了细汗。刘平说："你一直站这儿等我们？"朱琳说："我算了一下你们出发的时间，估计这会儿到，我也是刚出来。"刘平指着我和贺屹说："这一位是宣传部干事，这一位是广播站记者，都是富有才情的血性男儿，我预计你们会成为好朋友！"也许是我看她看得太专注，以至于她的目光和我相遇时脸上掠过一道不易察觉的羞红。

朱琳说："先进办公室暖暖身子吧！"刘平说："车里热得很，这一次到阿合奇没有什么具体的任务，他们俩都是第一次来，就算一次采风吧！"朱琳以一种征询意见的目光打量着我们俩："看看你们有什么想法？"我看了一眼贺屹说："随便走走吧！增加点感性认识。"她说："第一次来那就先去集市看看吧！"

她把我们带进了一条如梦如幻的小街，街市上四处蒸腾着热气，飘着浓郁的奶香，无拘无束、此起彼伏的吆喝声与其说是在招揽生意还不如说是为了抒发自己，酿成一道独特的风景。天空像用泉水洗过的一样，蓝天湛碧，白云晶莹，男人们头上戴着白色毡帽，脚上蹬着毡筒，紫铜色的脸上荡漾着诙谐的浅笑，不过说起话来好像是细声细气的。女人们梳着条条小辫，身上的串串银饰晃出清脆悦耳的音乐，老人的胡子上结满了霜花，牙齿早已所剩无几，可还是在这天寒地冻的冬阳下嚼食着一牙牙甜瓜。朱琳在前面带路，她给我们讲述着柯尔克孜人好客的故事，我看她轻松的步履间有一种调皮的意味。不断地有库木孜的弹奏声从帐篷里传出来，那是一首关于玛纳斯的英雄赞歌和千古绝唱，浑厚沉雄的旋律仿佛是搅拌着战马的血浆从遥远的古代传过来的，让人产生一种恍若隔世之感。

"能不能进去看看，找一个库木孜弹唱歌手聊一聊？"我很好奇地望着朱琳，希望她不要拒绝。

"当然可以，柯尔克孜是一个非常好客的民族，如果你有这个兴趣他们可以陪你聊上几天几夜。"朱琳调皮地笑起来。

"今天就在这儿午餐吧？就要这种土里巴儿的原汁原味。"刘平对朱琳提要求了。"刘主任，招待所已经准备好了，我们还是去招待所吃吧。"朱琳一双水汪汪的大眼睛紧紧地盯着刘平，想争取一下领导的支持。

“就在这儿吧！吃饭是次要的，这种新鲜体验太重要了。”我赶紧凑上前去帮腔。贺屹接着说：“最好能找到一个翻译，这样沟通的内容就不一样了。”

“好说，他们会汉话的人多得很，在语言方面他们有着无与伦比的天才。”在朱琳的引领下，我们走进了一家稍显阔绰的饭馆。

手擀面条煮熟捞起以后搁进调料盘子里，就这样端上来用手抓着吃。朱琳看出来我们有些难为情，于是用三个指头伸进面条盘子里抓了起来：“你们不是要找感觉吗？感到为难了？”我不得不把手伸进去：“只是想看看你是怎么抓的。”当我伸到第三下的时候我觉得自己已经适应了。朱琳把女主人叫来说：“她是这个县文工团的，口弦吹得相当不错，你们听听！”只见她把一块镊子一样的铜片放进嘴里，然后清纯动听的音乐像是从丝竹里传出来一般。我说：“这么简单的东西能把这么优美的音乐吹出来，简直是个奇迹。”贺屹说：“小小口弦挺耐人寻味的，这种东西的局限性也注定了它只能在民间流传，这样才不至于被异化，越是纯粹的东西文化价值也越高。”刘主任点头说：“贺干事的话很有见解，有文化的人说起话来就是不一样。朱琳，你也和我们一起上吧！我相信是非常有意义的一次旅行。”

几碗马奶酒下肚以后，大块马肉又上来了。朱琳说：“柯尔克孜人崇尚马，马是他们的图腾，所以马肉也是他们最上佳的肉食。”我说：“听你这么一说我要多吃一些才对。”她说：“对呀！这样才能更好地成全你们的行程。”我说：“对了，你跟我们一起上去吧！主任都发出了邀请！”朱琳看着刘平主任说：“我是个闲人，去了只会给你们添乱，还是算了吧！”刘主任说：“边防连队你是了解的，一年四季见不到人，你哪怕是让战士们看一眼也是对部队的关心呀！”朱琳哈哈大笑起来：“这不就是给你们添乱吗？”

贺屹煞有介事地说：“我可是研究过生命现象的，有时候一个美丽的影像比天下所有的财富都重要，对于战士们来说，一份触动也许会给他们的戍边生活带来意想不到的生命活力。”朱琳的脸一下羞红了：“这我就更不能去了，我可没有那样的魅力。”

一听朱琳动心了，只不过是要找到一条最恰当的理由，我说：“边防站在你们的辖地上，战士们守卫着你们的家园，从某种角度说我们也是专程来拜访你的，你才是这片土地上真正的主人，难道你能不尽点地主之谊吗？”刘主任接着说：“她是怕麻烦部队，看来这一次是非去不可了，边防站正好还有一个帮助建电站的女技术员，上去以后还有一个伴。”朱琳羞怯含蓄地微笑着。我说：“还犹豫啥，上吧！”她点了点头说：“好吧！”

在车里我好奇地问朱琳：“就你这小小年纪怎么会跑到这偏乡僻壤来了，我第一眼就觉得你是个外乡人！”实际上我想说，像你这么娇贵优雅的仪态和气质绝对不是在当地出生的。她说：“何以见得？”我说：“格格不入嘛！”刘主任说：“还不是来镀镀金，父亲是州委领导，在市里安排害怕老百姓有意见。”贺屹说：“这就对了，权当一次体验吧！这是一件很有意思的事，如果让我来干上两年我绝对来。”

“每个人都有一个命，我觉得在哪儿都一样。”朱琳无限感慨地说。

“我并不怀疑你说这话的真实性，但是你想过没有，因为你有一个特定的家庭背景，如果你真出生在这山坳里，若想改变自己的命运也许要耗费你的一生，而且也不一定会如愿以偿。”我立马接上话头，刘主任神色凝重地说：“我当兵就上了边防，一干就是十多年，我何尝不想进城，渴望城市生活也是一个人的本能，只不过有些人是因为适应不了而退了回来，骨子里面的悲情与失落是难以言喻的，只得用在哪儿都一样的理念来安抚自己。”

我们被车颠簸摇晃得昏昏欲睡，我把玻璃窗摇开了一条缝，让冷飕飕的风缓释一下车内的闷热，我担心风吹到朱琳脸上，把身子侧过来把风挡住，然后望着窗外，倾情地寻觅着。高山宁静，保持着超常的稳态，天山雪线以上斑驳的冰雪泛着白花花的银光，干涸的河床被撕得张开血盆大口，需要往里输血，输大量的血。这是一条季节河，一旦有水就狂奔咆哮，而干涸的季节里也太惨不忍睹了。

这里没有苍翠葱茏的群山，一色的赤橙被岁月所撕裂。用不着这么柔肠寸断，在西部就是这样，生命的茂盛都是从这些残酷无情的自然中生长出来的。我看到一群群牦牛从容自若地在这片辽阔的天和地之间奔跑，就像从外星球跑过来的一样，在这样的自然面前所引发的情思完全可以对生命做出另外的一种诠释，只不过人们不太善于发现而已。当人对自然的磨砺变成一个自然过程的时候，我们对其中的痛苦并非就能敏感地意识到的。西部的沧桑里走得久了，反而酿成了沉雄寂寞的生命状态。

任何一种色彩涂在这悲怆的主调上都是微不足道的，西部偌大的地方对人的生存而言绝对没有那么多浪漫的诗意。绝大部分地方都是人烟稀少的，我们虽然来了那也只不过是个匆匆过客，我们甚至都不敢在这样的地方做短暂停留，如果一旦在这样的地方停留下来，自然对生命的逼迫感瞬间就会发生，我敢这样断言。

在暮霭弥漫开来的时候，山脊上的积雪忽然越来越光彩照人，越来越白热化，好像天空要开放出艳丽的花朵。山巅上到处站立着黄羊，翘望着我们行进中的车辆，也不知道是什么因素促使它们刹那间一齐奔跑，是怎样的一个指挥系统让它的动作如此整齐划一。近在咫尺而又那么遥远，天上玫瑰色的白雪闪耀在黑暗正在来临的大地上，归根到底，永恒的无与永恒的有高度地统一，这才是我神往的最高境界呢！

我感受着朱琳身体的浑圆和丰腴，第一眼见到她的时候我的视觉就感受到了，此刻我用不着看她就可把我的视感神经记忆与身体的体验相印证。与她整个匀称优美的姿容比起来她的胯部似乎有些肥硕了，但仅仅是强调了一点点，也不觉得有什么多余，反而容易让人绕着这一点往具体的方面想。她不刻薄，在恬静的宽容中保持着一种随意的优雅，大多的时候男人可以尽兴挥洒，就是你失态了或者越轨了，她都不会露出一丁点责怨，她从不卖弄，总是那样平和，但是日子久了你会感觉到她的内心有一口很难测到底的深湖被重重叠叠的林翳遮盖，她把一个少女的情思或春性悄悄地埋藏在里面，一埋就是许多年。

边防站到了，夜幕已经降临，连长贾连锁迎过我们以后就把我们带入餐厅喝酒。首府电力设计研究所的女技术员小李带着浓厚书卷气和学生味，无论军人们用怎样的语言劝酒她也滴酒不沾，滴酒不喝的底线也让人挺没有办法的。她说她有心脏病，大学的时候同学们一同聚会喝酒差一点送命，后来到医院经抢救以后才得救。朱琳说："白酒的破坏性太大，如果非要喝就喝啤酒。"贾连锁把她揪住不放的时候我说："算了，就让她喝啤的吧！我知道她不能喝！"她先是怔怔地看着我，然后会意地笑了笑。

高山反应和烈酒的两重追袭很快就把我们击倒了，像这样的酒我们是没有办法拒绝的，身体对酒的承受能力已经变得微不足道了。贾连锁是一条汉子，他的蛮横与智慧、刚愎与温和奇妙地交汇在一起了。

早晨起来以后才看出来，边防站在一个山坳里，开阔的一面朝着绵延不绝的群山，群山那边就是国境线了，一年四季都有一个小队在国境线上巡逻。

晚上在通讯员的宿舍里和战士们聊天，通讯员一脸稚气像个瓷娃娃，还有两名战士也还不足二十岁，聊了一些家乡、军营的话题以后转向了技术员小李。通讯员说："她懂得太多了，西安交通大学毕业，现在每周三次给我们辅导文化课，鼓励我们考军校，有一次我使性子说不学了，她把我叫到她的房间给我说着说着，竟然哭了起来，我平生第一次被感动了，那种感觉我说不出来。当兵是短暂的，人这一辈子总得做件事才对，我现在才开始慢慢懂得这一点。"

我问："她房里的那些花是不是你们制作的？"他点了点头。

夜已经很深了，通讯员看出来我喝多了，便扶着我上了他的床，我躺下以后感受着一个美丽的爱情故事，一任时间向破晓延伸。屋子里只剩下我们两个人，他小心翼翼地拉开箱子，从里翻出一个精心包裹着的小盒，我说："是什么东西？"他说："李姐送给我的一盒酒心巧克力，我一直舍不得吃，今天拿出来给你吃。"说完他就要去摘盒子，我赶忙握住盒子说："不要拆，你看它多么美，你一拆就把一件完整的东西破碎了。"他说："可这东西终归是吃的呀！"我说："既然你以前没有吃，你为我而吃了我会不得安宁的。"也许我把问题搞复杂了，他显出一副茫然的样子。

天快亮了我们才睡去。朱琳到宿舍来把我喊醒了："我们都吃过早饭准备上路了，你还好意思睡呀！"我发觉浑身疲惫嘴里的酒气还没有散尽，便揉了几下眼睛伸了个懒腰对她说："我都不想走了，事还没有开始做呢！"

"真想待以后机会多的是。"

"那好，下次来我就找你怎么样？"

"没问题。"

"好，我还会来的。"这就为以后找朱琳埋下了伏笔。

第三十二章 采 访

起初到报社学习，单位是不同意的，为此我跟站长说了好多好话，还带着礼品去了他家里，他依然固执己见，强调单位就你一个采编，离开了工作没有办法开展。有一天在我的办公室里，我用尽智谋把长时间在心中酿成的话向他倾诉，我觉得这个障碍必须由我来排除掉，为了这次学习我已经等待了许多年，我不断变换着手法，使出浑身解数也要让他同意。他这个人性格从外表上看非常黏糊，也没有什么主见，可是他骨子里面有一种很犟的东西，他一旦认定的事很难改变，我没有想到他是那么固执。一怒之下我掐住了他的脖子，像一头雄狮一样吼了起来，他也被突如其来的这一幕惊呆了。我说了许多歇斯底里的话，然后离开了办公室。

过了几天他又来找我："我和你商量一件事，单位驾驶员经常不把煤如期拉回来，据反映在外面有拉私活的现象，这里有一封关于他的举报信，你看看，典型的流氓行为，你出一趟差，把他的事情搞清楚以后你就去学习，你看怎么样？"我心里清楚，他是想通过我的手把这个驾驶员搞下去，因为驾驶员的家庭有一定背景，得罪了一家人就等于得罪了一大片，而且他也担心这个驾驶员报复他。我没有办法，只得把这件事答应下来。

我的调查还没有开始，驾驶员和他的家人就知道了，紧接着就是一群说情的人把我围住了。我这个人也许改变我只需要一种纤细的力量，但是有的时候就是再大的压力也很难把我改变，这个时候已经不是我学不学习的事了，因为他们对我进行了某种恐吓，在我心里产生了极大的逆反，我决心已定，把这场调查进行到底。半个月时间里，我基本上把这个驾驶员的劣迹调查清楚了，不过在根据事实写材料的时候我还是高抬贵手了，我不想把他送进大牢，只想教训一下他就可以了。最后决定让他赔了两千多块钱，停职做检查，而我则到市里的机关报社去学习了。

到了报社以后我被分到二版经济组，他们还专门为我腾出来了一张办公桌。我住进了报社的集体宿舍，其实就是一间窑洞房子，床是我从家里带来的一张钢丝床。吃饭就在报社对面的市委食堂。

组长是一个性格倔强的湖南人，没有来报社之前他到县里去采访我们就认识，所以我一到报社他就对我非常关心，办公室没有人的时候总是给我传授一些采访写作经验，更多的时候讲的还是关于怎样做人。“生活就是一团乱麻，当记者就是要能从这一团乱麻中梳理出你所需要的材料，为什么大部分人都当不好记者，就是因为在一大团乱麻面前识别不出哪些是有新闻价值的东西，往往是丢了西瓜保了芝麻，写不出有分量的东西。”

他平时就安排我在办公室编稿子，熟悉一段时间以后再安排我去采访。那时候我写的字让我常常处在一种非常尴尬的状态之中，我的行书写得不堪入目，当编辑也许是一个最需要把字写好的差使，稿子编完以后组长要看，组长看完以后编辑部主任要看，然后还要送到总编那里，总编最后定稿以后再送到排字房排字，最后校对还要看。于是在编稿的时候我只得写一笔宋体字，而这种字过于工整和刻板也是非常破坏感觉的。生活当中的事常常是这样，你觉得这样不尽如人意，而一时又找不到别的办法，只得演一些蹩脚戏，而且我付出的劳动仅在写字这一点上也要比别人多得多。

总编的女儿参加工作时间不长，娇柔高挑的身材，说话嗲声嗲气，似乎还没有脱去童稚气，门牙有点发黄。在我的心目中报社是一座殿堂，像我这样一只丑小鸭能跨进报社学习已实属不易了，我觉得我自己是那样地卑微，以至于都不敢大声说话，当然也不只是我，就是同组的其他正式记者也都出言谨慎。

总编的女儿站在门口自言自语地说：“哦，和我想象中的大不一样，我原以为你是一匹虎背熊腰的高头大马。”我站了起来说：“感到很失望是不是？”她清纯地笑了：“没有，没有！只是觉得与想象中的你有很大的差异，首先是你的名字，然后是你的文章，给了我这样一个印象。因为没有见过你，这种错位再正常不过了。”我说：“初来乍到，请多关照！”她说：“没事，以后我们一起玩！”然后她就走了。

我觉得总编的女儿挺有意思，虽然我不知道有没有可能真的在一起玩，但这句话让我和她之间的距离一下拉近了，也使我置身于报社这样的环境里感觉发生了某种变化，至少我不会再像过去那么怯懦。

我们宿舍三个人，一个写得一笔好书法，一个新疆大学中文系毕业的才子，正在和报社一个女编辑、一个师长的女儿谈恋爱。在这间很小的宿舍里我感到属于自己的空间越来越小，这让我非常别扭，只好选择逃遁。这样我就跟组长说了一下，要求跟着经济组的阳大姐去跑采访，当然旅差费是要回单位以后才能报销的。

天还没有亮，阳大姐就来宿舍喊我了，到市里的中心运输站去乘班车，第一站去了库车。我看阳大姐到了县里左右逢源，和县委书记都非常熟悉，还可以就一个县的重大问题发言并提出自己的看法，这让我意识到当一名记者是需要有很好的知识储备。在我有限的人际关系中，我一下想起了开广播电视节目评比会时认识的库车县广播站的播音员沈冰，她是全市播音一等奖的得主，于是我抽空去单独探访她，琢磨着可否为她写篇稿子。宣传部的干事在陪我们采访时我已经把她家的地址打听好，但我还是费尽周折才把她的家找到。

她家住在一个废置的库房里，周围也没见有其他住户，我觉得这间房子不足十平方米，摆了两张单人床以后，还有一些简单的做饭餐具，除此以外，可供插足的地方也就很少了。两床之间大约只有不足四十厘米的距离，我们俩各坐在一张床上。她告诉我：“父母离婚了，她和弟弟跟着母亲相依为命，母亲没有工作，夏天只能背着一个木箱子走遍大街小巷卖冰棍，不仅要供一家的生活，还要供她和弟弟读书。”这样的生活情形是令人心酸的，而我只好把话题尽量放在她的播音业务方面。

我们的谈话进入了一种凄婉悱恻的状态，她流泪了。突然间听到外面有放肆的吼叫声，她拿出手绢擦拭着眼泪，我不知道会有什么事情发生。门被“哐当”一声踢开了，原来是我的同行、他们站的一位资深记者，他破口大骂道：“你这个不要脸的骚货，哪里有腥味你就往哪里钻，现在是上班时间，你还不快走，坐在这里抒情能有饭吃吗？”我一下从床上弹了起来说：“你也太过分了吧！她才多大，你就用如此下流的语言骂人。”也许他看出我的眼睛已经充血了，如果他还这样张狂下去会吃亏的。赶紧找理由说："你不要介意，有几篇稿子等着她播呢！我已经找她好久了，对不起，我太冲动了！"我看了一眼沈冰，她的眼睛像核桃一般胀大。我说："像她现在这个样子，一下子怎么能播音呢？你让她平静一下吧！"沈冰站起来揩泪道："我先去了！"就这样我的采访中断了。

往回走的路上我感到浑身无力，有一种无精打采的感觉。在招待所大门口正好被阳大姐看到了。她诧异地看着我说："怎么了，遇到什么事了吗？"我知道这事说出去也许并不合适，可我还是顾不了那么多，把事情的经过给她说了。她说："这个人能写点稿子，但作风不正派，久有传闻，他这样做也太过分了。"

阳大姐写稿的速度很快，她总是把稿子写好以后让我看一下，然后就找人带回报社，把我的名字作为特约记者署在前面，给人的感觉这些稿子主要是我写的，这让我感到很难为情，我多次提出来不要署我的名字她都不肯，而且表现出那种不以为然的样子，也没有让我领她这份情的意思。每日吃饭我都跟着她，大多是她的朋友，她有很好的酒量，而我的酒量本来也很好，因为我是来学习的，多少有些压抑也就发挥不出来，我觉得有大姐在场我要太放肆的话就会失礼。

如果一路都这样采访下去我会欠大姐很多的，我必须写出一个大的东西来，把她的名字署在前面，算是对她的一种回报。这件事我是悄悄地进行的，我为这篇稿子初步拟定了一个题目叫《希望的田野》，是谈农业的。我把自己的想法坦然地告诉了阳大姐，她不置可否地笑了笑。

我为这篇大农业的稿子编织了很时髦的观点，而每到一个县就去农口单位找材料，当然我还是善于根据材料不断地改变、校正我的那些观点。我对细节也做了许多构想，当然新闻稿件必须是已经发生的事，这并没有影响我，因为我有准备所以发问的时候总是比较具体，让县里的人跟着我的思路去找线索，结果这个办法很奏效，我所需要的感人细节很快也就捕捉到了，我在跟着阳大姐采访同时自己也开点自留地，晚上我挑灯夜战，有几个晚上整夜都未合眼，写稿的时候我总是想找到一种鸟瞰西北边陲的气势，总是用一种驾驭宏观的视角写，而那些细小的地方我总是想办法写得特别细，试图写出一种情味让它好看感人。我想在回到市里之前把这篇稿子写完，然后交给她。

回报社的前一天晚上，我把稿子用工整的宋体字誊写完了，洋洋洒洒五千字。那时已经很晚了，不过我看阳大姐窗前的灯光还亮着就敲门进去了，她戴着黑边眼镜穿着睡衣躺在床上看书。我把稿子很郑重地交给她了。她接过稿子的瞬间下意识地把稿子掂了一下，似乎感觉到了这篇稿子的物理重量，然后说："我就不起来了，我现在就看。"我说："那我走了！"

事情就是这么奇怪，一不小心一篇名叫"希望的田野"的大稿子就这样写成了，从头版转到二版共占了一个半版，大姐的名字赫然署在我的前面，我的心里感到一阵安慰。报社的人看了以后都知道稿子是我写的，他们彼此太了解了。我学习的日子一下变得有滋味起来，虽然他们在我面前尽量表现得若无其事，但我还是感觉到了他们不能不对我刮目相看。

在出报社的大门口又碰到了总编的女儿邹琼，她对我特热情地说："我明天过生日，到我家里聚一聚吧！"我感到她这个决定不是随意做出来的，受邀到总编家里做客这让我心里很激动。我说："给你带什么礼物呢？"她说："免了，人去就行了！都是我的朋友，我跟大伙说好了，大家都不送礼，你一定不要带礼物。"

城里的年轻人究竟以怎样的一种方式交往对我来说还显得陌生，这让我感到困扰。不过我还是决定不带任何礼物就这样去，因为她确实做了一番特别强调，如果别人都没有带礼物我一个人带了反而见外了。不过我已拿定主意日后方便的时候再把这份礼物补上。

我不能去得太早，当然也不能太晚，关键是要恰到好处。总编的家比一般的人家要宽绰一些，但住的也是平房，只不过间数多一些。入席之前邹琼对我说："我爸在书房，叫你过去一下。"然后我就跟着她到了她父亲的书房。总编戴着一副老花镜正在看报，看到我进来以后欠了一下身子让我坐。邹琼说："你们聊吧！我过去应酬一下。"总编说："我看了你写的《希望的田野》，从思想和文笔来看都有一定潜力，像你这个年龄今后是可以在新闻事业方面大有作为的。"我说："就新闻而言还只能说是刚刚起步，能得到您的肯定我感到非常荣幸。"接着我还说了一些谦虚的话。他说："你在基层起步对你今后的发展有很大的好处，不要轻视自己的基层体验，虽然报纸和广播不是一个系统，但你可以为报纸多写些稿件。"我好像听出来他弦外有音。

出来以后邹琼说："我从来都没有见我父亲单独约一个通讯员谈话，老头子很器重你。"我说："这我就受宠若惊了，看来我不得不成为一名好记者了。"入座以后，介绍客人大多是市里的文化精英，而且男性居多，报社同行叫的人并不多，我不明白为什么要把我叫上，我多少有点忐忑不安，不知道究竟是哪一点让我坐在了总编女儿的生日宴会上。

菜做得很丰盛，先是上了凉菜以后就开始喝酒，酒过三巡以后就开始划拳，有一种拳是我的特长，不过我觉得不能赢得太多，我总不能让他们心里不舒服，这种时候虽然是玩，但我意识到还是要很好地把握自己的。酒已经开始上头了才开始上热菜，有清炖鸡、红烧鱼、海参、鱿鱼和各色炒菜，不过这时候对菜的食欲已经被烈酒不知驱赶到什么地方去了。还没有吃饭桌子便被拆到了一边，打开录音机开始跳舞，他们的迪斯科跳得很狂浪，我也跳了，不过有意收敛了一些。我想这个总编还是很开明的，女儿和她的朋友可以在他的家里尽兴地表现。

第三十三章 陪 床

生活中总是有一些意外的事情发生，五月的花季里，朱琳带着她花枝招展的同伴们到我们这里春游来了，有男有女，有柯族也有汉族。她经过了精心梳妆，典雅而飘逸，妆浓而不俗，腰束得很高，裙子垂感很好，下摆长而宽大。我无意中听说她还是团县委书记，这样她就是这群人的头了，而我总觉得不像。

她究竟是来度青年节的还是来看我的呢？也许兼而有之，可是我一直在权衡哪个因素占的比重更大一些呢？我也想了，这么一群人要搞出什么新花样也是不可能的，虽然我有些不情愿也只得先领着他们到公园里去瞎转，对于我，这些也许无所谓了，而对于他们来说，大老远赶过来不就是为了热闹一番吗？

这片土地上的故事我是很熟悉的，每一块石头、每一泓水我都能说出一个凄艳或幽默的传说，他们都听得很高兴。如果相逢的日子就这样下去我总觉得有些于心不甘。于是我劝朱琳说："找个地方安顿下来吧？"她点了点头。我便领着他们进了一片梨园，在梨树下他们才把自己的行囊解开。他们还带来了一个大录音机，磁带一放，我的情绪也受到感染。朱琳让我吃些他们带来的东西，我说："你把我当外人了，如果我到你那儿也自己带着吃的你会怎么看呢？"她说："完全是两码事，我们是来春游的，这都是大家伙的事，是你的想法出了问题。"我说："这样吧！公园是不是也太吵了，我们玩一会儿后带你到我那里看看。"她很随意地点了点头，然后站起来说："我请你跳舞！"几曲下来以后，我就越发感到焦灼不安了。我觉得她也看出来了，这时她给大伙宣布：“我这位大哥歌唱得不错，大家欢迎他来几首怎么样？”大家都跟着起哄。我只得站起来说：“你们说吧！想听什么歌，只要是我会唱的！”朱琳说：“还是你自己选吧！我相信你会把最拿手的歌献给我们。”我唱了《采蘑菇的小姑娘》《在那桃花盛开的地方》两首歌，坐下以后，那个柯族姑娘给我递过来一碗马奶酒，喝完以后朱琳对她的同伴们说：“我和大哥还有点事，你们就在这儿玩一会吧！”

我把她带到了我的宿舍里，屋子里只剩下啤酒。我说：“我出去买点吃的吧！”她说：“你这就见外了，有啤酒就可以了。”我知道她很能喝啤酒，一连把几个瓶盖用牙咬开。她说：“怎么这么干？”我说：“没事，习惯成自然了！”她把手伸出来想把瓶子夺过去，但又缩了回去。我把中学的时候花三十八块钱买的那把小提琴拿了出来，煞有介事地架上肩以后，她露出了某种好奇的喜悦。我说：“只能拉点歌，你要能唱就唱吧！”我拉的那些曲目都是过去在文工团的时候练习过的。她听了以后说：“太高亢了，我可唱不了。”我这才意识到只顾表现自己了，于是开始考虑她的感受。我拉不了什么大歌，甚至来一些外国的练习曲也拉不了，只得拉一些邓丽君的歌，她唱的声音很小，完全属于附和的那一种。

我看桌子上已经有三个空啤酒瓶子，也就没有再劝她喝，出门以后我说：“去趟厕所吧！”她狡黠地笑了，用拳头把我的背轻轻擂了一下。

回到公园以后，那个柯族女孩嚷着要罚我的酒，朱琳则说：“罚他干吗！敬上几杯怎么样？”他们把酒端给了我，在我宿舍的时候我只顾拉提琴没有沾酒，这下她可饶不了我了，我接连喝了三杯，把该说的客套话说了一遍。我想请他们吃顿午餐，他们说一直在吃，留到下一回吃吧。这样我又领着他们撤出梨园到处逛了逛，然后到了露天广场上看了一场篮球比赛，比赛还没有结束我看出他们都觉得乏味了。

走的时候朱琳说：“这次我是特意来看你的，下次就该你去看我了！”我搔着头皮说：“你是书记，有‘五一’‘五四’作前提条件，我得好好想想。”她说：“你感到为难？”我矢口否认：“没有，没有，怎么会呢！我只是害怕自己太唐突！”她说：“你是记者还需要找理由嘛！只要你去我相信会让你感到很有意思的。”我一下蒙了，不知道是因为我是记者让我很有意思还是她会让我很有意思，尽管这样我的内心还是狠狠激动了一下，赶紧接上话茬说：

"我去！我去！"

她走了以后我总是愿意独处，一到人多的地方就有一种灵魂被撕裂的感觉，她的影像无边无际地把我缠住了，我的整个感觉系统中好像灌注了她柔和温润的气质，那圆润丰腴的诱惑，周身的细胞在她的激活下奔流不息，我总觉得在那个方向上有一种抑制不住的冲动，但绝不是那种赤裸裸的，主要还是在精神方面，我发觉越是无可名状的东西越是令人心荡神摇，以至到了一种魂飞魄散的地步。

我再也没有办法拖下去了，跨地域采访是需要找到充分理由的，于是我选了一个属于我们这个县管辖而又在他们那个县地界上的女子道班采访。

到了阿合奇县以后，我并没有径直去找她而是住进了县委招待所。第二天早晨，我戴了顶灰色雪花呢鸭舌帽，围了条驼色围巾，穿了件呢子大衣出现在县委大院，时间大约是上午十一点左右，按一般的情形是上班一小时了，而在那个边陲小镇上，时间仿佛特别慵懒缓慢，这个号称太阳部族的马背民族，依然生活在古老的悠悠牧歌里。大院里稀稀松松的几个人还在生火扫地。

本来我可以向行人打听朱琳，但我没有这样做，这里的一草一木都因为她而增加了分量，一种奇特而妙不可言的感受让我欣然不已，前院两边是低矮的平房，院子中间是一片青杨树，透过树丛可以隐隐看到一幢新盖的三层砖砌小楼掩映在树丛中，根据我的经验宣传部应当在这幢楼上办公，于是我进了这座楼房。

事情就是这么巧，我一眼就认出了蹲在过道里劈柴火的朱琳，我没有惊动她，而是站在距她五米的地方静静地注视着她，人与人之间就是有一种感应，她的第六感觉让她抬起了头，当我们面面相觑的一刻心被触动了。"你怎么也不打个招呼？"我说："你去看我的时候也没有打过招呼呀！"

"我都快失望了你才来，你是不是一直在找前提和理由？找到了吗？"

"找到了！采访女子道班。"她放下手中的活要陪我去她宿舍，我劝她说："办公室没有火别人会怪你吧？"她说："部长不在，副部长病了，就我一个人上班，走吧！"

到了她的宿舍以后，给我倒了一杯水就出去了，我坐在她的床上翻看她扔在床上的一本琼瑶小说，不一会儿她把那一群人都喊来了，看来他们相处得很紧密，大家嘘唏问候一番以后就应约到一个柯族女孩家做饭吃，我感觉他们有一种默契，我基本上处在一种等饭的状态。基本的感觉是朱琳把我定位在大家的朋友这么一种状态之中，我内心挺难过的。

吃完饭以后，朱琳提议去爬街对面那座瘦骨嶙峋布满褶皱的赭褐色山，我看她们对山路也很生疏，原本不是一座供游玩的山，困难和险象也就随时都有可能发生，这对我是一个鼓励，可以帮助我们拉近距离，我尽量争取走在前面，在攀爬跨越的过程中我已经感受到了身体向一起靠拢的倾向，虽然我还没有和朱琳牵手，但这种可能性已经具体可感地存在了，我在寻找着伸出手的最佳时机。当我爬上一座山崖以后，我回过头毫不犹豫就把手伸了出去，我紧紧捏住她小巧娇嫩细腻的手，觉得我们亲密多了。在跨越一个沟壑时，我不仅把手伸了出去而且把胸怀也羞羞答答地敞开了，她跳过来的时候我希望她扑进我的怀里，但她没有，而我也不敢搂。

晚上在她宿舍聊到很晚，而说出来的话总是和我的心境相剥离，我知道自己说不出一句有质量的话，而她总是恬淡、贤淑、若无其事的样子，时间已经很晚了，我的心理压力也越来越大。最后她问我会不会骑马，我说这是我的强项。她说："那明天我带你进山去！"

第二天一大早，一个柯尔克孜族小伙子开了一辆北京吉普来招待所接我，他的汉话说得很棒："我听朱干事说你是记者，干你们这一行挺好的，想到哪儿就去哪儿！"我说："这怎么可能呢？只是相对活动空间大一点。对了，今天我们去什么地方？"他说："一个遥远的牧场，那里今天有一个婚礼，是朱干事专门为你安排的。"我说："你们这个朱干事挺有本事的，小车也能使得动，婚礼也能安排。"他说："她找了县委书记，那还不是一句话的事！"我惊愕万分："当书记怎么会听她的呢？"小伙子说："这你就不知道了，朱干事是州委书记的女儿，你又是为了工作，县委书记还能不安排？"

车开到县委门口，就像我第一次见到朱琳一样，她站在门口等，上车以后朱琳说："走吧！"我觉得把她一个人扔在后排不合适，我说："我坐后排吧！这样说话方便一些。"朱琳说："这一上路就是几个小时，你陪我们的师傅说说话吧！否则居买会打瞌睡的。"我只好在这种不顺意的状态下行进。

居买说："柯尔克孜人对马是非常敬重的，世世代代的人都说马是柯尔克孜人的图腾。"

"男人们之间如果有了什么纠纷，都是靠马术的高低来决定，只要你能骑着马在草原上纵横驰骋，就可以证明你是一位顶天立地的男子汉，哪怕做错了事，也能得到大家的原谅。纵使有什么恩怨是非都可以一笑泯恩仇。如果你从马上掉下来，那你就要对自己的行为付出惨重的代价。尊重马术，是柯尔克孜族人世代留传下来的好传统。”

“剽悍的男人只要能骑马，至于是否做了错事也就无所谓了，是这个意思吧！”居买说：“对！”

柯尔克孜人逐水草放牧，傍山而居。一路上可以看到柯尔克孜人的毡房，忽然间一群孩子相互追逐着从山巅跃出来。我转过身问朱琳：“像这样的地方生命是很难存在的，也怪，居然冒出来一群这般灵动的孩子，简直让我不可思议！”她说：“他们是马背小学的学生，看起来他们是集中在一个毡房里上完课了准备回家呢！”我说：“看来你对他们的生活很了解？”她说：“耳濡目染，时间久了也就知道一些。”

“婚礼是怎么回事，你倒给我先说说？”我迫不及待地向朱琳打听着。

“你还是让居买给你讲吧！”她调皮地一笑，不置可否。

“百闻不如一见，朱干事都为你安排好了，有些东西说出来就没有意思了。”说着，公社到了，我们三人骑马进山。

在崎岖的羊肠小道上跋涉，穿过阴森的大洪沟，跨越险峻的危崖峭壁，一股徐徐吹来的风让空气变得格外凉爽，我们终于走进一片松树茂密的草原并在一座新搭起的毡房前驻足。门口已经站了几个迎候我们的人，我们下马和他们握手以后逐一进入毡房。进门以后中央架着一个硕大的火炉，一大锅肉蒸腾着香喷喷的气浪。我们坐下以后，居买把我和朱琳向主人做了介绍，我感到人群中有一种骚动，可能居买介绍了朱琳是州委书记的女儿。

一个长者模样的人念了一段祈祷文，我看到女人群里有一个头戴红头巾的新娘，然后大家都没有什么言语，吃肉喝酒，听库木孜弹唱都是在默默无言的气氛中进行的。我总感到旋律沧桑而凝重，我问朱琳：“怎么感觉不到是在举行一场婚礼，我怎么好像被忧伤包围了。”朱琳说：“你的感觉是对的，对于这个马背民族来说，他们的历史和现实注定了他们只能游吟出这样一种古拙和苍凉的情思，你是想象不出来的，这就是产生英雄史诗《玛纳斯》的地方，最最原始的自然生态和这样一群游吟在马背上的柯尔克孜人居然创造了不朽的民族文化。一开始我也感到不可理解，很长时间都无法进入，而且这种厚重的东西压得人喘不过气来，现在我只是习惯了，如果要谈到理解我觉得是非常困难的。”我说：“不要说对一个民族，就是要理解自己也不是件容易的事。”我希望她能关注一下我的痛苦和无以为力，可她只是淡淡地微笑。

白酒和马奶酒的混合作用让我头晕目眩，朱琳说：“你想睡就睡吧！”我说：“不礼貌吧！”她说：“你是异教徒，我替你解释一下就行了。”

我醒来的时候人已经散尽，只剩下我们三个和他们两个。朱琳说：“你睡了五个小时，出去走走，附近有一孔山泉。”夕阳已经匆匆向远山背后逃遁，暮归的牛羊步履也匆忙起来，牧人的吆喝声在山谷回荡，羊群一旦看到圈舍就开始赛跑，暮归的喧腾在山谷久久回荡，山谷像泼了奶一般泛着皎洁的光。

我和朱琳在一泓泉水边看着自己的倒影，就像在仙境里一般。已是暮色黄昏，黝蓝的天空上黑云在滚动，牧羊犬在护着羊群入圈，不一会儿山谷就进入了沉睡。

我们回到毡房后一片寂静，昏暗的油灯下我看主人已经为我们铺好了被褥，新郎新娘都在做自己的事，我感到无所适从，总觉得会有什么事情要发生。我希望居买能告诉点什么给我，可他只是用柯语和新郎在说话。我和朱琳盘脚坐在毡子上，新娘过来给我们倒上奶茶，然后坐在花毡上，满含娇羞吹起了口弦，细柔缠绵的声音就像从洪荒年代的远古传过来。朱琳说：“你不习惯吧？”我说：“这可是别人的新婚之夜。”居买说：“新婚之夜我们有陪坐的习惯，陪坐的人往往都是他们最信任而又最受尊重的人，今天我们得到了这样的礼遇。”

熄灯以后，我们和衣躺下了，夜阑人静，我抽了一支烟，难以入眠。我看到新郎起来点上了油灯，毡房里布满了杏红色的柔和温润的光。我看了一眼朱琳，她睡得很恬静，然后又看新郎新娘宽衣解带，新娘雪白的胸脯跃入我眼帘的时候，我的血液直往头上涌……我想扑向朱琳的一瞬间从铺上弹了起来冲出了毡房，一种从未有过的尴尬和羞辱感让我喘不过气来。

我点燃一支烟望着满天星斗，陷入了某种无可名状的激动之中，说不清是激动还是激昂。居买也从毡房出来，我愠怒地对居买说：“这也太离谱，太荒唐了！”居买说：“你别误解了他们的一番好意！”

我的喉结被阻塞了，千头万绪不知从何说起！

第三十四章 柳 泉

我到站长办公室去是准备接电话的，结果站长已经接过了，他告诉我："报社来了两个记者，让你这就过去一下。"我说："你为啥不让我接一下？"他说："我不是让人叫你去了吗？是她们把电话挂了。"我问："叫什么名字说了吗？"他们："噢，是两个女的，你去吧！去了就知道了。"我悻悻然离开了办公室。

原来是邹琼和阳大姐到小城采访来了，她们住进了招待所的八号房间。我把近期写的一些稿子翻出来带上了，她们需要得到这些线索，如果仅仅是采访也就不足为怪了，这样的事我经常都在应酬。我总觉得她俩来采访有点蹊跷，她们俩怎么会走到一起，这里面多少夹杂着一些别的因素，我这样猜测着。

我去招待所了，一进八号房间就把我近期写的稿子交给了阳大姐，她一边看稿子一边和我搭讪，她总是在发现这些材料里面的价值，而我总是在证明这些材料是多么地可信，不过我的目光总是很飘忽，实际上的重心是坐在床上的邹琼身上，几个月不见感觉她长大了。俗话说女大十八变，她比十八岁要略大一些了，还变得这么快，娇羞柔弱，脉脉含情，身姿高挑，纤巧细嫩，常常是抿着嘴在倾听，笑的时候面庞上则红晕氤氲，脸上长了一层密密的青春美丽痘，两只大眼睛扑闪扑闪，射出一束束美丽动人的光。我在市里学习的时候如果说她还是个青杏子，那么现在则有了甜熟瓜的韵致了。

阳大姐说："这一次想搞一些有分量的调查研究，这方面你再给提供一些线索吧？"我说："你们是有备而来吧？我是不识庐山真面目，只缘身在此山中。压根儿就发现不了什么有价值的东西，你们看，就这些小豆腐块，实在是登不了大雅之堂。"阳大姐笑着说："这次是琼琼把我拖来的，完不成任务琼琼给总编去解释。”邹琼说：“谁不知道你是大手笔，快枪手，我只不过是拉着你来蹭点油，你可不要来涮我。再说我这位大哥也不是等闲之辈，你们就看着办吧！”我看着她说：“你们站的角度不一样，搞调查研究讲究一个对现实工作的指导作用，那你们就把观点给我摆一摆吧，至于材料我想总是可以挖得到的，用不着自加压力。”阳大姐说：“我就知道你会有办法的，总不能看着琼琼回去交不了差对吧？”邹琼一下脸红了：“你俩搭档写稿子谁不知道，少扯我！”

邹琼来了让我亢奋，一些不确定的因素把我的内在情思搅起来了，要说我究竟要干什么自己也说不清，当我基本确定她的小城之行与我有某种关系以后，我决定竭尽地主之谊。回家以后我把这档事给母亲讲了。母亲说：“不论人家是不是专程来看你，你都应该请她们到家里来吃顿饭，这是人之常情，可不能忽略这些！”我说：“那就让她们来吧！反正我给家里添的乱也多了。”母亲说：“你不应当有这种心理，只要对你的工作和前途有帮助，就是再大的事我们也会全力以赴的，何况吃顿饭呢！照例是按习惯备菜，只要有鱼、肉、鸡三样，再添几样凑够八道菜加个汤就可以了。”

邹琼是不喝酒的，只沾了点香槟脸就红了。吃完饭以后坐在沙发上闲聊，我看母亲和邹琼无拘无束特亲近。阳大姐说要去上厕所，母亲陪着她去了。就剩下我和邹琼两个人。她说：“还记得你给我讲的关于柳泉的故事么，我可一直都惦念着。”我说：“是这一则爱情故事促成你到小城来了，故事这种东西都是不确定的，特别是在民间流传的东西，每个人都可以演绎。”

“你给我讲故事的时候是不是特想感动我？”我有点不知所措，看来她是把故事当真了，我说：“别人说我这人属于浓情似火的那一种，有时候我自己都不知道，他们学我说话的那种腔调我才知道我的表达在固执里面隐含着某种偏执的东西，我也不知道是我的缺点还是我的优点。”

“你是什么意思？非要让我有一种上当受骗的感觉是不是？”

“不对！不对！你想圆一个梦？那我就带你去看看！”

“明天吧！”

“你们不是还让我找材料吗？干完正事以后再去吧！”

“不行，明天就去！”

“我无所谓，你跟阳大姐说好就行了。”

我母亲和阳大姐回来以后邹琼问："阳大姐，你明天计划干啥？"

"去趟县委吧！到了他们的地盘上先得给他们的父母官打声招呼，这是我的风格。"邹琼说："那我就不去了，我和他去柳树泉看看。"

"先去县委，然后要个车我们一起去岂不是很好？"阳大姐说，邹琼双眼直直地看着我。

"你们看吧！我怎么都行。"我双手一摊，耸了一下肩膀，装出很潇洒的样子。

"有多远？"邹琼着急地问。

"大约三公里吧！"

"平时你们都是怎么去的？"邹琼大眼睛定定地看着我，我心中蓦然荡起一层波浪，脱口而出："走路、骑自行车都行，就是没有坐车去过。"邹琼说："那你就骑自行车带我去吧！"我说："行呀！只怕颠得很，你受不了吧？"

"你也太小瞧我了，没那么娇气。"

第二天，我骑了一辆飞鸽牌加重自行车去找她，又拐到菜市场去买了些水果，女孩子总是爱吃零嘴，心性难以琢磨，一则故事让她认真了，不曾想到一桩小事还挺让人玩味的。这个故事在我们这个地方早就流传着，我们编《燕泉》的时候，我把这则故事收集起来加工了一番登到了《燕泉》上，报纸摘要发表了，最初她是从报上看到的。我在报社学习的时候她特意问我，当然我就做了一番很煽情的演绎。

刚进招待所的院子她就在门口站着，身边还放了一个真皮的旅行包。我说："你真是有点迫不及待了，我没有来晚吧？"她没有说话，拎着包下了台阶。我一个拐弯把车停下了，她坐上车以后我们就上路了。

不到五分钟我的坐骑就驮着她出城了，田野村庄也被我们甩在了后面。我说："是快一点还是慢一点？"她说："越快越好，你能跑多快就跑多快！"我说："就怕把你颠坏了。"速度起来以后她用一只手把我的腰轻轻搂住了，我越快她搂得越紧，越紧我骑得越快。她说："你给我的印象并不是这也怕那也怕的人，你不是爱标榜我行我素吗？"我的坐骑已经穿进了乡间的小路，两边都是浓浓的暗柳。我说："你穿得太单了，有点凉吧？"她说："不碍事的，你没听说过吗？女的比男的耐寒。"她穿一件白底蓝色碎花短袖衬衫，下身套了条下摆很宽松的裙子，此刻的风可以从四面八方灌进她的身体里，就像裸身接受风浴。

她把头贴在我的后背上说："我觉得你这人特野！"

"你是在赞美我还是在奚落我？"

"你说呢？"

"我觉得你这人特狡猾，男人嘛！在情感的问题上总是小心翼翼地蛰伏在某个地方让女性受累是一种不怎么光彩的行为。"

"你这样认为？"

"对呀！我对你有看法！"我的脸一下红了。

出了这条柳树长廊以后，自行车跨上了一条自然生成的土长堤，沿着长堤我们进入了一个山坳，环状山脉虽然是裸露的，也许因为凹陷的部分都是绿荫和蒸腾缥缈的雾岚，所以山的颜色呈现出一种黛紫色。空气也顿觉凉爽清纯起来，我身上的汗渍一下就收敛了，烦躁的皮肤此刻也觉出几分润泽。我说："现在再也不能骑快了吧？否则会把你冻成冰棍的。"她说："同样是一方水土，怎么差异会这么大呢？真是有点不可思议。"我说："因为这则故事太凄迷，再说柳泉是情人的眼泪，已经影响了这一带的小气候，我的故事被你的感觉证明了吧？"她说："看来是有些神了。"我往堤岸的左边指了一下说："看到那片柳树没有，柳泉就藏在里面。"她说："停下，我们走进去。"

我总在担心这么凉的地方会影响她的兴致，说："我把衣服给你吧？"她说："没事，我已经跟你说过了。"

"如果你再胖一些我就不担心了，女的之所以耐寒是因为脂肪厚。"

"坏！"她轻轻擂了我一拳，当然是很舒服的那一种。

走过一座独木桥，柳泉就呈现在我们眼前了。泉面波光粼粼，光斑闪耀，我们从一丛丛芳草中经过的时候，把蒲公英放飞了，一朵朵绒花匀速地向前飘移，邹琼喊了起来："太漂亮了，这是一种极致，快给我照相。"她从皮包里掏出了照相机，我给她抓拍了一组照片。一泓泓泉水清澈透明，阳光直接射到几十米深的泉底，每一枚硬币都能看得清清楚楚，柔嫩的水草被涌动的泉水提升着，轻轻地摇曳着，那些盘根错节的柳根纠缠在一起，支撑了浓荫蔽日的林翳。

我们沿着泉边徜徉，我说："柳树长成现在这个样子是非常让人敬重的，里面凝聚的岁月和生命的跃动谁都不可能不屑一顾呢！"

“这些树随便都活过几百年了，对我们来说，时间超过了某个界线也就达到了无限远的境地，在这样的自然面前人太渺小了，我们都是匆匆过客，很多事情也就不得不想开了。”

“你这么小的年龄也发这样的感慨？太沉重了吧？”

“人这一辈子也就是自己把自己当回事，我意识到生活的艰难和沉重就是为了轻松地生活。有时候觉得无非是自己把自己当回事，你死了还不是就死了。”

“你的思维怎么总是活跃在两端的危险地段，这会让我很担心的。”我不得不把她的大方理解为城市女性的一种生活浪漫，压根就不敢往情感层面想，就是暗想一会也是自己迅速将之熄灭掉。

我们沿着镜湖一般的圣泉缓缓流连，看着泉底神秘莫测的景象发愣，生出了一串串好奇。然后我们蹲下开始触水，她弄泉的态度特别固执，对于冰彻寒骨的感觉毫不在乎，我只要稍微搁一阵子手就得缩回来，而她则不然。

她调皮地提议：“我们都把手放进泉水里，看看谁放的时间长，怎么样？”我说：“我只是害怕把你冻坏。”她说：“还不知道谁会退缩呢！”我们约定都把右手伸进到手腕以下，不一会儿，从泉面看下去可以看见她已经被冻红的手背。如果仅仅是冻麻木了也好了，情形不是这样的，是冻得骨头痛。我想此刻她的情况比我更糟糕，自然我还可以坚持，但她要付出更大的代价，我便把手抽了出来。她看我认输了，抽回手以后，张开手臂，跳了起来，那件白底蓝花衬衣的衣角掀了起来，露出了雪白的肚皮。

我想城市姑娘已经把肚脐露在外面了，小城的姑娘也许还不敢把衬衣穿在裸露的身上。

我们又在泉水边踏勘了一座伊斯兰教式的古墓，里面就是我讲的故事的主人——七仙女。她们是为了逃避世俗婚姻而投入征战的，她们爱着的男人在前方作战中死了，她们哭诉的泪水形成了这一汪柳泉，最后她们被包围，以自己身体的寂灭来实现与自己爱人的灵魂相拥。

古墓上插了许多枝条，枝条上捆了许多布条，凭吊亡灵。据悉是不能生育的妇女在这里喝了圣水以后系上的。把来生繁殖后代的最大希望寄托在亡灵身上，可能是因为现实的孤独无助吧！

别了墓地，我们跨过一条小路，去了泉水另一边的一个麦场。正午的太阳很热，没有一丝风。我们在一个柳木弯成的牛车轱辘上坐下了，一幅淡然轻快活泼的影像，一曲二十世纪的古老歌谣。

邹琼意犹未尽，感慨万分："一则美丽的爱情故事，往往表达了现在的人们对生活的一种渴望。至于这个故事的真实性也就无所谓了，人们只不过是通过这则爱情故事寄托某种情思，以此来安慰自己的灵魂。"

"不同的历史时期总是赋予故事以不同的内容，但是有一点是肯定的，就是这个故事的爱情主题，不论时代以怎样的方式演变，它都不会改变，一如初衷。不论现代化的进程以怎样的方式解构过去，也不论最前卫的流行色怎样地疏离传统，人们对最本真、最质朴、最古老的爱情的眷顾始终是无法割舍的，所以我要说一句，什么样的生命才能真正永恒，我以为唯有爱情，除此以外的一切都是稍纵即逝，过眼烟云。"我接过邹琼的话题，大发议论，说出了埋藏在心底里的真心话。

"你是个爱情至上者，你在表达你的观点的时候为什么会那么固执，这让我感觉到你的这些观点完全不只是来源书本而是你生活的真实体验，所以具有强烈的排他性，我喜欢你这种个性。"邹琼脉脉含情地盯着我一动也不动。

我们就这样在车轱辘上摇摇晃晃坐了很久很久，四处张望，有时看着她的衣角不时被晚风撩起来露出里面白皙的肚皮，我的心里就似有一团火在燃烧，但一想到她是总编的女儿，我那蠢蠢欲动的念头又像烟云一样慢慢散去，直到云霞把西方天际染红以后我们才缓缓离开。回来的路上她说："我觉得你不能总在这么个地方待下去，否则会影响到你的前程。"我说："地球是圆的，在哪儿都一样。"

"这样的话听起来好像也不无道理，用这样一种话来安慰自己也未尝不可，但我还是不希望这样的话出自你的口中，你是不是故意在气我？"

"当然不是，你说我对现在这样的生活现实已经满足了，这肯定是不确切的，但是你让我去悲天悯人又有什么用呢？"

她的脸上流露出一丝感伤，说："你完全可以选择一条别的路线走向更大的成功，你说你别无选择实际上只是你自己的心理状态，也许有一天你会发现，你现在所坚持的东西并不都是有意义的东西，甚至有可能是导致自己深陷误区都是有可能的。自尊心强当然是一件好事，但是把自己的自尊心强调到了一个不适当的地步也可能就是一种自卑的表现。我知道你不喜欢听这种话，但我既然意识到了我还是要说出来。"邹琼脸色绯红，情绪显得十分激动。

我认真地点点头："我真的很感动，给我一些时间吧！从这一刻起我会改变自己的。"她笑着说："这下我就轻松了！"

第三十五章 读 史

邹琼给了我一份暗示和上升的勇气以后走了，这一点于我内心至深的想法是非常契合的，我也不知道当时为什么要说出“地球是圆的在哪儿都一样”的话，可能是对自己无奈生活际遇的一种护卫心理在作怪，实际上要捍卫的可能是那点可怜的自尊心。她们走了以后的一段时间里，我常常独自一人徘徊在那条柳荫遮蔽的小路上，有时候觉得眼前这条湍急的漩流过于精致，于是就到那条开阔的大河边去听着涛声，望着流云和雪山拷问审视自己：我是谁，要到哪里去！

我在不断地撞击一扇门，为此让自己沉浸在文字的河流里，这样我的稿子便频频见诸报端了，我学会了把听来的一段故事做成一篇大文章，用几千字的篇幅登在报纸的显赫位置上。我觉得我的生活场扩大了，而且下一步还要靠这一点来拓展和延伸，我必须扭住不放松并沿着这条路攀爬上去，这种感觉成了我生活的一个重要支撑，不过你要问我究竟要到达什么地方，我也就搞不太清楚了。我在改变自己的同时也改变着别人对我的看法，我在这个小城里成了知名人士。

这时候我与一家人的关系有所改善，大约是我成功的荣耀给他们带来某些福祉吧！父亲也早从乡下调回来在一个工程队当会计，他身上那种说清和说不清的重荷总是在压着他，因为这种挥之不去的压力使他变得特敏感，他从来也没有放弃过改变自己命运的努力，平时他提着一个黑色的手提包，里面从来也没有间断过各式各样的材料，这种材料从上到下递到了各级部门。我还是感觉到了他虽然失败得那样惨烈，而且陨落的时候实在是太年轻，沉陷在那么深的黑穴里以后他从来都没有沉沦过，他在那么深的一口陷阱里要浮出水面困难是我们无法想象的，不过我还是感觉到了他的命运在一点点发生着改变。其实一个奋斗的过程总是与失败和挫折相伴随的，所谓希望也就是垒筑在失败之上的一个幻影。我不是说希望实现不了，我是说一个希望总是要以更大的失望来和它相对应的，所以人们的生活才会变得那么苦不堪言。

来年春天，广播站分来了两个新人，一个是来学采编的，一个是来当播音员的，我正在办公室和她们说着话，电话铃响了，我顺手就接了起来，一听就知道是宣传部部长，他让我现在就去一趟县委组织部找张部长。我问:“去干啥？”他说:“你去了就知道了。”让一个部长等我，我猜想这里面一定有猫腻，我知道这个部门是管干部的，而且不是一般的干部是领导干部。

组织部在县委办公室走廊的尽头，它的旁边就是宣传部，宣传部我是经常来的，可是进了宣传部以后再也没有往前走过，只是努力把自己的感应神经伸进去探寻过它。它的深度决定了它的肃穆，我看出入组织部的人并不多，那些蹒跚而行的人们总是让人感到很沉重，我知道这些难得出入一次组织部的人总是有大悲或者大喜在等待着他们，但是你从这些人的表情上也难以看出这种喜怒哀乐的流露，组织部门谈话的人大都是有城府的人，他们是人上人，是辖制别人的人。

我蹑手蹑脚地走到了部长的办公室门口，然后轻轻敲了两下门，听到喊了一声进来以后我推门进去了。部长坐在他的座位上并没有起来，把头抬起来看了我一眼说了声:“坐”，我在凳子上坐下以后给我递过来一份文件说，“组织决定让你到喀什学习，你回去立即准备一下，争取明天就动身吧！另外你的调令已经开好了，回去交给单位就行了，其他手续回来再办。”我站起来接过一纸调令似乎想说点什么，但又不知道说什么好。他看出来了我好像有很多的疑惑说，“修志工作县委非常重视，我们决定调你到县委来参与修志工作是经过充分考虑的，一方面你的政治思想是可靠的，再就是你有一定的写作能力，我们相信你会愉快地接受组织的这个决定。”这一下我可以说话了：“我感到非常突然，思想上没有这个准备，既然组织上信任我，我会竭尽全力的。”

我出门的时候想着我进来的时候还有些惶悚，现在跨出这道门槛我的身份就改变了，我已经在县委出人很自由了，而这道门槛我还是第一次跨进了也是头一次跨出去，我虽然没有成为某个单位的领导干部但是调进了县委，成了县委新成立的机构党史办的一名修志人员。本来我面对的是这个有十几万人的县的新近发生的事实，转瞬间我就要面对这个县几千年的历史了，这一点我从组织部往外走出来的时候就已经意识到了。

我穿了一件借来的黄色条绒夹克，孤身一人登上了去喀什的长途汽车，去赶赴这趟陌生的兴奋之旅，一路往西要延伸到一个很远的地方去学习怎样编纂地方志。几个小时以后，我就被陌生包围了，过去的一切距离我是那么遥远，我不知道是该停留在自己的内心还是应当去关注窗外的风景，有时候睡过去会像死过去一样可怕，这种时候看着窗外也许是最佳的一种选择了吧！一些意想不到的景象在我眼前掠过，刺激着我疲惫的神经，汽车的摇晃和排出的汽油味让我昏昏欲睡，不敢说越走越荒凉但至少是越走越枯黄，连绵不绝的戈壁一直延伸到永恒，生命在这里太不堪一击了，如果这汽油味和摇晃有一项不存在了，车里的这一群人很快就会发生一场围绕着活下去的格杀，死寂就会来叩响我们的门槛，一路上我看到有好几辆车坏在路上了，横尸漠野的惨象令人毛骨悚然，那种“醉卧沙场君莫笑，古来征战几人还”的感觉这时候出现了。

喀什那个地方对我来说是令人神往的，阿里巴巴的故事和那些虔诚的穆斯林信徒总是在酿制传承着一种神秘的异域文化，他们的祖先和文化的源头好像都是从那个地方发祥而来的。到达的时刻是傍晚，轿子车并没有去客运站而是把所有的旅客都拉进了一家旅店，驾驶员和旅店老板的关系也就可想而知了。

我终于从这个挤压了几十个小时的群体中挣脱出来，望着满天的星星长长吁了一口气以后掏出包里的文件看地址，用我那几句简单的维吾尔族话向小贩们打探着，夜晚的喀什街头几乎看不到汉人，在阑珊的路灯下寻找一个叫东湖宾馆的地方，他们手往某个方向一指然后说:“很近很近。”我由此想到我在乡下的时候也常常问路，老乡们总会说:“很近很近。”可是一走有时候会走断腿的，所以远近的概念你不要太认真，而这个方向并不一定每次都对，但我相信总是在向东湖这个方向靠近。我一会朝东一会向南在喀什的大街小巷迂回了很长时间，终于看到了夜幕遮掩下的东湖，没有想到这家宾馆在郊外，摸进这家宾馆的时候人们都熟睡了，只得把服务员和工作人员都叫起来给我登记入住。

第二天早餐，我就发现首府和天山以南地、州、县、市的党史及修志人员都集中到了这里，首府来的人除了领导就是学者，为首的是一个学者型领导叫钟英，虽然年老但精神矍铄、英俊睿智，人们对他很尊重，我感觉到一个深谙历史的人身上那种特有的自信，同时也感到了在这个领域里自己的迷茫和悲哀。听课的人大多是一方水土上的老学究，而上课的人大多是历史系毕业不久的年轻人，这种年龄与学术地位倒置的事实给了我许多说不清楚的暗示，有的人攀爬了一辈子还沉陷在一片低洼地里，而有的人则在另一个平台上起飞，一下就飞到了一个常人无法企及的高处，我相信他们的飞行本领都是差不多的，只不过是起点和终点不一样而已。

每天下午大部分时间都是参观，我们总是在一些阴森的墓地踏勘，包括香妃在内的死去的亡灵成了我们祭祷膜拜的对象，不过香妃墓无论所占据的位置还是墓的大小在她们这个家族的墓群中实在是太微不足道了，就是因为她做过皇帝的妃子使得整个硕大的墓群得以她的名字而命名。这些伊斯兰教式的古墓经历了绵亘不断的浩劫能流传到今天，真是一页不朽的历史。

艾提尕清真寺肃杀而静穆，穹顶上的那一弯月亮散着寒光，我们作为异教徒通过上层获准方可入内，跨入这座伊斯兰圣地就像跨入了另一个世界，大院的广场上黑压压穿着黑袍留着长须戴着皮帽扎着白色腰带的虔诚的穆斯林匍匐在地上做祈祷，我意识到就是用一生一世的时间也不可能触摸到他们的精神世界，如果此刻有个人大吼一声，我们一行人瞬间就会化为灰烬，我的心在紧张地颤抖，当然我也知道最可怕的事是不可以发生的。

进入大厅以后的氛围更加可怖，就像在举行一个隆重的葬礼，诵经的人用麦克风自言自语念着，我们的同伴问宗教局的领导说：“能不能照相？”回答说：“可以。”宗教局长指着地毯说：“这是从波斯运来的，在中国可能是一张独一无二的地毯。”于是我们小心翼翼地以他们跪在地毯上做膜拜状为背景照起相来，我也跪下去要照，一个瞬间我感受到了一种肃穆的庄严，一个人的心情是多么善变呀！

每天晚上我听这些老人如数家珍地解读着脚下的这片土地，就像穿行在历史的回廊，一切辉煌全被淹没了，仅剩下残垣断亘供后人凭吊。对南疆这片浑黄干枯的苍凉土地进行了一次深度穿刺。一部奇异的混合着粗粝的历史，什么阿古柏、阿巴和加、匈奴、解忧、细君、张骞、班超、左宗棠、伊犁将军，毁灭连着毁灭，死亡接着死亡。香妃的绝色天姿终究也换不来安宁的日子。

历史对我有了一次流血的刺痛，我在抚摸的冥想中萌生了把握历史的想法，但我拿不定主意哪一套通史更适合我跨入历史的门槛。授课老师中有一个很文静的女孩叫张晓宁，看起来怯生生的比我还要小，但她驾驭历史知识的能力和回答问题时的那种敏锐让我大为惊讶！一连几天我都想问她一个问题：“到底读哪一家的书比较好？”

有一天从餐厅出来的时候，我有意走近她把问题提了出来，她说：“范文斓和翦伯赞都不错，如果你想有志于在史学方面有更深的造诣最好是读二十四史。”我说：“也许这要一辈子才能做成这件事。”她说：“历史不是谁都可以学的，把史学作为一生的事业来追求并不是一件容易的事，现实的诱惑太大了，男人最优秀的还是去做官。”我用疑惑的眼光看着她说：“你让我感到了真正的困难。”她说：“人的一生都是一个困难的选择过程。”然后冲我点了点头。

能够绵延到今天的历史，就是因为从不间断地有人寻找旧梦或者编织新梦。穿行在西域史的历史长廊，文化、宗教和民族的相互融合和相互杀戮同样令我惶惶不安，这种残酷的杀戮在当代的编年史里并无记载，而这些历史老人们却用自己的良心发现了一幕幕马蹄耕耘、刀光剑影的历史。这种深沉的历史情思带着浓稠的血腥味在我心中滋长着，我常常带着一种被咬伤的灼疼去品嚼着一页人类肉搏的西域编年史。无奈，我就生活在这片褐黄色的沧桑历史里。如果有一天我能够为民族沟通做点什么我会这样去做的。

在喀什广场中央矗立着一尊硕大无比的毛主席塑像，毛主席身体前倾，振臂一挥，天翻地覆，他的高度也许不会低于天安门城楼，有点经验的人一看就知道是“文革”时期塑成的，现在成了一尊特定历史时期的文化经典和文物流传下来了，我带着一种复杂的心情审视着它。在中国几千年的历史长河里，没有人可以对他不屑一顾，他这个人和他的思想肯定是永垂不朽的。在一座浓郁的伊斯兰文化盛行的城市中心，面对这尊雕塑像，我不由得想起新中国成立后那些民族之间大融合的许多故事来。

学习要结束了，我是坐飞机回来的，在我们这座小城坐过飞机的人是不多的，包括我的父母亲。这还得感谢我的参会伙伴，是他们借了我三十六块钱，实现了人生第一次坐飞机的梦想。我坐得非常诚恳和拘谨，尽量地去感受结果却觉得在原地没有动弹，无论我以怎样的一种心情去体验也找不到飞翔的感觉，我搞不清楚人上了天以后这么几百公里陆路飞机是怎样跨越的。

我从圆形窗口往外看，白云在我的身体以下的方位滚动着，借助于云端我的身体才慢慢从陆地上提升上来，渐渐找到一种飞天的感觉，这种感觉找到以后我烦躁的心情平和了许多。

到县委报到以后，从搜集材料处处碰壁而变得无所事事，对历史与修志的激情很快就冷却了。当然，你想深邃自己也可以深邃，但现实的生存需要对一种怀旧心理的解构能力太强大了。对于用毕生精力来研究历史的人，我一直都是敬重的。

第三十六章 高　考

朱琳来信了，我看了一遍又一遍，总是嫌太简约了，她的信就像她这人一样，隽秀而妍美、飘逸而迷蒙，信上说她很快就要调回州上去了，路过的时候如果有时间会来看我。干吗不是专程而非要有时间才来呢？时间是什么？一个人再一无所有也不可能没有时间，时间对每个人都是公平的，比起我对她的那份心情而言，她对我也太吝啬了。

自从她上次从我这里走了以后，我时不时朝着朱琳那个方向的群山深处遥望，我眼前的这些山光水色自然是冷寂、苍茫、枯黄而永恒不变的，但遥望是我的心情，一种缱绻、依恋、眷顾的心情，在心情面前，时间、空间、山河、大地也就无所谓了。我在喀什方志研讨班上听她们县的老常说她的老家在河北农村，她是要来的孩子，作为她的隐私我敢断定她永远都不会给我提起而我也绝不会去问她，我常常想这个问题，揣摩她的这种角色转换和情感意蕴，这一点对我们来说究竟意味着什么呢？

晚上，我一个人蜷缩在卧室里展读着她的来信，从字里行间衍化出一幕幕灿烂的景象。我在床上辗转反侧，焦渴、烦躁、激动，这样的情况最近越来越多。相思是一种多么温馨甜蜜的痛苦呀！到了夜深人静的时候，我关了灯用被子把自己严严实实地裹起来，然后进入另一个世界，这个世界没有偏见、矫饰、镣铐和虚荣，是脱去一切世尘搅扰的原真状态，我可以放肆地让心情和欲望放飞，把她揽入我具体可感的生活情境之中，让她芬芳洁雅、淡泊恬然的影像与我的灵魂相守、厮磨、冲浪。我也常常拷问自己，自己的隐私是不是已经陷入灵魂的黑穴而不能自拔。

一连几天我都趴在办公桌上给她写回信，写了撕撕了写，就这样循环往复最终还是没有写出一封我认为可以发出的信，最后我狠下心做出决定，算了，不给她写信了。我也清楚这是一个缺憾甚至会带来情感的再次伤害，但我还是决定这样做了，世界上的事并不是干什么都能找到理由的，如果出了问题就让问题来惩罚我吧！我甘愿接受这种惩罚。在这个问题上我就有些不讲理了，我相信她也不会简单地理解为我只是疏于给她写信的，她因此而引起的想法并不会比我想她更轻松。

等待充满了悬念，在惶惶不安地等待，我的心情十分紧张。她这次来是因为要走才来的，这一走便要去一个很远的地方，很有可能是一走了之，一了百了。她要去的那个地方是环绕在塔克拉玛干沙漠边缘的另一个绿洲板块，也是另一个民族板块和文化板块，几百公里的黄沙和戈壁的阻隔，我们又凭什么维系在一起呢？我们以后还能见面吗？那么她究竟把什么东西给我留下来了呢？我对她这份相思的前提和理由充分吗？爱着需不需要前提和理由？虽然她还没有来和我告别，但分离的痛楚已经把我折磨得难受了。

一个正午，大院的人都下班散去了，我在办公室吃了几个梨子和一块馕，伸了一下懒腰准备到里间去睡午觉，下意识地蓦然回首，让我一下惊呆了，朱琳穿了一件绿得耀眼的连衣裙和乳白色皮鞋站在院子中央四处张望，虽然没有风但披肩的白纱巾像云一样还是很飘逸。看来她和我去找她的时候采取了同样的方法，悄然来到我的身边，我敢断定她也没有向任何人打探过。我把门拉开的一瞬间她正好正面对着我，两个人的视线霎时对到一起了，她清纯地笑了，还把头往右侧微微摆了一下，嘴角往上翘了一下，好像是“嗨”了一声，不过我没有听见。我从台阶上下来，她也朝我的方向迎了过来，我想把她搂入怀中而出手的动作则变成了轻轻拉了她一下，没有握住她的手心只是把肘子碰了一下。她顺势跟着我进了我的办公室，然后又进了里间我的卧室。

我一边给她泡茶一边说：“你是怎么来的？”

“坐车呀！”她娇嗔地回答。“我知道是坐车，坐的什么车？”

“搭了个便车。”本来我还想问车已经走了吧，你不至于匆匆忙忙就走吧，但是我没有说话。“你的行李呢？不会就这个样子离开吧？”

“就这个样子呀！没啥东西，能送人的我都送人了，有几本书我已经托人带回去了。”我问：“下车以后你就到县委门口了吧？大约是下班的高峰，你看着人都走完了你才进来找我，你能肯定我在里面吗？”她点了点头说：“我想你不至于不上班吧！况且我给你写了信的，对了，你为啥不回信？”

“我不知道你什么时候离开，我担心你收不到信，收不到落到别人手里就麻烦了。”对我的解释她显然没有全信而是转过脸朝窗外看去，我想她脸上可能掠过一丝惆怅，不过她不想让我看到。

“对了，你调到什么单位了？”

“电视台。”

“你做播音员挺合适的，你是不是早就有这个想法？”她的脸一下红了：“没有，去干什么现在还不知道呢！”

“饿了吧？我带你上街吃饭去！烤肉怎么样？”

“随便！”

“这样喝啤酒方便！”

下午我就不上班了，党史办只有一名副主任，我随便给他说一声就行了，他就害怕我什么事情都不找他，只要找他表明他还在管我，也就意味着对他的尊重，给我放假是他乐意做的一件事。

我拿了一架照相机带着她到野外的幽僻处去转悠，我喜欢宁静的原野散发出来的那种芬芳，如果她想给我说什么话也许这是一个难得的机会。她走起路来体态曼妙，步子特小，双臂的摆动很有韵律，手里总是甩着根枝条，我总觉得她的频率要比我快一些，而实际上是我在牵引着她走。我们唠完一些家常话以后她说：“有件事我想对你说，你参加高考吧！你应该是可以考上的。”

“你把这件事看得很重是不是？你是想好了以后才给我说的吧？”

“怎么说呢！我有一种预感，一旦你进了大学，你的视野会发生很大的变化，你会活出另一种样子来的，我觉得你这个人的潜质不错，如果就在这样一种环境里是走不了多远的，你应该去实现一个梦，用自己的一生一世。”

“你想了很多将来的事，是吗？”

“想归想，不过我不是那么特刻意，眼下的日子我也是很在乎的，可是生活总是一个变数，一切都在流动！也许我们都把握不了自己的未来，可是我们可以增强自己的控驭能力，说不定就把命运捏到自己手里了。”

“你这么小说出这么深刻饱含人生哲理的话，我都不知道该怎样对待你了。你下一步是不是要上学去？”

“想呀！人这一辈子不在一所大学里待一待也许会后悔的，人生的每一个阶段都有它特定的任务，我想完成这件事。”

“你想干出点什么来对吗？”

朱琳急忙解释道：“没有，没有！你搞错了，我可不想当什么女强人，也没有什么野心，我最受不了的就是什么远大理想。”

我不知道是受到了某种鼓舞还是感到了一种压力，我沉默了，这天晚上本来我是想把她带回县委宿舍的，一想到她还要去大学读书，只得懊恼地把她领回家去。晚上她陪我们一家人在一起说话，睡觉的时候我只得一个人回我的宿舍，这样的夜晚是非常难熬的。

第二天我带她上山了，就是那座有石燕化石的燕子山，因为它矗立在这块盆地的中央与人的关系比较密切而变得难以言说，周围都是良田美宅、水泽鱼肥，所以说它见证岁月的沧桑，其实不论是什么样的自然都在见证岁月的沧桑，说它见证的历史实际上是说它见证人类的兴衰荣辱，山上留下了许多烽燧遗址和文人的墨迹，这个县的水塔和电视发射塔也建在这座山上，由于这座山的重力才使得陪坐在它旁边的九眼泉水四季涌沸不止。

我在想这个山的事，她认为我怠慢了她：“你在想什么呢？你不是早就说要给我讲燕子山的故事吗？”我看她的眼中露出纯洁天真，只好东一句西一句地给她讲着山里有个庙、庙里有个和尚一类的逸事，我发现她精力总是不够集中，断断续续讲上一截也就不讲了。我停下以后她又反过来问我，她给人的直觉对什么都漫不经心而实际上对我讲的每句话都挺在意，这样我讲述这些故事的时候就把一些戏剧性的浪漫故事渲染一番。

最后我说：“这座山的成因和年代还是一个谜，最近县里准备请一些科学家来考察，给这座山做一次全面、科学的论证。”

“为什么非要让科学家来做出诠释呢？像这样一座有着浓郁人文气氛的神山，绝不是科考价值可以替代的，我都担心这样的结论会破坏感觉，还是不要去做那些徒劳无益的事吧！”

“科学对艺术有破坏作用？这个命题挺新鲜的。”

她指着一片怪石林说：“你看，这些地方就是让你感到生命的冲击力，自然的鬼斧神工生出了这样一些奇异的景观，用人的情思去体验也许要比做一种科学的回答更有意义一些。如果某种神秘的东西用科学把它都解释得很清楚反而失去了它的神秘性，搞不好还会使它的人文价值大大地贬值。”

“你太相信直觉，反过来说是不是对科学有一种抵触呢？”

“恰恰相反，我在中学数理化的成绩远要好于其他学科的成绩。”

“我在数理化方面几乎是一个白痴，你让我感到有压力了。”

“你是一个对生活期望很高而又特立独行的人，特别是思想的锋芒让我钦佩，任何时候都会对你生活的现实感到严重不满，这样也有一个好处就是能改变你自己，这是一种心灵的驱动力，从某种意义上决定了你的成功和失败。”

“谁比谁更成功，现在还不是坐而论道的时候。”

“我这人特懒，喜欢睡觉，我和朋友的交往中还时不时要点小聪明，让朋友为我做一些我不愿意做的事情，而我则做一些她们感到棘手的事，这样形成一种互补的同时我就可以偷懒了。”

“我总觉得在你如沐春风的外表下面埋藏着太深的东西，你的内心太难琢磨了。”

“其实我这人特宽容，我从来都不根据自己的想法去要求别人。”

“在你漫不经心的外表下对自己要求挺严的，如果你认定的事别人要改变也是非常困难的，这一点我看得对不对？”

“我也不知道。”

“你狡猾。”她莞尔一笑。我们下山了。

我们的文化和话语系统没有为我表达内心提供语境，三天的时间里我居然没有找到一种方式表达我自己，不是因为我笨拙，也不是因为我没有勇气，而是因为我的性格，我太怕受到伤害，我知道一旦她婉言拒绝了，我的整个梦幻世界就破灭了，我知道我没有能力去承受这一切，所以我不会给她做任何表示的，哪怕是那种试探性的语言我也是不会用的。我想不想？我想，每天“我爱你”这句话都在我的喉结里打转，可是我不会说出来，我宁愿生活在我的梦里，结果背着高考的重负就这样让她走了。

她走了以后秋天开始了，面对那些课本我感到沮丧。譬如我的数学和外语，我就是用尽全身的劲也没有办法掌握住它。我始终认为我的上学之路是非常黯淡的，说不准我会在这条路上受到重创。

来年春天，我被推荐报考自治区党校，然后转入市里集中复习去了。事情就这么巧，邹琼也被报社推荐在复习考试之列，每天我们在一起听课，下课以后多半她到我宿舍来看我，一道复习，我在这些功课面前变得太不堪一击了，在这个世界面前我完全失去了自信，这些简单的文字具有太大的破坏力，很快我就发现她在学习方面把我远远地扔在了后面。

邹琼说："你若真不想考那就进报社吧！"我说："我想考，就是害怕考不上。"当然我会把朱琳的原因隐去。朱琳既然走了我也走吧！我做着一种两难选择。

通过邹琼的努力报社的门也洞开了，总编出面找了我们的县委书记，书记说要把我放到乡下去锻炼，然后入党，以后准备重用。

虽然我选择了去电视台但我的复习仍在进行。如果什么事情要想清楚了也是不难理解的，从知识面而言，我的整个中学时代大部分的课程都是一个空白，面对几年的课程要想在短短几个月的时间里掌握它事实上是不可能的，就是在这种不可能当中我的精神一点点崩溃了。我辗转难眠，浑身盗汗，每天十几个小时看书，几乎没有记忆。

有一天，我在街上溜达碰到市广播电视局的局长，他给我说："电视台广电部批下来了，现在正在组建采编队伍，如果你愿意来，这次是一个机会，你的情况我们会优先考虑。"我说："你们调吧！调我挺难的，县里不放。"他说："这是组织考虑的问题，你们县委书记的老婆在我们局里，我们来办这件事吧！"

临考的前一天，邹琼带了一兜水果来了，她说："今天你别再看书了，放松一下。"我说："我已经好几天都没有看了。"我甚至都没有勇气面对这次考试，这一夜我彻夜难眠，眼巴巴地熬到了天亮，邹琼约我一道去一所学校去考试，一路上我眼冒金星、浑身无力。邹琼怜悯地说："怎么会这样呢？"我看她的眼圈泛起了红潮。

开考以后大约有半个小时我握不住笔，思维也进入不了我知之甚少的那点知识空间里去，我被困顿和晕眩击溃了。

第三十七章 出 差

回来以后我被通知调到了宣传部，这就意味着我调市里两家新闻单位的事都搁浅了。他们让我考试的时候已经决定了让我去宣传部。上学的事我只不过是考了，而在他们的眼里我好像就要上学去了似的。我不敢想象我会被录取，我录取不了同时也意味着调也调不走了。

我到办公室找了这位新上任的宣传部部长。他先开口问我："考得怎么样？"我说："一点希望都没有。"他说："能上就上，上不了也好，部里现在很缺人手，正好集中精力好好工作一段时间。考试的事以后还有机会，好好复习吧！"我说："我可能在部里干不了多久，我的女朋友在市里，如果我调不去我的成家就成问题了，对我个人来说再大的事也没有成家的事大，您还是成全我走吧！"部长意味深长地说："书记不放你自有书记的道理，实际上是书记准备重用你，作为一级组织的意愿是不会因为你个人的要求而改变的，至于个人问题嘛对于你个人当然也是大事，但个人问题应当服从组织的决定。人这一辈子如果在政治上有比较大的进步，还怕个人问题解决不了吗？"

"我是说感情，我们感情很好！人这一辈子不就是为了找到一个感情好的人生活一辈子吗？"

"哪有什么绝对的感情，对一个男人来说事业重要还是感情重要？"

"事业再重要也不可能重要到一辈子过一种残缺的生活吧！我不可能一辈子和一个没有感情的人生活，部长，您说对不对？"部长一下不耐烦了："个人情感属于你自己的事，我们管不了，你到宣传部来工作是组织的决定，我不可能让你一到就调走。有句话叫作识时务者为俊杰，你是聪明人，就现在的情况来看你就是要求再强烈也是徒劳的，不但走不了，反而会造成书记对你有看法。组织还准备派你到北京参观学习，你应当好好权衡一下，现在对你是非常有利的一个时机，一生也是不可多得的。”

他把桌子上的墨盒打开，又拿起毛笔一边蘸墨一边说：“你的家庭背景对你没有优势，虽然不讲血统论了，但人们有意无意还是习惯于用传统观念去处理问题，在这种情况下能得到如此重用真是你莫大的幸运了。”实际上他是愠怒了，不过他没有说出我不知好歹，同时也刺到了我的疼处，话说到这个程度我再也不便说调走的事了，再说要走的事和部长的冲突就会开始了:“这一点我非常感恩，我也有这样的感觉，如果就这样走了好像对不起你们似的，家里人也觉得我不能就这样就走了。”他把手里的笔停住抬起头说:“就是嘛！你父母总不会害你的，千万不要在关键的时候抉择失误。”

一天晚上，我在宿舍听到有人敲门，我喊了声进来以后，人已经进来了，我愣了一下，慌张地说：“真没有想到是您，书记请坐。”我看他手里拿着一份文件。他一边打量着我的宿舍一边说：“去吧！开开眼界，长点见识。我有个朋友在中央党校学习，到时候你们替我去看看他。”我连连说：“好！一定！”他没有说我调动的事，而我却知道报社总编找了他，他老婆所在的单位大约也是找了他的，他拒绝了报社和电视台的调动要求。他对我说：“基层工作经验很重要，不要总是浮在表面，多思考，多搞点有分量的调查研究。”我说:“是！感谢书记对我的关心！您坐吧！”我看他站着和我说话挺着急的，他也没有回答我就走了。听起来这番话也很随便，说不上有那种意味深长的意思。我在自己的斗室里把书记的几句话揣摩了好长时间。

考了党校又进宣传部旋即又到北京学习，这个消息在小城传开以后，很多人用一种嫉妒的口吻和我说话，从他们的态度中我一下感觉到自己身价倍增，过去对我爱理不理的人现在主动和我接近了，过去和我不怎么打交道的人也说和我以前关系就很好，一些老人说从小看着我长大，小的时候就看出来很有出息。回到家全家人都为我高兴，很多年以来笼罩在我们全家头上的阴影渐渐散去，我已经感觉到了自己要为这个家庭承担更大的责任了。

母亲从衣柜里拿出一个布包的小包，揭开两层以后里面有几块芝麻糖，母亲说：“坐下，这几天你都不常回来，专门给你留的。”我说：“我已经不是小孩了，以后这些东西你们吃了就行了。”母亲说：“儿子在母亲的眼里永远都是小孩。”她从小碟子里捡起一块往我嘴里塞，我用手接了过来。

“我们这个家这些年熬得太苦了，现在才真正露出了一点起色，这个时候你如果一走，我是担心晦气又漫过来了。”父亲忧心忡忡地说。

“我还是要走的，现在这个阶段走不出去以后就圈定在这个地方了。我从你们身上看到了我自己的将来。”母亲说：“总之，你自己拿定主意，走和留各有利弊吧！一个人出去闯也不是容易的，最后的主意还是你自己拿吧！”这才知道父亲的意见是父母亲商量过的，但他们都不会勉强我。

最近这几天办公室没有人的时候我喜欢在办公室踱步，电话响了几声，我一接听是邹琼来电话了，听到她的声音就紧张，我知道我肯定考不上但我还是不想听到这个消息，她说：“分数下来了，你考了第五名。”这是我不曾想到的，当时复习的时候我以为我会考到最后的名次，虽然没有被录取，但这个考试成绩还令我欣慰的：“这是一个意外，比我想象中的成绩要好多了，总算保住了一点面子。”

“我的成绩怎么样你猜猜看！”邹琼抑制不住兴奋的语气，在电话那头催我快猜。

“听你的口气你考了第一，对不对？”我肯定地回答。

“如果不是第一呢？”邹琼调皮地反问道。

“反正是你考上了，是不是第一有什么关系呢？就像我反正是没考上，考第五又有什么意义呢？”

“怎么没有意义呢？你想想你的整个复习过程，那时候你对自己没有信心，结果怎么样？虽然差一点没有考上，但你距录取分数线只有几分，敲开大学这扇门对你来说已经不是太困难的事了。你明年肯定可以考上，你不是说你一定要考上吗？”她是在鞭策我还是想激怒我？我觉得我的情绪在下沉而她的喜悦却在荡漾：“我调宣传部去了，过一阵子到北京去参观，路过首府的时候我会去党校看你的。”我只得借去北京这档事把我的伤痛稍微缓解一些，一方面想找到一种平衡，同时也想转移上学这个令人尴尬的话题。

“最近你能不能过来一趟？”邹琼语气一变，显得十分温柔。

“有啥事吗？”

“调动呀！”

“走不了了！”我有气无力地回答道。

“怎么听说你要去电视台？”我有气无力地回答：“他们说过，现在也去不了。”

“这件事你不应当放弃，不管调哪个单位，一定要从那个地方出来才行。”我一下想起朱琳让我考学：“你们都是好心，不过不要对我的期望太高了，我会让你们失望的。”

“还有谁？”邹琼语气明显着急起来。

“没有谁呀！”

“我们可是一个群体！”我不想伤她：“口误，你太敏感了！”

“那你来还是不来？”她问。我说：“刚到一个新部门，怕是走不了，过阵子去北京的时候到党校去看你行吗？”她沉默了片刻道：“只好这样了！”

北明也到小城来了，和县委书记的儿子一起来的，也没有什么正事，就是喜欢扛着气枪到乡下粮仓去打麻雀，他还在市里那家很大的机械厂当电焊工，只是说起话来更结巴了。他骑着一辆自行车和县委书记的儿子在院子里对我说：“中午你回家吧！红烧麻雀。”

“你就喜欢吹，你应该从这个年龄段上过去才对。”

“你现在修炼得把想法都要埋在心里，你原来可不是这个样子。”

“你不要以为你有多率直，其实你很狡黠，而你说起话来特吃力，让别人感觉到特诚恳，结巴固然不好但也帮了你，让你变成了一个值得同情而又可信赖的人。”我看他黝黑的脸上青筋鼓了起来，继而泛出一丝红晕，结结巴巴地说：“我的人品你还怀疑？”我说：“好了！不说这些了，能焊就焊，要是不想焊了就到我们这里来吧！”我一脸认真地说着。

“你是什么意思？”

“广播站缺个采编，如果你想来我就推荐你。”他已经感觉到了如果继续这样焊下去麻烦会不少，虽然这时候他已经发表了一些诗，而这些长短不一的一行一行的东西并没能把他从磷火一样的弧光中拯救出来，他当即做出决定到广播站来当采编。

他由城市来到了县城，由工人变成了干部。一个人的成功不在于你有没有才，而在于你能不能拿出时间和力度和这件事周旋，北明就是这样，他可能构建不了一座广阔的大厦，但他就是能够把诗一行一行地写得特别精彩。

朱琳从财经学院给我来信了，又是一轮冲击波，我觉得自己这种时候太缺少耐心，烦躁和不安把我紧紧地裹住了。不过这一次我给她去信了，我告诉她高考失利了，以后的事情等到以后再说吧！我也清楚一颗骄傲的心是经不住伤害的，大连那个地方那么遥远，是祖国北方的“香港”，我再想她也不可能把过去的记忆延伸到那片海滩和港湾。

我们从小城出发的时间已经是冬天了，我决定从北京回来以后再去看望邹琼，这是我第一次去北京，火车抵达保定时已经晚上，同路的为民要去看他的大姨子，我们下了火车以后一些拉人力车夫就围了上来，虽说我们是陪着为民来投奔亲戚的，但这么晚了也是不便登门的，我们只好坐上了人力车一边聊天一边请他给我们找间旅馆，他不紧不慢地蹬着，走到一家店就是客满，一连三家以后我们便产生了怀疑。我给拉车的说：“我们从新疆坐硬座到了保定，几天几夜没有睡觉了，求您帮帮忙，给我们快点找家旅馆。”他又在街上兜了几个圈子还是没有找到旅馆，看来他是只顾赚我们的车费了。我和为民商量了一下，突然让他停车，我们付了钱就走了。

我们最重要的行李是县委书记给他在中央党校学习的一个朋友带的一筐子香梨，走的时候他说里面还放了一只土豆，仿佛寓意着他们之间的一个故事，我也不好问，一路上我们始终也没有打开看过，不知里面是不是真有一只土豆，我们轮换拎着这只箱子，在附近找到了一家小旅馆。

第二天我们顺利找到了为民的大姨子家，她带我们看了一家公园然后进了一家火锅店吃涮羊肉，佐料主要是韭菜花。路过保定文联的时候想到了铁凝和她的《哦，香雪》，真想进去打探一下，我在心里描绘了一番见到铁凝的情形，但我还是驱动力不够、底气不足。

火车缓缓驶进了北京站，播音员正在用温和的声音介绍首都北京，这时候我心潮澎湃了，我们几个都站了起来，为民现在是县委秘书，一个团委的干事叫艾斯卡。

这次来北京其实就是看一个全国的摄影展览，大约不足半天摄影展就看完了，看完了以后我才感觉到就这点事不足以让我们来一趟北京，剩下的事情就是每人拿着一张旅游地图，挎着一部美能达照相机四处乱逛。天安门、故宫、颐和园、北海、十三陵。参观毛主席纪念堂不要钱，不过所带的东西都要寄存，寄存东西是要钱的。沉重肃穆的队伍缓缓前行，水晶棺距我们参观的人群有一段距离，照在毛主席脸上的橘红色的灯光使这张脸温和慈祥，不过我还是觉得不真实，好像是蜡做的。

那是我第一次去北京，到处都拥挤，到处都要排队，我们被茫茫人海吞没了，第一次感受到自己是那样地渺小和卑微，同时也被首都宏大的气魄所震惊，这种力量迫使我成为另一个人。屈辱的疼痛可以改变一个人，在你无法忍受的时候，只要不退却就有希望。一方面让我感到没有人理我、没有人和我说话的飘零和孤寂。在自尊受到伤害的同时，我觉得冥冥之中我与这片土地将来会有某种直接或间接联系。在当时看来，这纯属一种自作多情的说法，地处边陲的我怎么可能会与祖国首都北京产生联系呢？也可能这就是我天性中的一种寻梦情结吧！

县委书记让我们带了一箱梨子到北京送给一位在中央党校学习的副市长，我们在公共汽车和大街小巷上四处寻问，有百分之八十以上的人都回答不知道，北京人对中央党校是如此之陌生让我们感到懊恼。我们找到中央党校以后还要再问这个学习班，这时候人们说话的口吻温和多了，我们把一封信和一箱梨子送到以后，副市长让我们在他的宿舍里坐了片刻，我们提出要走了，他坚持要送送我们，送到中央党校的后门口他用手指了一下说："前面就是颐和园，你们进去玩玩！"然后我们握手告别了。对我们来说也许这已经是很高的礼遇了。

都是第一次出远门，每个人都有各自的打算，为民还要去保定，我想回老家益阳，但也觉得没有特直接的亲戚，没有一个合适的人可以接待我。如果跑这么远反而讨别人嫌，成了别人的累赘也太不划算了，只好作罢。

几天以后大家各奔东西了，我一个人留在北京整日没有人和我说一句话，我别无选择地钻进博物馆，成日泡在里面和过去对话。

返疆的路途十分遥远，首府天寒地冻，晚上我去党校找邹琼。到了她的宿舍以后，我把在北京精心准备的一条丝巾和一头陶瓷牛送给了她，我觉得这两件东西可以代表我的心，可是礼品到了她手里以后，她一眼就看出来有只牛眼睛是瞎的，懊丧的情绪一下令我沮丧不安，我记得我是精心挑选的，怎么会出这样的技术问题呢？我不得不掩饰住自己说："这是艺术品，维纳斯就是因为断臂才有了无穷的魅力，这头牛就是因为只有一只眼睛才更具神韵。”我看她露出了羞臊的表情，知道她上当了心里更加难过起来。

“我们出去坐坐吧！”她穿了一件大红的面包服，围了一条白围巾，感觉比原来胖了白了。

“大学里面挺养人的吧？”我只是说她长胖了，并没有说出她踌躇满志的那一面。

“你是不是觉得我发胖了？”她看着我说，我点了点头。她告诉我：“其实学校的生活远不如在外面，主要是一日三餐有规律，这样几个月下来人都胖了。”

她的脸被冻得通红，身材显得更加窈窕。她带我进了一家附近的酒店，要了几个家常菜和一瓶酒。我是属于比较感性的那种人，一旦酒劲上来，就会情不自禁地口若悬河起来。有的时候也会心口不一，听起来精彩纷呈，但我还是强烈地感受到了我们之间那条看不见的鸿沟，这让我的心开始流血，另一个声音总是在提醒我：必须从眼前的这些高度上攀爬过去，前方有一片绿色的丛林在等着！

第三十八章 逃 遁

小城的日子悠然过着，一晃就是一年多。这段时间我不太写稿子了，其实也不是完全不想写，事情往往有这种情形，你期许越高，越不在状态，同时又缺乏那种内在驱动力。在心急如焚的胶着状态中蹉跎着岁月。

县委书记还对我点拨过几次写稿的事，虽然他的口吻属于漫不经心的那种，但我清楚，报纸可是党委的机关报，那些扼住他政治命运的人报纸每天都是必看的，对他的政治生涯来说，政绩见诸报端肯定不是可有可无的事。

部长一开始总是很殷勤地鼓励我，后来一看没戏也就失望了。这天他端了一杯茶到我办公室来了，我站起来给他让了座。他面带微笑，舒心惬意，是自党代会落选县委委员以来心情最好的一天。说了一会闲话以后又说到写稿子的事，这件事已经成了他的一块心病，也可能书记责备他了。说话时情绪激动起来："宣传部不就是给党委抬轿子吹喇叭的吗？这么长时间没有声音人家不可能没有看法，这一点你应该面对现实，不仅要面对现实还要想办法改变这种现状才对。"我觉得他在选择一个改变命运的机遇。我已经看惯了他心灵轨迹的变化，装作痛心疾首的样子说："您调我来部里就是因为我能写，现在成这个样子我都快崩溃了。我都觉得这已经不仅仅是我个人的事了，而且影响到了您的前程，您从党代会委员的名单上落选了，这个梯子我也想帮您扛呀！我觉得挺对不起您的。"

"你精神上的负担太重，前几年你是一门心思写稿子，不过两年时间一下就写上去了，而现在你已经变成了另一个人，这是一种颓废，一种沉沦，你不对别人承担责任也要对自己负责呀！"这种说话已经失去了意义，我觉得谁也拯救不了我，我只好用沉默把他的声音和情绪缓缓降下来。

弟弟要结婚了。他的整个恋爱季节我这个当兄长的感觉特尴尬，只能从心灵的深处筑起一道堤岸，但那样孤独的酸楚和寂寥还是难以排遣的。那个时候哪里知道“缘分没到”这词呢!

考大学的失败不仅仅是上不了大学，而是那些考上大学后有可能成为女朋友的女人们一个个挥手离我远去。其实我非常清楚，在当下这样的环境中无论我再怎样努力去攀登高峰也不可能获取她们的芳心，更不可能携手走过人生，她们的人生很快就会和别人牵手的。这种失望的感受像一剂毒药在我的心里发作。

一个对将来无所适从的人往往会把现在的日子也破坏得面目全非。而我不是这种情形，煎熬也好，困厄也好，我的生活已经在别处!

一家人和我的朋友都认为我选择配偶条件太高，我也清楚自己的血管里原本就没有流淌高贵的血，而我在面对轻蔑和歧见的时候又不会低下头颅，对爱情的精神期望和现实的幻灭造成了我心灵的硬伤，也许我这一辈子的昂奋和苦难都会源自自己这种性格，我固执地认为，自己是一个什么样子往往会通过你找的配偶折射出来。我傲岸，我必须找到一个才貌双全的佳丽和我这颗高贵的心相对应。

我陷进了一种前所未有的苦寂之中，一个人的心灵真正悲伤是没有人可以安抚的，我感到恐慌惊惧，也许这种心灵的病痛会造成自己一生一世都得不到幸福，自己酿就的苦酒只有自己去品味，根本就不可能有人理解我这种精神上的痛苦折磨，在灵魂下坠和升腾的相互咬噬中我开始了突围，我必须找到另一块新的高地爬上去，安抚自己的心灵创伤，寻找自己的灵魂救赎之路。

不断地超越自己，是我与生俱来或者说是磨难给予我的生命原动力。那个时候我的思想和整个环境已是格格不入，我已经感到自己在那样的环境中活下去很不自在，我内心的忧伤和恐慌已经超越了心理承受极限，所以群山的环抱已经阻拦不了我要冲向外面世界的脚步。

我又开始画画了，主要是涂抹一种心情。为民要结婚了，早就说好要我给他送一幅画，为此我花了很多的心血，把我们家乡的美丽经过创作以后画上去了，看过的人都说是我的巅峰之作。布置新房的时候我几乎天天都在他的新房里，有时候他自己不在我还在。结婚的前一天晚上我把自己的画挂在客厅正面墙上，试想，无论是谁都会这么做的。

第二天早晨，我受为民的委托带了一名靓丽的美容小姐赶到他的新房为他化妆，进新房时我惊愕地发现自己的画换上了一幅海滨风景。他没有向我做任何解释，我的精神底线一下被击溃了。我太了解他了，这肯定不是他自己的主意而是他们家里人的意见，我敢肯定并不是我的画不好而是他们并不接纳我这个人，在他们眼里，我的作品登不了这样的大雅之堂。

我忍受着伤害让美容小姐给他们做发型，做完发型以后我借送美容小姐便从新房离开了。我并没有立即送走她而是把她叫到了自己的宿舍。记得我到她那儿理发的时候她给过我暗示，我的手臂放在扶手上的时候，她把肚皮贴在我的手上好长时间都不放开，虽然她的表情装得像没有事的人一样，但我还是动了春心。有一回我试探地出击了一次，她嫣然一笑没有生气，我就觉察到了她潜在的意思。

进屋以后她说："我看出来了，你好像受到了某种刺激！脸色太难看了！"

"那你究竟看出什么来了？我想听！"我想装作若无其事的样子，但脸色出卖了我。

"一进新房你就盯着中间那幅画看，反正与那幅画有关。"

"你观察得挺细的。"

"我早就觉得你这人挺有意思的。"

"这么说你早就注意观察我了？"她两眼露出一丝喜悦，妩媚一笑地说："那时候你还在上高中，我喜欢看你唱歌跳舞，你还是个优秀的运动员，球场和跑道上你特奔放！"

"我上高中的时候你才多大点？"

"那时候我十三岁，小学毕业了准备上初中。"

我朝床上甩了一下头，她把包扔在上面坐在床上。我觉得如果我愿意可以上去抱她了，但我并没有那样做，转身把画笔和颜料一点点整理出来往炉膛里扔，她尖叫着阻拦我，我冷冷地说："我这个人本来就不是为别人做嫁衣裳的人，这件事你不用管了，我是非烧了不可的，以后我再也不会给别人画画了。"她惊慌地问："你流泪了？"我果然哭出了声音。

我不知道是她主动还是我主动反正我们就这样搂在了一起，我在她身上疯狂地摩挲，她的小腹光洁而绵软，不一会儿我感到她身上开始发烫，内在的欲望被激活了。她问我："你究竟想干什么嘛？"我一下感觉到她的意思是问我是不是想和她发生关系，我想了一下并没有回答她这个问题，不过整个身体的语言都在朝那个方向走，过了一会她问："是不是想要？"我把头埋在她的怀里点了几下，她便开始脱裤子了。

完事以后躺了好一阵子，我轻轻地问她："你会不会恨我？"她用眼睛疑惑地看着我，片刻之后说："你在想什么呢？你是不是以为我想嫁给你，让你感到有压力了？"我感到自己亵渎了她的情感，我为自己的荒诞而尴尬："怎么说呢！人太复杂了，刚才发生的事也许是合理的，但转瞬间就会有失落感，我后悔了。"

"你在向我道歉？你不必有压力，无论是付出还是得到都是双方的，我绝不是那样的坏女人，你不要自寻烦恼了。"她的想法让我吃惊！

她看我沉默又转了话题问："是不是你画的画换成了那幅摄影作品让你这么伤心？"

我说："为民是我最好的同学和朋友，我的心被践踏了，我快要支撑不住了。"

她看着炉子说："我看出来这件事伤了你的心，从今天以后你再也用不着为这样的事犯愁了。"

她走的时候什么话也没有留下，走了就走了！我知道我是没有办法再面对她的。

回家以后我给父母说："这一次我真的下决心了，我再也不能耽搁下去了。"母亲噙着泪水说："如果你真的想好了，我们一起来想办法吧！"我说："你们放心吧！一旦我出去以后一切都会好起来的。我是我们家里的长子，你们以后也出去吧！"

我一边说一边在想：我是在挣脱羁绊还是渴望填充？究竟是什么东西羁绊了我，究竟在渴望什么呢？或者说哪一方面更多一些呢？我没有那么好的心理素质来承受这种零落的辛酸，我必须逃遁，去找到一片足以让我翱翔的天空来释放心中的沉郁与忧伤。

北明到小城工作以后进入热恋，诗情温馨下的爱情让他魂不守舍。其实每个人都在演蹩脚戏，他的一些做法让我觉得非常荒诞无稽，而他的生活就是要和别人所认为的荒诞相守同行。人为什么会有那么多的歧见，根深蒂固的原因就在于此。

我说："我走了你的欢欣是发自内心的。"我的意思是他的话语权很快就会汹涌澎湃起来！他结结巴巴地说："那当然，我为你感到自豪，多少人梦寐以求的事，这些年我算是亲眼看到了你的成功。"

"狗屁，你是不是说那些豆腐块文章呢？这两年我都不太写了。"他沮丧地说："你这个人就是自负，有的人一辈子也达不到你那样的高度，我觉得你把才气浪费了。不过到了市里，你照样洒脱优秀，我坚信这一点。"我知道他在有意恭维我，我也知道这不是他的心里话。心口错位也是一个人的常态，大家都一样！

母亲出面替我说情了。母亲在这个小城里虽然没有一官半职，但她有不可动摇的人品和人格魅力，她找了县委办公室主任，通过她的这位老上级向县委转达她的请求。书记表示了沉默，临近春节的一天，我正走出县委大门，书记的车从外面进来停在我面前，书记伸出头跟我说了一句："你到市里去过年吧！"说完以后他的车开走了。

书记没头没脑的话让我头痛了，在去与不去之间我纠结了很久，最后我不得不选择去。

母亲给我备了烟酒，我应约到市里给书记拜年，然后我想和他周旋调动的事。他家里的客人总是很多，虽然他们彬彬有礼但我还是觉得卑微，这种尴尬的感觉让我受不了。书记只是礼节性地借着酒说了一些客套话，闭口不谈调动的事，我没有听出一句于我有质量的话，这时候我才意识到他约我到市里过年只不过是一个很草率的举动，并非我想象的有什么深刻寓意。

告别的时候我又一次去了，他还是不提调动的事。我不得不说了："您让我走吧！我求您了！"他的面部露出严肃的表情，沉默片刻说："好好过年，工作上的事上班再谈。"我说："这是我个人最重要的事，您放了我吧！这是我的命运，我一辈子都会领您这个情的。"

"我们不都是市里人吗？组织上把我们派到县里工作，我们不是照样要干吗？难道一个有几十万人的县真的就容不下你了吗？"我看他愠怒的神情愈加浓重起来，只得给他说："我要回去了，我是来向您告别的，希望刚才所说的不至于影响您的心情，影响您过年！”

“市里的感觉怎么样？”他双眼紧盯着我说。

“大家都在过年，我是个局外人。”我低声地回应着。

“城市并非你想象的那么灿烂，究竟哪里更适合你发展，这对你来说是一个至关重要的问题。尤其像你这样没有家庭背景的人，要想真正踏入上流社会是非常困难的，你以为到了市里你就会风生水起吗？”他一刀捅到我的心上了，我控制着伤害说：“这就是您叫我来市里的初衷吗？”他站起来送客似的说：“回去再说吧！”

我的骨头咯咯地响，从他家里走出来以后，我相信我难堪的脸色让人无法目睹，从这刻起我才真正意识到他们骨头里面对我的轻蔑，所谓对我重用还不如说是对我进行利用。我必须离开这个地方，对于这个地方来说我已经探到了未来的底线。

每个人都可以从文化中找到诸多理由来慰藉自己的心灵，譬如说地球都是圆的，在哪儿都一样，知足者常乐啦等等，这些宿命的安魂曲也曾抚慰过我，而我这一刻则彻底地走向了逆反。

我这个人有一点与众不同的就是，内心深处总是有一个令我神往的地方在诱惑着我，我总是认为我的归巢不在此地。我这一辈子就是这种神秘的力量在驱赶着我，成了我生命里隐秘的原动力。哲学上叫作扬弃过去，而我常常是一不小心就把过去抛弃了。我不知道哪儿才是我的终点，但我要走下去是绝对的。

书记回来以后主任去找他了，他对我留下来工作似乎也失去了耐心，也没有找我谈话，带过话来只说他不分管宣传，让我去找分管宣传的副书记。母亲说：“这就意味着他同意了，只不过他不愿直接表态。”我说：“这点雕虫小技谁还看不出来！”通过一个朋友约了副书记在一起喝酒，我心里非常清楚，最困难的时段已经过去了，这只不过是要履行的一道手续而已，一瓶子喝下去以后副书记就表态了：“理由正当可以放！”

经过漫长的等待与煎熬，我终于背叛了我的出生地，我带着一种原罪走进了我心向往之的陌生，走进了一个日后可以张扬我自己的地方。于是在另一个方向上开始爬攀了。

另一番景象，另一种生存，对现实的一次痛苦超越。

第三十九章 情　缘

我去市里办调函。借调函从广播电视局开到人事局以后就搁浅了。我找到广播电视局局长，他说："我们的报告已经送到了人事局。我们催，你也去催一催，尽快促成吧！"旁边办公桌上的一个少妇模样的办公室主任说："这年头办事你要没有关系是办不成的。"我说："这咋办，我没有关系。"

"你这个小伙子挺有意思的，没有关系你能调到电视台来吗？还不是我们局长赏识你。"我恍然大悟道："是这个意思呀！这我就明白了。"

"你以为把你调进来容易吗？在众多的竞争者中，我们局长力排众议把你定了下来。人事局这边应该是问题不大，活动一下尽量办得快一点。"

仅仅是拖一拖就拖一拖，可是我寝食难安心里没底，担心这件事给搅黄了。我已经感觉到去人事局是一件非常令人难堪的事，我只好去面对。我硬着头皮进了市府大院，忐忑不安地找到了人事局局长的办公室，我问完话以后局长矜持地回答："要集体研究，不可能为你专门开一次会。你不要催了，回去工作吧！"我回去当然是可以的，就害怕回去以后再也来不了了！我说："这事关系到我的前途和命运，为此我努力了许多年，拜托您成全这件事吧！"

"你的名字我们知道，但我现在不能给你回答，这是组织原则。"

"这我懂的，我再等等吧！"他推了一把架在鼻梁上的黑边眼镜，拿起一张报纸看了起来。我只得转身走。心里暗暗地想：你该给我说的话已经说了，下面就要看我的了，对吧！

出了市政府大门以后我进了一家商店，然后在烟酒柜台前久久流连，我掏了一下口袋，一种捉襟见肘的尴尬让我脸上掠过一抹臊红，实际上我知道口袋里面装了多少钱，如果要买上两瓶酒买烟就有困难了，我咬了咬牙根，拿了两条烟，至于回去的路费我就顾不上了，我想总是会有办法的。

好在这座城市里有几个一起接受“再教育”的知青兄弟。身无分文的我在等待调函的日子里只好轮流寄居在他们家里，在渴望与期待中艰难地度过每一天。我永远也不会忘记那天晚上，我怀揣两条香烟像贼一样悄悄溜进到市政府的家属院，摸进了局长的住处。他笑得很矜持，只说了一句再等等吧！果然，第二天我就拿到了商调函，我有一种灵魂飞出体外的感觉。夜晚，我独自一个人徜徉在市区昏暗的灯光下，那些混合着血和泪的痛苦记忆，那些刻骨铭心的往事让我暗下决心：我这个外乡人很快就会在这座城市占有一席之地，我相信不久的将来人们谁也不可能轻易忽略我的名字。

揣着调令回到小城的感觉和任何一次回家的感觉都是不一样的，因为要走了，我觉得我的朋友忽然多了起来，不断有人请我吃饭，看来走了还是好，走了以后人与人的距离是拉远了，但他们似乎把某种希冀寄托到了我的身上。不管我能不能承担这种责任而我的内心其乐陶陶，就是因为我要走了，反而有了某种分量，恰恰就是这种虚化了的情感显示出了离别的意义。

对小城来说，五月总是最缤纷绚烂的日子，又开始了一轮等待。北明天天和我在一起，与其说怀着一颗虔诚心在陪我还不如说带着一种惊讶与好奇。我知道他心里是怎样想的，在他看来我的写作能力绝对不在他之上，令人啼笑皆非的是他从城里来到了乡下而我居然从乡下跃入了城市，是什么魔力左右着人的命运呢？他谨慎地掩饰着自己的嫉妒心，试图把那种肉麻的恭维演绎得特别自然。我说：“你是诗人，与现实往往剥离得远一些，而我干的都是俗人干的事。”

“说起来也奇怪，我们这样一个诗的国度居然没有诗人的容身之地。在诗人的心灵世界现实都是荒谬的，所以他们生活在自己生存的梦里。”

“你不仅仅是个诗人，你用其他文体抒情同样有独特的魅力，如果要改变命运还得往纪实方面转一转，这也就是临走了我要劝你的话。”

“很多年以前你是不是就这样想了？”

“对！我干什么的时候考虑到了我要改变我自己，浪漫这种东西如果需要的话我也有，但是在现实世界这架机器中仅仅靠浪漫的抒情是要饿死人的。”

北明早就嚷嚷要把他师傅的女儿介绍给我，而我看出来他对这位我未曾谋面的女孩是动过心思的，也许是因为没有遂意他才舍得介绍给我，他得不到的东西甘愿让我得到？他为什么要这样做？对他的做法如何评判？对此我时而感到纳罕，时而感到迷茫。

有一天走在路上，突然我听到有人喊自己，刚转过身来，驮着北明的自行车前轮就到了我的脚下，由于刹车太急，地上还擦出了一道轮胎的黑色印痕。我把手搭在车把上说："你猴急啥？"他结结巴巴地说："来了！"我说："什么来了？"他说："还会是谁，我师傅的女儿呀！"我说："你怎么这么激动？没有这个必要。"他一下脸红了："你不要太过分了，我纯粹是为了你。"

"你是不是在怜悯我？"他说："你以为你是谁？也太糟蹋人了吧！"我一下把单腿撑着地的他从自行车上拽了下来："生什么气呀！走，吃上几串烤肉！"

"你不要装着漫不经心，我还不了解你吗！你真的就这么无动于衷吗？"我说："既然不见是不可能了，也就没有必要怠慢别人了，走吧！"

一路上他用自行车驮着我说："这么长时间，总是阴差阳错，而正在这个档口上，她到小城春游来了，好像是天意！"

"你好像真的想促成这件事？"

"难道不是这样吗？"

"她要真的像你说得这样出众，你为什么不找她？"他一下红了脸："你再不要说这些话了，这是个缘分，再说就没什么意思！"我也觉得挺无聊的。

"只能在一个很随便的环境中介绍认识认识，不能说介绍对象，这样也太古典了，让人受不了。"我坚持自己的态度。北明打趣道："实际上是一样的，至于是否能成为对象完全是你们彼此的心理感受，我知道你是想给自己留下更大的回旋余地。"我说："不不不，只是为了避免尴尬。"

我们进入这座小城最负盛名的景区"九眼泉"以后，北明指着燕山脚下一座寺庙的高台说："往那儿看！"

"这么远你怎么能看出来。"我感到十分诧异。

"你仔细瞧，最醒目的那个点就是她了！"他边走边说："我敢肯定你会一见钟情。"在人头攒动中一抹耀眼的鹅黄格外醒目："是不是那个穿黄色运动衣的？"

“就是那一个，典型的健美身材。”她身上散发着蓬勃的朝气，有一种漂亮姑娘与生俱来的幼稚和冷傲。一曲终了，北明拉着我上前搭讪了几句，澄碧的双眼脉脉含情，眉梢眼角处有一颗黑痣，添了许多丰韵，性感的肩膀上纷披着黝黑的卷发。一曲又起时我请她跳舞，转动她身体的时候，她的大腿碰到了我的身上，让我明显地感觉到了她缺乏一种把自己的身体控制在很优雅的状态下的感觉和那种精妙的控制力。

下来以后北明问我：“怎么样？”我只是不置可否地笑了笑。“你瞒不了我，你已经动心了。”

“你是不是觉得我这人特多情，我又不是你。”语言和内心的错位，其实也是一种常态，其实说什么都不重要，更主要的是要揣测着一个人在想什么。

我特意穿了一件短袖银灰色衬衫搭上了去市里的班车。车里虽然拥挤但我尽量不让别人把衣服弄脏。到了市里以后，我借了一辆自行车去找电视台编辑部。这时候的电视台虽然广电部批了下来，而在市里它被分成了两块，将制作节目的编辑部放在了局里，而发射塔则在这个城市东面的黄土台地上，距我要报到的广播电视局有几公里的距离。

几经询问以后找到了行政办公室，这是一间很大的房子，大约有好几个部门的人都在里面办公，一进门看到一个长得很靓的打字员。我问打字员：“调动手续交给谁？”她朝左侧墙边的办公桌指了一下，一个中年妇女把头抬了起来，我走上前去把手续交给了她。她拿出一个本子在登记，我只好尴尬地站在那儿。

正在这时，外面走进来一位天使般的姑娘，留着得体的短发，上身穿着暗花半透明的白色短袖衬衫，可以看到里面的胸罩把乳房勾勒得非常丰满，眸子透出一种摄人心魄的迷人光彩。这是一个美丽、多情、善良的神话，在她风情万种的身上交织着男人疯狂而复杂的梦想。从外表看上去，她水性而不淫荡，美丽而饱经风霜，一泓秋水般煽情的眼睛大而不空，盛满了令男人心旌摇撼的鬼火浓情。

我听打字员给她悄声说：“就是他。”她转过头打量了我一眼，我本能地把目光收了回来，站在那里不自在起来。我已经猜出来这位姑娘就是新招的播音员。我总觉得腋汗已经浸湿了衣服，并暴露在这位天使般的美丽女神面前。我感到拘束不安，真想很快离开这个地方。

中年妇女登记完了以后问:“市里有亲戚吗？”我回答:“没有！”她说:“现在局里没有房子，生活方面存在一些困难，我们一同来克服吧！”我说:“没有关系，我是很能吃苦的。”她喊了一声，一个小伙子答应着走了进来。

“编辑部新来的年轻人，你先带他去把房间收拾一下，就住那间值班房吧！虽然小点但只住一个人。”我听出来好像是对我有点照顾的意思。

我和小伙子攀谈起来，他说自己是新招来的播音员，名叫宁夏。他还告诉我刚才办公室里来的就是新招的女播音员叫玉霁。他把我领进了中波转播台一个废旧的发射机房值班室，门虚掩着，房间很小里面堆积了各种积满尘垢的杂物，根本就没有插足的地方。我说:“看起来要把这间房子腾出来。”宁夏说:“腾吧！有这样一个独立的空间已经是不容易了，我们住的是四个人一间的宿舍。”这让我非常感动，不管怎样我到这个城市以后有了一个属于自己的空间。有了一个自己的空间就可以有自己的隐私了。

我们从这间屋子出来以后，人们已经下班了，大院冷冷清清。宁夏熟悉这里的情况，很快就找来了一辆手推车。我们俩一车一车把这间屋子里废物搬了出去，院子里偶尔有人好奇地瞥我们一眼，我俩满身污垢，一副狼狈相，有好几次泪水在我的眼眶里打转，虽然我没有充分地表达，但我非常清楚此刻的这种感恩是需要我一辈子来报答的。打扫干净以后宁夏又去找来了一张单人床，这样我就可以在这张床上栖身了。

第二天上班，电视台编辑部的人陆续到了，他们是骑着自行车上来的。有两个我在报社学习的时候就认识，其中一个是我们的负责人。局长进来以后把我向大伙做了介绍，我给大伙点了点头。有一个浓眉大眼的小伙子趴在桌子上，头也没有抬一下，局长特意把他做了一番介绍:“我市知名演员，正在写一个电视脚本。”我想能写剧本挺让人肃然起敬的，而我充其量能写点新闻罢了。局长说:“设备已经定购了，不久就可以到货，这一段时间大家抓紧练兵吧！”接着一个戴眼镜、皮肤白皙的小姑娘来了，她一进门就说以前看过我写的文章。

我们的主任是从报社调来的，离了婚还深深地爱着自己的老婆。常做痛苦反思状，认为老婆抛弃他是因为他晚上睡觉不洗袜子。还有就是跟踪她，看老婆是否有外遇。他说得很真诚，也没觉得大家会取笑他。

大家寒暄客气一阵后我回到小屋，玉霁跟着过来了，她倚在门口好奇地打量着这间屋子。美的魔力让我晕眩，肌肤白皙而娇嫩，绵软而富有弹性，嘴唇性感但又不算太肥厚，典型的鹅蛋脸上微微有一些斑迹泪痕，这不仅没有影响她的美，反而增添了几分莫测的神秘和妩媚。我说："进来坐吧！你是我的第一个客人。"

"这么说我还挺荣幸的，初来乍到感觉怎么样？"她俏皮地歪着脑袋问。初到一个环境我得考虑说话的效果，既不能得意忘形，也不能太消沉，我说："新人新事新环境，一切都是新的，还来不及把这种感受表达出来。你来多长时间了？感觉怎样？"她翘了翘芳唇，好像有难言之隐。

"是不是我太冒昧了……"我的意思不太好往下表达了。

"不知为什么，我见你第一面就很信任你。我们早就知道你要来，期待得久了，心里就有了你的空间，这样说你不介意吧？"她一脸灿烂地笑着说，仿佛是在说与她自己无关的人一样。

"怎么会介意呢！我一下就觉得不孤独了，昨天我还挺沮丧的呢！"我有点兴奋了。

沉默片刻后，她又接着说："我已经来了两个月，可是我的事并没有定下来，背后有人告我，麻烦可能不小。"

"人生就是在和困境周旋，我们一起来面对，你不必太伤感了，只要努力事情总是会慢慢好起来的。"她的脸上绽出了迷人的微笑。

第四十章 记 者

自办节目方面每天制作口播的天气预报，这是电视台成立以来我们做的第一个自办节目。因为体制不顺，一开始就摩擦不断。

发射机房那边按照过去的习惯和思维定式已经叫成了电视台，原录像转播台的台长也就顺理成章叫成了电视台台长，我们制作自办节目的这一块只是笼而统之叫作编辑部，编辑部电视台管不了，而属于广播电视局，这样一来，局、台之间的矛盾是愈演愈烈，最后到了我们送过去的节目播不出来的程度。

天气预报是宁夏和玉霁的事，每天赶在播出之前骑着自行车走过几公里坎坷不平的土路送到播出机房去发射。发射机房的人是这座城市电视的创始人，他们居于一个优越的中心位置上，对我们这批将要搞自办节目的人不屑一顾。

黄昏的苍茫里，玉霁送完节目回来了，我看她眸子里噙着泪水，身上染满了尘埃。我说:“你怎么搞成这么个样子？”她一下哭起来，这下我慌了:“怎么回事？我来帮你吧！”她捂着脸跑回宿舍去了，我迟疑了片刻还是跟了过去。她一边抽泣着一边示意我坐。我问:“摔伤了没有？”她摇了摇头说:“仅仅是苦点累点也无所谓，最让我无法忍受的每次进机房都要遭到他们那伙人的刁难和奚落，这让人怎么受得了！”

我思忖着说:“怎么？又有什么新花样吗？”她破涕为笑道:“总之，在他们眼里我们是一群乌合之众，是一群社会渣滓。”

这时宁夏走过来眯着眼看着玉霁说:“是不是又出了什么新招，他们玩这一套也该黔驴技穷了吧！”

“你太小看他们了，简直是有恃无恐，太猖狂了，他们说你是烧锅炉的，玷污了纯洁的荧屏。”宁夏一声长叹：“我都背下来了，我们的主任是报社不要的傻子，有烧酒的，有卖杏干的，有卖眼镜的，文化单位来的几个他们说是小丑，或者干脆说是淫窟里出来的，说我烧锅炉还算是抬举我了！”

“人心难测呀！人们对电视记者这个职业有一种说不清楚的敬重和高期待，因为这种期许和现实的错位把很多人都惹怒了，文化界说我们没有文化，报社说我们根本就不懂新闻，他们可能也意识到了我们肯定要跃然其上。”

“你就这么自信？”玉霁将信将疑地说。

“所以我们要学会宽容，对吗？”宁夏讨好地说。

我从玉霁的床上站起来说：“不论是谁在我们现在的位置上都会经历这样一个过程，所以你们也不必太为此而伤感，心平气和比什么都重要。你们发现了没有，如果我们不管这些，我们过得非常惬意。虽然有这么多的诽言谤语但我们都把这些置之脑后，这样对我们的损害就减轻了许多，我们该干什么就干什么。”一席话把玉霁说乐了。

宁夏说：“我们舞照跳，歌照唱，酒照喝，今天晚上我们去看演出。”大家无拘无束，没有任何固定的模式可以借鉴，也没有形成任何约束力，所以，从一开始我们这个集体就崇尚个性化。

第一批设备秋天才到，三部摄像机有一部是放在演播室当座机的，其余两部都锁在局长的办公室里，我们这些人心里像猫抓一样。我们就是来干电视的，对电视的崇拜使得我们每个人都想扛摄像机。局长只是把说明书拿到编辑部来了，因为是英文的，我们都看不懂。局长特意给我说：“你要把英语学一下，今后的设备大部分说明书都是外文的，作为一个使用设备的专业机构如果没有人能看懂外文就闹笑话了。”我说：“我尽量去学吧！上中学的时候我的班主任是学英语的，我的基础还可以。”我心里清楚，这新到的两台摄像机可能会分给我一台，否则也不会特意要求我学外文。

就在这段日子里，一股莫名的阴风鬼火把玉霁缠住了，不断有匿名信从阴暗的角落里传到我们局长手里，看了这些信以后我们局长已经不能确定可以让玉霁当播音员了，局长不得不安排人对这些匿名信进行调查，这种时候她上屏幕的希望也就很渺茫了，而我对她的感觉丝毫没有因为这些东西而有所改变。我告诉她你根本就不要去理睬这些东西，暂时上不了屏幕又有什么关系呢！该怎么活就怎么活。不过我还是探测到了她最至深的内心情愫，我知道终有一天自己会成全她的。

玉霁的美丽着实醉倒了一批批痴情的男人，同时也引起了一批批女人的刻骨嫉恨。男人总是把自己的欲念寄托在一个绝色女人的肉体交欢和施云布雨上，和她睡觉几乎是男人们的梦寐，大凡女人，男人睡了也就算了，而对她，那魂牵梦萦的感受总是在生命深处环流。

玉霁一到我的小屋里来主任就坐不住了。他刚离了婚，而我和玉霁都是有男女朋友的人，我和玉霁之间过密的来往在他看来是一种很不道德的行为，相比而言，他和玉霁之间接触的前提和理由更加充分。他在嫉火中折磨着自己，其实我非常清楚，他是不可能得到玉霁的身体的，我相信自己直觉的准确性，这一点让我受到了很大的鼓舞。我就这样引起了主任的嫉妒，虽然他不能给我难堪。

玉霁身体弥漫着那种醉人的芬芳撩得我坐卧不宁，我想拥抱她便找到理由让我拥抱。只要抱住她，全身的每个部位都就可以抚摸了。她长着一对白皙而又极富弹性的大奶，这对丰乳一旦被我触摸她就变得不能自已了。胯部丰满而又不肥硕，圆润而有节奏起伏的曲线充满了活力。在一片丰饶的小丘上，锦绣满坡，芳草萋萋。在轻柔的白沙铺就的堤岸深处，粉艳桃红，杏帘在望，温润的朝露渐渐渗出，泛着迷梦般的光晕。

听到主任在过道里喊她的名字，我迅速弹开，而她还陶醉其中久久回不过神来，这种感觉鼓励了我。有一次已经下了班，她出去时门被反扣上了，我在没有人知道的情况下钻出去把门打开，其实我知道是谁干的。

有一天，我们得到通知，要去录制市里强大阵容的国庆晚会。我和玉霁到文化宫去看了一场大型文艺表演的彩排现场，我问跳脚铃舞的演员和唱《热情的沙漠》的歌手名字，玉霁说："唱歌的女孩叫萧冰冰，你想采访她，我介绍她和你认识。"我说："录了晚会以后写个述评，给你的报上用一下如何？"她说："这个主意太好了，我明天就把她叫到编辑部去。"

第二天早晨的阳光退去以后，萧冰冰和跳脚铃舞的木子来了，在我的心目中她俩技压群芳，一个是歌后，一个是舞后。

我给木子讲了一个《金蔷薇》的故事：苏联卫国战争胜利以后，苏珊娜坐火车回家的路上感到非常忧郁，一路哭着要爸爸，陪护她的残疾军人给她讲了一个美丽而又动人的故事，在这个世界上，只要拥有了金蔷薇，你想要什么就有什么。我就是要带你去找金蔷薇，回家路上苏珊娜沉浸在金蔷薇的梦中，再也没有了任何愁绪。苏珊娜当然也不知道她的父亲已经战死在前线。

回到故乡，虽然有了一片和平的原野，但生活还是不尽人意的。结果残废军人选择了一家金店，在金店做勤杂工，每天他都把垃圾扫起来以后，用水洗一遍，把少得可怜的一点金粉存起来。年复一年，日复一日。

苏珊娜长大以后，有一次失恋了。她痛不欲生，一个人来到大海边想寻短见。这时残疾军人从她后面出来，把二十年来用金粉铸成的一朵金蔷薇捧送给她。金蔷薇的故事映照了她的一生。

其实我并没有看过这部小说，只是看过这样的一个故事梗概。她眼睛里闪着晶莹的光，也不知道是否被感动。

一个夏天的午后，倩茹来电话约我去她那儿，我到这座城市来了以后她主动来找我，这是令人惬意的，我感到我往日的伤疤被抚摸了一下，有一种说不清楚的快感。我当然不便问她有什么事，一口答应下来："我去。"

她穿了一身运动衣，脸上施了些许脂粉，就是流汗也不至于破坏得面目全非，如果下一场透雨把颜面洗涤一番，也不至于形成太大的反差。她说："屋子闷热，我们去郊外走走怎么样？"我说："当然行呀！"一路上她很轻松，我们穿过闹市和大道，在城市和乡村的接合部一带流连。我觉得她在我面前表现出来的那种轻松和快乐是修饰出来的，而她的内心则埋藏着无法言喻的痛楚，病根在什么地方我也能猜到一些，但我这种时候已经没有办法来抚慰她的病痛了。

她望着天边的云彩对我说："你对这座城市的感觉怎么样？"

"如果你让我说实话的话，我这样告诉你吧！我找到了我自己！"

"这话也太抽象了吧！具体说说？"

"在小城，我觉得活出来的不是我自己，我生活在别人的偏见中，我很窝囊，而现在我觉得自己有梦就可以飞翔，总有一片丛林和蓝天属于我。"

她不断地发问，总是试图让我给她提供更大的信息量。在当时的情况下，感情上的那些往事我是不愿去触碰的，我不能害她。她的心气依然很高，但我对眼前这位美丽骄傲的姑娘有一种说不出来的怜悯。麦浪轻轻地拂动，我突然从她身上嗅出了一股异样的气味，我感觉到她来了例假，走路对她来说也许是一件非常吃力的事情。

我觉得应该领着她回去，但我找不到一种方式来表达，我知道她的个性，如果稍有不慎我会得罪她的，看来还得伴她慢慢走下去。我们在一片寂寞的麦田里走呀走，从夕阳的余晖走进了黄昏的炊烟中，又从黄昏走进了夜色的灯火阑珊处。

后 记

江小鱼先生为《红痣》写的序言，把这部小说放到世界文学史经典长篇小说的宏大语境中来评说，就是心理素质再好的人，也会感到忐忑不安的。他列举的那些高山仰止的人物和他们的作品几乎都是永垂青史的丰碑。

《红痣》这部小说，如果用当下的话语解读，描述的就是一个人青葱、骚动、懵懂的成长岁月。写作的过程就像一条孤独的狼，掠过漫长的记忆原野!

人这一辈子总是被某种意外的力量控制或推动着。在天山以南和三湘大地两个反差极大的板块间摆宕，不知是我的沧桑还是我的荣光。感恩生活给了我灵性的启悟，让我用带血的忠诚写出了《红痣》这部小说。

有位诗人曾说过：在新疆人与人的距离很远但心很近，在城市人与人的距离很近但心很远。定居北京十年了，我依旧眷恋新疆南疆那片褐色的土地和滚滚燃情的如歌岁月。英国历史学家汤因比曾经说：如果生命有第二次，我愿出生在塔里木盆地，因为最伟大的文明曾在那里交汇。摩尔根的描述更加精彩，他说塔克拉玛干沙漠西北边缘上的绿洲城邦是人类文明的摇篮。新疆的异彩纷呈是全方位的，但最摄人心魄的还是构建在人性之上的醇厚、激越、遒劲的原生态文化。

塔河岸边生长着骆驼刺和沙枣的大地上，雕刻了我太多的年少时光。我总是遥望天山，静静谛听那白云咬噬雪山树冠的声音。在新疆广袤的山河大地，放逐我太多的憧憬与希望，那些温暖的记忆常常让我潸然泪下，热血奔流。重温旧梦也好，编织新梦也罢，总想从中找到一条返璞归真的心灵长路。

好友江上月先生看了我的小说初稿以后，非常惊讶地告诉我：在他阅读的小说里面，《红痣》可谓别具一格，尤其是主人翁的精神世界给他留下了深刻的印象：主人公愈挫愈奋、不断超越自我的性格里，蕴藏着一种取之不尽用之不竭的巨大能量。主人公身上那种笑傲苦难的顽强意志很有新时代的审美价值，在当下商品经济大潮下一切向钱看的旋涡里当属稀缺珍品。对他的这种说法，好一阵子我都不够理解。就性格而言我是一个充满着悲悯情怀的人，爱看叔本华和尼采的东西。再则，我在写作的时候一切从心出发，时代的痕迹是自然而然的事。读完中学去乡下种地没有觉得是一件多苦的事情。并没有刻意去加持时代标签。江上月先生的这一发现让我欢欣鼓舞，他还把“红痣”这一细节提升为小说的书名，为这本书增色不少。

人生本来就是在和困难周旋。如果没有困难让我们去逾越，没有高度让我们去攀爬，那活着的意义就要大打折扣了！每个人都应该有自己的山重水复，自然也会有自己的柳暗花明。如果你能镇静地面对，困难就会减小一半。与其喋喋不休、抱怨叹息还不如一路豪歌，任它一路坎坷！

长篇小说一个绕不过去的话题就是女人。通过女性这个窗口来释放人生百味，通过女性这面镜子来反照男人心灵的阴暗面，再从女性的内心世界打出源头活水的深井。文学是心灵的手工作坊，用这样一种比照、纠结的方法来写。是风景，就让她风景如画。是林泉，就让她生生不息。有人说：女人心，大海针。女人心，天上云。这个心理挖掘尺度和语言固化能力等于就是一场冒险，也许就是因为这种挑战成了写小说的内在驱动力！文学的主要功能就是显露人的心灵秘密，从而达到人与人之间深层次的心灵沟通。它与别的学问不一样的地方就是以人的情感为中心。无论人的民族信仰、语言习惯差异有多大，情感的力量都会有助于消除这些壁障，从巨大的反差当中去寻找到情感的温暖水域，游弋其中并升华成一段永恒的美好情愫！

一个善于反刍生活的人，一定能从中获取许多。如果能把这种反刍作为承载生命的方式，并从中品嚼出新的滋味和意蕴，那将是多么愉快的一件事情呀！一个珍惜自己的人，一定会珍惜自己的青葱岁月。

《红痣》将离我而去，但我相信青葱岁月还会在生命的某个角落静待着我的再次回首！相信我还会因此而写出另外一种样式的小说。

在本书出版之际，我要特别感谢新疆的老朋友方明、张巨光、陈大勇和洋阔先生，他们的气格感染了我，他们对于文化的那份眷顾令我感动！虽然他们从事着不同的职业，但他们的精神所达到的那个高度和胸怀，直接或间接地激励、鞭策、推动我向文学艺术这片绿色丛林攀缘穿越。

乙未年仲夏于京华